KB101873

월야환담

월야환담 창월야 ·· 5

홍정훈 장편 소설

초판 1쇄 찍은 날 2016년 02월 15일
초판 1쇄 펴낸 날 2016년 03월 15일

지은이 홍정훈
펴낸이 서경석

편집책임 박가연 | 편집 한준만, 고승진 | 디자인 신현아

펴낸곳 도서출판 청어람
등록번호 제387-1999-000006호 | 등록일자 1999. 5. 31
어람번호 제8-0051호

주소 경기도 부천시 원미구 부일로 483번길 40 서경B/D 3F (우) 14640
전화 032-656-4452 | 팩스 032-656-4453
http://www.chungeoram.com | E-mail chungeorambook@daum.net

ISBN 979-11-04-90341-0 04810
ISBN 979-11-04-90336-6 (SET)

창월야

· 5 ·

월야환담

홍정훈 장편 소설

도서출판 청어람

차례

第23夜

이사카의 전략

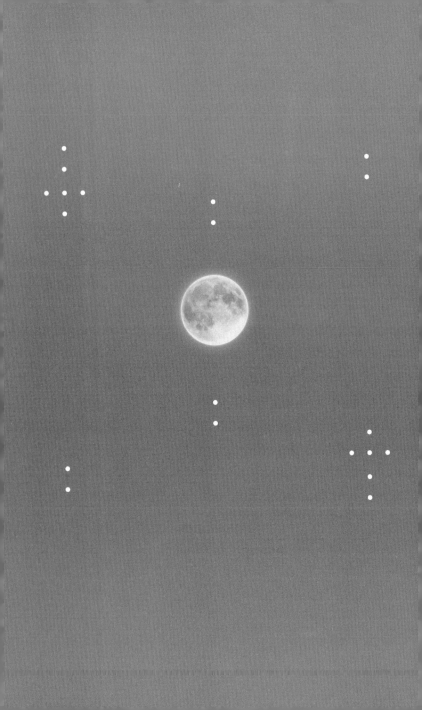

1

러시아는 천연자원의 판매를 통해 막대한 오일 달러를 거머쥐었다. 그러나 그 사회의 구성원인 일반인들은 그리 부유하지 못했다. 부정과 부패를 저지른 정치가와 기업가들만이 막대한 부를 챙길 수 있고, 그 밑의 노동자들은 그저 저렴한 임금을 받으며 생계를 유지해 나갈 뿐이었다.

아이러니컬하게도 사회주의 국가인 러시아의 빈부격차는 점점 벌어지기만 할 뿐, 전혀 좁혀질 생각을 하지 않았다. 배운 것도, 가진 것도 없는 젊은이들은 자신의 미래에 절망했다.

운이 좋으면 공장이나 마피아 조직에 들어갈 수 있지만 그러지도 못한 젊은이들은 보드카에 절어 알코올중독으로 죽어갔다.

"젠장, 빌어먹을!"

안드레이는 길바닥에 몸을 내던진 채 싸구려 보드카 병을 땄다. 이 일대의 젊은 실업자들과 마찬가지로 그는 카자흐스탄에서 태어나 어렵사리 이르쿠츠크까지 와서 일자리를 찾아다녔다.

다행히 일자리는 있었다. 알루미늄 정련 공장의 정비사로 취직한 그는 아파트도 빌리고 월급을 착실히 모으며 고향에 송금도 하던 바람직한 청년이었다.

하지만 그것도 지난달에 끝났다. 새로 온 조장에게 뇌물을 바치지 않았다는 이유로, 또 조장의 조카가 고등학교를 졸업하고 이르쿠츠크에 올라왔다는 이유로 안드레이는 자신의 일자리를 조장의 조카에게 빼앗기고 말았다.

그에 분개한 안드레이는 조장에게 대들어 그를 쇠파이프로 치고 말았다. 앞뒤 사정을 가려보면 그의 입장을 헤아리지 못할 것도 없건만 경찰은 또 뇌물을 요구했다. 그 요구에 불응한 결과 그는 전과자가 되어버리고 만 것이다.

"또… 해고인가."

그는 보드카를 병째로 벌컥벌컥 들이켜며 치를 떨었다. 계속되는 불행에 입을 대기 시작한 보드카가 이제는 그의 몸을 지탱하는 힘이 되고 있었다. 그는 알코올의존증이 시작되고 있다는 것을 알았지만 그런 자신을 주체할 수가 없었다.

사회주의 시절의 습성이 고스란히 남아 있는 러시아 사람들은 일자리가 없다는 사태에 직면한 적이 없었다. 그들은 은행도 제대로 되어 있지 않아서 돈이 생기면 생기는 대로 소비해 버렸고 그것이 러시아 민중의 구매력으로 직결되어 경제 발전에 도움된 게 사실이다.

하나 저축을 하지 않는 이가 만약 실직이라도 하게 되면 그때는 걷잡을 수 없는 파멸로 치닫게 되는 것이다. 지금의 안드레이가 바로 그 파멸의 레일 위에 올라선 남자였다.

다행히 아직까지 안드레이가 버틸 수 있는 것은 안드레이와 마찬가지로 실직한 친구들이 함께 있기 때문이었다. 그러나 그것도 곧 한계에 달할 것이다.

"안드레이, 그만 마시지 그래."

그때 골목 어귀로 친구들이 나타났다. 그들은 안드레이의 옆에 쪼그려 앉아서 그가 마시던 보드카 술병에 손을 가져갔다.

"아아, 젠장할. 보스토프는 취직했다며?"

"그 자식은 아버지가 공무원이잖아. 당연히 취직되지. 일본계 기업이라더라."

"웃기네. 영어 한 줄 못 쓰는 놈이 무슨……."

"러시아어는 쓸 수 있던가, 그놈?"

그들은 자신들의 무리에서 이탈한 친구를 험담하며 쪼그려 앉았다. 그런데 그때 그들의 앞으로 두 명의 청년이 걸어가는 게 보였다. 한 명은 슬라브계 백인 혼혈아, 다른 한 명은 몽고계 아시아인이었는데, 입고 있는 옷의 복색이나 머리를 물들인 거나 묘하게 신경이 쓰였다.

"외국인인가?"

그들은 이 두 남자를 자세히 살펴보았다.

그들은 남들이 쳐다보든 말든 신경도 안 쓰고 있었다. 대개 동양인들은 이렇게 쳐다보기만 해도 겁을 집어먹고 눈초리를 피해서 안드레이 일당은 동양인이 지나갈 때마다 일부러 쏘아보곤 했다. 그래서 겁에 질린 이들이 비굴한 모습을 보이는 것을 즐겨왔던 것이다. 그 순간만은 자신들의 비참한 처지를 잊을 수 있었기에.

"어?"

안드레이는 녹색 머리칼의 동양인 청년의 눈을 바라보았다. 검은색의 눈동자가 무심하게 그의 시선과 얽히더니 스쳐 지나갔다. 시선을 피하거나 그런 게 아니라 정말 스쳐 지나갔다. 눈앞에 있는 그를 경치쯤으로 여기고 지나친 것이다.

그들은 서로서로 이상한 언어로 대화하더니 잠시 후 혼혈아가 길가에 서 있는 할머니에게 달려갔다.

"저, 여기서 기차역으로 가려면 어느 쪽으로 가야 하죠?"

혼혈아가 길 가는 사람에게 러시아어로 물어보는 걸 보면 분명하다. 저 녹색으로 물들인 남자는 외국인이고 혼혈아는 아마도 통역이나 가이드이리라.

"통역을 붙이고 다니는 걸 보면 돈이 많다는 거겠지?"

안드레이는 술병을 내려놓고 일어났다. 그러자 모두들 배시시 웃으며 따라 일어났다.

"이거 혹시 대박 터뜨리는 거 아냐?"

"그러게. 돈이 엄청 많으면 어떻게 하지?"

그들은 이전에 싱가포르인의 신용카드로 흥청망청 놀고먹던 일을 떠올리며 기뻐했다.

물론 대낮부터 강도짓을 벌일 생각은 없었다. 경찰들에게 걸렸다가는 그야말로 작살나는 일인지라 가급적 삼가고 싶다. 하지만 때마침 내린 눈으로 경찰들도 시내 쪽으로 몰린지라 이런 교외의 골목은 한적하다. 그리고 상대방의 태도도 마음에 들지 않았다.

우선 너무나 건방지다.

직장도 잃고 알코올중독까지 걸린 그들은 누군가가 자신들을 내려다보고 지나가는 게 참을 수 없는 모욕으로 느껴졌다. 이렇게 건방진 놈에게는 예의라는 걸 가르쳐 줄 필요가 있다. 그런고로 그들이 하는 짓은 정당하다!

"어이! 형씨!"

안드레이와 그 친구들은 두 청년의 앞길을 막아섰다. 그러자 혼혈아 청년이 당혹스런 표정을 지어 보였다.

"저기, 무슨 일이시죠?"

혼혈아 청년은 옆에 있는 녹색 머리 청년의 눈치를 살피며 조심스럽게 말했다. 이런 분위기가 되면 전 세계 어디서나 감을 잡을 수 있을 텐데, 몰라서 되묻는 건지, 알면서 되묻는 건지 모르겠다.

안드레이는 그들에게 삿대질을 하며 말했다.

"방금 전 이 사람이 우리를 비웃고 지나갔는데 사과를 받아야겠다."

"예?"

터무니없는 억지였다.

혼혈아 청년이 놀라는 것을 보니 목소리에 걱정하는 기색이 역력한 게 기가 약한 모양이다. 옆의 놈은 눈초리가 사나워지는 듯하지만 뭐 어차피 말을 못 알아들으니 불쾌해하는 거겠지 하고 안드레이는 으름장을 놓았다.

"사과하라고! 성의를 다해서 말야! 가뜩이나 기분도 더러운데……."

그러자 녹색 머리 청년이 혼혈아에게 뭐라고 말을 걸었다. 아마도 왜 길을 막아서냐고 물어보는 듯했다. 순간 혼혈아가 식은 땀을 흘렸다.

"아니, 저… 그, 그러니까. 도망치세요."

"응?"

도망치라고? 그 말을 왜 러시아어로 하지? 그러니까 마치 우리에게 말한 것 같잖아? 안드레이가 그렇게 생각했을 때였다.

빠악!

녹색 머리칼의 남자가 발차기로 안드레이의 허벅지를 후려 찼다. 머리도 아니고 다리를 치다니. 다리 좀 맞는다고 뭐 대수 겠어 싶었지만 맞는 순간 정신이 번쩍 들었다.

"어?"

그다음 순간 안드레이의 거구가 옆으로 쓰러지며 길가에 쌓인 눈 더미 위로 무너졌다.

"크윽! 이, 이게?!"

화가 난 안드레이는 즉시 눈 더미를 헤치고 일어났지만 그가 본 것은 길바닥에 길게 뻗어 있는 자신의 친구들과 손을 터는 녹색 머리칼의 남자, 그리고 그의 옆에서 볼을 긁적이며 한숨을 내쉬는 혼혈아 청년이었다.

"후우, 사람이 호의로 말하면 좀 들을 것이지."

안드레이는 그 모습을 보고 기가 막혔다.

귀신에 홀리기라도 했단 말인가? 어떻게 눈앞에서 이런 일이 있을 수가 있나? 잠깐 넘어졌다 일어나는 사이에 네 명이나 되는 동료가 일제히 쓰러져 있다니?

게다가 상대는 동양인이다. 동양인치고는 큰 덩치지만 레슬러나 그런 놈으로 보이지는 않는다.

그때 녹색 머리칼의 청년이 통역에게 뭐라고 말을 했다. 통역은 고개를 끄덕거리더니 한숨을 내쉬며 안드레이에게 다가왔다.

"저기… 저희가 기차 삯이 부족해서 그러는데… 돈 있으시면 갹출해 주세요."

"뭐, 뭐라고?!"

벼룩의 간을 내먹지, 알코올중독자에게서 돈을 빼앗겠다니. 그는 멍청한 표정으로 녹색 머리칼의 청년을 바라보았다. 하지만 그는 그에게 시선도 주지 않았다.

"아! 뒤져서 나오면 일 카페이카에 한 대씩 때린대요."

"……."

아직도 하반신이 마비되어 있는데 그런 걸 더 맞았다간 죽고 만다. 1카페이카당 한 대씩이라면 1루블만 해도 100대다. 태형으로 40대 정도 맞으면 사람이 죽는다고 하는데, 이 녀석의 공격이 그 짝이다.

그래, 사람이 인심이 있지. 설마 죽이기야 하겠어?

게다가 보아하니 외국인 같은데 사람 죽이면 곤란한 일도 많을 게다. 게다가 안드레이는 실직 상태다. 실직자에게 현금을 내놓으라고 하면 그건 죽으라는 소리밖에 안 된다. 맞아 죽으나 굶어서 얼어 죽으나 매한가지라면 배 째보기라도 하겠다. 안드레이는 그렇게 생각하며 굳어 있었다.

하지만 그때 녹색 머리칼의 청년이 움직여 쓰러져 있는 동료들의 주머니에서 돈을 빼내는 게 아닌가?! 갑자기 하늘이 무너지는 듯한 느낌이 들고 심장이 급격히 뛰었다. 이 녀석은 허언이 아니었다.

"아, 저기, 여기 있습니다. 얼마 되지 않는 돈이지만 여비에 보태 쓰십시오."

안드레이는 기가 막혀 하면서도 살기 위해 돈을 내놓았다. 그러자 통역을 하던 청년은 대단히 미안해하면서 그걸 받았다.

"괜찮겠어요? 상태가 안 좋아 보이는데."

"아니, 저기, 그게……."

안 내놓으면 두들겨 팬다면서 걱정해 주는 척하다니, 어처구니가 없다. 그렇지만 지금 당장은 이치를 따지기보단 이 녀석들에게서 벗어나고 싶은 생각이 간절했다.

"엉뚱한 놈들이 보태줘서 간신히 표값은 되겠군."

세건은 꼬깃꼬깃한 지폐들을 펴서 세어보았다. 부족하진 않지만 이 정도면 밥값도 하기 힘들 것이다. 앞으로 무슨 일이 있을지 모르니까 먹을 수 있을 때 잘 먹어두고 쉴 수 있을 때 잘 쉬는 게 중요하다. 그걸 생각하면 역시 터무니없이 모자라는 돈이다.

서린은 질렸다는 듯 그런 세건을 바라보고 있었다.

"한국에서 형은 돈 보기를 돌같이 했었는데……. 이제는 저런 주정뱅이들의 푼돈까지 털어내는군요."

서린이 그렇게 말하자 갑자기 세건이 굳어버렸다. 뭔가 말을 잘못했나 싶어서 안색을 살피려 하니 세건이 휙 고개를 돌리는데 귓불까지 새빨개져 있었다. 겉으로는 태연했지만 세건도 사실 자신이 하는 짓을 부끄럽게 여기고 있던 모양이다.

"그, 그렇게 생각한다면 서린 네가 좀 깨끗하고 폼 나는 방법으로 벌어 오지그래? 나는 좋아서 내 미학에 반하는 짓을 하는 줄 알아?"

짐짓 멀쩡한 척하고 있지만 역시 얼굴로 올라온 혈기를 감추지는 못했다.

서린도 괜한 소리를 했다 싶어서 자신의 입을 가렸다. 따지고 보면 일이 이렇게 된 것도 서린이 적에게 납치당했기 때문이 아닌가?

"어쨌거나 수배된 상태인 데다가 하바로브스크에서의 일이 재현되지 말라는 법은 없으니까 정신 바짝 차려. 일단 그 눈에 띄는 붉은 눈은 어떻게 해야겠군. 잠깐 파내서 주머니에 넣고 있는 건 어때?"

세건은 농담인지 진담인지 모를 소리를 했다. 눈동자를 파내서 주머니에 넣고 있으라니……. 라이칸스로프니까 나중에 재생시키면 실명할 일이야 없겠지만 그런 미친 짓을 해야 한단 말인가?

"노, 농담이죠?"

"…역시 네놈에겐 무린가. 뭐 어쩔 수 없지. 그럼 엑토플라즘 마스크를 쓰도록 해. 다행히 내가 수배될 때 사용된 사진은 이미 변장한 모습이라, 나는 엑토플라즘 마스크를 벗으면 수배에서 벗어날 수 있으니까."

세건은 500원짜리 동전만 한 크기의 동그란 부적을 서린에게 건네주었다. 엑토플라즘 마스크라는 것은 바로 이 부적을 매개로 자신의 엑토플라즘을 꺼내 얼굴에 덮어씌우고 성형하는 것이다.

서린은 깜짝 놀라서 세건을 돌아보았다.

"이건 조예가 없으면 할 수 없다면서요?"

"지금부터 가르쳐 줄 테니까 해봐."

"그, 그래도……."

"마법이 사용된 가면이지만 무슨 주문 외우고 그러는 게 아니야. 엑토플라즘을 유출하는 건 영매적 자질이 있으면 되는 거니까 어려울 것 없어. 굳이 말하자면 혀로 체리 줄기를 묶는 것 같은 잔재주니까."

세건은 서린을 노려보았다.

이사카가 봉인한 서린의 기억이 일부 살아났을 때 사실 조금 기대하기도 했다. 이사카가 어린 나이에 각종 마법에 통달했다면 서린도 약간은 뭔가 하지 않을까 하는 기대였다.

그러나 애석하게도 서린의 기억은 완전히 살아난 것도 아니고 이사카처럼 놀라운 능력을 가지고 있는 것 같지도 않았다.

2

진마 팬텀을 중심으로 흡혈귀들이 모여들어 볼코프 레보스키의 쿠데타를 저지하려 한다는 소문은 블랙 네트워크(Black network)나 헌터즈 넷(Hunter's Net)을 통해서 퍼져 나갔다.

진마 팬텀의 깁슨 투자 운용에서 발행한 수표로 용병과 총기, 탄약 등을 구입하는 것이 그 소문의 증거로 제출된 것으로 보아 정보의 신뢰도는 매우 높다.

하지만 대부분의 사람은 그러한 사실을 알지 못하고 평화로운 나날을 보내고 있었다. 모스크바가 전쟁터가 되리라는 것을 알지 못하고 하루하루를 살아가고 있는 것이다.

"상황이… 골치 아프게 되었군."

호텔의 라운지에서 노트북을 펼치고 헌터즈 넷을 살펴보던 은발의 남자가 아랫입술에 손가락을 가져갔다.

그는 한세건이 등장하기 전까지는 진마사냥꾼이라는 이름을 독점하던 헌터, 실베스테르였다. 흡혈귀들이 러시아로 몰려들고 있다는 이야기에 더해 사소한 도발에 휩쓸려 오기는 했지만 러시아의 정국이 일촉즉발이라 함부로 움직일 수가 없었다.

현 러시아 대통령인 보리야 푸도브킨은 전임 대통령의 파벌을 뽑아내는 데만 정신이 팔려서 군부 장악을 제대로 하지 못했다.

물론 보리야 푸도브킨이 바보라서 그런 것은 아니다. 그도 나름대로 군부에 영향력을 주기 위해 인사권을 활용, 그동안 빛을 못 보던 젊은 장성들을 대거 기용해 신군부 세력을 만들었다. 그런 연유로 이 신군부 세력은 보리야 푸도브킨에게 열렬한 지지를 보내고 있었다.

그러나 군사력의 대부분은 중도파와 강경파의 손에 고스란히 남아 있다. 그리고 무엇보다도 문제가 되는 것은 바로 볼코프 레보스키였다. 아무르의 호랑이라는 별칭을 가지고 있는 이 군인은 사상 최강의 라이칸스로프라고 해도 과언이 아니다.

그의 밑으로 진성 라이칸스로프가 넷, 그리고 라이칸스로프로 전염된 병사가 수백에 달한다. 이 라이칸스로프 군대가 바로 쿠데타 측의 조커다.

신군부 측은 라이칸스로프의 존재를 모르기 때문에 자신들의 승리를 낙관하고 있지만, 라이칸스로프 부대가 투입되는 걸 감안한다면 이 쿠데타는 100% 성공한다.

이리된 이상 월야의 주민들이 개입하지 않으면 군사 강국 러시아의 정권이 라이칸스로프의 손에 떨어지게 되는 것이다. 아니, 문제는 그것만이 아니다. 어쩌면 이로 인해서 3차 세계대전이 발발할지도 모른다.

그 해악에 비한다면 흡혈귀들이 사람들의 인식 뒤편에 숨어서 인간들을 농락하는 것이나 죽이는 것 정도는 어린애 장난에 불과했다.

하지만 헌터인 그로서는 설사 흡혈귀들이 쿠데타를 저지하려 한다고 해서 그들을 묵과할 수가 없었다. 좋은 흡혈귀는 죽은 흡혈귀뿐, 설사 그들이 쿠데타를 저지하려 한다 하더라도 그것이 그들의 존재가 지닌 죄악의 면죄부가 되지는 못한다.

"일단은 한세건과 합류할 때까지 준비나 좀 해둬야겠군."

실베스테르는 노트북을 덮고 자리에서 일어나 입구로 향했다.

하지만 그때 라운지의 자동문이 열리고 두 남자와 한 소년이 걸어 들어오는 게 아닌가? 그들은 서로 대화를 하며 걸어 들어오다가 실베스테르를 발견한 순간 멈춰 섰다.

산전수전 다 겪은 실베스테르도 그 순간은 머릿속이 텅 비는 느낌이었다.

진마 팬텀과 앙리 유이, 그리고 빌헬름이 그의 앞에 있는 것이었다.

"여기에 호텔이 그리 적은 것도 아닌데… 이거 참 우연이군."

팬텀도 당혹스런 표정을 지어 보였다. 하필이면 여기서 숙적을 만나게 되다니……. 게다가 이 라운지를 쓰고 있다는 것은 같은 곳에 투숙하고 있단 말이 아닌가?

실베스테르는 무표정하게 팬텀을 노려보았다. 아무리 그라고 해도 호텔에서 싸움을 벌일 수는 없다. 게다가 지금 팬텀은 쿠데타를 저지하는 저지 세력의 핵심. 흡혈귀들을 철저히 부정하는 그이지만 지금 당장 저 녀석을 치면 볼코프 레보스키의 쿠데타에 도움을 주는 꼴이다.

"꼬마 단속을 좀 철저히 하지그래?"

실베스테르는 팬텀의 뒤에 숨어 있는 빌헬름을 노려보며 숨결이 닿을 만한 거리까지 팬텀에게 접근했다.

둘 중 누가 손을 쓰더라도 치명상을 입힐 수 있는 거리다. 사이좋은 흡혈귀라 하더라도 이만큼 접근하면 껄끄러울 텐데 흡혈귀 사냥꾼과 흡혈귀가 이렇게까지 근접하다니…… 하지만 빌헬름은 손을 쓸 수가 없었다.

"단속?"

"모른다면 직접 물어봐. 그러면 난 이만."

실베스테르는 고개를 돌려 긴 은발을 휘두르다시피 하며 그들의 옆으로 지나갔다. 물론 지나가면서 빌헬름에게 싸늘한 시선을 던져 주고서…….

"흠, 소문은 들었는데 직접 보는 건 처음이군. 저게 눈물을 흘리는 흡혈귀를 찾는 자이지?"

앙리 유이는 실베스테르의 뒷모습을 보며 자신의 머리칼을 만지작거렸다. 원래 그는 70년대 영화에서나 봄 직한 보브 커트에 나팔바지를 입고 있었다. 세상의 일에 별로 관여하지 않고 어둠 속에서 종족들을 조종하고 있다가 40년 만에 나와서 유행에 뒤떨어진 것이니 어쩔 수 없다지만 빌헬름은 그런 앙리 유이를 계속 쪼아댔다.

결국 앙리 유이는 진마 체면을 구기면서 머리칼도 깎고 옷도 새로 해 입을 수밖에 없었던 것이다.

"그렇지. 실베스테르. 설마 여기에 투숙할 줄이야."

힐튼이나 워커힐, 리츠 칼튼 등의 전통 있는 호텔을 주로 선택하는 실베스테르가 터키 자본이 출자한 이곳을 택할 줄이야. 역시 레닌 언덕에 위치한 입지가 마음에 든 모양이었다.

그러고 보면 팬텀이 이 호텔을 택한 이유 역시 레닌 언덕에 있기 때문 아닌가? 여기에서라면 모스크바 시내가 한눈에 내려다보이니까.

"크, 큰일 났네요. 하필이면 이런 때에 실베스테르까지 오다니."

빌헬름은 자신이 그를 불러들인 주제에 시침을 떼고 오들오들 떨었다. 물론 속으로는 쾌재를 부르고 있었지만 팬텀의 앞이니 내숭을 떨지 않을 수 없었다.

'이 자식은 대체 무슨 생각이지?'

앙리 유이는 자신의 눈앞에서 뻔뻔스럽게 내숭을 떨고 있는 빌헬름을 바라보며 한숨을 내쉬었다.

쿠데타가 성공하기 위해서는 지금 현 정권의 기능을 완전히 마비시킬 필요가 있다. 그러기 위해서는 대통령과 부통령의 암살 및 구금, 의회의 해산이 선행되어야 한다. 그리고 수도를 장악했을 때 소위 말하는 해방군의 공격을 막아내어야 하는 것이다.

보리야 푸도브킨 측에서는 모스크바 주 방위군의 경계를 강화하고 신군부의 장성들을 영입하는 한편 강경파의 장성들에겐 감시를 때려서 쿠데타에 대응하고 있었지만, 그걸로는 부족하다. 아마도 이미 상당수의 저격수나 실행부대가 모스크바에 잠입해 있으리라.

그래서 흡혈귀들은 그 실행부대를 잡기 위한 병력을 모으기 시작했다.

라이칸스로프들이 러시아를 장악하는 것은 절대로 묵과할 수 없다. 러시아라는 거대한 국가를 라이칸스로프가 일일이 좌지우지하게 내버려 둘 수도 없는 데다가 각국의 자본이 참여한 러시아의 정세는 이만저만 복잡한 게 아니다.

게다가 그 쿠데타를 주도하고 있는 볼코프 레보스키는 극단적인 국가주의자로 그가 정권을 장악하게 된다면 반드시 전쟁이 일어난다!

이 쿠데타를 막기 위해서 흡혈귀들은 그동안 아옹다옹하던 것을 멈추고 협력 조직을 구성했다. 정상적으로는 자손을 낳을 수 없고 오로지 인간의 생명력에 기생해야 하는 흡혈귀들이 자위를 위해서라지만 세계의 평화(?)를 위해 기꺼이 자신들의 피를 흘릴 각오를 한 것이다.

아이러니라면 이만한 아이러니도 없으리라.

이유야 어찌 되었든 흡혈귀들이 한데 모여서 힘을 합친다는 것은 굉장한 일이다. 비록 모든 흡혈귀가 다 모인 것도 아니고 흡혈귀로 치자면 일부에 불과하지만, 진마들이 힘을 합친다는 것만으로도 큰 의미가 있다.

특히 그 조직의 리더가 사법사 팬텀이라면 더더욱!

본의 아니게 반쿠데타 흡혈귀 연맹의 맹주가 된 팬텀은 맹주의 그릇(?)을 보여주기 위해서인지, 필요에 의해서인지 모르겠지만 막대한 자금을 풀어서 용병과 무기들을 구입했다.

그렇게 사 온 용병들은 주 방위군이나 신군부 사령부를 공격할 라이칸스로프 부대를 잡기 위해 따로 빼두었지만 모스크바에 이미 잠입해 있을 공작원을 잡기 위해서는 새로이 부대를 편성해야 했다.

그래서 지금 모스크바 운하의 창고에는 일단의 무장 병력이 모여서 브리핑을 하고 있었다.

진마 아르곤 하면 자유분방한 캐주얼 복장에 직접 받은 베이브 루스의 사인이 들어가 있는 야구 모자를 쓰고 다닌다고 알려져 있었다. 하지만 지금의 아르곤은 전신 방탄복에 군용 조끼를 걸친 채 작전 브리핑에 임하고 있었다. 사태가 그만큼 심각하다는 뜻이리라.

물론 아르곤은 이미 용병 생활로 잔뼈가 굵은 몸이다. 평상시에는 풍선껌이나 불고 실실거리며 돌아다니지만 전투를 좋아하는 호전적인 면도 있고 주변이 돌아가는 일을 명확하게 파악하는 머리도 있다.

일단 전투에 임하는 이상 장비 등에 신중을 기하지 않을 수 없다. 하지만 그럼에도 불구하고 그에게서는 지휘관의 위엄을 찾을 수 없었다.

그런 그를 몇몇 중국인이 아니꼽다는 듯 바라보고 있었다. 파군의 부하인 이들은 소위 말하는 트라이브(Tribe), 즉 중국 범죄 조직이었다.

파군은 흡혈귀들로 구성된 범죄 조직을 이끌고 있었는데 이번 쿠데타를 막기 위해 특별히 자신의 부하들을 아르곤에게 보냈다.

하지만 이들은 아르곤을 얕잡아 보고 있었다. 흡혈귀이긴 하지만 파군을 수령으로 한 독자적인 체계에 익숙한 그들은 다른 진마를 존중할 줄 모른다.

24계통의 흡혈귀 혈족이니 테트라 아낙스니 하는 것과 상관없이 그저 자신들의 힘으로 이윤을 창출해 내던 악당에 불과한 것이다.

그런 놈들을 가지고 갑자기 러시아에서 쿠데타를 저지하라고 했으니 저들이 탐탁지 않게 여기는 것도 당연하다.

"흥. 왜 우리만 이 고생을 해야 하지? 쿠데타가 일어나서 전쟁이라도 나면 엿 먹는 건 전부잖아? 제마니 같은 놈은 애초에 이야기를 다 듣고도 빠져나갔는데, 우리가 열 올려서 해봐야 그런 놈들 어부지리를 주는 게 아닌가?"

헤카테도 불만이 많은 것 같았다. 한집에 살다가 불이 나서 다 같이 타 죽게 생겼는데 누구는 불 끄느라 정신없고, 누구는 타든 말든 배 째고 앉아 있다면 어찌 화나지 않겠는가?

파군이나 헤카테가 자신의 혈족들을 전투원으로서 제공해서 쿠데타를 막아내기라도 한다면, 제마니처럼 이 일에 참여하지 않은 다른 진마들은 손도 안 대고 코 푸는 꼴이 아닌가?

"무슨 생각 하는지 이해 못 하는 것은 아니지만, 그렇다고 다 같이 엿을 먹을 수는 없는 거잖아? 참아, 헤카테."

아르곤은 웃음으로 그녀를 대하며 파군의 부하들을 바라보았다.

다들 하품을 쩍쩍 해대고 귀를 파면서 아르곤을 바라보고 있었다. 그 꼴을 보아하니 아르곤조차 한 방 쳐주고 싶은 심정이 되었다.

그렇다고 정말 쳐버릴 수도 없다. 이 일은 목숨을 걸어야 하는 건데 남을 두들겨 패가면서 목숨을 걸게 만드는 것은 아르곤의, 아니, 에스프리의 자유주의 정신에 위배되는 것이다.

"자자, 그러니까 우리가 해야 할 일은 모스크바를 샅샅이 뒤져서 수상한 라이칸스로프를 발견하는 겁니다. 이해가 되십니까?"

"예예, 그럼 발견하면 쏴 죽여야 하는 겁니까?"

신경도 쓰지 않고 있는 것 같았는데, 그들 중 한 명이 팔을 들고 질문을 했다. 썰렁한 수업 중에 질문받는 강사의 기분이 어떤지 이것으로 이해할 수 있었다. 아르곤은 매우 기뻐하며 설명했다.

"무기를 들고 모스크바 시내를 돌아다니면 자칫 일을 그르칠 수 있으니까… 그리고 적은 하나나 둘이 아니니 가급적이면 잡거나 미행해서 본거지를 알아낸다든가 하는 게 좋을 겁니다. 어렵겠지만."

헤카테는 그런 아르곤을 보며 팔짱을 낀 채 컨테이너에 기댔다. 진마씩이나 되는 작자가 저러고 있는 걸 보니 속이 거북하다.

'바보 같군. 두들겨 패서 말을 듣게 하면 되는 건데. 저런 놈들을 뭐 저리 대한담. 진마로서의 자존심도 다 팔아먹은 건가?'

중국계 흡혈귀들은 아르곤의 설명을 듣고는 지급된 핸드폰을 받아 들었다. 이제야 모스크바를 뒤질 마음이 난 모양이었다.

"그러면 뭐, 파군 님 명도 있고 하니 가겠수."

"진마 아르곤 님 되시던가? 여기서 계속 있을 거유?"

"해뜨기 전까지 돌아오면 되지?"

항렬로 따지면 까마득하게 아래인 것들인데 아르곤을 대하는 태도가 아주 가관이다. 아르곤은 대답 대신 풍선껌을 입에 넣고 씹으면서 고개를 끄덕였다.

그러자 흡혈귀들은 창고 밖으로 뛰쳐나가 어둠 속으로 사라졌다. 그제야 아르곤은 한숨을 내쉬며 창고에 아무렇게나 쌓아 둔 박스에 털썩 주저앉았다.

공허한 창고 안에 박수 소리가 울려 퍼졌다.

"굉장한 인내심이야, 아르곤. 보고 있는 내가 다 화가 날 정도였는데 말이지."

헤카테는 빈정거리며 박수를 쳤다. 그러자 아르곤이 고개를 저었다.

"뭐… 어쩔 수 없잖아. 죽을 팔자인 녀석들인데 그런 놈들에게 나에게 공손히 하라고 화낼 수도 없는 일이고. 내가 사지로 몰아넣은 셈인데."

"응? 뭐라고?"

헤카테는 그 말을 듣는 순간 깜짝 놀랐다. 아르곤이 참은 이유가 저들이 죽을 팔자라서 그렇다니? 그게 대체 무슨 뜻이란 말인가?

"…죽을 거야. 라이칸스로프들에게."

모스크바에 잠입해 있는 쿠데타 측 공작원이라면 볼코프의 라이칸스로프 중에서도 정예이리라. 그건 헤카테도 알고 있다. 사실상 자살 특공대나 다름없으니 유능하고 충성심 강한 놈들일 거란 것도.

그렇지만 방금 전 나간 파군의 부하들이나 헤카테의 부하들 역시 상당한 수였다. 그런데도 라이칸스로프들에게 다 죽을 거란 말인가?

"볼코프 레보스키라는 놈과 그 부하들이 그렇게 강하단 말야?"

아르곤은 헤카테의 질문에 고개를 끄덕이며 자리에서 일어나 모자를 썼다. 평상시에 허름한 청바지 차림이던 그가 전신 방탄복을 입으니 확실히 무슨 경호업체 직원 같아 보인다. 그는 그게 마음에 들지 않는지 그 위에 재킷을 걸쳤다.

"볼코프도 볼코프지만… 뭔가 마음에 걸리는 일이 있어서."

"응?"

"러시아라면 릴리쓰의 자식이 태어난 곳이잖아? 그걸로 릴리쓰가 있을 거라고 추정하고 있는 거고."

아르곤은 풍선껌을 불면서 창고 밖으로 걸어 나갔다. 헤카테는 대체 아르곤이 무슨 말을 하나 싶어서 그를 따라 나갔다. 분명히 아르곤이 말한 대로 러시아에는 릴리쓰가 있을 것이라고 추정되었다.

하지만 '추정'이라니?

"릴리쓰의 존재가 추정된다고 했지? 하지만 추정이란 게 테트라 아낙스에게 의미가 있는 단어인가?"

테트라 아낙스의 예지력을 생각해 볼 때 추정이라는 건 있을 수 없는 일이다. 게다가 테트라 아낙스가 이미 서린의 존재를 알고 있었던 사실이 마음에 걸린다.

이미 서린의 존재를 알고 있었다면 당연히 그를 확보했었어야 하지 않는가? 왜 내버려 두고 있었단 말인가?

"그러고 보니 그러네?"

헤카테도 고개를 끄덕였다. 이번의 일에는 그들이 알지 못하는 그림자가 있다. 그리고 그것은 그녀가 용납할 수 없는 일이다. 흡혈귀들의 군주니 뭐니 하는 거창한 이름으로 스스로를 치장하면서 실상은 테트라 아낙스가 조율한 운명대로 춤추는 인형이라니!

"그러면 아르곤은 어쩔 셈이지? 뭔가 뾰족한 수라도 있나?"

"일단은 쿠데타부터 저지해야지. 다른 걸 생각할 여유는 없어."

아르곤은 재킷의 지퍼를 목까지 채우고 걸어 나갔다. 저 시건방진 중국계 흡혈귀들에게 맡기기는 했지만 그 역시 나가서 라이칸스로프들을 찾아봐야 했다. 헤카테는 그런 아르곤의 뒤를 따르며 물었다.

"테트라 아낙스가 음흉한 짓거리를 하고 있다고 해도 말인가?"

"언제는 뭐 모르고 당했어? 다 알면서도 테트라 아낙스의 힘이나 위치가 있으니까 어쩔 수 없이 당해주는 거지."

아르곤은 테트라 아낙스의 지배하에 있는 모든 흡혈귀가 겪는 딜레마를 간결하게 말했다.

사실 테트라 아낙스와 다른 흡혈귀들의 관계는 대단히 모호한 것이었다. 테트라 아낙스의 클랜에서 테트라 아낙스는 '상납'이라는 의무까지 지울 만큼 흉포한 군주이지만 그 외의 클랜에 대해서는 언제나 방치했다.

　게다가 지금 흡혈귀들의 사회가 이만큼 잘 돌아가는 것은 어디까지나 테트라 아낙스의 공이다.

　그들은 미래를 예지해 다가올 사고를 막아주고 인간들의 정신과 기억을 통제해 흡혈귀들이 존재한다는 사실을 숨겨주었다.

　테트라 아낙스가 문명 통제 계획을 세우고 발동시키기 이전의 흡혈귀들은 브램 스토커의 드라큘라나 다른 흡혈귀 전설에 나오는 흡혈귀들과 별로 다를 게 없었다. 즉, 바꿔 말하자면 흡혈귀들이 인간성을 찾게 된 것은 테트라 아낙스의 은혜라고 할 수 있는 것이었다.

　하지만 흡혈귀들은 모두들 테트라 아낙스를 꺼린다. 그것은 마음을 읽는 자에 대한 막연한 불안과 비슷했다.

　'만약 저것들이 나의 마음을 읽거나 나의 미래를 읽어 나를 통제한다면?'

　이런 막연한 불안이 바로 테트라 아낙스에 대한 공포심이었다.

　실현 가능성이 없는 불안이라 해도 테트라 아낙스에게는 그런 게 가능하다는 것을 안 순간 그 불안에 굴복하지 않을 수 없다. 인간을 초월한 힘을 가지고, 불로장생의 힘을 가지고 있다고 해도 그들의 마음은 결국 인간이다.

　아르곤은 씁쓸한 표정을 지으며 걸어갔다.

"테트라 아낙스에 대항해 자유를 되찾겠다고 선언한 나로서도… 대안을 모르겠어. 하지만 한 가지 분명한 것은… 나는 내가 납득하는 방식으로만 살아갈 거라는 거지. 지금은 이것 하나만 있으면 돼."

그는 그 말을 남기고 어둠 속으로 자취를 감추었다.

3

흡혈귀의 역사는 스키타이 시절부터 시작되었다는 게 정론이지만 흡혈귀와 라이칸스로프는 그 이전부터 존재하고 있었다. 그들은 인간이었다가 어느 순간을 기점으로 변성하여 마물이 되었다. 즉, 바꿔 말하면 인간은 모두들 그 안에 괴물을 내재하고 있었다.

릴리쓰는 그중에서도 가장 특이한 괴물이었다.

스스로는 라이칸스로프도, 흡혈귀도 아니지만 인간과 관계하여 그 둘 다를 낳을 수 있다. 그리고 그녀는 그런 출산을 자신의 무기로 삼아 강력한 괴물을 낳았는데, 그리하여 태어난 괴물은 그게 무엇이든 간에 리림이라는 이름으로 불렸다. 릴리쓰의 자식이란 뜻을 가진 그 말은 그들에게 너무나 잘 어울렸다.

하지만… 릴리쓰는 과연 마물인 것일까?

이제는 희미한 기억으로만 남아 있지만 서린은 릴리쓰를 어머니로 인식하고 있었다. 이사카에게 봉인당해 완전하지 못한 기억이지만 그녀는 서린에게 있어서 분명히 어머니였다. 아무 것도 모르는 순박한 시골 아낙에 불과했었던.

그런 그녀가 과연 라이칸스로프를 늘리기 위해 이사카와 그를 낳았을까?

"으으윽!"

머릿속에서 번개가 치는 듯하다. 눈을 감고 잠들어 있는데도 눈앞에서 빛이 번뜩인다.

그때 문득 서린의 귓가에 사람의 목소리가 들려왔다.

'안녕한가, 리림?'

서린은 깜짝 놀랐다. 이 목소리는 들어본 기억이 있다. 바로 볼코프 레보스키의 목소리가 아닌가? 악몽인가? 아니면 설마 시베리아 철도가 멈춰 서고 그들은 다시 볼코프의 손아귀로 떨어진 것인가?!

서린은 그걸 확인하기 위해 눈을 뜨려고 했다. 하지만 몸이 움직여지지 않는다. 마치 가위에 눌린 것처럼 의식이 있음에도 불구하고 손가락 하나 꼼짝할 수 없었다.

'보, 볼코프!'

'목소리만 듣고도 알 수 있다니, 괜찮은 기억력이군.'

이건 악몽 따위가 아니다. 어떤 사술인지 몰라도 볼코프는 직접 그에게 말을 걸어오고 있는 것이었다!

'릴리쓰가 죽었다는 이야기에 대해서 자세히 듣고 싶은 데…….'

'이사카에게서 듣지 못했나?'

'아아, 도중에 가버려서 말이네. 하지만 애석하군. 이사카 베르게네프… 그 정도의 자가 우리의 혁명을 도와준다면 틀림없이 든든한 힘이 되었을 텐데. 같이 어머니 러시아의 품에서 태어난 몸 아닌가? 조국의 미래를 위해서 힘을 합치는 건 좋은 일이라고 생각하는데.'

'당신이 바로 그 조국에서 전쟁을 일으키려고 한다는 걸 몰라?!'

서린은 꿈임에도 불구하고 고함을 빽 질렀다. 볼코프의 단순함에는 질려 버렸다. 이러니까 여자들이 군인을 싫어하는 거지, 라는 생각이 이런 상황에서도 떠올랐다.

'그런 의견도 있다는 정도로 들어두도록 하지.'

'그렇다면 당신에게 해줄 이야기는 아무것도 없어!'

서린이 단언하자 볼코프의 태도가 날카로워졌다.

'그렇다면 서린, 그대도 이 꿈에서 깨어나지 못할 거야. 게다가 내가 물어보는 건 아주 단순한 이야기니까. 대답한다 해서 다를 건 없을 거야.'

웃기는 소리다. 이건 협박이다. 깨어나지 못하게 한다고? 그게 과연 가당키나 할까? 하지만 마음과 달리 몸이 덜덜 떨리고 있었다.

역시 볼코프 레보스키는 무섭다. 이사카만 해도 무서워 죽겠는데 볼코프는 그 이사카와 격돌하고도 무사할 뿐만 아니라 이렇게 특이한 수법으로 서린에게 말까지 걸어오고 있는 게 아닌가?

'그, 그렇다면 이사카를 잡지는 못했나 보군.'

'그렇지.'

'대체 뭐가 궁금하다는 거지?'

'릴리쓰가 살해당하는 것을 직접 보았던 것 같은데, 그렇다면 그 후에 릴리쓰의 시신은 어쨌지?'

'응?'

서린은 깜짝 놀랐다. 릴리쓰의 시신이라니? 어머니의 시신 말인가? 서린은 문득… 그날을 떠올렸다.

영화에서와 달리 비극은 맑은 날에 더 자주 일어난다. 그래서 일까? 그날도 유달리 아침 햇살이 밝고 찬란한 날이었다.

서린과 이사카, 그리고 릴리쓰가 살던 집은 이르쿠츠크에서 바이칼 호반을 따라 동북으로 약 50킬로미터 떨어진 교외 작은 마을에 있었다.

어린 시절의 서린은 그 거리가 어느 정도나 되는지 알지 못했다. 그에게 그런 세계는 아직 불가해한 것이었다. 그저 더 나은 내일이 있다는 것을 믿을 수밖에 없는 무력한 어린아이로서 그는 거기에 있었다.

투둑!

서린은 검은 그림자가 빛을 등지고 서 있는 것을 보았다. 아침의 햇살이 그의 뒤에 있어서 알아볼 수 없었지만, 그는 그게 이사카와 엄마라는 걸 알고 있었다.

촤악!

갑자기 그림자로부터 뭔가가 분수처럼 튀어 올라 주위를 붉게 물들였다. 낡은 백색 도장의 냉장고와 식탁, 나무로 짜 맞춘

마룻바닥 위로 피가 쏟아져 내렸다.

그리고 다음 순간 이사카의 그림자가 손날을 펴서 릴리쓰의 목을 쳐버렸다. 고사리 같은 어린아이의 손에 불과할 텐데… 그랬어야 할 텐데 릴리쓰의 목은 기요틴에 절단되기라도 한 듯 깨끗하게 떨어져 나와서 서린의 발아래로 굴렀다.

긴 금발 머리칼이 탐스럽게 자란 머리는 마치 무슨 공처럼 서린의 옆을 가로질러 차가운 마당을 향해 굴러가고… 밝게 떠오르던 아침 햇살 아래 이사카는 빛을 등지고 서서 시체를 내려다보고 있었다.

표정은 알 수 없었지만 그가 중얼거리던 소리는 귓가에 아직도 남아 있었다.

'이제… 더 이상 릴리쓰를 태어나게 할 수는 없어.'

'아아아아악!'

서린은 몸서리쳤다. 무서웠다! 어머니의 목을 스스로 쳐 날린 괴물, 이사카가! 그리고 그와 자신이 한날한시에 태어난 쌍둥이라는 것 역시 무서웠다.

서린은 과연 인간일까? 인간인 채로 있을 수 있을까? 그와 같은 괴물이 인간으로 살아간다면……. 아, 그래. 한세건은 그를 용서하지 않으리라. 이 일이 끝나고 더 이상 릴리쓰의 자식이 필요 없을 때 세건은 그의 손으로 서린을 죽여주기로 했었다.

그것도 무섭다. 아직 죽고 싶지 않다. 살아오면서 좋은 일이 없지는 않았다. 아버지나 여동생을 만난 것은 분명히 천애 고아나 다름없던 그에게 행운이었다. 그렇지만 그는 아직 인생의 맛을 모른다. 좀 더 행복해지고 싶다. 좀 더 삶을 즐기고 싶다. 이렇게 허무하게 죽어줄 수는 없다!

더 살고 싶다!

이 당연한 욕구가 너무나도 강렬하게 가슴속에서 끓어올라서 견디기 힘들 정도였다. 무섭고 불안하다.

'릴리쓰의 시신은 어찌 처리했는지 모른다 그거로군.'

볼코프는 서린의 반응을 보더니 나름대로의 결론을 내리고 사라졌다.

서린은 비릿한 피 냄새에 이끌려 눈을 떴다.

"아……."

어느 틈엔가 늑대 인간의 발톱으로 변한 손이 자신의 가슴팍을 쥐어뜯고 깊은 상처를 남겼다. 깜짝 놀란 서린은 몸을 일으키다가 침대칸의 윗부분에 머리를 들이박았다.

"뭐냐?"

서린의 침대 위에서 잠을 청하던 세건이 무뚝뚝하게 물어보았다.

"아, 아니, 별거 아니에요."

"별거 아니야? 피 냄새가 나는데?"

세건은 피 냄새에 민감하게 반응했다. 흡혈귀화를 억지로 막고 있는 세건이니만큼 피에 민감할 수밖에 없다. 물론 라이칸스로프의 피는 흡혈귀에겐 아무런 도움이 되지 않지만, 냄새만은 어쩔 수 없나 보다.

서린은 세건이 걱정되어서 얼른 상처를 재생시키고 침대칸의 벽면에 붙어 있는 커튼을 젖혀 창밖을 바라보았다.

"형, 릴리쓰에 대해서 얼마나 알고 있어요?"

"지금은 죽어 없어졌다는 것 정도? 이것만 해도 이 월야의 세계에서 나보다 더 릴리쓰를 많이 알고 있다고 나설 이가 없을걸?"

세건은 담담하게 말했다. 그러나 서린은 고개를 가로저었다.

"…아니에요."

듣기에 따라서는 죽어 없어지지 않았다는 소리 같기도 하다. 세건은 그런 서린의 반응을 보며 침대에서 뛰어내린 뒤 진지한 태도로 그를 바라보았다.

"뭔가 기억난 건가?"

서린은 그런 세건을 바라보며 한숨을 내쉬었다.

"배고파졌네요. 이 시간에 식당차가 영업을 할까요?"

세건은 서린에게 이야기를 듣기 위해 추궁하려 했으나 서린은 고개를 가로저었다. 얼굴에 피곤한 기색이 올라오는 걸 보니 일단 뭐든 먹어가면서 이야기해야 말이 술술 나올 것 같다.

"어쩔 수 없군. 그럼 식당칸으로 가볼까?"

세건은 식당차로 가기 위해 침대칸에서 나와서 좁은 통로에 섰다. 그런데 그때 맞은편에서 거구의 차장이 이곳을 향해 다가오는 게 아닌가?

"손님! 곧 터널이 나오니 자리에서 움직이지 말아주십시오."

차장은 그 말을 하면서 세건에게 다가왔다. 하지만 세건은 러시아어를 모르는 몸이 아닌가? 서린은 통역을 해주기 위해 세건의 옷깃을 잡았다.

"형, 지금 나오지 말래요. 곧 터널에 들어간다고……."

"웃기지 마."

하지만 세건은 서린의 손을 뿌리치고 품에서 나이프를 꺼냈다. 그는 미처 서린이 말리기도 전에 통로에 나온 차장에게 칼을 던져 버렸다. 묵직한 나이프가 바람을 찢으며 날았다. 맞는다면 그야말로 가죽 북 터뜨리는 소리가 요란히 날 만큼 강한 기세다!

"아!"

서린으로서는 놀라지 않을 수 없었다. 말도 통하지 않으면서 다짜고짜 차장에게 칼을 던지다니! 수배된 범죄자 신분이라서 스트레스를 받다 못 해 돈 게 아닐까 하는 생각까지 들었다.

하지만 그 순간 차장이 손을 뻗어서 날아드는 칼을 잡아냈다. 칼날의 힘을 이기지 못하고 손아귀가 다 찢어지긴 했지만 손가락 하나 잘리지 않고 받아내는 데 성공했다.

사람이 날아오는 칼을 잡는다는 것은 불가능하다. 하물며 한 세건이 전력을 다해서 던진 것을 받아내다니? 있을 수 없는 일이다!

"호오, 역시 한눈에 알아보는군."

상대는 피투성이가 된 손으로 칼을 저글링하듯 던지며 세건을 노려보았다. 러시아어가 아니라 영어를 쓰다니, 세건과 대화를 하고 싶은 모양이었다.

"흡혈귀가 여기에는 무슨 용무지? 시베리아 철도의 월급이 상당한 모양이지? 차장 노릇을 하고 있게?"

세건은 그리 말하며 방어 자세를 취했다. 하지만 가급적 싸우고 싶지는 않다. 기차의 복도라니……. 그렇지 않아도 좁은 공간인 데다 이 주변 침대칸에는 민간인도 많이 있다.

여기서 싸움을 하다가는 민간인들도 꼼짝없이 말려들게 되리라.

하지만 지금으로선 장소를 선택할 권리가 없다. 순순히 잡혀 줄 수도 없는 일이니 민간인에게 피해가 가지 않도록 저놈을 제압할 수밖에 없는 것이다.

'과연 저만한 놈을 상대로 피해가 가지 않게 끝날 수 있을까?'

세건은 상대방의 피 냄새에서 상당히 VT가 높다고 결론지었다. 그렇지만 해내지 않으면 안 된다. 그러기 위해서 인간을 버려가면서 자신을 단련하지 않았던가?

세건은 방어 자세를 취한 채로 심호흡을 했다. 정신이 맑아지면서 집중력이 높아진다. 눈앞의 적의 땀구멍까지 셀 수 있을 정도로 정신이 바짝 조여진다. 한세건은 문득 그에게 물어보았다.

"상부에 알리지 않나? 부른다든가."

"내가 왜?"

상대방은 자신 있게 반문했다. 자신의 실력에 꽤나 자신감이 있는 듯하다. 아닌 게 아니라 그의 몸은 완전 근육질인 데다가 거구임에도 불구하고 몸가짐이 바르고 단정하다. 아마도 군 경험자이리라.

흡혈귀이면서도 군 경험자라면 참으로 까다로운 상대가 아닐 수 없지만 세건은 단언했다.

"여기서 내 손에 뒈지게 되면 애써서 나와 서린을 찾아낸 게 무용지물이 되잖나?"

"대단한 자신감이군. 그 자신감을 보고 선물을 주도록 하지!"

그 말이 끝나는 순간 거구의 흡혈귀는 손에 쥐고 있던 나이프를 던졌다. 이곳은 좁은 통로라서 피하기도 힘들다! 하지만 세건은 피식 웃으면서 몸을 숙인 채 빠르게 앞으로 뛰어들었다.

"아니?!"

타이밍을 완벽하게 빼앗기고 말았다! 던지려고 팔을 들어 올리는 순간 뛰어들어서 칼을 던졌을 때는 이미 팔 안으로 파고든 상태다. 즉, 거한은 한세건을 향해 칼을 던진 게 아니라 한세건의 너머로 칼을 던진 셈이었다.

사실 세건은 처음에 자신이 던진 칼을 상대가 받았을 때부터 그가 다시 칼을 되던지리라는 것을 알고 있었다. 인간 심리라는 게 웃겨서 칼을 피하거나 쳐낸 게 아니라 받아서 손에 쥐었다면 보다 효율적인 무기가 있다 하더라도 그 칼을 되던져서 공격하게 마련이다.

이건 아무리 특수 훈련을 받은 사람이라도 빠지고 마는 심리적 함정이었다.

그래서 세건은 상대방이 칼을 던지는 타이밍을 빼앗아 돌격했다. 던지는 걸 알고 있다고 해서 타이밍을 빼앗기 쉬운 건 아니지만 한세건의 집중력은 그걸 가능케 했다.

"이놈!"

접근을 허용해 깜짝 놀란 남자는 무릎을 세워서 세건의 몸통을 치려고 했지만 세건은 여유롭게 옆으로 돌아서서 남자의 공격을 피했다. 그리고 그와 거의 동시에 반격이 이루어졌다.

빠악!

세건의 장저가 남자의 턱에 카운터로 꽂혔다. 무릎차기를 피하면서 날린 장저가 남자의 턱뼈를 뽑아서 아래턱이 위턱을 삼키게 만들어 버렸다. 물론 턱뼈를 감싸고 있는 피부와 근육이 찢어진 것은 말할 것도 없다.

세건은 그 틈을 타서 거한의 목을 감고 벽을 박차며 빙글 돌아 등 뒤를 점했다. 초크 슬리퍼와 달리 아래턱을 팔로 감은 상태로 어깨를 타 넘어 뒤로 돌아간 것이기 때문에 돌아간 것만으로도 목이 부러져 버렸다.

세건은 거기에 그치지 않고 등 뒤에서부터 척추에 무릎차기를 넣었다. 이걸로 척추가 부러지며 산산조각 난 추간판이 척추신경을 쑤셔 버렸다.

그러나 이 거한은 VT가 매우 높은 흡혈귀인지 이 정도 부상에도 아랑곳하지 않고 몸을 돌리며 주먹을 휘둘렀다. 시베리아의 황야에서 불어오는 바람인지, 이 주먹이 가르는 바람인지 우우웅 하는 무시무시한 소리가 났다. 한 방만 맞아도 두개골이 썩은 호박처럼 터져 버리리라.

콰직!

그러나 세건은 몸을 돌리는 상대를 따라 돌면서 노출된 견갑

골을 향해 찌르기를 넣었다. 단숨에 견갑골이 부서지며 파편이 근육을 찔렀다. 흡혈귀가 휘두른 주먹은 헛되이 허공을 가를 뿐이었다.

마치 늪에 빠져 발버둥 치는 짐승 같았다. 아무리 뭔가를 잡으려 해도 물을 잡으려는 것과 마찬가지로 세건은 허망하게 그의 손길에서 빠져나갔다.

"크윽, 과연 진마사냥꾼이란 이름을 그냥 얻은 건 아니로군 그래!"

거한은 오기가 생겨서 양팔로 복도의 벽을 짚고 버틴 다음에 몸으로 막듯이 덤벼들었다. 이렇게 되면 피할 공간도 없으리라!

빠박!

하지만 그 순간 가죽 북이 터지는 듯한 요란한 소리와 함께 눈앞에서 불빛이 번뜩였다. 세건은 몸으로 덤벼드는 흡혈귀에게 쇼트 어퍼를 각각 몸통과 턱에 갈기고 유유자적 빠져나간 것이다.

몸통과 턱이 동시에 박살 났지만 그것도 잠시, 곧 눈에 띄는 속도로 상처가 재생되었다. 마치 상처 입는 순간을 비디오로 찍어두고 되감기를 한 것 같았다. 은에 의한 상처가 아니라서 그런지 별 소모 없이 재생하고 있는 것이다.

'이 녀석… 매우 터프하군. 아니면 내가 약해진 건가?'

세건은 공격이 통하지 않는 것을 보며 초조해하고 있었다. 아무리 은에 의한 상처가 아니라도 몇 차례나 치명상을 입혔는데 재생 속도가 떨어질 기미가 보이지 않는다.

사실 한 대도 안 맞아서 그렇지 세건은 적에게 맞아줄 상황이 아니다. '경계를 걷는 자' 인 세건은 상처를 재생시키거나 흡혈귀의 혈인 능력 등을 쓸 경우 몸의 균형이 깨져서 흡혈귀가 되거나, 그도 아니면 인간의 형상을 잃은 고깃덩이 '커럽티드(Corrupted)' 가 될 가능성이 있었다.

  즉, 기술상 손쉽게 요리할 수 있는 적이라 해도 단 한 방만 잘못 맞으면 그걸로 모든 게 끝난다. 흡혈귀가 되는 건 차라리 운이 좋은 경우다. 인간의 피를 마신 적 없는 세건은 커럽티드가 될 가능성이 크다.

  하지만 그렇게 생각하니 외려 흥분된다. 그는 자신의 죄를 용서받기를 포기했다. 그저 이 죄의 지옥이 끝없이 계속되어서 자신을 파멸시키기를 바랄 뿐이었다. 서린을 상대하느라 요사이 독기가 좀 빠지긴 했지만 그렇다고 해서 그가 갈망하는 게 바뀌진 않았다.

  "자아, 이 자식! 나를 죽여봐!"

  세건은 좁은 복도에서 초인적인 정신력을 발휘해 적을 상대했다.

  "크아악!"

  거구의 흡혈귀는 손톱을 세워 무시무시한 기세로 휘두르며 덤벼들었다. 중심을 단단히 지키고 좌우로 엇갈리게 공격하는 기술은 이자가 허술한 존재가 아니라는 걸 대변해 주었다.

  그렇지만 집중력이 올라갈 대로 올라간 세건에게는 통하지 않는다. 이제는 상대방이 휘두르는 주먹, 그 손등에 난 솜털 하나 하나까지 보일 정도다.

'젠장. 나도 사라예보나 캄보디아에서 피 좀 많이 빨아봤는데 어째서 한국 같은 평화로운 나라에서 살던 놈에게 당하는 거지? 아무리 진마사냥꾼이라고 해도 이건 너무하잖아?'

지구의 흡혈귀, 블라드는 잡힐 듯 잡힐 듯 잡히지 않는 세건과 싸우며 경악했다. 마치 자신의 그림자를 잡으려고 하는 것 같아서 혹시 무슨 환술에 걸린 게 아닐까 의심스러웠다. 상식적으로 이런 좁은 복도에서 옷깃 한 번 스치지 못했다니 있을 수 없는 일 아닌가?

"크윽!"

고통도 고통이지만 치욕이 더 앞섰다. 결국 그는 품에 숨겨가지고 있던 권총을 빼 들었다.

"이 자식!"

고집스러운 고함과 함께 총성이 두 발 연달아 울렸다.

4

양손을 바지 주머니에 찔러 넣은 채 롱코트를 어깨에 걸친 아마색 머리칼의 남자가 열차와 열차 사이를 지나고 있었다. 특이하게도 양쪽 눈을 전부 다 안대로 가린 그는 휘파람까지 불며 유유자적 좁은 열차의 통로를 걸어갔다. 눈을 안대로 가리고 있음에도 불구하고 그는 자신의 앞길을 의심하지 않았다.

"브리아레오스, 과연 이런 짓에 의미가 있을까요?"

그의 뒤를 따라오던 남자가 그를 불렀다. 브리아레오스라고 불린 이 안대의 남자는 그 순간 우뚝 멈춰 섰다.

"뭐가?"

"아니… 그분들께서는 가만히 있는데 우리들 자의적으로 움직이는 것도 좀……."

그는 브리아레오스의 분노를 두려워해서 말꼬리를 흐렸다. 하지만 자기 할 말은 다 한 셈이다.

그들의 주군인 테트라 아낙스는 라이칸스로프들이 준동하든 말든, 릴리쓰의 자식들이 러시아를 돌아다니든 말든 내버려 두고 있었다. 그에 대한 어떤 지시도 없어서 테트라 아낙스의 부하인 그들로서는 자의적으로 해석할 수밖에 없었다.

하지만 조반니가 한국에서 아무런 성과를 거두지 못한 것을 보고 나서 조반니와 마찬가지로 석세서 중 한 명인 브리아레오스는 도리어 열의가 생긴 모양이었다.

물론 브리아레오스에게 열의라는 건 어울리지 않는다. 석세서 중에 예지력을 가진 유일한 인물인 브리아레오스는 그 예지력의 반동으로 열의를 잃어버렸다.

열기라고는 전혀 없는 차가운 인형처럼 그는 자신의 미래를 바라보며 절망했다. 그러던 이가 열의를 갖게 되다니, 이것은 도리어 반겨야 할 상황일지도 모른다.

"이제 곧 총성이 울리겠군. 블라드 녀석, 하바로브스크에서의 실점 때문에 공훈에 환장해 있지만 이건 외려 악재로 작용하겠어. 미래를 예측하지 못하는 놈들은 그래서 슬프지."

브리아레오스의 말이 끝나기가 무섭게 앞 칸에서 총성이 두 발 울렸다. 한세건의 공세를 견디지 못한 블라드가 명령을 무시하고 발포를 해버린 것이다. 브리아레오스는 그것을 꿰뚫어 보고 피식 웃으며 담배를 입에 물었다.

"차량 안에서는 금연입니다."

"벽을 부숴 버릴까, 그럼? 실내가 아니게 되니까."

브리아레오스는 그렇게 물어보고 있었다. 물론 고속 열차의 벽을 부숴 버리게 되면 그 피해는 끔찍하다. 브리아레오스도 그걸 모르지는 않으리라. 하지만 지금 표정이나 태도를 보니 그는 정말로 저지를 심산이었다.

"…피우십시오."

브리아레오스의 뒤를 따르던 흡혈귀는 한숨을 내쉬더니 앞서 나가서 문을 열었다.

인간의 문명 뒤에 존재하는 어둠의 자식들이 러시아에 몰려들고 있었다. 그러한 어둠의 세계를 모르는 이라 하더라도 지금의 러시아의 공기가 이상하게 변한다는 것은 누구나 알고 있었다.

민심은 흉흉해지고 반군들의 테러가 활발해진다. 그 기묘한 파국의 열기는 계속 달아오르고 있었다.

하바로브스크 역사가 파괴되고 BAM(바이칼—아무르 간선철도)이 끊어진 것도 그렇다. 정부는 반정부 테러리스트 단체를 범인으로 지목했지만 반정부 테러리스트의 소행이라는 증거는 나오지 않았다.

여하튼 이런 흉흉한 민심 때문인지 모르겠는데 가족을 찾아서 움직이는 이들이 요즘 들어서 부쩍 늘어났다. 그래서 시베리아 횡단철도 푸쉬킨 호는 특급이라는 이름이 무색하게 간선 객차를 추가로 4량 달고 이르쿠츠크를 지나 칸스크로 향하고 있었다.

"어?"

에스토니아 출신의 소녀 이샤는 문득 해괴한 소리를 듣고 좌석에서 일어났다. 그러자 이샤의 아버지가 깜짝 놀라서 딸을 바라보았다.

"무슨 일이니, 이샤? 갑자기 놀란 얼굴을 하고?"

아닌 게 아니라, 평소 장밋빛의 뺨을 하고 있던 이샤의 얼굴에서 핏기가 사라졌다. 이샤는 아버지의 얼굴을 확인하고 주위 사람들의 표정을 살펴보았다. 다른 사람들은 모두들 변함없이 평소의 활동을 유지하고 있었다.

"바, 방금 총성이 나지 않았어요?"

"이샤, 무슨 소리를 하는 거니. 다들 가만히 있는데."

"아니, 우리 이샤는 바이올린을 하잖아. 이게 절대음감이니 뭐 그런 거 아니야?"

"절대음감이 아니라 귀가 밝아야겠죠. 남이 듣지 못하는 소리를 들으려면."

이샤의 부모는 역시 이 총성을 듣지 못했는지 서로 농을 주고받았다. 하지만 그때였다.

콰직!

갑자기 열차의 천장이 뚫리며 기다란 무언가의 팔이 들어왔다. 그것은 이샤의 아버지의 머리를 잡아채어 높이 들어 버렸다.

"아?!"

순간적으로 일어난 일이라 누구도 무슨 일이 일어나고 있는지 파악하지 못했다. 하지만 잠시 후 끔찍한 비명과 함께 열차의 천장으로부터 피가 쏟아져 내렸다.

"아아아아아악!"

"꺄아아아아악!"

이샤의 아버지는 다시 열차 안으로 떨어졌다. 단, 올라갈 때와 달리 하반신만 떨어진 것이다.

그리고 곧 곳곳에서 비명 소리가 들렸다.

블라드는 좁은 복도에서 세건을 향해 권총의 방아쇠를 당겼다. 거리가 가깝긴 하지만 좁은 복도다! 총알을 피한다는 건 인간이나 흡혈귀나 불가능한 일이니까 이번에는 반드시 맞힌다!

하지만 그 순간 세건은 마치 뒤로 쓰러질듯 몸을 젖히면서 그 총탄을 피해 버렸다. 영화 '매트릭스'에서 키아누 리브스가 하던 짓거리를 해낸 것이다!

단, 키아누 리브스와 다른 것은 쓰러지지 않고 발 하나는 들어서 균형을 이루고 다른 발 하나로 몸을 버티면서 지면에 평행으로 몸을 유지시켰다는 것이다. 이 정도 되면 이건 '매트릭스'가 아니라 상해잡기단이라고 봐야 한다.

세건은 그렇게 총을 피하고 한 다리만으로 벌떡 일어나서 블라드의 안면을 정확하게 스트레이트로 가격했다.

콰직!

안면이 함몰되며 블라드의 거구가 고목처럼 벌러덩 뒤로 넘어갔다. 한세건은 그제야 손을 털었다. 그의 소매로부터 새카만 도폭선이 떨어져 나와 블라드의 목과 팔다리를 감아버렸다.

한세건은 일반 승객들에게 피해를 주지 않기 위해 총이나 클레이모어를 쓰지 않고 끝내려고 했었는데 상대가 총을 쓴 이상 이쪽도 손을 놓고 순수한 타격만으로 싸울 이유가 없지 않은가?

"형, 괜찮아요?"

서린은 세건을 걱정하며 다가왔다. 하지만 방금 전의 그 기예에 가까운 동작으로 세건은 이 좁은 복도에서의 총격을 완전히 피했다.

"물러가 있어. 놈들의 목표는 너다. 왜 이제 와서 노리는지는 모르겠지만 말야."

볼코프 레보스키가 준동하고 있는 이 마당에도 서린을 노리다니……. 레보스키가 서린을 한 번 납치했던 것 때문에 미끼로서의 가치가 있다고 생각한 걸까?

'어느 쪽이든 간에 짚이는 게 너무 많군.'

세건은 쓰러져 있는 흡혈귀를 내려다보며 칼날을 세웠다. 어쨌거나 이 흡혈귀는 죽여 버릴 심산이었다.

그러나 그때 앞 칸으로부터 흡혈귀들이 나타났다.

"자자, 거기까지. 멍청한 부하지만 그래도 몇 안 되는 소중한 전력이니 이쯤에서 용서해 주시죠."

한세건은 대답 대신 허공에 손을 뻗었다. 그러자 검은 어둠으로부터 기다란 클레이모어가 나타났다. 포켓 매직이라고 부르는 이 기술은 작은 공간에 무기를 숨기기 위한 마법이었다.

원래 공간에 관여하는 주문은 굉장히 고난이도의 마법이지만 어쩐 일인지 세건과 상성이 잘 맞아서 쉽게 쓸 수 있었다. 그의 몸에 공간 전이 능력을 지닌 자인의 피가 흐르고 있기 때문이라고 보이지만 원래 술법이라는 것은 개인차가 있기 때문에 뭐든지 흡혈귀의 피로 돌릴 것도 못 된다.

"무슨 생각이지? 서린을 노리는 건가?"

세건은 칼날을 흡혈귀의 목에 겨누었다. 그러자 흡혈귀는 피우고 있던 담배를 세건의 칼날에 눌러서 비벼 껐다.

"재떨이치고는 좀 많이 크군요."

"……."

한세건은 아무런 말 없이 칼을 거두었다. 흡혈귀가 공격권에 들어왔을 때 그걸 죽이지 않은 적은 없지만 이 녀석도 뭔가 생각이 있으니까 모가지를 칼날에 들이밀고도 저리 태연한 것이리라.

게다가 눈을 가리고 있는 저 안대가 신경 쓰였다.

"오라클인가?"

테트라 아낙스의 혈족들은 예지력을 강화하기 위해서 스스로 눈을 파내고 부적으로 안구를 채워서 시력을 제거한다. 그렇게 하여 예지력을 강화한 흡혈귀들을 뱀파이어 오라클이라고 하는

데, 이들이 모여서 세계의 미래를 예언함으로써 테트라 아낙스와 흡혈귀들이 이만큼 번성할 수 있었다.

"그 비슷한 겁니다. 제 부하를 살려주신다면 답례로 좋은 걸 가르쳐 드리죠."

안대로 눈을 가린 흡혈귀, 브리아레오스는 세건에게 그렇게 제안했다. 물론 그가 본 미래에서 세건은 이 제안을 받아들인다. 이미 수배된 몸인데 달리는 시베리아 철도에서 흡혈귀를 죽이게 되면 책임을 피할 수 없다.

외국인의 표에는 이름과 여권 번호가 적히게 되어 있고, 이미 시베리아 철도는 전산화 작업이 완전히 끝나 있다. 여기서 사고를 치면 바로 국제적 범죄자가 되는 것이다.

그렇게 되면 이들은 귀국조차 할 수 없다! 아무리 생각해 보아도 여기서 한세건이 이 제안을 받아들이지 않을 이유가 없다!

"그래?"

그러나 그 순간 세건은 창문을 향해 손을 뻗었다.

콰직!

강화유리가 마치 보이지 않는 뭔가에 의해 두들겨 맞은 것처럼 산산조각 나더니 거센 바람과 함께 부서져 버렸다! 아무것도 없는데 부서지는 창문은 아득한 옛날, 흑백 SF 스릴러 영화의 한 장면 같았다. 눈이 보이지 않는 브리아레오스이지만 무슨 일이 일어났는지는 금세 알 수 있었다.

창문이 부서지는 순간 세건은 클레이모어로 쓰러져 있는 블라드란 흡혈귀를 쿡 찍어버렸다.

"컥!"

블라드는 기가 막혀서 한세건을 올려다보았다. 마치 포크로 소시지를 찍듯 거리낌 없이 칼로 블라드를 찍은 세건은 무표정하게 브리아레오스를 노려보더니 블라드를 번쩍 집어 들었다. 체중이 110킬로그램이 넘는 거한이 공깃돌처럼 가볍게 들린다.

"이 미친 새끼!"

블라드는 욕설을 남기며 부서진 창문으로 내던져졌다.

"아, 아니?!"

예지와 어긋나는 일은 종종 있다. 테트라 아낙스의 예지라는 것은 어떤 절대적인 운명이 있어서 그것을 엿보는 것이 아니라 초월적인 통찰력이 만들어내는 것이다. 그러므로 예지가 어긋나는 일은 얼마든지 있을 수 있다.

하지만 그런 일은 결코 많지 않았다. 브리아레오스는 눈앞에서 일어난 이 일을 보며 황당해했다.

"…후회하실 텐데요."

"후회?"

한세건은 브리아레오스의 말에 코웃음 쳤다. 그러나 그때였다.

우지지직!

갑자기 침대칸 벽이 우그러지며 한 남자가 복도로 도망쳐 나왔다.

"와아아아악!"

사람이 비명을 질렀지만 그 순간 침대칸에서 뻗어 나온 손이 그의 목을 틀어쥐었다.

우직!

손아귀에 힘을 가볍게 준 것만으로 사람이 즉사했다. 그 팔은 남자를 침대칸으로 끌고 갔다.

으적으적!

그리고 뭔가를 먹어치우는 소리가 들렸다.

"와아아악!"

놀란 사람들이 복도로 뛰쳐나왔지만 그들의 비명이 괴물을 자극시켰다. 괴물은 침대칸을 부수면서 서린이 있는 쪽을 향해 돌격하며 걸리는 사람들을 닥치는 대로 잡아 몸통에 뚫린 커다란 입으로 집어삼켰다.

그제야 괴물의 모습이 드러났는데 피부 곳곳에 사람들의 얼굴이 있고 주가 되는 커다란 팔 두 개를 제외하고도 네다섯 개의 팔이 배와 가슴, 등과 옆구리를 가리지 않고 드러나 있었다.

마치 거대한 젤리가 인간들을 집어삼킨 것 같았다.

"커럽티드?!"

세건은 그 모습을 보며 깜짝 놀랐다.

이전에 본 커럽티드와는 모습이 다르기는 하지만 저것은 분명히 커럽티드다. 한때 흡혈귀 사냥꾼이었거나 흡혈귀였던 것이 타락하여 인간의 형상조차 유지하지 못하게 된 비참한 모습이었다.

"저걸 알려 드리려 했었는데, 시간이 좀 늦었군요."

브리아레오스는 빈정거리며 어깨를 으쓱해 보였다.

세건은 그 순간 브리아레오스에게 뛰어들었다. 손을 뻗어서 이마를 노리고 있는 것으로 보아 머리를 잡으려 한 것 같았다. 하지만 브리아레오스는 이것조차 예지하고 있었기에 사뿐히 뒤로 물러나 그의 공격을 피했다.

"뭔가 오해하시는 모양인데, 저건 제가 조종하고 있는 게 아닙니다!"

그러나 세건은 들은 체도 하지 않았다.

"아, 정말!"

서린은 자신에게 손을 뻗어오는 커럽티드의 공격을 피하며 옆으로 굴렀다. 커럽티드는 여기까지 오면서 열차의 승객을 자신의 몸에 통째로 끌어들였는지 피부에 사람들이 꿈틀거리는 게 보였다. 피해자에게는 안된 일이지만 저렇게 되었으면 죽었으리라.

"젠장! 얼른 도망쳐요!"

서린은 다른 사람들을 대피시키기 위해 커럽티드의 공격을 피하며 그의 주의를 자신에게 끌리게 했다.

하지만 사람들은 서린의 말을 알아듣지 못하고 성호를 그으며 질겁하고 있었다. 서린이 무의식중에 한국어로 외친 탓이다.

하긴 이곳은 열차다. 좌우로 도망칠 곳이 얼마 없는 데다가 저 커럽티드는 너무나도 컸다. 아무리 서린이 주의를 끈다고 해도 괴물의 옆구리를 파고 들어갈 사람은 별로 없으리라.

"싸워야겠군."

서린은 파티클이 부서지면서 튀어나온 금속 봉을 쥐었다. 알루미늄 합금으로 만들었는지 그리 강한 것 같지 않지만 일단 이 정도면 충분하다. 서린의 괴력과 순발력을 합치면 알루미늄이 아니라 종이로도 살점 정도는 벨 수 있다!

"와라, 이 괴물 자식아!"

"크워어어어!"

커럽티드의 팔이 다시 서린을 향해 날아들었다. 손가락 하나하나가 30센티미터 이상 되는 데다가 그 끝에는 갈고리 같은 손톱이 달려 있어서 만약 할퀴어지기라도 한다면 살점이 덩어리져 떨어질 것이다.

"파리 앉겠다, 자식아!"

커럽티드의 공격은 무시무시한 기세를 가지고 있긴 했지만 쓸데없이 팔이 길어서 관절부에서 시간을 많이 잡아먹었다. 이런 것에 맞을 서린이 아니다!

서린은 날아드는 커럽티드의 손바닥을 향해 봉을 던졌다.

콰직!

살점을 뚫고 알루미늄 파이프가 손바닥에 꽂혔다. 커럽티드는 고통에 놀라서 손을 떼다가 천장에 머리를 들이받았다.

"이 자식, 나를 노리면 나만 공격하지 왜 민간인까지 처먹는 거야?!"

너무나 울화가 치밀어 올라서 엉뚱한 소리까지 하고 말았다.

흡혈귀나 괴물들이 왜 그런 이름으로 불리는가? 인간의 피를 빨거나 인간을 먹어버리기 때문에 그런 것 아닌가? 그런데 민간인을 공격하지 말라니, 이만큼 아둔한 소리가 어디 있을까?

하지만 저놈의 천성이 인간을 잡아먹는 괴물이라고 해서 이 많은 희생자를 '당연하다'고 할 수는 없다! 여기서 죽은 민간인들은 모두 서린과 같은 칸의 열차를 타고 있었다는 죄밖에 없는 것이다! 그렇다면 저들의 죽음에 서린의 책임도 있지 않겠는가?

"으으으윽!"

서린은 열차의 밑판을 잡고 힘을 주었다. 그러자 우지직 소리와 함께 바닥이 뜯어졌다. 서린은 그렇게 뜯은 플로어를 원반처럼 던졌다.

콰작!

커럽티드가 팔을 들어서 서린의 공격을 막아냈지만 서린이 던진 판은 원반처럼 날아가서 커럽티드의 두꺼운 팔을 잘라 버리고 몸통에 박혔다.

"크오오오오!"

커럽티드는 잘린 팔에서 피를 쏟으며 비명을 질렀다. 소리가 어찌나 큰지 귀가 아프고 머리가 몽롱해질 지경이었다.

하지만 서린은 지면을 박차고 뛰어들어서 커럽티드의 머리로 보이는 것을 공중 하이킥으로 걷어차 버렸다. 질퍽한 느낌과 함께 녀석의 머리통이 목에서 잘려 나가 벽에 충돌했다.

철퍽!

산산조각 난 뇌와 젤리화된 뼈가 끈적끈적하게 유리창에 붙었다.

그러나 이 커럽티드는 아직도 전의를 잃지 않았는지 그 몸체에서 난 손으로부터 점액질의 액체가 서린을 향해 쏘아졌다. 그리고 잘린 팔의 단면으로부터 새로운 육체가 돋아나 무서운 속력으로 서린에게 날아들었다.

"흥!"

서린은 손톱을 세워서 아래에서 위로 저공 어퍼컷을 날렸다. 천장을 뚫을 듯한 풀스윙으로 손톱을 휘두른 것이다. 그러자 허공에 순백색의 섬광 네 줄기가 채찍처럼 쏟아지며 커럽티드의 팔과 점액, 촉수 등을 일제히 잘라 버렸다.

"꿰에에에엑!"

커럽티드는 처참한 비명을 지르며 뒤로 나동그라졌다. 서린은 커럽티드를 향해 양손의 손톱을 세우고 달려들었다.

콰직!

흡혈귀나 커럽티드, 라이칸스로프의 특성에 대해서는 이미 귀에 못이 박히도록 들었다. 한 번 쓰러뜨렸다고 해서 방심해서는 안 된다. 특히 인간으로서의 특질마저 완전히 잃어버린 커럽티드는 살점 몇 개에서 부활할 가능성도 있다. 그러므로 완전히 찢어발기지 않으면 안 된다.

커럽티드의 몸통을 찢어버린 그 순간 안에 갇혀 있던 사람이 힘없이 쏟아져 내렸다. 마치 감자 포대를 자르니 감자가 쏟아지듯 사람들이 쏟아져 나왔다.

깜짝 놀란 서린이 사람을 집어 들어보았지만 제일 처음 그가 집어 든 청년은 하반신이 완전히 잘려 있어서 내장과 새하얀 등골이 드러나 보였다.

"뭐 하자는 거야, 이 괴물 놈들아!"

서린은 울화를 이기지 못하고 시체를 집어 던진 뒤 피에 물든 양손으로 쓰러진 커럽티드를 잘게 쪼갰다. 커럽티드의 외피가 찢어지고 집어삼킨 인간이 튀어나왔지만 그들은 이미 다들 죽어 있었다.

"젠장!"

서린은 커럽티드의 몸통을 갈기갈기 찢어놓고 나서 파편을 밟았다. 상당히 거대한 체구였지만 안에 들어가 있던 시신들을 빼고 나니 결국 사람만 한 크기의 아메바형 괴물에 불과했다.

'이게 흡혈귀였던 놈의 말로라 이건가?'

서린은 그리 생각하며 손을 떼었다. 인간성이 남아 있는 라이칸스로프나 흡혈귀라면 모를까, 커럽티드같이 완전한 괴물이 상대라면 서린은 주저 없이 손을 쓸 수 있었다. 그래도 역시 손에 피를 묻히니 입맛이 쓰다.

그렇다고 처져 있을 수는 없다. 지금도 그를 노리는 괴물들이 득시글거리는 데다가 세건은 적과 대치하고 있으리라. 서린은 자리를 박차고 일어나 복도로 뛰쳐나왔다.

5

당장 칼부림이 벌어지고 있으리란 서린의 예상과 달리 한세건은 안대로 눈을 가린 흡혈귀의 목에 칼을 겨누고 이야기를 들고 있었다.

"이러쿵저러쿵 조건을 걸긴 했지만 사실 나에게 뭔가를 알려 주고 싶어서 근질근질한 거라는 거 다 알고 있어. 자, 속 시원히 이야기해 보시지?"

어찌 보면 뻔뻔스러운 소리다. 세건은 지금 블라드라는 흡혈귀와의 교환 조건으로 제시했던 정보를 그냥 가르쳐 달라고 억지를 쓰는 것이었다. 브리아레오스는 그런 세건을 보며 어처구니가 없다는 듯 코웃음 쳤다.

"왜 그렇게 생각합니까?"

"아까 전의 그 흡혈귀를 내던졌어도 전혀 아쉬워하지 않았으니까. 그리고 네놈들이 넘겨주는 정보라는 건 어차피 뻔한 목적 아닌가? 나를 자극시켜서 너희가 원하는 대로 움직이게 하려고! 한국에선 그걸 낚시라고 하지."

세건은 브리아레오스의 속셈을 정확하게 파악했다. 정보를 미끼로 거래하는 놈들의 나쁜 습관은 그들이 정보를 건네줌으로써 상대방의 움직임을 자신이 원하는 대로 이끌어 가려고 한다는 것이다.

"그걸 알고 있으면서도 들으려고 하는군요. 좋군요. 매우 좋아요, 그 자신감."

브리아레오스는 세건의 태도에 기뻐하는 표정을 지어 보였다. 함정이 있다는 것을 알면서도 세건은 그에게서 이야기를 들으려고 하는 것이다.

그러한 세건에게 감복한 브리아레오스는 우아한 자세로 몸을 숙이며 인사했다. 그 때문에 세건이 들고 있는 칼에 살짝 베여서 피가 흘렀지만 그는 아랑곳하지 않았다.

"아, 제 소개가 늦었군요. 저는 석세서 중의 한 명, 브리아레오스라고 합니다. 보시다시피 예지력을 가진 흡혈귀입니다. 이게 무슨 의미인지 아시겠습니까?"

그 말을 듣고 보니 브리아레오스의 존재는 이상했다.

석세서라는 것은 본디 테트라 아낙스가 자신의 기술력을 동원해 만들어낸 것으로 멸망한 흡혈귀 계통을 재현하거나 자신의 말을 안 듣는 놈들을 대체하기 위한 게 아니던가?

그렇다면 왜 예지력을 가진 놈을 만들어놓았을까? 설마 테트라 아낙스 그 자신을 대신하기 위해서란 말인가?

"설마 진짜 테트라 아낙스의 후계자라든가 그런 건 아니겠지? 에스콰이어라든가?"

"하하하하. 테트라 아낙스가 그렇게 좋은 마음을 품을 것 같습니까? 다른 진마라면 모를까 테트라 아낙스가 후계자라니… 말도 안 됩니다. 테트라 아낙스의 에스콰이어란 자리는 쉽게 말해서 '실무 책임자'에 불과하다는 것은 당신도 잘 아실 텐데요?"

브리아레오스는 웃으면서 자신을 가리켰다.

"저는 원래대로라면 뱀의 그릇이 되었어야 했습니다만… 자질이 부족해서 석세서라는 직위로 만족하고 있지요. 뭐, 제 입장에서는 다행이라고 생각됩니다만."

"뱀의 그릇?"

"예."

"그게 뭐지?"

"쉽게 말하면 R. 고든의 새로운 몸이 될 예정이었다는 겁니다."

브리아레오스가 그 말을 하자 곁에 서 있던 흡혈귀가 움찔했다. 아마도 절대로 말해서는 안 되는 중요한 정보인 것 같았다. 하지만 이미 입 밖으로 튀어나온 것을 어찌하랴?

"뭐?"

한세건 역시 그 말을 듣고 놀라지 않을 수 없었다.

고든의 새로운 몸이라니?

그게 대체 무슨 뜻이지?

세건 그 자신이 찢어놓은 열차의 옆구리를 통해서 강한 바람이 불어와 머리칼을 흩날리게 했다.

그는 클레이모어를 거두고 머리칼을 쓸어 올리며 브리아레오스를 바라보았다. 브리아레오스도 침착한 태도로 세건을 바라보았다. 안대 속에 감춰진 눈은 대체 무엇을 말하려 하는 것일까?

열차가 부서지면서 전력이 부족해졌는지 복도 위에 달린 형광등이 잡음을 내며 흔들거렸다. 브리아레오스는 태연스럽게 말을 이었다.

"아시다시피 고든의 몸은 늙었습니다. 보통 자연발생 흡혈귀는 인간이 무슨 계기를 통해서 흡혈귀로 변성하게 되니 늙은이가 존재할 수 있지만 고든은 릴리쓰의 자식입니다."

"그게 어떻다는 거지? 테트라 아낙스가 릴리쓰의 자식이라는 건 이제 와서 놀랄 것도 없어."

"아니……. 릴리쓰의 자식인 흡혈귀들의 변성 시기는 이차성

징이 끝나는 직후였습니다. 고든도 예외라고 할 수는 없겠지요? 그렇다는 것은 고든은 젊은 몸으로 시작해서 흡혈귀로서 늙고 노쇠해졌다는 뜻입니다."

"그러고 보니 그렇군."

한세건은 머리를 망치로 맞은 듯 끄덕였다. 브리아레오스의 말을 듣기 전에는 고든이 리림임에도 불구하고 그 육신이 노쇠했다는 사실에 의문을 품지 않았었다.

하긴 의문을 품을 이유도 없다. 라이칸스로프의 피를 마셨다거나 금지된 흑마법을 많이 썼다던가 하는 이유로 흡혈귀들도 노쇠해질 수 있으니까. 편한 대로 불로불사라고 부르고 있지만 흡혈귀는 정말 불로(不老)도 아니고 불사(不死)도 아니다.

"그래서 노쇠해 가는 자신의 육신에 공포를 느낀 고든은 자신의 새로운 몸을 만들고 그곳으로 자신의 영혼을 옮기고 싶어 했습니다. 뱀이 상징하는 건 불로불사와 재생…… 그는 자신의 염원을 담아서 뱀이 된 거지요."

"그래서 석세서임에도 불구하고… 예지 능력을 가진 당신이 만들어졌다 이거군? 뱀의 새로운 몸으로서!"

한세건은 브리아레오스를 바라보며 전율했다. 흡혈귀가 말하는 것을 곧이곧대로 듣다가는 목숨이 열 개라고 해도 부족하지만 이 녀석의 말은 설득력이 있었다.

그리고 그 테트라 아낙스가 젊음을 탐하고 있다는 걸 생각하니 혐오감과 분노가 가슴을 강타했다. 그 빌어먹을 흡혈귀의 왕…… 앞으로도 천년만년 군림할 거란 말인가? 다른 흡혈귀들의 몸을 빼앗아가면서까지?!

"바꿔 말하면 테트라 아낙스는 이미 예지 능력을 개화한 개체가 아니면 자신의 몸을 옮길 수 없다는 거지? 하긴 영혼이야 같은 거라 하더라도 뇌나 육신이 그 술법에 특화되지 않으면 가지고 있던 힘을 잃기만 할 뿐이니까 세심한 배려가 되어 있어야 하겠지만."

세건은 분노를 다스리며 냉철하게 판단했다. 테트라 아낙스가 함부로 몸을 옮기지 못한다는 것은 매우 좋은 정보다. 지금 눈앞에 있는 이 흡혈귀도 석세서를 자청할 정도니 진마들에 버금가는 흡혈인자 수치를 지니고 있겠지만……. 그럼에도 불구하고 테트라 아낙스의 몸으로서 부적격하다는 것이 아닌가?

브리아레오스는 한세건의 가설을 긍정했다.

"그렇지요. 그리고 저 정도의 능력으로는 고든의 새로운 몸이 되기에 부족하다는 겁니다. 다행이지요, 저로서는……."

"하지만 그런 걸 나에게 말해줘도 되나? 테트라 아낙스가 이 사실을 알면 당신을 내버려 둘 것 같지 않은데. 이 낚시질에 테트라 아낙스가 동의하고 있다면 모를까, 그런 것 같지도 않고."

"하하하, 저도 예지 능력과 염시를 가지고 있는 몸이라서 잠깐 동안은 괜찮습니다. 지금 걱정해 주시는 겁니까?"

브리아레오스는 그 말을 하다가 문득 뭔가를 감지했는지 세건에게 경고했다.

"이런! 블라드가 흥분했군요. 조심하십시오!"

한세건도 뭔가가 열차 밖에서 달려오고 있다는 걸 깨닫고 즉시 서린을 돌아보았다.

"피해!"

한세건은 서린을 손으로 밀어내고 클레이모어를 옆으로 휘둘렀다. 그와 동시에 강화유리로 만든 창문이 깨지며 방금 전 한세건이 집어 던졌던 거구의 흡혈귀가 뛰어드는 게 아닌가?

콰직!

그놈은 세건이 휘두르는 클레이모어를 피하고 발차기를 넣었다. 세건은 왼팔을 들어서 그의 공격을 막았지만 기세를 이기지 못하고 뒤로 몇 걸음이나 미끄러졌다. 상대방이 체격 면에서 한세건보다 월등하기 때문에 당연한 결과였다.

콰지직!

세건이 이미 커럽티드에 의해서 산산조각 난 침대칸으로 밀려났다. 이 흡혈귀는 방금 전까지 일방적으로 두들겨 맞은 데다가 굴욕스럽게 상관 앞에서 창밖으로 내던져지기까지 해서 독기가 오를 대로 올라 있었다.

"진마사냥꾼이고 나발이고 죽어라!"

블라드는 악을 쓰며 한세건에게 달려들었다. 깜짝 놀란 서린이 그 사이에 뛰어들었는데 그때 브리아레오스의 명령이 떨어졌다.

"그만둬라, 블라드!"

"예? 그렇지만!"

"그만두라니까!"

"아, 알겠습니다."

방금 전까지 이성을 잃고 광분하던 이 흡혈귀는 브리아레오스의 명령 한마디에 살기를 거두고 물러났다. 비록 한세건에게 심한 꼴을 당해서 분노했어도 상관의 명령을 어길 수는 없는 모양이었다.

한세건은 그놈을 보며 아랫입술을 깨물었다.

원래 그는 브리아레오스를 살려둘 생각이 없었다. 비록 그가 테트라 아낙스를 증오할 만한 이유를 가진 흡혈귀라 하더라도 상관없다. 테트라 아낙스 타도를 이유로 세건에게 협력을 구한 흡혈귀는 지금까지도 꽤 있었다.

캐낼 수 있는 정보를 최대한 캐내고 나서는 여기서 죽여 버릴 심산이었다. 그런데 저 블라드란 놈이 끼어들어서 일을 망쳤다.

"젠장! 재수 없게!"

한세건이 파티클의 잔해 더미에서 걸어 나오자 시뻘건 피가 바닥으로 뚝뚝 떨어졌다. 아까 전에 밀려났을 때 부서진 잔해가 세건의 몸을 쑤셔 버린 것이다. 이 정도의 피만 흐르는데도 눈앞이 핑 돈다. 피를 마시지 않고 흡혈인자를 억제하고 있다 보니 약간의 출혈만으로도 죽을 지경이었다.

만약에 저 브리아레오스라는 놈이 도중에 공격을 멈춰주지 않았다면 어떻게 되었을지 모른다.

하지만 한세건으로서는 입장이 난처해졌다. 이리된 이상 흐름이 브리아레오스의 손에 넘어간 게 아닌가?

아마도 브리아레오스라는 놈……. 예지력이 있으니까 이것까지 내다보고 세건의 앞에 나타나서 칼날에 스스로 목을 들이민 것이리라. 그렇다고는 해도 열차 밖으로 내던져진 놈이 어떻게 돌아온 거지? 세건은 블라드를 노려보며 클레이모어를 고쳐 잡았다.

"형, 사람들이 오는데요?"

침대칸에서 벌어진 살육 사건과 소란 때문에 철도 직원들이 황급히 달려오는 게 보였다.

"젠장! 자리를 피해야겠군."

"하지만 어디로요?"

달리는 열차에서 과연 달아날 곳이 어디 있단 말인가?

서린은 힐끗 구멍 뚫린 열차의 옆면을 바라보았다. 이쪽으로 뛰어내리면… 어떻게 될까? 아무리 재생력이 있는 몸이라지만 그런 미친 짓은 썩 내키지 않았다.

뛰어내려서 다치는 것도 다치는 거지만 그렇게 된 다음에는 광활한 대자연을 몸소 체험하는 아주 웰빙스런 꼴이 될 것 같았다.

"아무리 요새 웰빙 붐이라지만 크로스컨트리로 시베리아를 횡단하는 건 좀… 그렇지 않아요? 형이랑 저는 이미 충분히 건강하다고요."

서린이 그렇게 말할 때였다.

콰직!

이쪽 칸으로 달려오던 직원의 옆에서 창문이 깨어지며 기다란 팔 같은 것이 나타나 인간들을 베어버렸다.

"까아아아악!"

째질 듯한 비명이 울려 퍼졌다. 깜짝 놀란 한세건이 열차의 뒤 칸을 보니 역시 그쪽에서도 인간들의 비명 소리가 터져 나왔다. 괴물들이 열차를 점거하고 공격을 가하기 시작한 것이다.

"저 자식들이 또 애꿎은 사람들 죽이네?! 형, 어쩌죠?"

"어쩌기는… 우리 때문에 민간인이 죽는 모양인데 맞서 싸워줘야지. 정의의 사도 놀이에는 흥미가 없지만 눈앞에서 무의미한 살상이 벌어지는데 손가락 빨 수는 없잖아?"

서린을 구하기 위해 군인들이 라이칸스로프에게 죽는 것을 묵과했던 세건이다.

그런 그가 이제 와서 민간인의 목숨을 귀히 여기라고 말할 리는 없다. 세건은 인간의 목숨을 구함으로써 흡혈귀 사냥꾼인 자신의 악행을 덮을 생각이 없었으니까.

사실 그도 선량한 흡혈귀의 목숨은 결코 선량한 인간의 그것에 비해 떨어지는 게 아니라는 걸 알고 있었다. 흡혈귀도 선량하다면 그 목숨은 귀한 것이다. 그것을 알면서도 흡혈귀의 목숨을 빼앗기 위해서는 악이 되어야 한다.

"내가 타락했다고 해서 무의미한 살상을 허락할 이유는 없지. 어이, 브리아레오스라고 했나?"

"아, 예."

"저것도 네 수작이 아니라 이거지?"

한세건은 리볼버와 클레이모어를 꺼내 들고 브리아레오스를 노려보았다. 그러자 브리아레오스는 담담하게 말했다.

"예. 저건 흑마법으로 만들어낸 괴물입니다만… 테트라 아낙스의 것은 아니군요. 아마도 리림을 노리는 다른 세력 같습니다."

"네놈도 모르는 건가? 그럴 리 없을 텐데? 예지력은 뒀다가 국 끓여 먹나?"

세건은 그리 중얼거리며 리볼버를 서린에게 건네주었다. 그러자 서린은 즉시 앞 칸을 향해 달려갔다. 평상시에는 제 밥그릇도 못 챙기던 놈이 상대가 인간의 형상을 버린 괴물이 되니까 펄펄 날아다닌다.

손가락 빨고 있는 것보단 저런 괴물 상대로 펄펄 날아다니는 게 낫다. 그렇지만 그래도 아직은 무르다. 인간의 모습이어도 거리낌 없이 죽일 수 있어야 하는데…….

"이거 사정이 사정이다 보니 저희는 이만 물러나도록 하지요, 비스트. 그러면 나중에 봅시다."

브리아레오스는 그 말을 남기고 블라드와 함께 움직였다.

"어딜! 아직 들어야 할 게 많이 남았어!"

세건은 그런 브리아레오스를 막으려고 했지만 방금 전 블라드에게 당한 상처 때문에 몸이 뜻대로 움직이지 않았다. 브리아레오스는 싱긋 웃으며 세건의 손을 피하고 뚫린 열차의 옆면으로 뛰어내렸다.

"이 자식들이……."

세건은 열차의 옆면으로 고개를 내밀고 이를 악물었다. 바람이 극심해서 머리를 내민 순간 숨을 쉴 수가 없었다. 그렇게 고개를 들이민 세건의 눈에 열차의 옆면에 붙어서 이동하는 거대한 괴물이 보였다.

팔다리가 길고 목이 몸통에서 길게 뻗어 나와 있는 그 괴물은 마치 거미처럼 천천히 열차의 옆을 타며 이동하고 있었다.

"이거 몸 사릴 때가 아니군!"

세건은 상처를 재생시키고 다시 열차 안으로 고개를 집어넣었다. 잠깐 밖으로 내밀고 있었는데도 얼굴이 얼얼하다. 시베리아의 한기로 동상에 걸릴 지경이다.

사실 열차 안에서 싸우는 걸 꺼렸었다. 그래서 아까 전 블라드라는 놈을 상대할 때도 무기를 쓰지 않고 맨손으로 싸웠던 것이다. 말도 통하지 않는 타향에서 돈도 없는데 경찰에게 수배까지 당하면 대책이 없었다.

그래서 가급적 이 열차 안에서는 사고 안 치고 조용히 지내려고 했다. 하지만 이미 열차 옆을 깡통 따듯 따버린 상황이고… 괴물 놈들이 세건과 서린을 잡기 위해 민간인들을 해친다면 이야기가 다르다.

"그러면… 정의의 사도 흉내나 내보실까?"

한세건은 자조하면서 열차의 뒤쪽을 향해 걸어갔다.

서린은 복도에 쓰러져 있는 차장에게 달려갔다. 열차의 옆구리를 찢고 들어온 칼날 같은 괴물의 앞발이 그를 찔러서 피가 바닥을 흥건하게 적시고 있었다.

"괜찮아요?"

"으으으윽."

"이, 이봐요?"

서린은 인사불성인 차장의 상태를 살펴보았다. 차장의 옆구리에 큰 상처가 나 있는데, 의료에는 문외한인 서린이었지만 이 상처로는 오래가지 못하리라는 것을 알 수 있었다. 설령 여기가 당장 병원 로비라고 해도 살리기 힘들 상처다.

"젠장!"

서린은 이를 악물고 일어났다. 그때 창문이 깨지며 다시 괴물의 앞발이 날아들었다. 서린은 옆으로 고개를 돌리지도 않고 손을 뻗어서 괴물의 앞발을 잡았다.

"이제 지긋지긋하단 말이다! 이 개새……!"

서린은 괴물의 앞발을 쥔 채로 복도를 달렸다. 그러자 열차의 지붕 위에 매달려 있던 괴물이 서린의 힘을 이기지 못하고 딸려 왔다.

"꾸에에에엑!"

팔다리가 유달리 긴 괴물의 다리가 열차 바퀴 아래로 말려 들어갔다. 열차 안에서는 그 모습을 볼 수 없었지만 뒤쪽 차량의 창문으로 피가 튀어서 달라붙는 것을 보니 무슨 일이 일어났는지 알 수 있었다.

"꺼져랏!"

서린은 쥐고 있던 괴물의 손목을 손톱으로 찍어서 찢어버렸다. 그러자 마치 유리창 밖으로 발사라도 된 것처럼 떨어져 나간 괴물이 열차에 말려들어서 완전히 산산조각 났다.

"하, 하하하. 별거 아니잖아?"

서린은 자신의 손을 들어서 살펴보았다.

손톱이 길게 늘어나면서 뭉쳐졌다. 손가락 관절이 하나 더 생긴 것처럼 손가락의 끝을 뒤덮은 이 손톱은 면도날처럼 예리하면서도 강철처럼 튼튼하다. 마음을 먹으면 빼고 넣는 것도 자유자재이면서 육신의 일부라는 것 때문에 어지간한 나이프보다도 훨씬 높은 살상력을 지니고 있었다.

"굉장하군. 괴물이라는 건."

자신이 잘못했다고는 생각지 않는다. 잘못했다 하더라도 사소한 것들에 불과하다. 그렇지만 역시 이 순간만은 그 자신이 괴물이라는 걸 실감할 수 있었다. 릴리쓰의 자식으로 태어난 그 때문에 지금 이 열차는 습격받고 있는 게 아닌가?

그런 생각에 잠겨 있을 때였다.

"으으으윽!"

서린의 귓가에 누군가의 신음 소리가 들려왔다. 깜짝 놀란 서린이 소리가 들린 곳으로 다가가 보니 열차의 화장실 안쪽에 피투성이가 되어 쓰러져 있는 사람이 있었다. 얼굴을 찔려서 출혈이 컸지만 출혈을 제외하면 상처는 그리 깊지 않다.

"괜찮아요?"

"아, 예."

"일단 안전한 곳으로 피해요."

어디가 안전한지는 모르겠지만 그렇게 말할 수밖에 없었다. 적은 방금 전의 그 괴물 하나가 아닐 테니까.

서린은 한세건이 맡긴 권총을 들고 조심스럽게 앞으로 걸어갔다.

콰직!

복도 안에 들어온 괴물이 눈에 보였다. 침대칸이 아니라 일반 좌석으로 되어 있는 곳이라서 사지가 유달리 긴 괴물이 들어와서 설치고 있는 것이다. 그놈은 인간 몇 명을 앞발에 꽂은 채 마구 휘두르고 있었다.

아마도 시신을 떨구기 위해 앞발을 흔드는 것이리라.

서린이 다가오고 있는데도 앞발에 열중하고 있는 것을 보니 손에 껌이 달라붙어서 짜증 내는 어린아이 같아 보였다. 괴물에게도 생각이란 게 있는지 없는지 모르겠지만 저렇게 사람 목숨을 우습게 아는 걸 보니 화가 났다.

"이런 썅!"

서린은 권총으로 괴물의 머리를 겨누었다. 머리라고 해도 뇌가 들어 있을지 의문인 작은 머리에 눈만 네 방향으로 달려 있었다. 그게 촉수처럼 기다란 목에 매달려서 번들거리고 있는 것이었다.

탕!

서린은 주저 없이 44매그넘을 당겨서 머리통을 날려 버렸다. 괴물의 작은 머리가 터져 버리며 눈알이 사방으로 튀었다. 서린은 그와 동시에 몸을 앞으로 던져서 괴물의 품으로 파고들었다.

뒤통수를 향해 예리한 칼날이 날아들었지만 서린은 주저 없이 손톱을 휘둘렀다.

좌악!

괴물의 근육이 끊어지며 품 안으로 파고든 서린을 노리던 팔이 힘없이 풀어졌다. 뿌리를 끊으면 가지는 말라 죽는 법! 서린은 괴물의 전투 능력을 해제하고 품 안에서 자세를 낮춘 뒤 몸을 좌에서 우로 크게 휘두르며 몸통에 손톱을 꽂아 넣었다.

와직!

몸통이 쉽게 갈라졌다. 이놈은 아까 전의 커럽티드와 달리 뼈가 있는 놈이었지만 서린의 손톱은 바로 그 뼈마저 쉽게 갈라 버렸다. 피가 분수처럼 쏟아지며 서린을 적셨다.

"어이! 생존자 있습니까?! 누구 살아남은 사람은 얼른 일어나서 뒤 칸으로 피해요!"

서린은 그리 말하면서도 쓰러진 괴물을 경계했다. 그가 두 조각내긴 했지만 언제 이 녀석이 일어날지 모른다.

그때 앞 칸에서 또 한 마리의 괴물이 나타났다. 이번 놈은 다른 놈들과 달리 인간의 얼굴을 하고 있어서 팔다리가 2미터나 되는 인간이 바닥을 기어 다니고 있는 것 같았다. 그놈은 좁은 차량 연결 통로로 긴 팔다리를 우선해서 쑥 빠져나오면서 기괴한 아래턱을 덜렁거리며 웃어댔다.

"…크흐흐흐!"

입이 귀까지 찢어져 있는 괴물이라서 그런지 웃고 있는 모습이 기괴하기 짝이 없다. 하지만 서린은 새끼손가락으로 귀를 파면서 심드렁한 표정으로 그를 노려보았다.

"드디어 찾았다! 리림!"

"혹시 묻겠는데… 평화적으로 해결할 생각은 없지?"

하품까지 한다. 배알이 꼴려서 일부러 이런 불손한 태도를 취하는 것인지, 진짜 하품이 나는 건지 분간이 안 갈 정도였다. 괴물은 격분해서 앞발을 들어서 낫 같은 갈퀴로 서린을 찍어갔다.

"네놈이 곱게 따라와 준다면 아무런 문제도 없다!"

하지만 서린은 44매그넘을 한 손으로 비스듬하게 들고 괴물의 머리통을 겨누고 망설임 없이 방아쇠를 당겼다. 우렁찬 총성과 함께 괴물의 머리에 구멍이 뚫리고 피가 사방으로 분수처럼 튀었다.

"아무 문제 없는 거 좋아하시네. 이 많은 인간을 죽여놓고 아무 문제가 없어? 네놈, 짜증 나. 개자식. 아니, 네놈을 개자식이라고 부르는 건 개에게 실례다, 이 괴물딱지야."

서린은 격분해서 아수라장이 된 객차의 의자를 집어 들었다. 원래 바닥에 고정되어 있는 큼지막한 의자지만 서린은 그것을 공깃돌처럼 집어 든 다음 힘껏 휘둘러 괴물을 강타했다.

쾅!

호쾌한 소리와 함께 거대한 괴물이 옆으로 굴렀다. 괴물은 쓰러지면서 앞발을 휘둘렀지만 서린은 옆으로 살짝 걸음을 옮기는 것으로 그것을 피했다.

텅!

서린은 발로 좌석을 차서 그 괴물을 맞혔다. 그리고 다시 총으로 머리통을 쏴버렸다. 아까 전에는 탄이 깨끗하게 머리를 꿰뚫고 지나갔지만 이번에는 그 머리통이 수박 터지듯 터져 버렸다.

"너, 진짜 짜증 난다!"

서린은 묵직한 44매그넘을 손아귀에서 빙글 돌리면서 괴물을 노려보았다. 방금 전의 피탄으로 머리가 날아간 바람에 몸이 말을 안 듣는지 2미터가 넘는 팔다리를 파들파들 떨고 있었다. 그 모습이 무섭기도 하고 우습기도 해서 서린은 더더욱 화가 났다.

"이 자식! 이렇게 나약한 주제에 감히 나랑 세건 형을 넘봤단 말이냐?! 그 주제에 왜 관계없는 민간인은 이렇게 많이 죽였……."

하지만 그때였다. 무언가가 갑자기 서린의 발목을 잡았다. 깜짝 놀란 서린이 고개를 돌려보니 이게 웬일인가? 분명히 죽었던 사람들이 손으로 서린의 발목을 잡고 있는 게 아닌가?

"아니?!"

그 순간 파들파들 떨던 괴물이 갑자기 몸을 일으키며 낫과 같은 손을 휘둘러 그를 덮쳤다!

6

한세건은 칼날에서 피를 털어냈다. 피야 그렇게 떨어지지만 칼날에 묻은 지방은 그대로 남아서 날을 무디게 한다. 이건 아무리 다마스커스로 만들든 뭐로 만들든 간에 칼이라는 도구가 갖는 숙명이었다.

세건은 다마스커스 문양이 있는 클레이모어를 집어 들고 휘둘러 보았다. 칼날이 버들잎처럼 팔락거리며 공기를 가늘게 잘라 버린다. 날 자체가 유연해서 위력이 없을 것 같지만 연검과는 또 다르다. 일단 휘둘러서 속도가 붙게 되면 뼈도 우습게 끊어버린다.

역시 김성희가 준비해 준 검이랄까? 다마스커스 강으로 만들어진 클레이모어라는 특징으로 보면 근대에 만들어졌음이 틀림없다. 누군지 몰라도 이 밸런스나 느낌을 보면 분명히 뛰어난 장인이 만들었으리라.

좁은 열차 안에서 휘두르느라 벽면이나 내장재, 시트 등에 부딪힌 것은 물론 뼈까지 잘랐음에도 불구하고 날이 상한 부분이 없었다.

"이게 끝인가? 더는 움직이는 놈이 없는 것 같군."

한세건은 겁에 질린 표정으로 자신을 바라보며 앉아 있는 사람들을 무시하고 괴물의 몸통을 발로 차서 뒤집어보았다. 괴물은 꿈틀거리다가 이내 생명의 끈을 놓았다.

이 괴물들의 습격으로 애꿎은 사람이 많이 말려들었지만 그래도 이만길 다행이다. 희생자들과 그들의 유가족은 동의하지 못하겠지만 그나마 생존자가 있는 게 어디인가?

만약 조금만 더 세건과 서린의 대처가 늦었다면 열차 안의 사람들은 전멸하고도 남았으리라. 이 괴물들은 무한에 가까운 식욕으로 인간들을 죄다 먹어치웠을 테니까.

그렇다고는 해도 이 괴물의 전투력은 빈약하다. 지능이 없는 괴물은 아무리 덩치가 커봤자 쓸모가 없다. 차라리 지능이 있는 흡혈귀나 라이칸스로프가 훨씬 어려운 적이다.

"얕잡혔군. 아니면 애초부터 그냥 곤란하게 만드는 게 목적인가?"

한세건이 진마사냥꾼이라는 건 적도 알고 있을 텐데 고작 이 정도의 괴물을 보냈다는 건 이해가 가지 않는 일이다. 그리고 그 괴물들이 죄 없는 민간인들을 무차별로 공격한 것도 역시 이상했다.

'마음에 안 들어!'

그 브리아레오스라는 놈도 그렇고 이 괴물들의 작태도 그렇고, 오늘 일어난 일은 그를 정말 불쾌하게 했다. 아직 모스크바까지는 3,000킬로미터도 더 남아 있는데 벌써 그들에게 말려 죽음을 당한 이들만 세 자릿수다.

본디 테트라 아낙스는 흡혈귀들이 무도하게 인간을 살해하는 것을 금지했다. 물론 그것은 테트라 아낙스가 인간의 목숨을 귀히 여겨서 그런 게 아니다. 그저 그렇게 살인을 자주 저지르게 되면 인간들에게 흡혈귀의 존재가 알려질 가능성이 있었으니까 주의하는 것뿐이었다.

그런데 지금 이 열차를 공격한 놈들은 그러한 테트라 아낙스의 규율을 지나가는 개가 왈왈 짖은 정도로 생각하는 모양이었다.

게다가 이놈들은 의도적으로 민간인을 먼저 공격했다. 한세건과 서린을 노린 것이라면 인간들을 무시하고 우선 세건과 서린부터 공격하는 게 성공률이 높았으리라.

그렇다면 이놈들의 목표는 뭐란 말인가?

"역시 나와 서린을 곤경에 처하게 하려는 건가?"

그런 하잘것없는 이유로 수백 명의 민간인을 죽인다니……. 한세건의 미학으로는 도저히 용납할 수 없는 적이다.

"으으, 다, 당신은 대체 뭐요?"

차장 중 한 명이 일어나며 띄엄띄엄 영어로 세건에게 물어왔다. 세건은 그 차장을 돌아보며 고개를 도리도리 저었다. 설명해 줘봤자 이해하지도 못할 테고, 설명해 줄 이유도 없다.

그나저나 이런 사건이 일어났으니 큰일이다.

외국인이 시베리아 횡단철도를 이용하면 표와 티켓 발매용 컴퓨터에 여권 번호가 기재된다. 표를 살 때는 매표구의 인간을 최면으로 사로잡아 무사히 넘어갔지만 이 정도의 살육사건이 일어난 다음에는 그렇게 호락호락하지 않으리라.

어쩌면 수배된 몸이라는 이유만으로 이 살육의 범인으로 지목될지도 모른다. 아니, 확실히 지목된다!

그럼 역에서 도망쳐야 하나?

하지만 다음 역은 칸스크, 칸스크에서 모스크바까지는 아직도 3,000킬로미터도 넘게 남아 있다.

"정말 일이 꼬이는군. 이대로 계속 가면 천 명도 넘게 말려들어서 죽겠어. 정말 대단한 리림이시군. 빌어먹을!"

리림이라는 게 이렇게 엄청난 짓을 벌여가면서 손에 넣어야 할 가치가 있는 것인가? 세건은 회의를 느꼈다. 그때였다.

갑자기 세건의 후두부로부터 강한 두통이 왔다. 마치 머리 안쪽에서 번개가 치는 듯했다. 그리고 그 순간 전신에서 소름이 돋았다. 열차의 앞부분에서부터 불길한 아우라가 풀풀 풍긴다. 그 검은색의 아우라는 세건이 두르고 있는 망령들과 닮아 있었다.

"이… 서린이 위험하군!"

열차의 앞부분에는 서린이 있다. 적들의 표적이 서린이라는 것을 알면서도 방치하다니……. 사람들 구하는 데 정신이 팔려서 이런 실수를 하고 말았다. 세건은 열차 앞을 향해 달려 나갔다. 바로 그때였다.

"으워어어어어어!"

끔찍한 신음 소리가 열차 곳곳에서 들려왔다. 그리고 곧… 침대가 붙어 있는 객실로부터 괴물들에 의해 살해된 인간들이 천천히 걸어 나왔다.

"맙소사."

세건은 사람들에게 피하라고 손짓했다. 이거 뭐 러시아어를 하지 못하니 피하라고 할 수도 없고, 비키라고 할 수도 없고 이러지도 저러지도 못할 판이다.

그때 세건은 방금 전의 그 차장을 바라보았다.

"모두 피하라고 해요!"

"그, 그렇지만 어떻게? 어디로 피하란 말입니까?"

"젠장! 이 좁은 열차에서는 도망칠 곳도 없지! 각자 요령껏 피하라고 해요, 그럼!"

"으아아악!"

그때 미처 좀비들을 피하지 못한 사람의 비명이 들렸다. 꽤 덩치가 큰 백인 남자였는데 사방에서 좀비들이 달라붙어서 그를 쓰러뜨리고 물어뜯고 있었다.

아무리 느린 좀비들이라 해도 다수가 좁은 열차 안을 메우고 있으면 피할 곳이 없다!

"엎드려!"

세건은 이를 악물고 클레이모어를 허리 높이로 단칼에 휘둘렀다. 다마스커스의 문양이 물결처럼 흐르며 단숨에 좀비들을 베어버렸다. 그러나 그 공격으로도 방금 전의 남자를 구할 수 없었다.

"젠장! 앞에서 무슨 일이 있는 거야?!"

한세건은 좀비들을 닥치는 대로 베며 앞으로 달렸다.

잔해 더미 아래 깔려 있던 시체들이 일제히 일어나 서린의 몸을 잡았다. 그 손힘은 인간의 것이 아니었다.

"흡!"

하지만 서린은 몸을 뒤틀며 자신의 몸에 매달린 좀비들을 일제히 집어 던졌다. 좀비들은 각각 좌석 위, 유리창, 차량의 벽 등으로 날아가 충돌했다. 하나하나가 성인 한 사람분의 무게를 지녔을 텐데도 공깃돌처럼 내던져진 것이다.

"잘했어. 내 동생이라면 그 정도는 해야지."

서린의 뒤에서 익숙한 목소리가 들려왔다. 서린 자신의 목소리다. 깜짝 놀란 서린이 고개를 돌리니 그곳에는 회색 머리칼을 터번으로 가린 청년이 잔해와 시신을 깔아뭉개고 앉아 있었다.

"이, 이사카!"

서린은 겁을 집어먹으며 물러났다.

이사카 베르게네프! 그의 형이자 또 한 명의 리림! 그가 지금 태연히 그의 눈앞에 있는 것이다. 하지만 분명히 이 열차에 탈

때는 아무도 없었는데 어째서 지금 그의 눈앞에 있는 것일까? 꿈이라도 꾸는 건가, 아니면 그가 미쳐서 환영이라도 보는 것일까?

서린은 즉시 이사카를 피해 옆 차량으로 이동하려 했지만 찌릿한 충격과 함께 뒤로 넘어지고 말았다. 이사카는 손가락 까닥하지 않고도 의미심장한 미소를 지으며 서린을 노려보았다.

"설마 비스트를 부르려고 달려가는 건가? 네놈은 참 어지간히 응석받이구나. 비스트가 네 보모도 아닌데 왜 그러는 거지?"

"크윽! 뭐, 뭐야, 대체. 이르쿠츠크에서부터 미행한 거야?"

"천만에, 롯시니. 기억의 봉인은 풀어줬을 텐데 어째서 모르는 거야? 설마 어린 시절의 일이라고 진짜로 기억을 잃어버린 건 아니겠지? 내가 뭘 할 수 있고 뭘 할 수 없는지도 모른단 말이냐?"

이사카는 질린다는 듯 서린을 노려보았다.

"그러면? 어떻게 한 거야?"

"일단 달려서 여기까지 온 뒤 텔레포트로 열차에 옮겨 탔지."

서린은 터무니없는 이사카의 말에 놀라지 않을 수 없었다. 지금 막 곡선 구간에 들어서긴 했지만 그래도 시속 140킬로미터 이하로 떨어지지 않는 열차다. 그런 열차를 달려서 따라잡았단 말인가?

흡혈귀 중 가장 빠른 달리기 속도를 자랑하던 유다도 시속 120킬로미터 정도가 한계였는데…… 서린은 질려서 이사카를 바라보았다.

표정이 진지한 걸 보니 아무리 보아도 농담으로 이러는 것 같지 않았다.

문득 릴리쓰의 목이 잘려 나가는 장면이 떠올랐다. 네 살짜리 꼬마가 제 어미의 목을 잘랐다. 이사카는 몸도 마음도 괴물이다. 어미의 목을 잘랐는데 형제의 목을 자르지 말라는 법은 없지.

"으윽……."

전신에서 식은땀이 맺힌다. 그러자 이사카는 염세적인 미소를 지으며 고개를 빙글 돌렸다.

"네가 필요하다, 롯시니. 네 협력이 필요해."

"웃기지 마. 내가 왜 당신을 도와야 하지, 이사카?!"

"왜냐니? 세계의 평화를 지키고 싶지 않은 건가?"

라이칸스로프의 입에서 이렇게 뻔뻔스러운 단어가 나올 줄이야?! 서린은 기가 막히고 화가 나서 이사카를 노려보았다.

"세계의 평화? 지금 그걸 말이라고 하는 거야? 너는 네 사리사욕을 위해 움직이고 있잖아! 그런 사욕에 거창한 이름 붙여가면서 합리화하는 건 소인배나 하는 짓이야!"

서린은 이를 갈며 이사카를 노려보았다. 그러자 이사카는 피식 웃었다.

"그래도 화를 낼 줄은 아니 다행이구나."

"뭐라고? 지금 나를 놀리는 거야?!"

"하지만 사람 말은 끝까지 들어. 내가 세계 평화를 위해 움직인다고는 안 했다. 나는 내 개인적인 야망을 위해 움직이고 있지. 그건 부인하지는 않겠어. 하지만 너는 세계의 평화에 관심이 있을 것 같은데?"

"……."

"즉, 나는 내 사욕을 위해 움직이고, 너는 세계 평화를 위해 나에게 협력하라는 거야. 어때? 훌륭한 윈—윈 전략이지?"

"웃기지 마!"

"세계 평화에 관심이 없나? 그것참 이상하군……. 볼코프가 미국을 향해 핵미사일을 쏘는 걸 원하지는 않을 텐데. 레이건 대통령이 그 옛날 미친 듯한 거금을 쏟아부은 별들의 전쟁. 과연 제대로 작동할지 의문이야. 다단핵탄두를 장착한 ICBM이 워싱턴과 뉴욕, 오키나와, 하와이, 애팔래치아 산맥 등을 강타하면 말야."

이사카는 태연스럽게 협박했다. 볼코프 레보스키와 강경파 군부가 정권을 장악하면 충분히 있을 수 있는 일이다.

분명히 러시아의 핵무기를 쏟아부어서 선제공격을 감행하면 미국의 미사일 요격 체계로도 방어가 불가능하다. 그걸로 미국의 숨통이 완전히 끊어지지는 않겠지만 유리한 위치를 차지할 수 있으리라.

그러나 그렇게 되면 3차 세계대전이 일어나리라. 전쟁을 겪어보지 못한 서린이지만 그게 얼마나 끔찍한 일이 될 것인가는 어렴풋이 짐작할 수가 있었다.

"볼코프… 들도 바보는 아닐 텐데."

"바보가 아니니까 핵무기를 쏴버리는 거지. 이미 재래식 병력에서 미국을 압도할 나라는 없어."

"그들은 라이칸스로프니까 백악관을 직접 공격해서 미합중국 대통령을 제압하면?"

그냥 오합지졸들이라면 라이칸스로프가 아니라 라이칸스로프 할아버지가 온다고 해도 백악관을 장악할 수는 없다. 하지만 볼코프 레보스키가 이끄는 라이칸스로프들이라면 가능하리라.

"좋은 방법이긴 해. 나도 써먹으려고 생각하고 있었으니까. 하지만 미합중국은 대통령 하나 잡는다고 죽을 나라가 아니지. 결국 권력을 장악하려면 더 많은 피, 더 많은 죽음이 필요하다. 나중에 가면 과연 권력을 행사할 대상이나 남을지 어떨지 모르는 상황까지 갈 거라고……. 볼코프의 방식으로는 절대로 해결을 볼 수가 없어! 이 사태를 평화롭게 해결할 수 있는 것은 나와 너뿐이다!"

서린은 이사카의 말을 듣고 당황했다. 그러면 서린이 이사카를 돕지 않으면, 세계가 전란에 휩싸이기라도 한단 말인가? 만약 서린이 그의 뜻을 거절해서 진짜로 전쟁이라도 난다면 그로 인해 죽는 이들에 대해서 서린도 책임을 져야 하리라.

하지만 이건 이사카의 일방적인 주장이다. 서린은 도리질 치고 그를 노려보았다.

"우, 웃기지 마! 이야기가 다르잖아! 대체 이제 와서 나에게 무슨 용무지? 볼코프에게 잡혀 있을 때 세건 형에게 나는 데려가도 괜찮다고 했다면서? 왜 이제 와서 이런 짓거리를 하는 거야?"

서린이 그리 말하자 이사카도 약간 부끄러운지 시선을 돌리며 쭈뼛거렸다.

"상황이 바뀌었어. 나도 예지력이 있는데 이런 실수를 하다니 민망하군."

이사카 역시 테트라 아낙스와 마찬가지로 예지력을 지니고 있다.

서린은 그 사실을 알게 되었지만 놀라지도 않았다. 본디 이사카는 테트라 아낙스에 대항하기 위해 만들어진 존재다. 그렇다면 당연히 테트라 아낙스를 제거한 후에 테트라 아낙스를 대신해서 월야를 방어하는 시스템을 유지할 수 있어야 한다.

그런데 그 예지력이 어긋났단 말인가?

"뭔 상황이 어떻게 바뀌었길래?"

"내 힘 앞에 굴복하지 않을 놈이 없을 줄 알았는데 볼코프는 달랐어. 지금 있는 라이칸스로프들을 유지하면서 볼코프 레보스키를 수하로 거느릴 통제력이 없어."

"뭐, 뭐라고?"

"그래서 룟시니, 네가 볼코프 레보스키를 제어해 줬으면 하는데."

"그게 무슨 소리지?"

서린은 어안이 벙벙해져서 반문했다. 볼코프 레보스키는 진성 라이칸스로프가 아닌가? 그러면 라이칸스로프로 전염시켜서 지배하는 것은 불가능하다.

그리고 설사 볼코프가 민간인이어서 그를 라이칸스로프로 전염시킨다 하더라도 전염된 개체가 모체에 의해 조종당하는 일은 없다. 갱(Gang), 혹은 팩(Pack)이라고도 불리는 텔레파시 공동체로 묶이기는 하지만 그래도 그들 개개인의 자유의사는 존중되는 것이다.

진성 라이칸스로프와 라이칸스로프 감염체는 이성의 제어력, 변신의 제어력, 각인 능력 등에서 차이가 나는 것이지 결코 진성 라이칸스로프가 더 높은 직위에 있는 게 아니다. 그것이 흡혈귀와 라이칸스로프의 차이점이다.

"릴리쓰는 우리가 라이칸스로프의 왕이 되게 하기 위해서 진성 라이칸스로프들을 제압할 여지를 남겨두었다. 그렇지만 나는 저 얼간이들을 만들어서 라이칸스로프 갱을 편성하느라 새로운 진성 라이칸스로프를 받아들일 자리가 부족해진 거야. 볼코프 레보스키가 내 예상보다 훨씬 거물이라서 나로서는 그 녀석을 부하로 둘 수가 없게 된 거지. 블로초프나 그런 놈들이라면 여덟 놈도 더 만들 수 있을 만큼 여유를 뒀는데도… 볼코프 레보스키의 그릇은 크더군."

이사카는 자신의 감염체가 아닌 자도 갱으로 끌어들일 수 있고, 갱의 일원을 제어하는 능력이 있다고 말하는 것인가? 서린은 경악했다.

그러면 이 녀석이 왜 서린에게 신경을 쓰지 않고 볼코프에게 덤벼들었는지 이해할 수 있다.

볼코프 레보스키는 육군 소장이다. 별들이 넘쳐 나는 러시아 군부에서 육군 소장쯤은 별게 아닐지 모르지만 볼코프의 입김은 대단해서 쿠데타 세력 중에서 그 외에 정권을 장악할 인물이 없다.

그에 비해서 이사카는 얼마 되지 않는 반정부 테러리스트 조직의 리더에 불과하다.

이사카는 역대 최강의 리림이지만 객관적으로 볼 때는 소규모 반정부 무장 세력의 리더일 뿐 사회적 하층민이다. 그런 그가 단숨에 야망을 성취하기 위해서는 볼코프 레보스키를 디딤돌로 삼아야 하는 것이다!

즉 이사카는 볼코프를 통해서 세계를 손에 넣으려고 하는 것이다.

"나는 이미 포화 상태에 가까워서 볼코프 레보스키를 손에 넣을 수 없었지만 갱에 쥐 새끼 한 마리 없는 너라면 볼코프 레보스키를 네 갱 안으로 둘 수 있을 거다."

"뭐?"

서린은 깜짝 놀랐다.

그게 가능할지 어떨지의 여부는 제쳐 두고 왜 볼코프 레보스키같이 강력한 놈을 서린의 부하로 두려고 하는 것일까? 만약 서린이 다른 마음을 먹는다면 볼코프 레보스키의 힘을 이용해 이사카를 칠 수도 있지 않은가? 즉시 자신의 갱에서 필요 없는 놈들을 잘라 버리고 볼코프를 편입시키는 게 낫지 않은가?

"일단 볼코프를 손에 넣으면… 그다음은 만사형통이야. 가급적 무혈로 쿠데타를 성공시킨 다음에는 볼코프의 세력을 이용해서 테트라 아낙스를 견제하고 우리들의 특공부대가 백악관을 습격한다. 미합중국 대통령을 라이칸스로프로 만들거나……. 다른 방법으로는 세뇌해서 꼭두각시로 만드는 게 있겠지. 어쨌거나 그렇게 해서 러시아와 미국을 손에 넣고 움직이면 세계전쟁이 일어날 것도 없이 전 세계가 우리 손에 들어오게 된다. 미 합중국 대통령부터 시작해 볼까 하는 생각도 들었지만 역시 서방세계는 테트라 아낙스의 힘이 강력해서… 이 수순을 밟지 않으면 안 돼."

이사카는 자신의 작전을 설명하며 서린을 돌아보더니 자신만만하게 웃었다.

"나는 바이칼호 촌놈, 사생아로 태어나긴 했지만… 내 이 목숨을 가지고 과연 어디까지 큰일을 벌일 수 있는지 시험해 보고 싶어. 그 결과가 핵전쟁이라면 그것도 매우 좋지. 나로서는 말야. 하지만 너는 싫겠지, 롯시니?"

이사카 베르게네프의 눈빛은 독사의 이빨 같아서 서린의 가슴에 공포의 독을 풀었다. 이놈의 눈빛은 장난이 아니었다. 허언으로 이런 소리를 하는 게 아니다. 정말 핵전쟁이 일어난다고 해도 눈 하나 깜빡하지 않을 냉혈한이다.

"넌 어머니조차 죽인 놈이야! 그런 녀석의 말을 어떻게 믿으라는 거지? 네놈의 야망을 이루기 위해서는 당연히 나라는 존재를 용납할 수 없을 텐데?"

볼코프 레보스키는 이 쿠데타의 키라고 할 수 있다. 그 키를 서린이 쥐고 있다면 이사카의 야망은 채워지지 않는 게 아닌가? 서린은 그것을 지적했지만 이사카는 고개를 가로저었다.

"내가 권력욕의 화신으로 보였다면… 기쁜 일이군. 하지만 그럴 필요가 있었다면 벌써 옛날에, 네가 어렸을 때 죽였을 거다."

해가 떠오르려는지 공기가 남색으로 물들어간다. 유달리 차가워진 시베리아의 공기가 찢어진 차량의 옆면을 통해 스며들어서 서린의 숨결을 새하얗게 얼어붙게 했다. 하지만 얼어붙은 것은 숨결만이 아니다. 이사카의 말은 그대로 얼음의 비수가 되어서 서린의 심장을 관통했다.

"아!"

그는 분명히 서린을 죽일 수 있었다. 그것을 살려두었으니 그가 새삼스럽게 서린의 목숨을 노리지는 않는다. 이사카는 그렇게 말하는 것이었다.

이 무슨 오만함이란 말인가?

또 이 무슨 흉포함이란 말인가?!

이사카는 마치 고대의 폭군이 되살아나기라도 한 것처럼 앉아서 거만한 눈길로 자신의 동생을 마주 보았다.

"나는 권력 획득 자체에 의의를 두고 있지 권력을 쥔 다음에 휘두르는 것에는 아무런 의의도 두지 않는다. 이건 결코 허언이 아니……."

이사카는 말을 하다가 문득 귀를 기울였다. 한세건이 이 차량으로 다가오고 있는 게 느껴진다. 좀비가 많긴 하지만 흡혈귀의 피로 만들어진 좀비들이 아니라 흑마법으로 만들어낸 좀비들이니 느려 터졌다.

느려 터진 놈들은 아무리 많아봤자 한세건에게 긁힌 상처 하나 내지 못하리라.

이사카는 앰풀 하나를 던졌다.

"받아라. 마법을 쓰지 못하는 너라도 그걸 주사하고 잠시 동안은 텔레파시 링크를 열 수 있을 거야. 볼코프 레보스키에 접근해서 그 링크를 연결하면 볼코프 레보스키란 조커 카드를 네 손에 쥘 수 있게 될 거다."

서린은 앰플을 받아 들고 놀라서 그를 노려보았다. 진짜로 이걸 이용하면 볼코프 레보스키를 제압할 수 있단 말인가? 아니, 그것보다도 정녕 볼코프 레보스키를 서린에게 쥐어주려고 하는 거란 말인가?

"나는 아직 납득하지 못했어! 왕이 되려고 하지도 않으면서 왜 이런 엄청난 일을 벌이는 거지?! 그리고… 왜 어머니를 죽였어?!"

"내가 싸우는 이유는 단 하나. 나의 운명이 나의 것임을 증명하기 위해서다! 릴리쓰는 그러기 위해서도 죽어야 했어. 나를 도구로서 낳은 괴물이니까!"

"그래도 어머니야!"

서린의 항의가 마침내 이사카의 분노에 불을 댕겼다. 이사카는 스프링처럼 튀어 오르며 서린에게 달려들어 그의 목을 움켜쥐었다. 마치 거대한 바이스에 목이 집힌 것 같다. 어마어마한 악력으로 이사카는 서린을 들어 올렸다.

"누구의?! 너의?! 너에겐 어머니였을지 몰라도 나에겐 아니야! 나는 테트라 아낙스의 심장을 찌르기 위해 만들어진 검에 불과했어!"

"으으으윽!"

"밑바닥에서 기어올라서… 저 오만한 테트라 아낙스를 거꾸

러뜨리는 것은 나도 바라는 바다. 하지만 누군가가 나의 미래를 모조리 마음대로 정해 버린 다음에 그 미래의 청사진을 이룩하기 위해서 나를 낳았다면… 어찌 증오하지 않을 수 있겠는가?!"

뚜두두둑!

목뼈가 부러지고 근육이 끊어졌다. 목의 근육과 승모근이 이사카의 악력을 이기지 못하고 끊어진다. 이대로라면 압력만으로 목이 잘리고 말리라.

"크으으윽!"

그때 문이 벌컥 열리고 한세건이 뛰어들었다. 그는 이미 안의 상황을 알고 있었는지 앞으로 빙글 구르면서 클레이모어를 휘둘러 이사카의 팔을 노렸다.

슉!

하지만 그 순간 이사카의 그림자가 일어나 한세건의 손목을 잡았다. 클레이모어를 휘두르던 한세건의 팔꿈치가 부서졌다.

"이런……. 형제 싸움에 끼어들면 안 되지, 비스트. 아이들은 싸우면서 큰다는 이야기도 못 들었나?"

이사카는 서린을 내던지고 옷매무새를 바로 하고는 몸을 돌렸다. 세건은 이사카의 그림자에게서 손을 빼내고 도폭선을 꺼내 그림자에게 날렸다.

하지만 세건의 도폭선은 헛되이 그림자를 꿰뚫고 지날 뿐이었다.

이놈은 실체가 없다!

그걸 파악한 세건은 도폭선의 궤도를 바꿔 이사카를 노리게 했지만 이사카는 코웃음 치며 도폭선을 향해 손가락을 튕겼다.

그 순간 도폭선이 폭염을 일으키며 타들어갔다. 깜짝 놀란 세건이 손을 떼었지만 이미 도폭선을 쥐고 있던 손이 끔찍한 화상을 일으키며 타버렸다. 살 타는 냄새가 좁은 열차 안을 가득 메웠다.

"크윽! 이 열차를 습격한 괴물들… 네놈 짓인가?"

"만약 그렇다면 나를 용서하지 않겠다는 소리를 하는 건 아니겠지?"

이사카는 빙글거리며 세건을 바라보았다. 그 태도를 보아하니 이 괴물들 역시 그의 소행은 아닌 것 같다. 하지만 세상에는 본인의 입으로 확답을 얻어둬야 할 일도 있는 법이다. 세건은 다시 질문했다.

"농담할 기분이 아니야. 대답해."

"내가 이런 괴물들을 만들어서 뭐하게? 이런 게 당신에겐 쓸모없다는 걸 잘 알고 있어. 나는 그저 이야기만 하러 왔을 뿐이야. 어디까지나 이야기만."

이사카는 그리 말하며 옆을 돌아보았다. 잔해 속에서 좀비들이 일어나서 그에게 다가오고 있는데 서린과 이야기하는 동안 이제 열차 한 량의 반을 걸어왔다. 이렇게 느려 터진 놈들이 세건이나 서린을 위협할 수 있을 리 없다.

이사카는 손톱을 세워서 가볍게 허공에 휘둘렀다.

스칵!

그 순간 열차 반량 정도의 거리에 위치한 좀비들이 죄다 일제히 토막 나버렸다. 은백색의 손톱자국이 열차 반대편의 벽에 생채기를 내었다. 거리로 치자면 10미터도 넘는 거리를 손톱의 각인 능력으로 그어버린 게 된다.

좀비라고는 해도 방금 전까지는 살아 있던 인간들이다. 그들의 육신이 잘려서 나동그라지는 걸 보니 이건 그야말로 킬링필드다.

이사카는 그 시체들을 짓밟으면서 고개를 가로저었다.

"불쌍한 것들, 이자들을 이렇게 만든 건 네크로폴리스의 사술이다. 저 괴물도 좀비스포닝이라고 부르는 거고. 이 정도면 확실히 알겠지?"

네크로폴리스라면 사준이 속해 있었던 사법사들의 그룹이다. 하긴 사람을 해치면 좀비로 만들어내는 괴물이라면 사법사들이 생각할 법한 요괴이리라. 그렇지만 그럼 과연 이사카는 왜 여기에 왔는가?

"내 이야기 잘 생각해 보라고. 선택의 여지가 별로 없다는 걸 알게 될 테니. 선택의 여지가 없어, 리림에게는……. 그러면 나는 실례하도록 하지."

이사카는 손을 흔들더니 그들의 눈앞에서 텔레포트로 사라져버렸다. 한세건은 깜짝 놀라서 그를 잡으려 했지만 그 순간 발밑에 뭔가가 닿았다.

"…이건?"

세건은 투명한 유리 앰풀을 조심스럽게 집어 들었다. 노란 앰풀 병 안에 들어 있는 투명한 액체가 기분 나쁘게 찰랑거리고 있었다.

7

시베리아 횡단 열차, 푸쉬킨 호는 괴물들의 습격에 의해서 거덜이 난 상태로 칸스크 역을 향해 달리고 있었다. 차량의 대부분이 먹다 남은 통조림처럼 옆구리나 천장이 찢어졌고, 안에 볼트로 고정되어 있는 좌석이나 침대칸의 파티클 등은 불도저로 밀어버린 것처럼 깨끗하게 정리되어 있었다.

그 아수라장 속에서 용케 살아남은 차장은 이제 10분 뒤면 칸스크에 도착한다고 알려주었다.

괴물들이 습격을 하긴 했지만 기관 등에는 손을 대지 않았기 때문에 주행에는 차질이 없었던 것이다. 안에서 수백 명이 죽어나갔어도 정작 열차는 아무런 일 없었다는 듯 목적지에 도착한다니……. 세건은 한숨을 내쉬었다.

"기가 막히는군."

사람들을 시켜서 너덜너덜해진 차량에 시체들을 모으게 하니 그 인원이 엄청나다. 좀비들을 다 처리하긴 했지만 아직도 신음하고 있는 시신이 꽤 된다. 그래서 시체를 쌓아둔 곳은 지옥의 가마솥 밑바닥 같은 기괴한 소리로 가득했다.

산산조각 나서 쌓여 있는 시체들을 보고 있자니 맨정신을 가지고는 눈을 뜰 수가 없을 정도였다.

"미치겠군요."

"미쳐 있을지도 모르지."

한세건은 그렇게 대답하며 서린에게 앰풀을 건네주었다.

"이게 뭔지 아냐?"

"…이사카가 나에게 준 거예요."

"무슨 그날의 피로는 그날에 풀라는 박카스도 아니고…….
왜지?"

세건은 의심스럽다는 듯 서린을 바라보았다. 한세건은 언젠
가는 서린을 죽이겠다고 공언한 몸이다. 물론 여기까지 서린
이 무사히 올 수 있었던 것은 모두 한세건의 덕이니 그를 미워
한다거나 그렇진 않다. 그래도 이 사실을 제대로 이야기해야
할까?

"아, 저기, 그게……."

"이야기하기 곤란한 내용인가?"

세건은 팔짱을 꼈다. 주위의 사람들이 서린과 세건을 이상한
눈초리로 쳐다보았지만 그는 신경도 쓰지 않았다. 어차피 이제
와서 사람들의 이목을 피할 수도 없는 일이고……. 이들이 증언
해 주지 않으면 세건이나 서린이 이 많은 인간을 죽였다는 오해
를 사게 되니까.

그보다는 지금 서린의 말이 더 신경 쓰였다.

"아니요, 그런 건 아니고……. 그러니까 이사카가 이걸
로……."

"이걸로?"

세건의 눈빛이 서린을 추궁한다. 말해야 하나? 하지만 말했

다가는 바로 죽여 버릴지도 모르는데……. 그래도 말해야 하는가?

그러나 서린은 세건에게 거짓을 말하고 싶지 않았다. 그에게 신뢰받고 싶었다. 비록 그의 손에 죽을지라도 여기서 거짓말을 하면 자신의 마음에 거짓말을 하는 게 되기 때문에 서린은 눈을 질끈 감고 말했다.

"볼코프 레보스키를 지배하라고 했어요. 세계를 손에 넣기 위해서는 나의 도움이 필요하다고… 핵전쟁을 막고 싶으면 자신의 편이 되라고 말이에요!"

이제 어떻게 되는 걸까? 이사카의 작전을 막기 위해서 자신을 이 자리에서 죽이기라도 할까? 서린은 그런 생각을 하며 조심스럽게 세건을 살펴보았다. 하지만 세건은 흥미를 잃었다는 듯 고개를 돌릴 뿐이었다.

"흠. 뭐야, 말해주는군."

"네?"

지금 그게 대체 무슨 뜻에서 하는 소리지?

서린은 깜짝 놀라서 고개를 들었다. 세건은 그런 서린을 바라보며 말했다.

"내 귀는 그냥 폼으로 뚫려 있는 게 아니다. 그 이야기는 사실 이미 들었어. 나는 다만 네가 그걸 나에게 숨기나, 그렇지 않으면 사실대로 말하나 그게 궁금했을 뿐이지."

역시… 한세건의 청력도 보통이 아니긴 하다. 라이칸스로프에 비해서 오감이 떨어지기는 해도 이사카가 큰 목소리로 떠들어대고 있었으니 못 들을 리가 없다.

서린은 왠지 화가 나서 세건을 노려보았다. 남은 죽을 각오를 하고 진실을 말했는데 그 반응이 '응, 알고 있었어. 단지 너를 시험해 봤을 뿐이야' 라면 이건 너무하는 처사다.

"형도 참 성격이 나쁘군요."

"네놈이 남 말 할 처지냐? 결과적으로 이야기하긴 했지만 망설이고 쭈뼛거리고… 잔머리 굴릴 대로 굴리다가 솔직하게 말한 거 아냐? 잔머리 굴리느라 머리 모서리 닳는 소리 나더라."

세건은 심통 맞은 어조로 말하며 칼날을 닦았다. 얼마나 많은 시체를 베어냈는지 피와 기름이 잔뜩 끼어서 날이 잘 들지 않을 정도였다.

서린은 그런 세건을 보며 웃었다.

역시 이 사람은 변함없이 마이 페이스를 유지하고 있다. 그만큼 마음과 정신이 강하다는 뜻이겠지? 비록 서린은 세건이 될 수는 없지만, 그 부분은 너무나 동경한다.

이 사람처럼 강한 마음을 가지고 싶었다.

"아하하하. 뭐, 인지상정이라는 거죠. 형이 보통 무서워야죠."

"말이나 못 하면 밉지나 않지."

세건은 그렇게 말했지만, 입가가 살짝 말려 올라간다.

"어, 형. 지금 웃었어요?"

시산혈해의 열차 속에서 두 사람이 웃는다. 그 모습을 지켜보던 다른 이들은 겁에 질렸다. 하지만 이들은 다른 사람의 시선은 아랑곳하지 않고 서로서로 큭큭거리며 웃어댔다.

잠시 후 진정한 세건이 물어보았다.

"흠… 뭐 어쨌거나, 그래서 어쩔 거냐. 놈들의 꼬임에 넘어가서 볼코프 레보스키를 손에 넣어볼 테냐?"

"아, 그게… 형 생각은 어떤데요?"

"우선 이사카가 말한 것은 사실이야. 볼코프 레보스키는 핵미사일을 날릴 셈이다. 설사 세계가 핵겨울에 휩싸이게 되더라도 라이칸스로프인 그놈이 죽진 않을 테니까. 윽."

세건이 갑자기 머리를 감싸 쥐었다. 놀란 서린이 다가서자 세건은 손을 내저었다.

"괜찮아요?"

"아아, 젠장. 흡혈 충동이 동하는걸. 머리가 따끔따끔 아파. 뭐 괜찮아, 이 정도는……. 차라리 코카인 끊을 때가 더 힘들었어."

"헤에."

한세건이 흡혈귀 사냥꾼이던 시절, 흡혈귀들과 대항하기 위해 사이키델릭 문에 다른 마약을 섞어서 투약해 가며 싸웠다고 들었다. 그때 이후로 마약을 하지 않았으니 금단증상을 겪기는 했을 텐데… 세건은 그 금단증상까지 정신력만으로 이겨낸 괴물인 것이다.

"어쨌거나 볼코프 레보스키를 제압하지 못하면 전쟁이 나는 것은 확실하다. 그리고 나로서는 그 녀석을 막을 방법을 모르겠어. 일이 이 모양 이 꼴로 돌아가고 있는데 테트라 아낙스는 왜 나서지 않는지도 모르겠고. 일단 마스터하고 다시 연락을 취하지 않으면… 나로서는 모르겠다."

세건은 의미심장한 눈빛으로 서린을 노려보았다.

"그, 그럼."

"그놈의 생각도 나쁘지 않다고 본다. 볼코프 레보스키가 이사 카에게도 다루기 힘든 놈이라면… 네가 볼코프 레보스키를 손에 넣어서 그놈을 이용하는 것도 괜찮지."

아마도 이사카는 그것도 예견하고 이런 제안을 던졌으리라. 정말 볼코프를 손에 넣고 싶다면 그 녀석은 서린에게 볼코프를 얻게 하는 게 아니라 자신의 갱들을 해제하고 볼코프를 넣으면 된다.

그 라이칸스로프들의 마음가짐으로 보아 설령 갱에서 낙오된다 하더라도 이사카를 원망할 이는 없었다.

아니, 낙오된 상황에서도 이사카를 위해서 그 한 목숨쯤 초개와 같이 던질 놈이 대부분이었다.

하지만 그놈은 그 대신 서린에게 볼코프를 잡으라고 했다. 갱의 구성원들을 존중하고 사랑하기 때문에 그런 것일까, 아니면 서린에게 또 다른 뭔가를 기대하기 때문에 그러는 것인가?

사실 세건의 입장에서 서린은 아직도 솜털이 보송보송한 애송이에 지나지 않는다. 그에 비해 볼코프 레보스키는 다 자란 호랑이이니 격이 다르다. 실제로 이사카조차 볼코프 레보스키를 제압하지 못하지 않았나?

아무리 볼코프 레보스키가 거물이라서 리림의 능력으로 갱에 편입시키지 못했다 하더라도 그건 상대가 맨정신이라서 그런 것이다.

두들겨 패서 반쯤 죽여놓은 다음에 강제했다면 훨씬 적은 통제력으로도 손쉽게 갱에 넣을 수 있었으리라. 그러지 못했다는 것은 볼코프 레보스키가 엄청난 전투력을 가지고 있어서 이사카가 그를 제압하지 못했다는 증거다!

"형?"

서린의 부름에 의해서 세건은 상념에서 빠져나왔다.

"이런 것도 다 네가 볼코프 레보스키를 통제하에 넣을 수 있다면 하는 이야기지. 솔직히 나는 못 믿겠다. 네게 볼코프 레보스키를 제어할 지배력이 있냐? 아무래도 그러진 않을 것 같은데."

"그, 그래도… 어떻게 하지 않으면 안 돼요. 이제 얼마 남지도 않았잖아요, 쿠데타 실행까지. 그렇게 해서 정말 핵미사일이라도 발사되면……."

한세건은 안달하는 서린을 바라보았다. 이 녀석은 볼코프 레보스키를 제압하고 싶은 모양이다. 현재로서는 전쟁을 막을 방법이 그것뿐이라니 안달할 수밖에 없다.

좀 과장해서 말하자면 서린 단 한 명의 어깨 위에 세계의 운명이 걸려 있는 것이다. 서린이 잘못한 것은 없지만 만약 전쟁이 나게 되면 서린은 자신에 대한 자책으로 망가져 버릴 게 틀림없다. 그렇게 망가진다면 그것도 재미있을 것 같지만……. 세건은 고개를 저었다.

자책으로 망가져서 인간을 버리고 괴물이 되어버린 놈이라면 이미 여기에도 한 마리 있지 않은가?!

"서린, 기억해 둬라. 괴물을 손에 넣기 위해서 리림의 능력을 쓴다는 건, 네놈이 괴물이 된다는 거다, 알겠냐? 다시 인간으로 돌아올 수 있으리라는 보장도 없고, 네가 그렇게 좋아서 노래를 부르는 가족들도 두 번 다시 보지 못하게 될 수 있다. 아직 시간 이 있으니까 다른 방법이 있을지 확인해 보는 것도 좋고 말야."

"그, 그렇지만……."

"잘 선택해. 네 인생이니까."

세건은 거기까지 말하고 서린을 내버려 두었다. 그는 선택까지는 방임주의자였다. 선택 후의 단죄는 확실히 하는 편이지만 선택을 아예 하지 못하도록 만들지는 않는다.

그는 괴물을 죽이지만, 괴물이 되겠다는 놈을 말리지는 않는다. 그저 괴물이 된 뒤에 확실하게 죽여줄 뿐.

서린도 그걸 알고 있는지라 확인차 물어보았다.

"하지만 내가 만약 길을 잘못 든다면… 형이 나를 죽이러 오겠죠?"

"길을 잘 들고 잘못 들고 하는 건 없어. 그저 인간이냐 괴물이냐… 그 차이만 있을 뿐이지."

"…그러면 만약 내가 괴물이 된다면?"

"다른 누구의 손도 아닌 내 손으로 직접 죽여주마."

세건은 확언했다. 애초에 그는 서린을 죽이기로 마음먹었다. 이제 와서 새삼스럽게 다짐 같은 걸 할 필요는 없겠지만, 서린 은 세건의 확언에 힘을 얻은 듯했다.

"좋아요. 그렇다면 나는 볼코프 레보스키에게 가겠어요. 일단 그놈을 손에 넣어서, 전쟁을 막도록 하죠. 그리고 가급적이면 테트라 아낙스나 흡혈귀들과도 싸우고, 이사카 그 자식도 물리치도록 하죠."

서린은 앰풀을 조심스럽게 수건으로 둘둘 말았다. 하필이면 깨지기 쉬운 유리 앰풀이라서 더더욱 신경 쓰인다. 어쨌거나 지금으로선 이게 비장의 카드다.

"……."

세건은 그런 서린을 말없이 바라보았다. 마치 연못의 밑바닥에서 메기가 진탕질을 쳐대는 것처럼 복잡한 감정이 스멀스멀 밀려온다.

처음에 녀석을 보았을 때는 철부지 고등학생이었다.

아니, 철부지라고 할 수는 없으리라. 한세건은 부잣집에서 부족한 것 없이 살면서 방탕한 생활을 했던 반면 서린은 가난한 집에서 가족 생각을 끔찍이 하면서 일해왔으니까. 철이라면 오히려 너무 들어 있었다고 해도 과언이 아니리라.

그러다가 리림이라는 게 알려지면서 더 이상 인간의 삶을 살 수 없게 되었고, 한세건은 그 녀석을 이용해서 흡혈귀들을 낚고자 했다. 그렇지만 녀석은 불평 한마디 하지 않고 그의 무모한 낚시질에 따라와 주었다.

그래서 한솥밥을 먹으면서 엎치락뒤치락하면서 여기까지 오게 된 것이다.

리림인 이상 언젠가는 죽여 버려야 할 놈이긴 하지만 역시 세건도 피가 흐르는 인간인지라 정이 안 들 수는 없었다.

'바보 같으니……'

이 녀석도 바보다. 좋아서 리림으로 태어난 것도 아닐 텐데 이사카의 몇 마디 말에 볼코프 레보스키에게 혈혈단신으로 가겠다니…… 누구도 이 녀석에게 그런 책임을 지울 자격 따위는 없다.

그래도 지금으로선 도저히 막을 방법이 없어 보인다. 한국을 벗어난 순간부터 한세건은 자기 한 몸 지키기도 급급한 상황에 처했다. 여기다 서린이라는 짐까지 달고 다니기란 힘들다. 그리고 무슨 일이 있어도 라이칸스로프나 흡혈귀에 의해 전쟁이 일어나는 것은 막아야 하지 않는가?

'다른 누구의 손도 아닌 내 손으로 죽여주마.'

만약 누군가에게 소중한 사람을 잃고 자신도 큰 상처를 입었다 치자. 가해자는 전형적인 쾌락 살해자로 인정사정없이 사람을 죽이고 해쳤다. 그러고 나서 체포되어서 사형을 언도받은 다음에 피해자에게 속죄한다면 그때 피해자는 그 가해자를 용서해야 하는 것일까?

물론 진정한 속죄를 할 수도 있다. 그리고 세상은 그럴 때의 용서를 너무나도 아름다운 것이라고 한다. 아, 그래… 그럴 수도 있겠지.

하지만 세건이라면 도저히 그 가해자를 용서할 수가 없다!

자신이 정말 속죄하고 싶다면… 차라리 악당인 채로 죽어야 한다! 속죄를 갈망한 순간 죄인이던 그 녀석의 실체는 사라지고 죄의 무게에 짓눌려 신음하는 또 다른 피해자가 그 자리를 대신한다!

그의 피해자들은 그럼 대체 누구에게 억울함을 풀어야 한단 말인가? 이미 그들을 괴롭히던 악당은 사라지고 대신 그들에게 용서를 구걸하는 불쌍한 놈에게? 그렇게 되면 그야말로 복수가 복수를 낳을 뿐, 아무것도 나아지는 게 없다.

그러므로 진정 자신을 용서하지 못하는 죄인이라면, 결코 속죄해서는 안 된다. 현 생을 다하는 동안 스스로를 악에 물들이고, 악의에 찌든 채로, 오로지 악에 받친 채로 인생을 살지 않으면 안 된다.

그리하여 세건은 죄를 끌어안고 악인으로서 살기로 결심했다. 정죄를 바라지 않는다. 죄의 무게에 짓눌려 스스로 망가져 인간을 버리게 된다 하더라도 용서를 구하지 않는다.

그러니까 서린의 목숨, 서린의 불행도 그가 악으로 살아가기 위해 새로이 더할 죄에 불과하다. 이용하기로 결심하고, 죽이기로 결심한 이상 세건은 서린을 죽인다!

"그러면 다음에 만날 때까지… 작별이군요."

서린은 그러한 세건을 웃으면서 대하고 있었다. 자신을 이용하고 죽이기로 결심한 남자를 티 없이 맑은 웃음으로 대한다. 자신을 이용한 데 대한 원망도 없고 목숨을 구걸하지도 않는다.

"으음."

"몸조심해요, 형. 러시아어도 모르니까."

"그래."

"약속 잊지 마요. 반드시… 내가 괴물이 되면 형의 손으로 나를 죽여야 하니까."

"……."

그 말을 끝으로 열차는 마침내 멈춰 섰다. 이미 칸스크에서 대기하고 있던 군대와 경찰의 무수한 총구가 그들을 겨누고 전투 헬기가 아침 햇살을 받아 하늘에서 빛난다.

쿠데타 결행까지는 이제 8일이 남았다.

第24夜

Mono

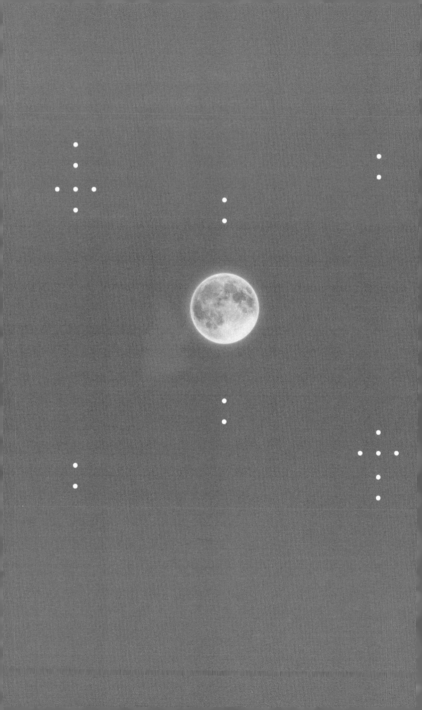

1

아르바트 거리 위로 눈발이 쏟아지고 있었다. 오래된 모스크바의 옛 건물들을 대신해 최신식의 고층 건물들이 늘어선 이 거리는 눈보라에도 아랑곳하지 않고 위풍당당한 모습을 자랑하고 있었다.

거리의 가로등과 가로수마다 플래카드가 걸려 있어서 곧 다가올 CIS 정상회담을 홍보하고 있었다. 하지만 대로를 걷는 젊은이들은 그러한 플래카드에는 눈길도 주지 않고 대신 거리 입구에 설치된 대형 TV로 시선을 돌렸다.

그곳에서는 지금 시베리아 특급 푸쉬킨 호에서 벌어진 참혹한 사건을 보도하고 있었다. 범인으로 지목된 이는 이미 단독 테러로는 세계 기록을 갱신했다고 하는 전설적인 테러범 한세건이다.

 TV 영상에 비친 그는 정신병자들을 구속할 때 쓰는 구속복을 입히고 눈과 입에 재갈까지 물린 뒤 다시 사슬로 칭칭 동여맨 끔찍한 꼴로 연행되고 있었다.

 이건 분명히 인권을 유린하는 행위였지만 저자가 수백 명에 달하는 인간을 죽인 극악무도한 테러범이라는 걸 감안하면 저 정도도 과한 대접이었다.

 "리림도 같이 있었을 텐데……. 그는 나오지 않는군."

 모자를 벗은 채 주차장의 차에 앉아 있던 백발의 남자는 TV를 바라보며 그렇게 중얼거렸다. 아마도 리림은 뒤로 빼돌려지고 한세건은 사건 무마를 위해 희생양으로 선정된 모양이었다.

 사실 이번 열차의 테러는 그가 저지른 일이 아니지만 그동안 저지른 경력이 워낙 화려한 게 문제다. 그가 범인이라고 방송에 나온 순간 대부분의 사람은 의심조차 하지 않고 믿어버렸으니까. 자업자득이라고 할 수 있었다.

 "리림은 테트라 아낙스에게 갔나?"

 백발 청년은 껌을 씹으면서 귀에 걸린 리시버를 통해 동료와 무전을 했다. 그러자 무전 저편의 사람이 화를 냈다. 날카로운 목소리로 보아서 여성 같았다.

 ―껌 작작 씹어! 소리 나! 턱 네모 된다!

 "그런 거 과학적 근거가 없어. 껌 씹는다고 턱이 네모가 될 리가……. 하여튼 간에 리림은 어떻게 된 거야?"

 ―볼코프 레보스키가 데려갔어! 그 구역은 아직 볼코프 일

당의 영역이니까 말야. 그나저나 아르곤! 당장 껌 안 뱉으면 화낸다!

무선 저편의 여성은 다시 껌을 뱉으라고 강요했다. 할 수 없이 아르곤은 껌을 뱉고 소음기가 부착된 저격용 라이플을 쥐었다.

"하지만 그 솜씨를 보면 정보 조작은 테트라 아낙스가 한 것 같은데……. 테트라 아낙스도 사람 많이 좋아졌군. 정보 가공해서 남에게 보물을 보내주는 미덕도 보이고."

—쓸데없는 소리 하지 말고 준비나 잘하고 있어! 곧 거기로 몰아넣을 테니까. 지금 그런 거 신경 쓸 때야? 그렇지 않아도 팬텀이 그 건에 대해서 이야기해 준다고 하니까 잘 기다리고 있으라고.

"알았어, 알았어!"

아르곤은 무선을 끊고 거리를 바라보았다.

이 아르바트 거리는 모스크바의 번화가라서 눈이 쏟아지고 있는 지금에도 많은 사람이 다니고 있었다. 아르바트의 구시가는 차로 다닐 수가 없게 되어 있으니 표적이 저 골목에서 뛰어나온다면 십중팔구는 맨몸이리라. 그렇다면 어디를 쏘아야 할까?

"하필이면 이렇게 사람 많은 곳으로 몰아넣다니… 악취미군."

그는 조심스럽게 7.62㎜ 탄을 들어서 입가로 가져갔다. 그러고는 마치 커피 원두의 향을 맡는 바이어처럼 조심스럽게 탄환을 콧잔등 밑으로 스쳐 보냈다.

"와라."

잠시 후 거리가 소란스러워지면서 한 명의 남자가 달려 나왔다. 사람들이 득시글거리는 이 거리에서 일급 스프린터도 따르지 못할 엄청난 속력으로 뛰어오는 그를 보며 아르곤은 총을 겨누었다.

푹!

소음기가 장착된 총이라 소리는 적다. 그러나 그 위력은 절대적이었다. 막 골목을 빠져나온 남자는 총탄 한 발을 머리에 맞고 그 자리에 기둥처럼 굳어버렸다.

총탄이 꿰뚫린 자리를 통해서 혈액이 얼어붙어서 피도 한 방울 나오지 않았다. 탄도 관통한 게 아니라서 자세히 살펴보기 전에는 그가 총에 맞았다는 사실도 모르리라.

남자는 천천히 옆으로 쓰러졌다. 아무리 상처를 재생하는 능력이 있다 하더라도 뇌가 얼어버리면 그게 녹아서 다시 되돌아가기 전에는 의식을 차릴 수 없다.

아르곤은 그것을 알기에 자신의 총탄에 동결의 저주를 걸고 갈겨 버린 것이다.

"일단 여기까지는 했다. 그나저나 이제 어쩐다? 내가 가서 납치할 수도 없는 일이고."

아르곤이 그렇게 걱정할 때 골목에서 경찰복을 입은 남자 두 명이 허겁지겁 뛰어왔다.

"늦었군, 저놈들."

아르곤은 총을 거두고 차에 시동을 걸었다. 경찰복을 입은 남자들은 주위 사람들의 시선에 머쓱해하면서 쓰러진 남자에게

다가가 그를 흔들어보더니 조심스럽게 경찰차에 태웠다.

"한 놈 처리했어. 어때, 나머지들은?"

아르곤이 무선을 통해 물으니 곧 대답이 왔다.

─눈이 온다고 해도, 날씨가 이 모양이면 흡혈귀들은 못 써먹겠어. 벌써 뒈져 버린 놈이 스무 명이 넘어.

"두 놈 잡았는데 뒈져 버린 놈이 스무 명이라. 십 대 일 정도로군. 양호한데, 뭐."

아르곤은 차를 몰아서 거리를 빠져나오며 라디오를 틀었다. 라디오에서도 역시 희대의 살인마 한세건이 러시아 철도경비대에 잡혔다는 소리가 들려오고 있었다.

대체 무슨 생각일까?

리림이야 그렇다 쳐도 한세건은 도망치려면 언제든지 도망칠 수 있었을 텐데……. 적에게 잘못 잡혔다가는 목숨이 위험한 처지가 아닌가? 이야기 들은 바로는 세건은 이미 한 번 볼코프의 손을 따돌리고 탈출한 적이 있었다는데……. 그렇다면 볼코프는 즉결 처형을 하려고 하지 않을까?

"그처럼 재미있는 녀석을 이렇게 허망하게 잃어서는 안 되는데."

솔직히 말하면 지금 당장에라도 구하러 가고 싶을 정도였다. 적이나 다를 바 없는, 아니, 확실히 적인 그 녀석을 위해서 왜 이렇게까지 해주고 싶은지는 모르겠다. 아르곤 자신도 인생에 질려 있기 때문일까?

그러나 아르곤은 고개를 저었다. 그는 오랜 세월을 재미있게 사는 법을 알고 있다. 테트라 아낙스에 대항하면서 살게 되면 딴생각할 여유도 없다. 장생의 권태라는 것은 적어도 그와는 인연이 없는 단어였다.

'나는 내가 납득하는 방식으로만 살아갈 수 있다.'

역시… 그렇게까지 말한 이상 이유를 찾는 것도 무의미하다. 구하고 싶어지면 구하는 거지, 뭐하러 내가 왜 이럴까, 이유를 찾는단 말인가?

여기서 비스트를 허무하게 잃을 수는 없다! 갈 수만 있다면 지금 당장에라도 가서 비스트를 구해 오고 싶은 충동이 들었다.

하지만 지금 여기서 쿠데타 세력을 저지하는 것도 매우 중요한 일이다. 용병들은 모스크바 사령부를 수호하기 위한 요격 부대로 돌려났고, 파군의 부하들은 여기서 모스크바에 잠입한 쿠데타 세력을 찾고 있는데 도저히 못 써먹겠다. 마약이나 팔고 여자나 팔던 폭력배들로는 특수부대원들을 상대할 수가 없다.

그나마 지금까지 10 대 1의 높은 비율(?)로 적을 잡을 수 있었던 것은 아르곤이 현장에서 움직이고 있기 때문이다. 바꿔 말하면 아르곤이 있으니까 그나마 10배의 인명 피해를 내면서 막을 수 있었다는 뜻이다.

아르곤이 빠지게 되어서 그 꼴같잖은 차이니즈 마피아 놈들만 죽어버린다면 아르곤도 알 바 아니다. 그 차이니즈 마피아 놈들이 더 죽는다 하더라도 쿠데타를 저지할 수 있다면 모르겠는데 아니니까 문제다.

만약 여기서 아르곤이 빠져나가면 러시아 정부 수반들이 암살당하는 것을 막을 수 없다.

"그 녀석이 쉽게 당하지 않을 거라고… 믿고 있는 수밖에 없구나. 한심한데. 이래서 책임지는 위치라는 게 싫다니까."

아르곤은 한숨을 내쉬며 기타 케이스를 만지작거렸다.

차가운 콘크리트 바닥 위로 물이 떨어진다. 밖은 눈보라가 휘몰아치고 있는데 이 안은 고요하다. 물방울 떨어지는 소리가 흡사 전쟁의 북소리처럼 크게 들린다.

세건은 콘크리트 바닥 위에 애벌레처럼 몸을 만 채 쓰러져 있었다. 눈도 입도 가려져서 갑갑하기 그지없는데 저 물방울 떨어지는 소리가 신경을 거슬린다.

그의 전신을 둘러싼 구속구는 복합 케블라로 되어 있었다. 가장 얇은 부분도 손 한 뼘 정도의 두께를 자랑하는 이 구속복은 일반적인 구속복과는 차원이 다른 것이다.

차라리 쇠사슬이라면 금속피로를 이용해 풀 수도 있겠는데 이 복합 케블라는 무시무시한 인장강도를 가지고 있어 끊을 수도 없었다. 그렇다고 허술하게 묶어놔서 관절을 빼는 정도로 풀 수 있는 것도 아니다.

아마도 흡혈귀나 라이칸스로프들을 잡아두기 위해 특별히 만든 물건 같았다. 그것뿐만이 아니라 유치장 앞에 사람도 두지 않았다. 세건의 죄질(그것이 누명이라 해도)을 생각하면 유치장 안에 처넣었다 하더라도 24시간 감시를 붙여야 한다. 그러나 상대가 흡혈귀나 마법사라면 차라리 아무도 없는 게 더 낫다.

제대로 된 마법사라면 인간을 조종해서 감옥에서 빠져나오는 것은 일도 아니니까. 결국 적은 한세건에 대해 너무나 잘 알고 있다는 것이다.

만약의 경우에는 자신의 육신을 잘라 버리거나 텔레포트를 하는 방법도 있다. 한세건에게는 유다와 자인의 계통 능력이 유전되어 있기 때문에 그것을 사용하면 여기서 탈출하는 것은 일도 아니다. 다만 그렇게 혈인 능력을 써대게 되면 진정으로 피를 먹지 않고서는 견딜 수 없게 된다. 그것만은 피해야 하지 않겠는가?

'젠장. 뭐 하는 거지?'

세건은 차가운 시멘트 유치장에 누워서 생각에 잠겼다. 이번 열차의 사건은 한세건의 짓이 아닌데도 저들은 이미 그를 범인으로 여기고 있었다. 아니, 그를 범인으로 만들기 위해 노력하고 있다고 봐야 하리라.

원래 세건은 칸스크에서 도망칠 생각이었다. 서린이야 볼코프를 만나야 하니 잡히면 되지만 세건은 다르다. 리림인 서린과 달리 세건은 살려둘 이유가 없으니까.

비록 칸스크와 모스크바가 3,000킬로미터 이상 떨어져 있다고 해도 적들에게 잡혀서 맥없이 죽는 것보단 3,000킬로미터를 방황하는 게 나았다.

그러나 그때 세건과 서린이 지켜보고 있는 가운데 열차의 벽면에 피로 글씨가 쓰였다. 아무것도 없는데 갑자기 금속판에 핏방울이 아롱지면서 글씨가 나타난 것이었다.

글씨는 한국어로 '도망가지 말고 잡혀서 때를 기다려라' 라고 되어 있었다. 그리고 잠시 후 그 글자는 사라져 버렸다.

적들 앞에 곱게 목을 갖다 바치는 것도 미친 짓이지만 여기서 탈출해 봤자 그것도 제정신은 아니다. 정상회담까지 8일. 사건이 벌어질 모스크바에서 3,000킬로미터나 떨어진 이곳에서 무수한 적들의 추격을 받으면서 혼자 힘으로 과연 무엇을 할 수 있단 말인가?

쿠데타를 막기 위해 혼자 움직인다?

설사 세건이 절대 지지 않는다 하더라도 쿠데타라는 것은 의회와 정부, 군부를 제압함으로써 성립되는 것이다. 적들은 물량의 투입으로 세건의 발을 묶어둔 채로도 의회와 정부를 제압할 수 있다.

그러면 서린이 볼코프를 지배하기를 기다리란 말인가?

그러나 이사카 베르게네프가 나타난 타이밍을 생각해 볼 때 그 지배라는 것은 그리 급작스럽게 일어나는 것은 아닐 것 같다. 정상회담까지 8일. 즉, 쿠데타까지 8일이나 남았다는 것은 꽹장히 어중간한 기간인 것이다.

사실상 모든 작전 수립은 끝나고 이제는 결행만을 기다리는 이때, 만약 지배가 급작스럽게 이루어지는 것이라면 서린은 쿠데타 자체를 무산시킬 수도 있다.

볼코프를 통해서 권력욕, 아니, 달성욕(達成欲)을 추구하는 이사카로서는 쿠데타는 일어나되 핵미사일은 쓰지 않는다는 결론을 도출해야지 쿠데타 자체가 무산되는 결론을 도출해서는 안되는 것이다.

아니, 이사카로서는 사실 핵미사일을 쓰든 말든 별 상관이 없을지도 모르지만 서린을 자신의 뜻대로 움직이면서 자신의 목적을 달성하기 위해서는 그런 결론을 도출해야 한다.

즉, 지배의 효과는 즉효가 아니라고 생각된다.

그것뿐만이 아니다. 이사카와 볼코프는 이미 한 번 접촉했었다. 지배가 당장 일어나는 것이라면 그때 이미 성패를 알 수 있었을 텐데……. 이사카가 실패를 알게 된 것은 그 후다.

이 두 가지로 미루어 볼 때 지배는 천천히 일어나는 현상이라고밖에 해석할 수 없다.

그렇다면… 이번에는 이사카의 심정을 역으로 추산해 봐야 한다. 만약 세건이 이사카라면 어떻게 할까? 당연히 서린이 볼코프 지배에 실패할 때도 생각해 놨을 것이다.

이사카 자신도 말했지만 서린과 이사카는 태어난 목적 그 자체가 다르다. 따라서 필연적으로 능력에 차이가 있다. 이사카는 이미 강력한 라이칸스로프들을 잔뜩 거느리고 있어서 볼코프의 지배에 실패했다고 하지만… 볼코프가 원래 지배 안 당하는 특이체질일 수도 있고, 서린의 자질이 떨어져서 볼코프를 지배하지 못할 수도 있다.

이것도 이사카의 발언을 믿을 수 있을 때의 추측일 뿐이다.

리림에게 다른 특수한 능력이 더 있어서, 볼코프에게 서린을 붙여두지 않으면 안 될 이유가 있어서 억지로 만든 핑계일지도 모른다. 이사카나 라이칸스로프들이라면 설사 핵전쟁이 일어나더라도 살아남을 텐데 이제 와서 핵전쟁을 막기 위해 협력하라는 것도 수상쩍다.

어느 쪽이 되었든 간에 이 피의 문자는 믿어볼 가치가 있다. 지금은 정말 흡혈귀나 라이칸스로프만 아니면 누구라도 협력자가 필요한 상황이니까!

그래서 세건은 그 문구가 말하는 대로 항복하지 않을 수 없었다. 물론 그 문구가 단지 세건을 손쉽게 손에 넣기 위한 거짓 정보였을 수도 있다. 그리고 이런 상황에서 불확실한 정보를 믿고 쉽게 투쟁을 포기하게 된 것이 마음에 걸렸다. 그동안 타향에서 계속 치이면서 마음이 약해지지 않았나… 하는 생각도 들었다.

실제로 서린과 헤어질 때는 감상적인 경향까지 보이지 않았던가?

그러나 그의 마음이 약해진 건 아니다. 단지 한국에서와 비교해 그가 할 수 있는 일이 줄어든 것뿐이다.

한국에서라면야 말도 통하겠다, 길도 알겠다, 암거래나 정보상들에 대한 인맥도 있겠다, 걱정할 게 없지만 러시아에서의 세건은 그야말로 고립무원이다.

이리된 이상 자신에게 메시지를 보낸 자를 기다릴 수밖에 없다.

만에 하나 적들이 세건을 즉결 처형하려 한다면 그때는 흡혈귀의 힘이든 뭐든 간에 닥치는 대로 끌어 써서라도 탈출하면 된다.

'신용이라……'

명부마도의 끝에 떨어진 녀석이 신용을 찾다니, 그것도 웃기는군. 세건은 쓴웃음을 지었다.

그때 그의 귓가에 사람의 발소리가 들렸다.

아니, 그 발소리는 사람의 것이라고 하면 안 될 성질이었다. 걸음 소리 자체는 거의 없다시피 한데 뭔가가 지면에 끌리는 소리가 들려왔다. 그리고 그것이 다른 사람들의 발자국을 지우며 점차로 다가온다.

"왔군."

세건이 중얼거린 순간 유치장의 쇠창살에서 격렬한 쇳소리가 터져 나왔다. 쇠와 쇠가 부딪히는 마찰음에 귀가 떨어져 나갈 지경이었다.

하지만 그게 뜻대로 안 되었는지 잠시 후 쩔그럭쩔그럭 열쇠 뒤지는 소리가 들리더니 유치장의 문이 열렸다. 그리고 곧 세건을 붙잡고 있던 케블라 구속복이 찢어졌다.

"…뭐 한 겁니까, 실베스테르?"

세건은 고개를 좌우로 흔들고 몸을 펴며 일어났다.

그의 앞에는 허리까지 닿는 긴 은발에 흑색 신부복을 입고 있는 남자가 무표정하게 서 있었다. 신비로운 느낌이 풀풀 나는 긴 은발, 차가운 청회색의 눈동자와 칼날 같은 이목구비는 왠지 살아 있는 사람처럼 느껴지지 않았다.

그는 유달리 긴 은색의 세이버를 들고 등 뒤에는 옛날 서부극의 장고가 관을 끌고 다니듯 큼지막한 상자를 끌고 다녔는데 아마도 저 상자가 그 끌리는 소리의 주범이리라.

"오래간만이군, 한세건. '몸'은 괜찮나?"

물론 그가 물어보는 것은 단순히 건강을 묻는 게 아니다.

세건은 상자를 열어보며 피식 웃었다. 안에는 그가 한국에서 쓰던 무기들이 고스란히 들어 있었다. 레이싱 슈트의 디자인을 흉내 낸 전신 방탄복과 USAS—12, 말끔하게 수리된 비스트 666ST(Beast 666grain Saw Type)와 무광 처리된 글록 18 두 자루가 미니멈 써멀 카메라와 함께 들어 있었다.

물론 그가 즐겨 쓰는 특수 도폭선과 케이블 신관, 그리고 신관 작동용 FM 리모콘까지 확실하게 준비되었다.

"어떻게 여기까지 온 거예요?"

"개인용 경비행기로."

"……."

세건은 새카만 전신 방탄복으로 갈아입고 각종 장비를 장착하거나 매직 포켓에 숨기고 머리칼을 쓸어 올린 뒤 써멀 카메라를 달았다.

"…푸른 눈의 재규어 같군."

실베스테르는 유치장에 기대어 서서 한세건이 무장을 끝내는 것을 지켜보았다. 한세건의 눈동자는 보기 드문 검은색이지만 어둠 속에서는 안저로부터 푸른 귀화가 끓어오른다.

근육질의 몸을 뒤덮는 새카만 방탄복 위로는 살상을 위한 무기들이 효율적으로 배치되어 매달렸다. 한세건은 가볍게 몸을 풀며 중얼거렸다.

"그동안 장비도 제대로 못 써서 고생했었는데… 잘됐군요."

"릴리쓰의 자식은?"

실베스테르는 서린의 위치를 물어보았다. 세건은 그런 실베스테르를 바라보며 고개를 저었다.

"실베스테르라면 나랑 같은 곳에 가둬놓겠어요? 리림을?"

"아니지."

"아마도 볼코프 레보스키가 데려갔을 겁니다."

"그럼 여기에 있어도 소용없겠군. 일단 나가도록 할까?"

실베스테르는 긴 은발을 휘두르듯 몸을 돌리며 소리 없이 걸어 나갔다.

2

세건이 갇혀 있던 곳은 산 중턱에 위치한 벙커였다. 아마도 세건이 유치장이라고 생각했던 곳은 영창이었나 보다. 산 중턱이라고 해서 얕잡아 볼 수 없는 게 이 근처의 나무들이 얼마나 우거진지 굵기가 몇 아름이나 되는 게 수두룩하다.

대한민국의 군대라면 근처의 나무들이 성할 날 없이 베었을 텐데 러시아 군인들은 그런 쓸모없는 작업을 하지 않는 모양이었다.

세건이 주위를 둘러보니 벌써 감시탑 곳곳에서 서치라이트가 켜지고 있었다. 잡힐 때는 새벽이었는데 풀려났을 때는 이미 한밤중이다.

'어쩐지. 그래서 배가 미치도록 고팠군?'

어제저녁부터 식사를 하지 못했다.

폭스나 CNN 등에서도 한세건이 잡혔다고 취재를 왔었는데 그런 서방 언론들을 앞에 두고도 밥을 안 먹이다니 이놈들도 참 독하다.

어쨌거나 이상한 노릇이다. 이 부근의 부대라면 볼코프 레보스키가 지휘권을 가진 것도 아닐 텐데 볼코프의 손아귀에 놀아나다니……. 그러고 보면 이르쿠츠크도 그렇다.

볼코프의 사단은 하바로브스크 주에 있건만 볼코프만은 그야말로 '전국구'로 놀고 있었다.

"볼코프 레보스키는 거의 왕인가 보군."

그렇게밖에 결론을 내릴 수가 없었다. 하지만 지금은 불평불만을 토하기보다는 탈출하는 게 먼저였다. 실베스테르가 들어오면서 많은 사람을 기절시켜 놨기 때문에 탈출이 발각되는 것은 시간문제였다.

"따라와."

실베스테르는 무뚝뚝한 태도로 벙커 옆의 원시림을 향해 뛰었다. 산비탈을 따라 나무들이 길게 자란 이곳은 길이 없어서 인간은 도저히 들어올 수 없다. 즉, 여기서 그들을 따라오는 놈들은 라이칸스로프라고 봐야 한다.

세건은 실베스테르의 뒤를 따르며 힐끗 벙커 쪽을 돌아보았다. 이미 서린은 볼코프 일당에게 인수되었기에 저 벙커와 군부대를 공격한다 한들 찾을 수 없으리라.

세건이 볼코프라 하더라도 서린과 세건은 따로 격리해 놓았을 터이니… 확인해 볼 필요도 없다.

"실베스테르? 모스크바는 어떻죠?"

"보리야 대통령은 쿠데타를 막기 위해 전군 감사에 들어갔다. 쿠데타 가담 세력으로 보이는 밀로프스키 중장 이하 장성 네 명이 배임과 횡령 혐의로 수사 중이지. 하지만 보리야의 정적들이 그런 보리야의 군부 감사를 맹렬히 비난하고 나서서 일이 쉽지 않은 모양이다. 큰 기대를 할 수는 없어."

실베스테르의 말을 들어보니 보리야도 적극적으로 군부 개편에 뛰어든 것 같았다. 다만 그걸로는 쿠데타 세력에 결정적인 타격을 주지 못한다.

사실 이 쿠데타는 볼코프 레보스키의 라이칸스로프 부대에 의해서 이뤄진다고 해도 과언이 아니다. 볼코프 레보스키에게 타격을 가할 수 없다면 다른 어떤 정치적 공세도 그리 큰 도움은 안 된다.

정부와 경찰을 무력화하고 의회를 해산시키는 것은 라이칸스로프 일개 소대만으로도 가능하니까.

"흡혈귀들은 대체 뭐 하고 있어요?"

세건은 나무와 나무 사이를 헤치며 실베스테르를 앞질렀다.

"테트라 아낙스는 손을 놓고 있다."

실베스테르는 담담하게 말했다. 하지만 테트라 아낙스의 움직임을 보건대 한세건과 서린에게는 아직 손을 놓고 있지 않은 듯했다. 이번의 열차 사건만 해도 그 많은 사람이 보고 있었는데도 외국 방송에 한세건의 무죄를 주장하는 이가 등장하지 않은 것이다.

원래 사고 난 뒤 뒷수습하는 게 테트라 아낙스의 주요 업무라지만 이렇게 편파적인 뒷수습은 이해가 가지 않는다.

아무리 한세건이 헌터고 테트라 아낙스의 명예를 실추시켰다지만 그렇다면 아예 적극적으로 뛰어들어서 서린마저 손에 넣었어야 했다. 서린은 볼코프에게 넘겨주면서 뒷일만 이렇게 수습하다니, 볼코프랑 짜고 이러는 것도 아닐 텐데 왜 이러는지 모르겠다.

어쩌면 테트라 아낙스는 여기서 정말 흡혈귀들과 라이칸스로프들을 충돌시켜서 그 수를 줄이는 게 목적일지도 모른다.

"테트라 아낙스가 손을 놓고 있다는 건, 다른 흡혈귀들은 손을 놓지 않고 있다는 소리도 되지요?"

"그래서 테트라 아낙스의 무책임함에 반발해 팬텀을 중심으로 쿠데타 저지 세력이 형성되었다. 구성원은 팬텀, 헤카테, 아르곤, 파군, 앙리 유이의 다섯."

원래 흡혈귀들은 지독하게 협력하지 않기로 이름 높은 종족이다. 그놈들은 같은 혈통이면 상하 관계가 분명하지만 다른 혈통의 경우에는 서로 간의 묘한 경쟁의식 때문에 진마 간에도 협력이라는 게 이뤄지지 않았다.

그런데 이제 진마 다섯이 한자리에 모여서 협력을 할 정도라니…… 사태가 얼마나 심각한지 이로써 잘 알 수 있었다.

"그들이라면 쿠데타를 저지하는 게 가능할지도 모르지. 아니,

적어도 수도 제압을 늦추는 건 할 수 있을 거야. 너와 나, 헌터들의 입장에서는 흡혈귀와 라이칸스로프가 서로 싸우는 쪽이 더 좋지."

실베스테르는 냉정한 태도로 그렇게 말했다. 세건도 그 점에 대해서는 동감하지만 이번 경우는 단순히 흡혈귀와 라이칸스로프만 싸우는 게 아니다.

"그래 봤자 내전으로 바뀔 뿐입니다. 수도 제압이 늦어져서 정부가 군대를 모아서 쿠데타 측을 친다 하더라도 상황이 쉽게 종결되지는 않아요. 쿠데타 측이 죄다 군인이니 병력이 꽤 되고, 일반 사병들도 볼코프에게 강한 충성심을 가지고 있으니 어느 정도 기울어지기 전까지는 내전이 계속될 겁니다. 내가 흡혈귀와 라이칸스로프들을… 월야를 파멸시키겠다는 것은 내가 알지도 못하는 세계의 녀석들이 어느 순간 손가락을 내민 것만으로 나와 내 가족이 파멸당하고, 그 인생이 바뀌었기 때문이에요. 물론 일반 시민이 힘 있는 자들에 의해서 언제 어떻게 짓밟혀도 모르는 건 인간들끼리도 마찬가지이지만… 적어도 그러한 권력자는 인간의 인지하에 있어요. 하지만 이 마물들은 다릅니다!"

세건은 산을 달려 내려오면서 열기를 띤 목소리로 말했다. 눈동자에서 귀화가 타올라서 그가 달린 길마다 푸른 궤적이 남는다. 실베스테르는 그런 세건의 뒤를 따르며 물어보았다.

"그래서… 네가 모르는 곳에서 너의 운명을 바꿔 버린 괴물들을 모조리 제거하겠다는 건가? 인간들의 정보와 지식을 통제하며 모든 인간을 희롱하기 때문에?"

세건은 대답 대신 고개를 끄덕였다. 뒤쫓아 가는 실베스테르로서는 알아보기 힘들었지만 세건이 고개를 끄덕였다는 사실쯤은 보지 않아도 알 수 있었다.

실베스테르도 어렴풋이 한세건의 동기를 알고 있었지만 직접 들은 것은 이번이 처음이었다.

"그런 의미에서 이 전쟁을 용납할 수 없어요. 테트라 아낙스, 흡혈귀, 라이칸스로프들이 인간이 알지 못하는 곳에서 벌인 일로 무수한 인간이 영문도 모르고 휩쓸려 들어가 인생을 잃는다면… 과연 신이 그놈들에게 이 많은 사람의 운명을 붙인 것인지!"

비스트라는 칭호를 얻은 헌터 한세건.

그가 혼자의 힘으로 월야를 파멸시키겠다고 할 때 대부분의 관계자는 그가 증오와 광기를 이기지 못하고 미쳤다고 여겼다.

하지만 그는 그냥 미쳐서 월야 전체를 파멸시키겠다고 나서는 게 아니다. 너무나 쉽게 짓밟혀 버린 인간으로서의 존엄, 자존. 그것을 되찾기 위해서 그는 혼자의 몸으로 수천 년간 이어 온 어둠의 세계에 도전장을 내민 것이다.

그들이 잡초처럼 짓밟은 인간 중의 생존자가 이제는 그들을 잡초처럼 짓밟는다. 그건 정말 멋진 일이 될 것이다. 한세건, 이 녀석은 이제 더 이상 그때의 꼬마가 아니다.

실베스테르는 그 사실을 깨닫고 고개를 도리도리 저었다.

그는 한세건을 앞지르며 외쳤다.

"차를 세워둔 곳은 내가 알고 있어! 네가 앞질러 가봐야 아무런 소용이 없지! 이제부터는 나를 따라와!"

잠시 후 벙커가 있는 곳에서 사이렌이 요란하게 울려 퍼졌지만 이미 세건과 실베스테르는 주차시켜 둔 실베스테르의 지프에 올라탄 뒤였다.

"경비행기라고 해도 공항인데 수배된 제가 들어갈 수 있을까요?"

"한두 번 해본 게 아닐 텐데, 한세건. 몰래 숨어드는 것쯤은. 이제 와서 옛날 기분 나나? 나에게 하나하나 일일이 물어보게?"

실베스테르는 쌀쌀한 어투로 말했다.

"…늘 그랬죠."

세건은 투덜거리며 실베스테르의 옆자리에 앉았다. 그러자 실베스테르는 차를 출발시키며 세건에게 물었다.

"그러면 어떻게 할 거지, 한세건? 라이칸스로프의 쿠데타 실행대와 흡혈귀 측의 쿠데타 저지 부대가 격돌하는 걸 막기라도 해야 한단 말이냐?"

핵전쟁이 일어나는 것은 결사적으로 막아야 하지만 그렇다고 내전이 일어나는 것도 별로 좋을 것 없다. 흡혈귀들이 아예 볼코프 레보스키를 잡을 생각으로 덤벼든다면 모르겠지만 그들 다섯 진마가 무슨 독수리 오형제라고 다 같이 합동 단결하여 싸울 것 같지는 않다.

일단 쿠데타가 실패하고 내전 양상으로 접어들게 되면 그동안의 연합에서 빠지고 싶어 하는 놈이 반드시 나온다.

흡혈귀들의 이기심은 본래 지독한 것이고… 사실 다른 흡혈귀들은 손 놓고 구경만 하고 있는데 라이칸스로프랑 싸워서 무슨 부귀영화를 누리겠다고 끝까지 죽어라 싸운단 말인가?

일단 쿠데타가 저지되고 내전 상황이 되고 나면 흡혈귀들은 다 빠져 버린다고 해도 과언이 아니다.

그렇게 되면 라이칸스로프 군대를 가진 볼코프가 유리하지만 내전으로 발발하면 미국이 개입하게 된다.

제아무리 볼코프라 해도 미국이 개입하게 되면 멸망하겠지……. 그러나 그때까지 민간인의 희생은 이루 말할 수 없게 된다.

쿠데타를 잽싸게 해치우고 미합중국의 대통령을 조종함으로써 전쟁을 억제한다. 그렇게 되면 세계를 지배하는 게 이사카 베르게네프가 되긴 하지만 가장 피해가 적은 길이기도 하다.

"역시……. 지금 당장 볼코프 레보스키를 죽여서 쿠데타 자체를 방지하는 게 일 책, 그리고 이사카 베르게네프의 제안을 들어서 볼코프 레보스키를 조종하는 게 이 책입니다."

세건은 냉정하게 말했다.

서린과 함께 있을 때는 도저히 일 책을 성공하리라는 생각이 들지 않았기에 이사카의 책략에 따랐지만 실베스테르가 협력한다면 불가능할 것도 없다는 생각이 들었다.

"일 책이야 그렇다 치고 이 책에 대해서 자세히 설명해 봐."

"아, 그거는 이사카 베르게네프라는 또 한 놈의 리림의 제안인데, 리림은 볼코프 레보스키와 같은 진성 라이칸스로프도 조종할 수 있는 능력이 있다고 하더라고요. 그래서……."

"수상하군. 볼코프 레보스키라면 나도 알고 있어. 아무르의 호랑이. 그런 거물을 남의 손에 넘겨줄 만큼 얼간이인가? 그 이사카라는 놈은?"

"애석하지만 서린보다 훨씬 똑똑하죠."

서린이 들었으면 많이 섭섭해했으리라. 하지만 사실이다. 세건은 그렇게 말하다가 문득 실베스테르에게 손을 내밀었다.

"뭐지?"

"녹티스 있어요?"

"녹티스의 코어 말인가? 그거는 비행기에 두고 왔는데."

"하아?"

세건은 의외라는 듯 한숨을 쉬었다. 그러자 실베스테르는 운전대를 신경질적으로 꺾어서 민간 공항으로 향했다.

"설마 나를 진짜 도라에몽쯤으로 생각하는 건 아니겠지? 그렇게 많이 들고 다닐 능력은 없어."

"설마요. 하지만 언제나 설마는 사람을 잡죠."

"무슨 뜻에서 하는 말이지? 뭐 시시한 농담은 집어치우도록 하지. 자, 어떻게 할 거지?"

"일단 녹티스를 수복하고 영양 보충, 만전을 기한 다음에 제일 책으로 갑니다. 이사카가 무슨 속셈인지 모르지만 볼코프를 제거해서 이사카의 야욕도 저지하고 쿠데타 자체를 무산시켜버리죠. 그렇게 되면 흡혈귀 놈들의 기득권을 여전히 인정하게 되는 거지만."

이게 소위 말하는 '변화보다 안정을' 인가?

흡혈귀들과 라이칸스로프들로 나누어보자면 흡혈귀들은 이미 기득권을 쥐고 자신의 이득을 좇아 달리고 있고 라이칸스로프들은 그런 흡혈귀들을 끌어내리기 위해서 밑바닥에서 기어 올라왔다.

하지만 체제가 전복되면서 발생하는 피해가 싫다고 일방적으로 라이칸스로프를 공격하는 것은 역으로 말해서 흡혈귀들을 도와주는 게 아닐까?

이런 생각이 들어서 마음에 들지 않지만 서린에게 볼코프를 지배하라는 것보단 차라리 나을 것 같다. 어부지리를 노리기 위해서 흡혈귀와 라이칸스로프를 싸움 붙여 많은 피해를 내는 것보다는 라이칸스로프도 흡혈귀도 다 같이 죽여 버리면 된다.

3

오일 달러가 만들어내는 풍족한 부로 인해서 모스크바라는 도시 전체가 고급 세단의 주차장처럼 변해가고 있었다. 소비에트연방 시절에는 차를 신청해도 배급받기가 워낙 힘들어서 당장 쓸 수 있는 중고차들이 오히려 새 차보다 비싸게 거래되곤 했었다.

그때부터 서방세계의 차들에 어떤 한이 맺혀 있던 이들은 개방 이후 서방세계의 차들을 무분별하게 사 모은 것이다.

결과적으로 모스크바는 무슨 전 세계 자동차 박람회장같이 되어 있었다. 소위 말하는 러시아워가 시작된 것이다.

긴 백발을 포니테일로 묶은 캐주얼 차림의 청년이 야구 모자를 고쳐 쓰며 그 광경을 바라보고 있었다. 러시아워…… 사람보다 빨리 가기 위해 만들어진 자동차라는 도구가 인간의 다리보다 더 느려지는 시간.

그럼에도 불구하고 운전자들이 걸어가지 않는 것은 자신의 차가 가지는 재화로서의 가치 때문이다.

결국 러시아워라는 것은 차라는 도구가 인간을 지배하는 시간인 것이다. 다른 곳에서도 흔한 일이지만 청년에게는 지금 이 순간이 왠지 무언가의 상징처럼 느껴졌다.

한때 '만국의 노동자들이여 단결하라' 는 마르크스의 선언으로 시작된 공산주의가 가장 추악한 방법으로 몰락한 결과가 이거다.

"혁명에도 참가했었지만… 이제 와서 돌이켜 보니 정말 무상하군."

백발의 청년은 마치 정신병자처럼 그런 소리를 했다.

엘바 섬이나 세인트헬레나 같은 곳이라면 자신이 나폴레옹 장군이라고 믿는 정신병자가 득시글거린다지만 이 청년은 비교적 멀쩡해 보였다.

멜라닌 색소가 부족한 탓인지 새하얗다 못해 투명해 보이는 머리칼은 높게 묶었음에도 불구하고 등을 절반이나 덮을 만큼 길었다. 만약 저 머리칼을 풀면 허리까지는 너끈히 닿으리라.

눈은 굉장히 큼직하고 쌍꺼풀이 져 있는데 머리칼과 마찬가지로 새하얀 속눈썹이 쌍꺼풀 위를 가리듯 자라서 그 밑에 있는 눈동자를 더더욱 부각시켰다. 피부도 잡티 없이 깨끗했는데 콧잔등에는 악동처럼 밴드를 붙이고 있었다.

몸 안에는 특이하게 아라미드와 케블라를 그물 결합한 방탄복을 입고 있었는데 진즈 재킷과 다 해지다시피 한 헐렁한 카고 바지를 덧입어서 수상쩍은 방탄복을 감추고 있었다. 옷 입은 게 좀 이상야릇하지만 워낙에 옷걸이가 좋은지 스타일이 잘 소화되고 있는 데다가 눈에는 총기가 감돌았다.

아무리 보아도 아직 노망이 나려면 한참 멀어 보이는 이 청년은 경찰들이 자신을 주목하는 것을 보고 모자를 눌러쓴 채 기타 케이스를 메고 걸어갔다.

최근 들어서 쿠데타 위협 때문인지 크렘린 궁이 보이는 이 붉은 광장에는 외국인 관광객의 접근이 금지되어 있었다.

폭탄을 찾기 위해 군견들도 코를 킁킁거리며 돌아다니는 것을 보니 보리야의 몸이 첫날밤 새색시처럼 바짝 달아오른 모양이었다.

"볼코프 레보스키 같은 애국자가 크렘린 궁이나 바실리 성당을 상처 입힐 것 같지는 않지만……."

그는 욕망의 진열대처럼 변해 버린 대로를 가로지르며 중얼거렸다.

볼코프 레보스키는 단순한 우익이 아니다. 자국의 문화와 민족에 대한 자부심을 가지고 미학 위에 행동하는 자이다.

남자로 치자면 호걸, 영웅이지만 세상에 영웅이란 이로운 것만 있는 게 아니다. 그 개개인은 어떨지 몰라도 역사적으로 보면 독이 되는 자다.

그래도 지금은 그것에 감사해야 하나. 폭탄 테러 등에 대한 걱정은 하지 않아도 되니까.

백색 머리칼의 청년은 거리에 물건을 깔고 장사를 하는 젊은이들의 노점상에서 발을 멈췄다. 약간 닳아 있는 에어조단 신발과 청바지를 팔고 있는 청년들이었다. 중고품임에 불구한데도 지나가는 사람 중 몇은 발길을 멈춰 선다. 그리고 그런 그들의 옆을 고급 승용차가 지나쳐 간다.

"공상주의자의 꿈이란 결국 이렇게 끝나고 마는군."

한때는 그도 사회당원으로서 이상을 이루기 위해 싸웠던 적이 있었는데… 그 자신도 참가한 운동이 이렇게 어처구니없는 모습으로 종말을 맞이할 줄이야!

청년은 모자의 챙으로 얼굴을 눌러서 가리고 흥얼거리며 노래를 했다. '인터내셔널 가(歌)'를 불어로 부르는 것이다. 물론 그가 사회주의를 버린 지는 꽤 되었다. 그렇지만 어째서인지 이 노래만은 아직도 여전히 그의 가슴에 남아 있었다.

하지만 그때 길가에 고급 승용차 한 대가 멈춰 섰다. 둔중해 보이는 볼보 리무진이었는데 어찌나 튜닝을 많이 했는지 롤스로이스를 닮아 있었다.

튜닝한 놈이 양심은 있는지 볼보의 엠블럼을 떼지 않아서 그나마 알아볼 수 있는 거지, 볼보 엠블럼을 떼고 대신 롤스로이스의 엔젤 엠블럼을 달았다면 누가 봐도 롤스로이스로 보였으리라.

"아르곤, 대체 여기서 뭐 하는 겁니까?"

차 문이 열리며 흑룡을 수놓은 치파오 차림의 여성이 내려섰다.

분을 바른 듯 새하얀 피부에 명인이 붓으로 일필휘지한 듯한 가늘고 긴 눈썹, 그리고 당장에라도 핏물이 뚝뚝 떨어질 것 같은 붉은 입술을 가진 중국계 여성이 한눈에 봐도 '저희는 마피아입니다. 건드리면 인생 책임 못 집니다' 라고 써 붙여놓은 것 같은 선글라스의 거한들과 함께 섰다.

"아아, 파군. 뭐 하냐니?"

아르곤은 치파오의 동양 여성, 파군을 바라보며 의아해했다. 그러자 파군이 씩씩거리며 발을 동동 굴렀다.

"해도 너무하는군요, 아르곤! 우리 중에서 부하들을 선뜻 전투원으로 제공한 건 저뿐인데… 그 부하들을 다 전멸시키다니, 어떻게 이럴 수가 있지요?"

"아……."

아르곤은 그제야 손뼉을 쳤다.

파군은 쿠데타 시 요인 암살을 위해 모스크바에 잠입 중인 라이칸스로프를 잡기 위해 선뜻 자신의 부하들을 빌려주었다. 하지만 지금 그 부하 중에 살아남은 이는 아무도 없다.

그동안 네 명의 라이칸스로프를 잡기는 했지만 애지중지하던 부하들을 잃어버린 파군 입장에서는 도저히 납득할 수 없는 일이리라.

"그건 유감으로 생각해, 파군. 하지만 나라고 일부러 그 녀석들을 죽게 하진 않았어."

"일부러는 아니지만 살리려는 데 성의가 없었던 것 같군요. 지금 당장도 그냥 아무런 목적의식 없이 거리를 방황하고 있잖아요?"

파군은 미심쩍다는 듯 인상을 쓰고 있었다. 하긴 부하들이 줄초상을 치른 판에 아르곤이 노닥거리는 걸 보았으니 눈이 뒤집히는 것도 당연하다.

그렇지만 아르곤이라고 뒹굴거리고 싶어서 뒹굴거린 것은 아니다. 사실상 그가 할 수 있는 일은 이제 다 끝났다.

이제 남아 있는 라이칸스로프는 대부분이 현역 군인이란 신분이기 때문에 함부로 습격할 수가 없었다. 만약 그렇게 습격하다가 걸리기라도 하면 우습게도 인간들을 적으로 돌리게 된다.

지금 그들은 테트라 아낙스의 인가를 받지 않고 진마들이 독자적으로 모여 움직이고 있는 것이니 여기서 사고를 치고 테트라 아낙스에게 뒷수습을 부탁한다면 그야말로 코미디가 되는 것이다.

"뭐, 그런 건 아닌데……."

아르곤은 말꼬리를 흐렸다.

문득 그는 불안해졌다. 진마 다섯이 모여서 힘을 합친다는 것은 분명히 마음 든든한 일이지만, 그들이 이렇게 힘을 합치기란 그리 쉬운 일이 아니다. 게다가 서로 가진 것이 차이가 나니, 누구는 뭘 제공하고 누구는 뭘 제공했는지 이런 걸로 따지기 시작하면 불화가 생기는 게 당연하다.

하지만 그때 그는 이 웃기는 리무진 안에 새하얀 양복을 걸친 남자가 들어가 있는 것을 발견했다. 아르곤은 태연히 리무진으로 다가가 그 안에 올라탔다.

"아르곤?"

팬텀은 피로가 잔뜩 쌓인 표정을 하고 있었다.

아닌 게 아니라 그의 눈 밑에는 그늘이 져 있었다.

흡혈귀가 철야라니 웃긴 일이지만, 그는 원하지도 않던 감투를 쓰는 바람에 볼코프 레보스키라는 놈을 상대하기 위해 이리 뛰고 저리 뛰어야 했던 것이다.

평상시 놀기 좋아하는 그가 이 모양이 될 정도면 그의 비서인 빌헬름은 어떤 꼴이 되었을지 궁금하다.

"어떻게 되었지?"

팬텀은 피곤한 표정으로 손으로 눈을 가렸다. 평상시 단정하게 빗고 윈저공 스타일로 넥타이를 묶던 놈이 어찌 된 일인지 헝클어진 머리칼에 넥타이는 활짝 풀어놓고 있었다. 꼭 만취한 샐러리맨 같다.

"일단 네 놈 해치웠는데 그 대가로 파군의 부하는 전멸당했어."

"아르곤 네가 지휘했는데도 그랬단 말이야?"

"처음에는 파군의 부하 놈들이 말을 안 들어서 희생이 너무 많았고, 그다음은 병력이 줄어서 렌체스터의 법칙(훈련도나 무장 등의 특징이 동일한 양 집단이 교전을 벌일 때, 전투력은 양쪽 병력비의 제곱에 비례한다는 법칙)이 적용되더군. 뭐, 폭력배들의 안일한 삶을 살아온 이들이 꽉 짜인 특수부대 출신 놈을 상대로 당하는 건 어쩔 수 없는 일이지만…… 마지막에는 내 지휘를 잘 따라 줘서 다행이었지. 살상 레이트가 구 대 일로 떨어졌으니까."

즉 38인의 흡혈귀가 살해되면서 고작 4명의 라이칸스로프밖에 죽이지 못했다는 것이다.

아무리 사람들의 눈을 피하면서 전투에 임했다고는 하지만 볼코프 레보스키의 군대와 일반 흡혈귀들 간의 격차를 여실히 드러내 보인 것이었다. 하지만 설령 그게 사실이라 하더라도 살해된 흡혈귀들을 폭력배로 취급하다니.

파군은 아르곤의 무심한 태도에 분노하지 않을 수 없었다.

"파군 앞에서 그린 소리 하지 마. 실례잖아."

팬텀은 아르곤을 향해 눈을 치켜뜨며 넥타이를 완전히 풀어 던졌다. 그리고 셔츠의 단추도 거칠게 풀었다. 파군은 리무진 앞에 서서 그들의 회화를 들었지만 정작 화내야 할 타이밍에 팬텀이 성화를 부려서 시기를 놓치고 말았다.

아르곤은 팬텀의 성화에 솔직하게 사과했다.

"아. 미안해요, 파군. 그들을 모욕할 생각은 아니었어요. 시체와 '피'는 손도 안 대고 원위치에 돌려놨으니까."

"흥, 지금부터 불화를 일으켜서 적들을 이롭게 할 필요는 없겠지요. 그렇지 않아도 쿠데타 세력을 잡느라 심력을 소모하고 있으니까."

파군은 그리 말하며 지친 팬텀을 바라보았다. 단정하게 빗어 넘기던 머리가 삐죽삐죽 곤두섰는 데도 신경을 쓰지 않는 걸 보니 그가 얼마나 지쳤는지 알 수 있었다.

이미 쿠데타 방어를 위해서 한배를 타긴 했지만 이대로는 안 된다.

공격력의 진화 속도는 방어력의 그것보다 월등하게 빠르다. 즉, 공격 측보다 방어 측이 훨씬 많은 힘을 소모한다는 것이다. 가뜩이나 흡혈귀들의 인원도 적은데 이대로 쿠데타를 방어하는 입장이 되어서는 안 된다. 아르곤도 파군과 같은 생각인지 팬텀에게 말을 걸었다.

"볼코프 레보스키를 직접 치는 게 나을 것 같아. 그가 쿠데타의 축이니까."

"그렇지. 하지만 그 경우에는… 우리 중의 누군가가 죽을 수도 있는데, 그래도 하겠나? 다른 흡혈귀들은 우리가 뭘 하든 손 놓고 어부지리를 노리고 있고, 테트라 아낙스의 심산도 그거야. 그런데 목숨까지 걸겠나?"

팬텀은 러시아 군부와 정부를 돌아다니며 일을 세팅하느라 완전히 지친 몰골로 아르곤을 돌아보았다. 하지만 눈빛에는 아직 총기가 서려 있었다. 번개 같은 빛을 감추고 있는 그 눈을 보니 아르곤은 웃지 않을 수 없었다.

"목숨을 너무 아끼는 놈이 많단 말야. 그러니까 흡혈귀들이 다들 재미없는 놈이 되는 거야."

"농담이 아냐. 여기서 누군가가 죽게 된다면 진마가 또 죽는 게 된다. 그 피를 둘러싼 혼란은 한국을 마지막으로 하고 싶어."

흡혈귀들이 모두 갈망하는 가장 순도 높은 흡혈귀의 피. 그것이 이 땅에 흐르게 되면 그때는 흡혈귀 간의 탐욕스러운 쟁탈전이 벌어진다. 이미 그것으로 인해서 얼마나 많은 피를 보았던가? 그 어리석음을 다시 반복하고 싶지 않다는 게 팬텀의 소망이었다.

"그렇겠지만 아무도 안 가주면 팬텀 혼자라도 할 것 아냐?"

"으음."

"그러니까… 나도 간다. 그거면 되었지?"

아르곤은 모자를 벗어서 손가락에 끼고 빙빙 돌렸다. 팬텀은 그런 아르곤을 보고 손을 내밀었다.

"뭐?"

"껌 하나 있지?"

"…부자가 돼서 나 같은 가난뱅이에게 물건을 착취하려 하다니. 공산주의 혁명의 발원지에서 잘하는 짓이다."

아르곤은 그렇게 투덜거리면서도 주머니를 뒤적거렸다.

파군은 그런 둘을 보며 기가 막혀서 고개를 가로저었다.

진마들은 자존심 빼면 시체라지만… 자기 보신 심리도 매우 강하기 때문에 만에 하나 죽을지도 모른다는 생각을 하니 선뜻 나설 수가 없었다.

차라리 볼코프 레보스키의 부하들이 어떤지 보지 못했다면 모르겠는데 흡혈귀들을 투입해도 거의 열 배에 달하는 사상자를 냈으니 그들의 수장인 볼코프 레보스키는 상상도 하기 힘들었다.

팬텀이 반테트라 아낙스의 기치를 내걸고 쿠데타를 막고자 하는 흡혈귀들을 이끌었기 때문에 그는 여기서 빠질 수가 없다. 애초에 테트라 아낙스는 이런 것을 노리고 있었을까?

4

헬기의 로터 소리가 유달리 시끄럽다. 저소음 사일렌서를 단, 조용히 야습을 감행하기 위해 만들어진 공격 헬기이지만 타고 있는 사람으로서는 묵과할 수 없는 소음이다. 그렇지만 서린은 얌전히 있었다.

그의 팔목에는 괴력으로도 끊기 힘든 플라스틱 수갑이 묶여 있었다. 하지만 손목에 수갑이 묶여 있다고 얌전히 있는 것은 아니었다.

'자, 나를 볼코프에게 안내해라!'

볼코프 레보스키 소장. 현재 쿠데타를 주도하고 있는 핵심 세력이며 아무르의 호랑이라고도 불리는 진성 웨어타이거!

그자는 어찌 된 일인지 모르지만 모든 마물의 왕이 될 운명을 타고난 이사카와 싸우고서도 멀쩡히 살아 있다. 물론 이사카는 그를 이용해 쿠데타 자체를 탈취하려는 생각을 하고 있었으니 그를 죽여서는 안 된다.

그러나 그렇다고 해도 쓴맛을 보여주려고 시도했을 것 아닌가? 그런데 이사카의 표정이나 태도로 미루어 보면 그가 그리 만만치 않은 상대라는 것을 알 수 있었다.

즉, 볼코프 레보스키를 손에 넣으면 이사카에 대항할 강력한 무기를 손에 넣는 게 된다!

'이걸 알려준 게 이사카라는 게 마음에 걸리지만……'

서린은 고개를 가로저었다.

이사카도 서린이 볼코프 레보스키를 이용하고 싶어 한다는 것을 알고 있을 터였다. 역으로 그래서 서린에게 정보를 알려주었을 것이다. 자신의 이득이 될 거라는 것을 알 때 인간은 열심히 한다던가?

"…다른 건 둘째 치고 이 안대는 어떻게 할 수 없나?"

서린은 갑갑한 안대를 어떻게 하기 위해 바닥에 비비적거리며 중얼거렸다. 무슨 재질로 만들었는지 이렇게 비비는 데도 도저히 안 떨어진다. 손을 쓰지 않으면 풀 수 없는 구조로 되어 있는 것 같았다.

어차피 러시아의 지리 따위는 알지도 못하는데 눈을 가리고 있다니. 이 녀석들… 무슨 생각인지 모르겠다.

그래도 서린은 그들이 서린을 볼코프에게 안내할 거라고 믿고 가만히 기다렸다. 릴리쓰의 두 자식 중 하나인 서린의 존재는 매우 소중하다. 설마 이렇게 애써서 잡아놓은 다음에 바로 죽이는 멍청이는 없으리라.

그때 헬기가 천천히 지상으로 내려가는 게 느껴졌다. 서린은 병사들의 우악스러운 손길에 이끌려 차로 갈아 태워졌다.

'이 자식들, 이번에는 엄청 신중하네.'

비행기에 헬기, 거기서 다시 차량이라니…….

그 전에도 라이칸스로프들에게 납치된 적이 있었지만 그때는 라이칸스로프들이 상당히 신사적으로 나왔었다.

물론 한세건이 당한 꼴을 보면 별로 신사적이라고 할 수는 없었지만 적어도 서린만은 손님 대접을 해줬었다.

　그러나 지금은 분위기부터가 달랐다. 한세건이 이사카와 함께 공격했기 때문일까?

　'그래도 앰풀을 미리 숨겨놔서 망정이지…….'

　서린은 여기로 잡혀 오기 전에 미리 앰풀을 삼켜서 보관하고 있었다. 깨지는 유리병을 몸 안에 삼키는 건 정말 미친 짓이라고 생각되었지만 달리 방법이 없었다.

　"기분은 좀 어떤가?"

　"물론 최악이죠."

　운전수가 서린의 기분을 확인하기에 그렇게 쏘아주었다. 그러자 운전수는 피식 웃었다.

　"그런가? 하긴 잡혀 오는데 기분이 좋을 놈은 몇 없지."

　"알면 물어보질 말든가…….."

　"하하하하하, 젊은 친구가 아주 막가는군. 릴리쓰의 자식이라서 그러나?"

　운전수는 호쾌하게 웃고 있었다.

　눈을 가리고 잡아가는 사람에게 말을 걸다니. 이 자식들 도저히 제정신이 아니다. 원래 눈을 가리고 잡아가는 것은 길을 모르게 하는 것도 하는 거지만, 겁을 주기 위해서도 종종 써먹는 게 아닌가?

　이렇게 눈을 가리고 있으면 이후 자신이 어떻게 될까를 생각하느라 미쳐 버릴 테니까.

'하지만 도리어 말을 걸어와서 긴장을 풀어주면 어쩌자는 거지?'

서린이 그렇게 생각하고 있을 때 차가 멈추어 서고 눈을 가리고 있던 안대가 풀렸다. 밝은 빛에 눈이 부셔서 표정을 찡그리고 있는 서린에게 주위의 풍경이 달려들었다.

"여긴?!"

서린은 깜짝 놀라서 멈춰 섰다. 아직도 곳곳에 눈이 쌓여 있는 한적한 시골 마을, 한때는 새하얗던 나무 울타리가 곰보처럼 얽혀서 조각조각 떨어져 있는 낡은 전원주택이 그의 눈앞에 들어왔다.

"여기는……."

낡은 타이어가 밧줄에 묶여서 정원을 차지하고 있는 나무에 걸려 있다.

서린은 이것을 기억하고 있었다. 그는 이사카와 달리 나이에 합당한 어린 마음을 가지고 있었기에 종종 그네를 즐겨 타곤 했다. 이사카는 그런 서린을 바라보며 비웃듯이 입술을 삐죽 내밀었었다.

"맙소사!"

서린은 수갑을 찬 채로 안으로 달려갔다. 그때 문이 열리며 2미터를 살짝 넘는 거구의 백인 남자가 나타났다.

"왔군, 리림."

"보, 볼코프!"

그 순간 발길질이 날아와 서린의 몸을 뒤로 붕 날렸다. 서린은 눈이 쌓여 있는 정원 위를 미끄러져 나무에 머리를 들이받았다.

부스스스스!

나무에 쌓여 있던 눈발이 휘날린다.

"그만! 라토바! 누가 멋대로 발을 내밀라고 했나!"

볼코프는 옆에 있던 군인을 꾸짖었다. 약간 붉은 기가 감도는 머리칼의 여성은 즉각 차렷 하며 잘못을 시인했다.

"…죄송합니다."

그녀는 힐끗 서린을 바라보았다. 그녀가 발로 차긴 했지만 서린이 이 정도로 상처 입을 리가 없다. 과연 서린은 두 발로 허공을 차며 몸을 튕겨서 일어났다.

"뭐 하는 거야, 라토바 안드로포프!"

"호위 임무입니다. 장군님께 가까이 다가오지 마시길!"

라토바는 냉정을 유지하며 말했다.

서린은 그런 그녀의 모습을 보며 혀를 찼다. 그래도 방금 발길질은 겉보기만 요란했지 위력은 없었다. 그냥 평범한 밀어차기였을 뿐이다.

'무슨 생각이지?'

조금만 더 위, 소장에 맞았다면 장을 따라 흐르고 있을 앰풀이 깨졌을 것이다. 그냥 먹어도 되는 건지는 모르겠는데 앰풀에 담겨 있는 이상 주사제이리라.

'소장에서 파괴되면 위장을 지난 거니까 위액에 상할 걸 염려하지 않아도 괜찮겠지. 앰풀이 깨지면 내장을 쑤셔서 피가 나올 테니 재생력이 있는 나로서는 주사랑 비슷한 효과가 날 테고.

이럴 거면 차라리 조금 전 발길질에 앰풀이 깨지는 게 나았다.'

서린은 그런 생각을 하며 볼코프를 바라보았다. 그는 매우 흥미롭다는 듯 서린을 바라보더니 다가와서 서린의 어깨에 손을 얹었다.

"같은 리림인데도 불구하고… 이사카와는 큰 차이가 있군, 서린."

"한국 속담에는 형만 한 아우 없다는 이야기도 있지요. 아우인 제 입장에서는 별로 인정하고 싶지 않은 소리지만."

서린은 볼코프를 바라보며 쓴웃음을 지었다. 특수부대원들을 뒤에 대동하고 있는 볼코프의 일굴로 석양이 내리쐬인다.

"그것도 그렇겠군……. 그나저나 여기에 와서 뭔가 생각나는 게 없나? 기억나는 게 좀 있을 법도 한데."

"대체 뭘 원하시죠?"

"이사카 베르게네프가 릴리쓰를 죽였다면 그냥 죽였을 리가 없다. 아마도 성구함에 봉인했겠지."

볼코프 레보스키는 서린의 멱살을 잡더니 그를 번쩍 들어 올려서 어깨에 걸치고 집 안으로 들어갔다.

집 안에는 먼지가 자욱했다. 꽤 살기 좋은 집이었는데 이렇게 폐가가 되도록 내버려 둔 걸 보니 아마도 볼코프 레보스키가 무슨 수를 쓴 것 같았다.

"성구함?"

서린은 이해하지 못하고 볼코프 레보스키를 돌아보았다.

"그래, 성궤 말이다."

볼코프 레보스키는 바닥을 발로 몇 번 차보더니 힘껏 발을 굴렀다. 그러자 바닥이 으깨지며 비밀 통로가 모습을 드러냈다. 평범한 트랩 도어로 만들어진 지하실 창고 같은데, 안에서 썩은 냄새가 피어오르는 게 예사롭지 않았다.

서린이 주위를 살펴보니 식당에서 쓸 것 같은 커다란 스테인리스 작업대 위에 검게 물든 새하얀 시트가 세월의 무게를 대변하는 것 같은 먼지를 뒤집어쓰고 있었다.

벽면 전체에는 피로 만들어진 문자들이 새겨져서 그 스테인리스 작업대를 중심으로 마법진을 형성하고 있었다.

볼코프는 그걸 바라보며 코웃음 쳤다.

"이사카 베르게네프, 대단한 놈이야. 이 집을 보존한 건 그 사건이 있고 난 뒤였는데, 비밀 통로를 발견한 건 이사카가 릴리쓰를 이미 죽여 버렸다는 소리를 듣고 나서였으니."

"뭐, 뭐야, 이건!"

서린은 눈앞에 있는 것들을 보며 경악했다. 마법진에서 느껴지는 사악한 느낌, 피부를 찌르는 듯한 공기가 공포를 부른다.

이런 것을 이사카는 그 어린 나이에 저질렀단 말인가?

"바로 여기에서 성궤 작업을 한 게지. 불필요한 내장을 제거하고 릴리쓰의 염을 육신에 봉해서 릴리쓰의 의지가 다시 인간을 빼앗고 태어나는 것을 방지한 거야. 훌륭해."

볼코프는 진심으로 탄복하고 있었다. 서린은 그런 그를 보며 코웃음 쳤다.

"제정신이 아니군. 제 부모를 죽이는 자식새끼가 뭐가 훌륭해! 아무리 능력이 뛰어나다고 해도 그런 놈을 대단하다고 숭앙하고 싶지는 않아!"

서린은 볼코프의 등을 발로 차서 몸을 뒤로 날린 뒤 양팔에 힘을 집중했다. 그 순간 서린의 팔에서부터 새하얀 털이 삐죽삐죽 돋아나더니 팔만 수인화했다.

하바로브스크에서 유리안과 삐또쥬가 사람들을 마구 죽여댈 때 이런 기술을 썼던 것을 보고 그렇게 될까 시험만 해본 것인데 보기 좋게 성공했다.

우지직!

고탄성의 고분지 수갑이 찢어지면서 서린의 팔이 빠져나왔다. 물론 피부가 찢어져서 피가 철철 났지만 서린은 아랑곳하지 않았다.

"어머니를 살해한 놈이라 이건가? 배부른 소리를 하는군."

볼코프는 서린이 구속구를 뜯어내도 전혀 놀라지 않고 담담히 그를 바라보았다. 서린은 그런 볼코프에게 뛰어들었다. 아무리 볼코프 레보스키라 해도 몸은 피와 살로 이뤄져 있을 터! 서린의 공격에 맞는다면 통하지 않을 리 없다!

그러나 그때 볼코프가 움직였다.

'뭐지?!'

순간 몸 아래에서 뜨거운 바람이 불었다. 볼코프는 마치 땅에 엎드리듯 낮게 몸을 숙인 다음 전력을 다해 일어나면서 주먹을 뻗어온 것이다. 동작 자체는 하품 나게 느린데 불어오는 열풍이 무섭다!

'무슨 특수한 능력인가?'

서린은 공격을 거두고 몸을 옆으로 굴러서 볼코프의 공격을 비켜 지나갔다.

우우우우웅!

볼코프의 주먹이 허공을 가르는 순간 마치 전투기가 이륙하는 듯한 소리가 들렸다. 피하긴 했지만 정말 간담을 서늘하게 만드는 공격이었다.

"커억!"

"겁을 먹었군. 미들킥이다."

볼코프는 자신의 공격을 예고하며 몸의 자세를 잡고 중단 돌려차기를 넣었다. 자신이 말한 대로 동작을 시행하는데 역시 공격에서부터 열풍이 밀려온다.

분명히 발차기에 불과할 텐데 무슨 철로 앞에서 달려오는 열차를 바라보는 심정이 들었다.

"흡!"

서린은 뒤로 물러나서 볼코프의 미들킥을 피했다. 이번에도 발이 지나가는 순간 실내의 공기가 흔들리며 굉음이 터져 나왔다. 피했는데도 코피가 터질 지경이다.

'이, 이 작자가?!'

그제야 서린은 볼코프가 일부러 공격을 적중시키지 않는다는 것을 깨달았다. 애초에 맞힐 생각 없이 휘두르는 그 공격은 그냥 섀도라고 할 수 있었다. 하지만 주먹이 지나갈 때마다… 그리고 발차기가 허공을 가를 때마다 웅혼하다고 할 바람 소리가 난다.

그것은 어떤 각인 능력도, 마법도 아니었다. 그저 순수하게 단련된 '기술'과 야성이 이끌어내는 '힘'의 합작품이었다!

"…젠장!"

겁이 난다! 주먹과 발길질이 빗나갈 때마다 코피가 터지고 눈이 따갑다. 겁에 질려서 전신의 털이 바짝바짝 선다. 총에 맞아도 거뜬히 재생되는 몸을 가진 서린이 맞지도 않은 공격에 대해서 공포를 느끼고 있었다.

그건 이 공격을 맞았을 때의 아픔을 상상하여 생성된 두려움이 아니라 볼코프 레보스키라는 자에 대한 공포였다.

그리고 하필이면 그 순간 서린은 빈 병을 밟아버렸다. 감각이 발달한 라이칸스로프로서는 도저히 있을 수 없는 어처구니없는 실수였다. 그만큼 그가 볼코프 레보스키의 공격에 마음을 빼앗겼다는 것이다.

서린의 균형이 흔들리자마자 도끼 같은 볼코프의 발차기가 서린의 복부를 향해 날아들었다.

"어……."

그러나 그 순간 볼코프는 정확하게 서린의 배 앞에서 발을 멈추더니 혀를 차며 발을 거두었다. 분명히 명중시킬 수 있음에도 불구하고 아예 대놓고 앞에서 공격을 멈추다니!

그것뿐만이 아니었다. 볼코프는 아예 서린에게 등을 돌리고 다시 마법진이나 수술대로 쓰였을 스테인리스 조리대를 바라보았다.

"정말… 어린애가 한 것치곤 완벽한 솜씨로군. 마법을 잘 모르는 나이지만 굉장한 사기가 느껴져."

아무리 서린이라고 해도 이 정도 무시당하면 화가 난다! 서린은 뭐라고 말하기 위해서 입을 벌렸다. 그러나 그때였다.

뚜둑!

서린의 뒤, 벽에 걸려 있던 오래된 양초가 두 도막 나서 떨어졌다. 그것뿐이 아니다. 말을 하기 위해 벌린 입으로부터 피가 울컥 쏟아져 나왔다.

"커억!"

순간 눈앞이 마치 전등불을 내린 것처럼 깜깜해졌다. 서린의 몸이 뻣뻣하게 굳어서 옆으로 쓰러졌다. 의식은 있는데 몸은 꿈쩍도 하지 않는다. 아마도 내장이 갈기갈기 찢어진 것 같았다.

'숨을 천천히 들이쉬고 마음으로 몸에 명령해. 재생하라고. 그리고 상처에 집중하면 재생 속력이 올라간다. 자신의 몸을 믿어. 너는 욕구에 의해서 만들어졌지만 그래도 최강의 라이칸스로프다.'

문득 어린 시절에 누군가에게 들었던 목소리가 들려왔다. 깜짝 놀란 서린은 그 목소리의 명령대로 자신의 몸을 제어했다.

순식간에 고통이 사라지고 몸에 감각이 돌아왔다. 입으로 토한 피조차 피부를 통해 자신의 몸으로 재흡수되어 상처를 수복한다.

볼코프 레보스키는 그런 서린을 내려다보며 다시 말문을 열었다.

"릴리쓰의 시신은 그 후 어찌 되었는지 기억이 나나?"

"…헉! 허억… 헉……."

겨우겨우 숨을 회복한 서린은 머리를 감싸 쥐었다. 이사카가 그의 머리에 건 기억 봉인의 저주는 풀렸지만 여전히 저주의 힘은 남아 있었다. 그렇지만 이곳은 그가 살던 곳이고 이사카는 그와 쌍둥이다.

'앰풀이 깨졌군.'

방금 전의 타격으로 몸 안에 있던 앰풀이 깨졌다. 진탕이 된 배 속에서 얇은 유리들이 돌아다니는 걸 어째야 하나 싶었는데 나행히 별로 아프시도 않았나.

서린은 조용히 볼코프를 바라보았다. 이사카가 준 앰풀은 마셔도 되는 건지 어떤지 모르지만 방금 전에 이미 내장이 진탕되어서 내출혈을 일으킨 이상… 혈관으로 흡수된 것도 상당하리라.

이미 위장을 지나서 소장이나 대장에서 파괴되었다면 혈관주사만큼은 못하더라도 그 비슷한 효과가 발휘되리라.

과연 곧 뭔가 알 수 없는 소리들이 귓가에 울려 퍼졌다.

'장군님은 대체 그 리림이랑 지하에 내려가서 뭘 하는 거지?'

'얼마 안 가면 작전 결행인데……. 아무리 만전을 기했다지만 최종 점검을 해야 할 때가 아닌가?'

'두 번째 리림은 아무리 보아도 성구나 각인에 대해서는 모르고 있는 모양인데. 그가 무슨 도움이 될까?'

밖에서 기다리고 있는 라토바라든가 다른 라이칸스로프 병사들이 볼코프와 서린을 기다리며 걱정하고 있는 마음의 소리가 들린다. 볼코프 레보스키의 경우는 마음을 방어하는 힘이 있는지 마치 고물 라디오가 그러는 것처럼 단편적으로밖에 들리지 않는다.

하지만 가까이에 있는 탓인지 볼코프의 마음은 단편적인 문자뿐만이 아니라 영상까지 뇌리에서 떠올랐다. 볼코프가 생각하고 있는 성구의 모습, 처참하게 변형된 여성의 신체, 저주가 가득 들어차 있는 '성궤', 그리고 검은 사슬로 몸을 감은 한없이 슬픈 눈을 가진 흡혈귀의 모습마저 떠올랐다.

'성구… 릴리쓰의 시신, 억지로 융합한 유다.'

"아! 유다?!"

서린은 깜짝 놀라서 고함을 질렀다.

5

칸스크의 주 방위군은 한세건이 탈주한 사실을 감춘 채 독자적으로 그를 찾고 있었다. 세계적인 테러범을 잡았다고 공표까지 했는데 미처 재판을 하거나 인도하기도 전에 탈출했다면 위신에 관련되게 마련이다.

그리고 군대만큼 위신을 중요시하는 조직은 없다. 그래서 그들은 외부에 그들의 실책이 알려지기 전에 먼저 한세건을 잡아들이려고 한 것이다. 하지만 샅샅이 뒤져도 한세건의 그림자도 발견할 수가 없었다. 이 넓은 땅에서 인간의 능력을 초월한 이를 잡는다는 건 그리 쉬운 일이 아니었다.

"젠장, 경을 치겠군."

파블로스크 대령은 이를 갈며 순찰차로 돌아왔다.

볼코프 레보스키가 이끌고 있는 라이칸스로프 사단의 일익을 담당하고 있는 제1세대 라이칸스로프인 그는 한세건의 완벽한 처리를 위해 이 부대에 남아 있었다.

한세건이 순순히 그들의 손에 투항했을 때 그들은 얼마나 걱정했는지 모른다. 워낙에 유명한 테러범이다 보니 국제 사회의 이목이 있어서 쉽게 손 가는 대로 죽여 버릴 수도 없었다. 그렇다고 인간들 손에 처리를 맡기자니 또 문제였다.

한세건의 능력이라면 인간들의 포위망쯤은 없는 거나 마찬가지였으니까.

그래서 볼코프는 파블로스크를 파견해 한세건을 지키게 한 것이었다. 하지만 그가 잠시 자리를 비운 사이에 수상한 신부복 차림의 남자가 뛰어들어서 그를 구출해 버리고 말았다. 아마도 한세건도 그럴 걸 예상하고 순순히 잡혔으리라.

'이리된 이상 어떻게 해서라도 명예 회복을 해야 한다!'

그렇게 생각한 파블로스크 대령은 혈안이 되어서 칸스크 주 전체를 이 잡듯이 뒤지고 있는 것이었다.

그러나 설마 한세건이 벙커 근처의 원시림으로 돌아와 있으리라고는 생각도 하지 못했다.

"무슨 속셈이냐?"

실베스테르는 나무 그늘에 숨어서 한세건에게 물어보았다. 그러자 전신을 흑의로 감싼 세건이 고개를 돌리며 중얼거렸다.

"볼코프 레보스키의 현재 위치를 알기 위해서는 그 심복 놈을 잡아서 물어볼 수밖에 없어요. 이 군인 놈들이라면 아마도 볼코프 레보스키의 입김이 닿아 있지 않겠습니까?"

세건은 냉정하게 말하고 쌍안경을 들어서 건물 안을 살펴보았다. 경비 병력들이 서치라이트를 켜고 기지를 구석구석 살펴보고 있지만 서치라이트를 돌리는 방향이 항상 일정하다. 그렇다면 별문제 없이 잠입할 수 있으리라.

"그림자에 숨어서 이동하기로 하죠. 실베스테르는 여기에 남아 있어도 돼요."

"…아니, 나도 같이 잠입하지."

"한 명이 잠입하는 것에 비해서 배는 어려운데요? 게다가 이건 진압 임무가 아니라 어디까지나 정보 수집입니다."

"장교급을 생포하면 되는 거겠지? 그럼……."

한세건과 실베스테르는 그렇게 대화를 나누더니 곧 움직였다. 세건은 어둠 속에 녹아들듯 움직이며 철조망을 타 넘고 감시탑을 피해 움직였다. 마치 그 자신이 그림자가 된 것 같아서 순식간에 지나칠 수가 있었다.

곧 그들은 어렵지 않게 철조망 주변을 순찰 중인 소령을 한 명 발견했다. 보다 많은 정보를 알고 있다는 점에서 위관급보다는 영관급이 낫다.

세건은 실베스테르에게 수신호로 부하를 처리해 줄 것을 부탁

하고 뛰어들었다. 둘이 호흡을 맞춰둔 것도 아닌데 손발이 착착 맞아서 실베스테르가 부하의 목을 졸라 기절시키는 사이에 세건은 소령의 목에 나이프를 들이밀고 그를 바닥에 쓰러뜨렸다.

유목민의 피가 흐르고 있는지 어딘지 모르게 한국인과 많이 닮은 중년 남자가 입이 막힌 채 바닥에 쓰러졌다.

"제대로 대답해 주면 목숨은 해치지 않는다. 알겠으면 눈으로 사인을 해."

"……."

"아 참, 나 러시아어 못하지……. 그렇지만 무슨 놈의 군인이 엉이도 못하지?"

"음."

실베스테르가 그런 세건을 보며 고개를 절레절레 저었다.

"내가 심문하도록 하지. 뭘 물어보면 되지?"

"볼코프 레보스키와 서린의 행방을 물어보세요."

실베스테르는 러시아어로 세건을 대신해 군인에게 질문을 던졌다. 군인이라고 해도 이런 일에 목숨을 잃을 수는 없겠다고 생각했는지 술술 대답했다.

"장군님은 이르쿠츠크로 돌아가셨습니다만, 자세한 건 모르겠습니다!"

"이르쿠츠크로 갔다고 하는데?"

"…젠장, 서린의 생가로군."

한세건은 볼코프가 무엇을 원하고 있는지 대충 알 수 있을 것 같았다. 릴리쓰와 이사카, 서린이 살던 집을 찾아서 서린의 기억을 되살려 보자는 것은 애초에 그가 러시아에 오면서 계획한 일이었다.

당연히 릴리쓰나 이사카에 대한 정보를 좀 더 세세히 얻고 싶어 하는 볼코프가 그 짓을 생각 못 할 리가 없다.

그렇지만 과연 볼코프씩이나 되는 인물이 릴리쓰가 죽어버렸다고 하는 이 마당에도 왜 서린을 굳이 잡아갔는지 알 수 없는 일이다.

"그러면 어쩔 거냐? 이르쿠츠크로 갈 거냐? 경비행기를 타고?"

실베스테르는 그렇게 말하면서 손가락으로 소령의 경동맥을 눌렀다. 그것만으로 소령은 마치 클로로포름에 마취라도 된 것처럼 힘없이 혼절해 버렸다.

세건은 실베스테르의 일 처리를 보면서 고개를 저었다.

"아니요. 이르쿠츠크에 가면 또 엇갈릴 위험이 있지요. 볼코프 레보스키는 여기저기 돌아다니니까 종잡을 수가 없잖아요."

볼코프 레보스키는 명색이 군 장성이기 때문에 언제 어디로 움직이는지 종잡을 수가 없었다. 그의 움직임 자체가 일종의 기밀인 셈이다. 따라서 볼코프 레보스키를 죽이기 위해서는 그의 위치를 확정할 필요가 있었다.

문제는 지금 그가 이르쿠츠크로 간 목적이 한세건의 예상과 맞아떨어진다면 그가 이르쿠츠크에 그리 오래 있지 않을 거라는 것이다.

그런데 그렇게 세건이 생각에 잠겨 있을 때였다.

컹컹!

갑자기 개 짖는 소리와 함께 일단의 병사가 이쪽으로 달려오는 게 아닌가? 아무리 그림자에 숨는다 하더라도 냄새는 어떻게할 수 없다. 그렇지만 이렇게 빨리 발각이 되다니.

"라이칸스로프로군."

실베스테르는 주저 없이 데저트 이글을 뽑아 들었다. 하지만적들의 발포가 더 빨랐다.

드드득!

달려오면서 점사로 끊어 쏘는데 놀랍도록 정확하다. 세건과실베스테르는 즉시 몸을 뒤로 굴려서 바위 뒤로 피했는데 목에총딴이 스쳐서 피가 흐른다.

"큰일 날 뻔했군!"

세건은 일단 엄폐물인 바위에 숨은 뒤 바닥에 기절해 있는 소령과 병사 두 사람에게 팔을 뻗어서 그들을 잽싸게 끌어당겼다.만약의 유탄에 그들이 죽지 않도록 하기 위한 최소한의 방책이었다.

실베스테르는 그런 세건을 바라보며 차디찬 미소를 지었다.

"아직까진 인간이군, 한세건."

"괴물이 되면 누가 날 죽이겠다고 으름장을 놔서 말이죠."

세건은 통명스럽게 빈정거리며 고개를 바위 옆으로 내밀었다.

아니나 다를까, 기다렸다는 듯 사격이 쏟아진다. 하지만 세건은 애초에 적들을 유인하기 위해 모습을 드러낸 것. 그는 고개를 까딱거리며 잽싸게 엄폐물 밖으로 내민 다음에 반동으로 뒤로 젖히면서 다시 엄폐물 뒤로 돌아와 엎드렸다.

그리고 그렇게 세건이 유인한 방향의 반대쪽으로 실베스테르가 뛰쳐나갔다. 애초에 서로 사인을 주고받은 것도 아닌데 손발이 착착 맞는다고나 할까? 한세건도 실베스테르도 그런 소리를 듣는다면 별로 탐탁지 않게 여길 테지만 제삼자의 입장에서 보면 그들은 훌륭한 태그 팀이었다.

"젠장!"

라이칸스로프들은 군견 줄을 놓고 뛰쳐나온 실베스테르를 향해 총을 지향 사격 자세로 들었다. 하지만 실베스테르는 몸을 옆으로 날려서 철조망을 박찼다.

철썩!

마치 파도라도 치듯 철조망이 출렁인다. 깜짝 놀란 라이칸스로프들이 철조망을 바라보았을 때 실베스테르는 마치 유령처럼 그들의 뒤에 내려섰다.

치익!

은백색의 세이버가 칼집에서 뽑혀 나와 그들을 갈랐다. 깜짝 놀란 라이칸스로프들이 뒤를 돌아보았지만 그 순간 잘린 단면으로부터 피가 뿜어져 나왔다. 이미 실베스테르의 세이버가 그들의 몸통을 두 동강 낸 것이다.

컹컹!

군견이 요란하게 짖어댔지만 실베스테르가 한 번 노려보자이내 그 기백에 눌렸다. 실베스테르는 쓰러진 라이칸스로프 중한 놈의 머리에는 세이버를 꽂아버리고 다른 한 놈의 머리를 발로 밟았다.

"…이놈은 좀 말이 통할 것 같군. 어디 볼코프 레보스키의 위치라든가 그런 것에 대해서 앙케트를 해볼까?"

실베스테르는 라이칸스로프를 발로 밟으며 짓이겼다. 그러나 이 라이칸스로프는 상당히 훈련을 받았는지 실베스테르의 몸에 밟혀 있는 상태인데도 수화했다.

그뿐만이 아니다. 실베스테르의 칼에 머리가 꿰뚫린 라이칸스로프도 의식이 없음에도 불구하고 수화했다.

"이런!"

실베스테르는 칼자루를 쥐고 마치 펜싱용 칼의 탄성을 시험하듯 땅을 향해 눌러 칼날을 휘게 한 뒤 옆으로 빼냈다. 라이칸스로프의 머리에 꽂혀 있던 칼끝이 두개골을 쪼개면서 탄력 있게 빠져나온다. 그 안에 있던 뇌수가 사방으로 쏟아진 것은 물론이었다.

그걸로 라이칸스로프 한 놈은 그대로 굳어버렸다. 하지만 머리를 당하지 않은 라이칸스로프는 통나무처럼 굵어진 손으로 실베스테르의 발목을 잡으려 했다.

"이런! 짐승들이 꿈이 야무지군!"

실베스테르는 라이칸스로프를 발로 밟으면서 도약해 간단히 그 공격을 피했다.

"크워어어어어!"

라이칸스로프는 거대한 유인원으로 변해서 자리를 박차고 일어났다. 하지만 그때 그 유인원의 목에 가느다란 실 같은 게 걸렸다.

펑!

도폭선이 폭발하며 유인원의 목이 잘려 날아갔다. 실베스테르는 지상에 내려서서 세건을 바라보았다.

"심문을 하려고 했는데 죽여 버리다니……."

"라이칸스로프를 안전하게 심문하기란 힘들어요. 게다가 지금 총성으로 사이렌이 울릴 거고."

과연 경보용 사이렌과 함께 여기저기서 군화 소리가 들렸다. 세건은 철조망을 뛰어넘고 원시림으로 빠져나갔다.

"볼코프 레보스키가 이르쿠츠크로 갔다면 아직 이 책이 남아 있어요. 그것보다는 실베스테르, 흡혈귀들의 움직임이 걱정이군요."

"뭐가?"

"흡혈귀들이 쿠데타를 막으려고 한다면 지금쯤 볼코프 레보스키를 죽이려는 시도를 할 거예요. 그리고 이사카가 쿠데타를 낼름 집어삼키려 한다면 당연히 쿠데타가 실패하지 않도록… 응?"

세건은 발을 멈춰 세웠다. 원시림 속에서 뭔가가 움직이고 있는 게 느껴졌다.

"…워낙 뻔한 패턴이라서 걸리고 말았나……."

평지에서라면 아무리 라이칸스로프나 흡혈귀라고 해도 돌격소총으로 무장한 인간의 군사들을 당할 수 없다. 그러나 숲이라면 이야기가 달라진다.

숲에서는 신체 능력이 뛰어난 흡혈귀나 라이칸스로프, 그리고 헌터들이 아니면 아무도 제 실력을 발휘할 수 없다. 많은 병력을 투입해 봤자 물에 각설탕 집어넣은 것처럼 녹아내릴 뿐이다.

즉, 그렇다는 것은 한세건과 실베스테르의 도주 루트가 바로 이 숲이 될 거라는 소리였다. 라이칸스로프들은 아마 그것을 알아차리고 사이렌이 울리자마자 이 숲으로 모여든 것 같았다.

"잡병들의 머릿속에서 나올 아이디어가 아니로군. 적의 지휘관이 상당히 우수하다고 봐야겠어."

실베스테르는 냉정하게 적들의 움직임을 관찰하며 판단했다. 이 많은 라이칸스로프가 다 도주 루트를 산출하는 작업을 했을 리는 없다. 라이칸스로프들을 통솔하는 리더가 따로 있는 모양이라고밖에는 생각되지 않았다.

실베스테르가 세건을 바라보니 세건은 수신호로 사인을 보내고 있었다. 벌써부터 음성이 들릴 만한 거리가 된 것이다.

"좋아!"

실베스테르는 즉시 옆으로 달려서 수풀 속으로 사라졌다. 한세건 역시 울창한 침엽수림을 향해 몸을 날렸다.

6

라이칸스로프들은 이미 완전히 변신한 상황에서 총화기와 칼, 손톱과 이빨 등으로 무장을 하고 숲을 배회하고 있었다.

그들의 전두를 지휘하는 성성이 인간, 파블로스크는 군복을 벗어 던지고 거대한 유인원으로 변신한 뒤 체인 톱과 샷건을 손에 쥐었다.

"이인일조를 이뤄서 수색해! 여기서 놈들을 잡지 못하면 내가 장군님께 면목이 서지 않는다!"

그는 자신의 입장을 부하들에게 노골적으로 설파하며 각각을 흩어지게 했다. 라이칸스로프의 후각과 감각이 있는 이상 적들이 여기서 그들과 충돌하지 않을 리 없다.

"크르르르르르!"

파블로스크 대령은 콧김을 벌렁거리며 체인 톱에 시동을 걸었다. 그때 그들의 전방에서 첫 총성이 울려 퍼졌다!

웨어에이프(WereApe)는 라이칸스로프들로서는 굉장히 특이한 형질로 힘도 웨어베어에 필적하는 데다가 변신한 후에도 도구를 쓰기가 용이했다. 인간과 같은 손가락을 지니고 있으니 당연한 일이다.

그래서 그들은 다른 라이칸스로프와 달리 수화된 상태에서 전투를 벌인다. 다른 라이칸스로프들은 수화하면 현대적인 무기를 쓰기 힘들어지지만 그들에게는 무기가 상대적으로 작아진다는 것을 빼면 불편할 게 없었다.

그들은 자신들의 상관의 명령대로 2인 1조를 이루어 주위를 탐색했다. 그들이 이 숲을 탈출 루트로 썼다는 것은 이미 알고 있었다.

웨어에이프들은 소리 하나 내지 않고 조용히 움직였다. 그저 그들이 움직일 때마다 나는 소리는 뽀드득하고 눈을 밟는 소리

뿐이었다.

생긴 모습은 다들 야수라 어딘가 짐승 소리를 낼 법도 하건만 그들은 잘 훈련받은 군인이라 조심스럽게 천천히 수색을 할 뿐이었다. 뛰지도 않고 쫓지도 않는다.

그저 천천히 그들이 유지한 포위망을 지키고 있으면 적이 알아서 그들의 그물에 걸려들리라. 이것에 대한 확신을 갖기 위해서는 많은 훈련과 실전 경험을 쌓아야 한다.

"응?!"

하지만 그때 문득 한 웨어에이프가 고개를 들었다. 작전 중에 신음성을 토하는 것은 질책받아 마땅한 일이지만 갑자기 등골에 뭔가 서늘한 것이 와 닿는 듯했다.

"헛!"

그는 황급히 총을 치켜들었다. 검은 밤하늘을 등지고 흑의의 청년이 그들을 향해 뛰어내린 것이다.

그는 AKS─74 소총을 들어서 그를 쏘려고 했다가 뭔가 번뜩이는 것을 보고 소스라치게 놀랐다. 그는 방아쇠 대신 소총을 번쩍 들어서 그 번뜩이는 것을 막아냈다.

콰직!

섬전과 같은 일격이 떨어졌다. 나무 위에 숨어 있던 한세건은 그 높이에서 뛰어내리며 호쾌하게 칼로 내리그은 것이다.

AKS─74 소총이 단 일격에 두 동강 나서 허공으로 날아오르고 라이칸스로프의 두터운 피부가 찢어지며 선혈이 튀었다. 그래도 방금 전에 소총으로 막아낸 덕분에 힘이 많이 떨어져서 웨어에이프는 피부만 찢겨 나가는 상처를 입었다.

위에서 아래로 일도양단하듯 호쾌하게 내리그은 것이 이 정도 경상으로 끝난 건 대단한 행운이다.

"비스트!"

라이칸스로프는 경악하며 세건에게 손을 뻗었다. 그러나 한세건은 코웃음 쳤다.

쉬이이익!

세건의 클레이모어가 암흑으로 물들며 새카맣게 변했다. 한세건은 라이칸스로프가 자신에게 손가락을 뻗어오는 것을 보면서도 그것을 무시하고 칼을 옆으로 비스듬히 쳐올렸다.

스칵!

라이칸스로프의 통나무처럼 굵은 팔이 잘려 나가 허공으로 떠올랐다.

"이 자식이!"

옆에서 어리벙벙하게 서 있던 웨어에이프는 분노해서 세건에게 샷건을 겨눴다. 하지만 동료의 몸 때문에 한세건의 모습이 가려져서 총을 쏠 수가 없었다.

한세건은 애초에 이 녀석을 방패막이로 삼을 준비를 하고 위치를 점한 것이다. 그것으로 미루어 보아 이 녀석은 일 대 다수의 전투에 능숙한 놈이리라!

"이런!"

"잘 가라, 혹성탈출의 원숭이 군대!"

세건은 칠흑의 검으로 변한 클레이모어를 잡고 라이칸스로프의 옆으로 스쳐 지나가며 몸통 일문자베기를 넣었다. 다마스커스 강으로 만들어진 클레이모어가 휘어질 정도로 강력한 일격에 끔찍한 소리가 났다.

쩍!

단 일격에 웨어에이프의 두꺼운 몸통이 잘려 나가고 말았다. 샷건을 든 웨어에이프는 놀라서 세건에게 뛰어들었지만 세건은 일문자베기로 뻗은 클레이모어를 회수하면서 역수로 전환, 보지도 않고 등 뒤를 향해 찔러 넣었다.

푸욱!

웨어에이프의 복부를 꿰뚫고 칼날이 능으로 빠져나왔다. 세건의 등 뒤에 서 있던 라이칸스로프의 손에서 샷건이 떨어져 나갔다.

"쿨럭! 이 미친 자식!"

인간이라면 즉사했으리라. 그러나 라이칸스로프는 힘겹게 손을 뻗었다. 손을 뻗어서 이 한세건이란 놈의 목을 비틀기만 하면 된다. 그다음에 복부를 꿰고 있는 칼을 뽑아내면 재생력이 그를 살려주리라!

슈악!

하지만 세건은 눈을 감은 채 쥐고 있던 칼날을 비틀었다. 복부를 꿰뚫고 있는 칼날이 반회전하며 몸통을 찢어발겼다. 그리고 그 순간 세건은 한 발을 내디디며 다시 일문자베기를 시도했다.

콰직!

웨어에이프의 몸통 옆면이 쪼개지며 내장이 쏟아져 내렸다. 웨어에이프는 깜짝 놀라서 세건에게 손을 뻗었지만 이미 그는 빠져나간 뒤였다.

"아……."

라이칸스로프의 눈동자에 마지막으로 비친 것은 그에게 달려드는 두 줄기 푸른 귀화였다. 그리고 그 귀화가 어둠을 몰고 그를 지나쳐 간 순간…….

투확!

두꺼운 웨어에이프의 목이 하늘로 날아올랐다.

근처에서 수색을 계속하던 라이칸스로프들은 즉시 총성이 울려 퍼진 곳을 향해 모여들었다. 하지만 그들은 칼에 의해서 살해된 것으로 보이는 동료만 발견했다. 적의 발자국은 눈 위에 남아 있지만 곧 사라진 것으로 보아 나무를 타고 이동한 것 같다.

"이런 젠장, 대체 어떻게 한 거지?"

웨어에이프 한 명이 시체에게 다가가자 그 옆의 동료가 그를 말렸다.

"그만둬! 한세건은 폭탄마(魔)다! 그런 놈이라면 당연히 시체에 부비트랩을 설치했을 거야!"

"그, 그렇군. 미안. 내가 생각이 짧았다."

라이칸스로프는 당황하며 나무 위를 바라보았다. 동료 한 조가 살해당했는데도 한세건의 발자취를 잡지 못한다면 그건 자신의 무능을 입증하는 꼴이 되리라.

하지만 그때 그의 발아래에서 이상한 소리가 들렸다.

"응?"

다음 순간 웨어에이프의 시체 밑에서 폭발이 일어났다. 부비트랩이 있을까 봐 건드리지도 않은 웨어에이프의 시신 밑에 폭탄이 들어 있었던 것이다!

"멍청한 놈들. 하다못해 시한신관일 가능성도 생각했어야지."

한세건은 딱딱하게 굳은 눈덩이를 치우고 자리에서 일어났다.

러시아는 역시 추워서 그런지 며칠 전에 내린 눈덩이가 얼음 비슷하게 변해 있었다.

세건은 웨이에이프의 몸에 함정을 설치한 뒤 눈을 까내고 그곳에 몸을 숨긴 다음 눈덩이로 위를 덮고 기다리고 있다가 적들이 왔다 싶은 순간에 리모콘을 이용해 터뜨려 버린 것이었다.

부비트랩이 있을까 봐 건드려 보지도 않은 건 이해가 가는데… 지금 이 경우는 시한신관도 의심했어야 한다.

보통 부비트랩에서 촉발신관이나 압력 감지식, 인계철선식을 쓰는 이유는 적이 언제 올지 모르기 때문이다. 그러나 지금처럼 적들이 뻔히 포위하고 있어서 총성만 울리면 알아서 우르르 몰려들 것을 안다면 시한신관을 써도 가능한 일이다.

"뭐, 덕분에 살았지만… 한심한 놈들. 이래서야 혹성탈출의 원숭이들 쪽이 더 머리가 좋잖아?"

세건은 이미 죽어버린 병사들에게 쓸데없는 악담을 하면서 주위의 기척을 살폈다. 그가 악담을 하긴 했지만 이 원숭이 병사들은 정말 뛰어난 놈들이었다. 2개 조, 네 놈의 라이칸스로프를 잡는 사이에 적들은 이미 사방에서 세건과 실베스테르를 포위했다.

급하게 걷는 일 없어도, 천천히 압력을 가하면서 포위망을 좁히는 방식으로 그들이 다가오고 있었다. 아무리 세건이나 실베스테르가 날고 긴다 하더라도 이렇게 많은 적에게 체계적으로 포위당하면 위험하다.

"…위험하군."

라이칸스로프들을 해치우고 적 장교를 잡아서 정보를 제대로 듣고 싶었는데 이대로 싸우다가는 위험하다. 그렇지만 실베스테르와 나눠진 상황이기 때문에 혼자만 도망칠 수도 없다.

그때 또 웨어에이프가 나타났다. 이번 놈들은 세건의 오른편 숲에서 달려왔는데 보자마자 인정사정없이 돌격소총을 난사해 댔다. 세건은 즉시 나무 옆으로 숨어서 피한 다음에 앞으로 달렸다.

"큭!"

막무가내로 쏘아대는 것 같아도 엄청난 명중률을 자랑한다. 조금만 한눈을 팔면 정식으로 총탄을 맞을 판이다.

세건은 총알 세례를 피하기 위해 나무와 나무를 지그재그로 빠져나가면서 등 뒤로 무선 신관을 장착한 도폭선을 날려서 나무와 나무 사이에 도폭선을 걸쳤다.

아무 생각 없이 세건이 달린 루트를 따라오다가는 이 도폭선에 걸려서 감길 것이다. 그때 스위치를 넣으면 전신이 잘 다져진 고깃덩이가 되리라!

"캭!"

곧 뒤에서 우지끈하는 소리와 함께 나무가 부러지는 소리가 들렸다. 성급하게 세건의 뒤를 쫓아오다가 도폭선에 걸린 모양이었다. 세건은 그 순간 지체할 것 없이 뒤도 돌아보지 않고 리모컨을 눌렀다.

빡!

등 뒤에서 폭죽 터지는 듯한 소리가 터져 나왔다. 그러나 라이칸스로프는 욕지거리를 하며 한세건에게 다시 총알을 퍼부었다.

'이런? 어떻게 된 거야?'

궁금증은 고양이를 죽인다던가? 세건은 얼이붙은 시내 하나를 점프로 넘으면서 빙글 공중제비를 돌아서 뒤를 돌아보았다.

라이칸스로프 중 한 놈이 도폭선에 의해서 팔이 절단된 것 같은데 그래도 아랑곳하지 않고 고릴라처럼 지면을 손으로 찍으면서 달려오고 있었다. 그 옆의 놈은 여전히 소총을 세건에게 퍼부으며 달려왔다.

나무에 도폭선을 걸어서 적을 걸리게 하고 그때 터뜨려서 잡는다는 건 역시 현실적으로 좀 어려운 것 같았다.

"진짜 혹성탈출이 되어버렸군."

세건은 앞으로 달리다가 나무 뒤에 숨었다. 저놈들은 단둘이면서 세건을 자신들의 본진으로 몰아가고 있는 것이다. 여기서 더 이상 저놈들의 추격에 응한다면 토끼몰이꾼들에게 잡히는 토끼 꼴이 되리라.

세건은 녹티스의 주문을 이식한 다마스커스 클레이모어를 쥐었다.

새카만 어둠이 칼날의 안쪽으로부터 일렁거리며 나타나서 아름다운 다마스커스 문양을 덮어갔다.

쉬익!

세건은 나무에서 뛰쳐나오는 것과 동시에 양손으로 써야 할 클레이모어를 한 손으로 잡고 마치 배구 선수가 공중에서 스파이크를 치듯 강하게 휘둘렀다. 검도를 하는 사람이라면 도저히 용납할 수 없는 자세와 공격이지만 야수들에게는 그게 적절한 것 같았다.

콰직!

단 일격에 웨어에이프의 나머지 팔뚝이 잘려 나갔다. 그러나 그때 옆에서 웨어에이프가 세건에게 소총을 겨누었다.

"어서 오시지!"

세건은 소총의 멜빵을 낚아채고 자신을 중심으로 합기유술의 기법을 사용해 웨어에이프를 크게 휘둘렀다. 방아쇠에서 미처 손가락을 빼지 못했던 웨어에이프는 칠칠맞게 총을 사방으로 쏘아대면서 세건에게 휘둘려졌다.

손가락이 워낙 굵다 보니까 방아쇠 덮개 고리를 제거했음에도 불구하고 방아쇠에 손가락이 걸리고 만 것이다.

"칵!"

웨어에이프는 다리에 힘을 주고 지면을 발로 깎아내면서야 겨우 멈춰 섰다. 하지만 이미 그는 자신의 소총에 있는 모든 총탄을 비워낸 뒤였다.

세건은 소총을 잡고 웨어에이프의 목에 칼을 들이민 뒤 무릎을 박찼다. 순식간에 칼날이 웨어에이프의 목을 꿰뚫었다.

"끄어어어!"

애절하다면 애절한 비명이 숲을 쩌렁쩌렁 울렸다. 세건은 코웃음 치며 칼을 손에서 놓은 뒤 칼날이 꽂혀 있는 웨어에이프의 목을 향해 하이킥을 날렸다.

덜컥!

단 일격에 웨어에이프의 목이 잘려 나갔다. 그러나 목이 잘려 나간 웨어에이프의 몸이 갑자기 손을 뻗어서 한세건의 팔을 잡아버렸다.

우지직!

엄청난 악력을 이기지 못하고 팔뼈가 산산조각 났다. 그리고 그다음 순간 두꺼운 주먹이 세건의 복부로 날아들었다.

퍽!

세건의 몸이 튕겨 나가서 나무에 충돌했다. 나무에 쌓여 있던 눈들이 쏟아져 내려 세건을 덮어버렸다.

"크어어어어!"

광포화한 라이칸스로프 병사는 지면을 손으로 찍으며 전력으로 세건에게 달려들었다. 저대로 들이받기만 해도 등골이 수수깡처럼 죄다 부러지리라! 그러나 그때였다.

"제 세상 만났군, 이 자식."

눈 속에서 두 개의 큼직한 총구가 드러났다.

쾅!

달려오던 웨어에이프가 단 일격에 뒤로 벌러덩 나가떨어졌다. 총성이 어찌나 큰지 발사된 순간 새들이 놀라서 숲에서 날아올랐다.

"헉헉……! 제기랄."

세건은 나무를 짚고 몸을 일으켜 세웠다. 늑골이 부러지고 내장이 진탕이 되었다. 주먹에 맞고 튕겨 나가서 나무에 부딪힌 순간, 재수 없게 신장이 충돌하는 바람에 신장 한쪽이 완전히 터져 버렸다.

재생력을 써야 하나?

세건은 망설였다. 하지만… 지금으로서는 쓸 수밖에 없다. 신장 한쪽이 터져서 안이 피로 가득 차 있으니 재생을 하지 않으면 죽는다!

언젠가 힘이 다해서 괴물의 손에 죽는 것도 바라던 바였지만 이름도 모르는 잡병 따위에게 죽는 것을 바란 건 아니었다.

'뒈지는 데도 이유를 붙여야 하다니, 나도 많이 썩은 놈이군.'

세건은 한숨을 내쉬며 재생을 시작했다. 어쨌거나 지금 여기서 그가 일찍 죽어버리면 그건 그의 적들이나 저 빌어먹을 라이칸스로프, 그리고 괴물들이 바라는 바이리라.

"으읍……."

재생을 하는 순간 눈앞이 어지러워진다. 몸 안의 피가 쭉쭉 빨려 나가는 느낌이다. 차라리 출혈로 인한 빈혈을 일으킨다면 가벼운 두통 정도로 끝나고 말 텐데 이건 속이 메스껍다 못해 뒤집혀질 지경이다. 쓰디쓴 위액이 입까지 치고 올라온다.

"퉤엣!"

세건은 위액을 뱉고 눈을 집어서 입안을 훔쳐 냈다. 그래도 입안에 갈증이 맴돈다. 눈을 먹어볼까 하는 생각도 들었지만 세건은 생각을 바꾸었다. 이 갈증은 절대로 채워지지 않는 것이다.

"칫."

세건은 쓴웃음을 지었다. 그러나 그때 등 뒤에서 부스럭 소리가 들려왔다. 깜짝 놀란 세건이 몸을 돌려보니 큼지막한 사슴이 후다닥 달려가는 게 보였다.

자라보고 놀란 가슴 솥뚜껑 보고 놀란다더니, 사슴을 보고 놀랄 줄이야. 세건은 자신이 한심해서 하늘을 쳐다보고 허탈하게 웃었다.

자신 안에 아직도 살고 싶다는 생각이 있는지, 아직도 겁을 집어먹을 만큼 지켜야 할 부분이 남아 있는지 모르겠다. 하지만 방금 전 그 소스라치게 놀란 자신은 분명히… 살고 싶어 안달하는 인간이었다.

"구역질 나고 한심해. 아무리 고통을 받아도 살고 싶은데 나는 내가 왜 살아 있는 건지 실감을 할 수가 없어."

한때 가족에 대한 복수심으로 가슴을 불태운 적이 있다. 그리고 가족들의 이름을 멀리하게 되었을 때, 잃어버린 것을 사랑하지 않았었던 자신이 미워서 증오로 살아온 적이 있다.

하지만 그 후로 그는 그저 흡혈귀들을 증오하기 위한 껍데기로서 남아 있었다.

그런데 이제 와서 다시 인간이라도 되겠다는 건가?

"죽여 버리겠어."

누구를 죽여 버리겠다는 건지도 모르는 채 목적 없는 증오심이 다시 끓어오른다. 그 순간 아직도 채 아물지 않았던 상처가 순식간에 아물었다. 고통과 갈증, 현기증과 구토가 몰려왔지만 세건은 아랑곳하지 않았다.

증오의 힘이 그를 살아 있게 한다. 마약의 금단증상조차 아무렇지도 않게 이겨낸 그다. 이제 와서 이런 간단한 빈혈 따위로 쓰러질까 보냐?!

세건은 욱신거리는 가슴을 부여잡고 앞으로 걸어갔다.

7

"저놈이지?"

수풀을 지나치던 라이칸스로프들은 숲의 공터 한가운데 가만히 고개를 숙인 채 서 있는 청년을 발견했다. 새카만 레이싱 슈트에 녹색으로 부분부분 물들인 머리칼, 그리고 그가 끌고 다니는 어둠은 그의 정체를 명확히 드러내고 있었다.

하지만 라이칸스로프들은 혹시나 해서 서로에게 재차 확인했다. 모습을 보고 몰라서 그러는 게 아니다. 추격을 피해 다녀도 시원찮을 판국에 뻔뻔스럽게 공터 한가운데서 그들을 기다리기라도 한다는 듯 가만히 서 있는 게 이상해서 그런 것이었다.

"어떻게 하지?"

"함정일… 지도. 아니, 함정이겠지?"

"총성을 내면 알아서 올 테니 공격하지?"

라이칸스로프들은 세건의 모습을 보고 천천히 총을 들었다. 그러나 그 순간 한세건이 눈을 떴다.

푸른 불꽃이 일어나나 싶은 순간이었다.

투확!

그의 등허리에 꽂혀 있던 비스트가 불꽃을 뿜었다. 한세건은 홀스터에서 비스트를 뽑지도 않고 손만 돌려서 비스트를 발사한 것이었다. 그 결과 라이칸스로프 둘이 깨끗하게 쓰러졌다.

"이런 미친!"

그때 반대편 눈더미가 일어나더니 RPK 분대 기관총이 모습을 드러냈다. 그러나 한세건은 글록 18을 뽑아서 딱 한 발만을 쏘았다. 갱스터 영화에서나 볼 듯한 자세로 총신을 옆으로 눕힌 채 발사한 것이다. 그러나 그것만으로도 충분했다.

철컥!

RPK 분대 기관총이 잠잠하다. 권총탄 한 발이 분대 기관총의 노리쇠 옆면을 맞혀 총신을 찌그러뜨려서 결과적으로 노리쇠가 전진, 후퇴를 하지 못하게 된 것이다.

"아, 아니?!"

순간 한세건의 모습이 공터에서 사라졌다. 그리고 푸른 불꽃두 줄기가 유성처럼 그들에게 달려들었다.

우직!

거대한 웨어에이프가 손을 뻗어서 상대를 막으려 했다. 하지만 푸른 불꽃은 이미 그를 스쳐 지나갔다. 그리고 등 뒤에서부터 돌아보지도 않고 칼날을 쑤셔 박았다.

"컥!"

새카만 칼날이 웨어에이프의 두꺼운 몸통을 찔렀다. 그리고 그다음 순간…….

슈우우우욱!

칼로부터 어둠의 망령들이 일어나 웨어에이프의 몸속으로 파고들었다. 망령들은 몸에 닿는 순간 마치 혈관 안의 이물질이라도 된 양 몸 안으로 파고들어서 꿈틀거리며 머리로 향한다. 그렇게 몸 안으로 들어간 망령들은 눈과 코, 입과 귀로부터 쏟아져 나오며 웨어에이프의 전신을 썩어 문드러지게 만들었다.

"끄아아아악!"

웨어에이프가 쓰러지자 세건은 칼을 뽑아내서 그림자로 던졌다. 망령들이 그림자로부터 일어나 공손하게 세건의 검, 새로운 녹티스를 받아들였다.

한세건은 코웃음 쳤다. 이 숲 안에 있는 모든 살아 움직이는 것의 움직임이 손에 잡힐 듯하다. 라이칸스로프도, 짐승들도……. 모든 것의 느낌이 일목요연하다. 그걸 알고 있으니 라이칸스로프들을 피해 가는 것은 일도 아니었다.

하지만 세건은 그들을 하나하나 사냥했다.

눈 더미 위에서 길리슈트를 덮고 변신조차 하지 않은 채 인간의 몸으로 숨어 있는 저격수는 나무 위에서 뛰어내리며 손톱으로 머리를 잘라내 죽여 버렸다.

그를 엄호하고 있던 다른 저격수는 수류탄을 던져서 해치우고, 저격수의 안전을 염려해 돌아오는 녀석들은 바로 그 저격수가 있던 저격 포인트에서 저격으로 해치웠다.

상대는 지금까지 싸워왔던 어느 흡혈귀들보다 뛰어난 힘을 가진 병사들이지만… 한세건은 그들을 일방적으로 살육하고 있었다.

이성적으로는 이런 사냥이 무의미하다는 것을 알고 있다. 그에게 주어진 선결 과제는 지금 당장 여기를 이탈해서 라이칸스로프들의 공격을 피하는 것.

하지만 세건은 자신 안에서 고동치는 증오의 부름에 응하지 않을 수 없었다. 그 증오가 바로 그를 살아 움직이게 만드는 원동력이 되어버린 후로는!

"뭐, 뭐야!"

파블로스크 대령은 부하들의 무선이 빠른 숫자로 침묵하는 것을 보며 경악했다. 애써 배치한 저격수들이 하나씩 살해당하고 부하의 수가 줄어간다.

처음에는 어느 정도 총성이 요란하게 울리며 싸움이 싸움 같더니만… 이제는 소리도 없이 죽어나간다. 이따금 들려오는 도폭선의 폭발음이나 단 한 발의 총성, 그게 끝나고 나면 한 조가 확실히 침묵하는 것이었다.

"대, 대령님… 어떻게 하시겠습니까? 피해자가 속출하고 있습니다."

"흠, 어쩔 수 없지."

파블로스크는 상대방이 어떤 놈인지 알고 있었다. 진마사냥꾼 한세건······. 그가 해치운 진마는 프레스터 존 왕국에서 발견된 성구를 이용해 스스로 흡혈귀가 된, 사혁이라고 하는 라이칸스로프였다. 바로 그 점이 신경 쓰인다.

볼코프 레보스키는 러시아에 릴리쓰가 존재한다는 사실을 염두에 두고 그들을 계속 찾아다닌 결과 이사카 베르게네프와 롯시니 베르게네프, 그리고 릴리쓰가 한때를 보냈던 폐가를 사들일 수 있었다.

그리고 그 폐가로부터 고대 마법을 시행한 흔적을 발견한 게 지난해. 그사이에 그들은 놀라운 사실을 알게 되었다.

프레스터 존의 성구함에 있던 것은 바로 릴리쓰의 사체라는 것을······. 그리고 그것을 만들어낸 장본인이 바로 테트라 아낙스이며, 그를 통해서 라이칸스로프는 흡혈귀의 혈인 능력을 얻을 수 있었다는 것이었다.

성궤에 봉인된 릴리쓰의 의지가 릴리쓰의 사체를 변화시켜서 그 시대가 요구하는 멸망된 마물을 되살린다. 즉 테트라 아낙스를 죽여서 사멸시킨 뒤··· 성구와 결합하게 된다면 릴리쓰의 시신은 스스로 그 흡혈귀의 성상을 복제하여 멸망한 흡혈귀를 현실에 되살려 낸다.

테트라 아낙스의 예지력을 바로 이러한 방법으로 빼앗을 수 있는 것이다.

멸망한 마물을 재생하기 위해 인간과 관계해 마물을 낳는다는 릴리쓰의 의지. 그것을 성궤에 봉인함으로써 발생하는 이 특이한 현상을 그들은 이사카 베르게네프의 지하실에서 알게 되었다.

그렇다면… 한세건 역시 릴리쓰의 후예라고 할 수 있었다.

물론 진마 유다나 사혁처럼 그 VT가 높아서 진마의 목록에 이름을 올릴 만한 인물은 아니다. 아니, 정말로 유다나 자신의 피를 이었을지도 의심스럽다.

한세건이 사혁과 싸우는 와중에 부상을 입거나 입으로 사혁의 피가 튀어서 흡혈귀화가 되었다는 게 일반적인 가설이지만……

그 정도로 흡혈귀가 되었다면 까마득한 아래층의 저급한 흡혈귀가 되는 게 정상이다. VT가 백만에 달하는 사혁의 피라면 단 한 방울로도 많은 사람을 흡혈귀로 바꿀 수는 있겠지만… 그래도 그 한계는 명백하다.

VT가 낮다면 설사 아무리 뛰어난 힘과 능력을 지녔다 하더라도 그것으로서 릴리쓰를 계승했다고는 할 수 없다.

하지만 그렇다면 지금 이 현상은 무엇인가? 무엇이 잘 훈련된 현역 군인의 라이칸스로프들을 이렇게까지 학살할 수 있단 말인가?

"…더 이상의 희생은 무의미하군. 현명한 지휘관은 작전 장소를 골라야 한다. 이런 숲에서 다수의 병력을 투입해 소수의 병력을 잡으려 하는 것은… 저 소수의 병력에게 유리한 상황일 뿐이지. 철수한다!"

"예?"

병사들은 깜짝 놀라서 그들의 지휘관을 바라보았다. 애써서 적을 구석에 몰아넣었는데 이렇게 쉽게 포기하다니, 평소에 알고 있던 파블로스크 대령이라면 절대로 그런 소리를 하지 않았으리라.

아무리 그가 볼코프에게 신뢰받는 이라 하더라도 이런 짓을 하게 되면 목을 내놓아야 할 것이다.

"뭣들 하는 거지? 전부 철수해라."

"그, 그렇지만 그러면 문책을 피할 수 없습니다."

"문책이 무서워서 여기서 부하들 수를 쓸데없이 줄였다가는 쿠데타가 실패하겠지. 이 일은 내가 책임질 테니 빠지도록 하자!"

파블로스크는 이를 갈며 그렇게 말했다.

호전적인 그로서는 도저히… 납득하기 힘든 일이지만 어쩔 수 없다. 큰일을 앞두고 있는데 여기서 무모하게 병력을 잃을 수는 없는 일 아닌가?

그런데 그때였다.

"훌륭해, 훌륭해."

갑자기 박수 소리와 감탄사가 들려오는 게 아닌가? 깜짝 놀란 파블로스크가 고개를 돌려보니 그곳에는 회색 머리칼의 오드아이 청년이 박수를 치고 있었다.

"…이, 이사카 베르게네프?!"

병사들은 모두들 놀라서 그에게 총을 겨누었다. 이르쿠츠크에서 감히 볼코프 레보스키를 노리던 야심만만한 리림, 이사카 베르게네프가 뻔뻔스럽게도 그들의 앞에 나타난 것이다.

하지만 파블로스크는 모두들에게 손을 거두게 했다.

볼코프 레보스키가 그들의 부하들에게 이사카 베르게네프와 무의미하게 싸우는 것을 엄금했기 때문이었다. 즉, 볼코프 레보스키는 그 자신을 제외한 누구도 이사카 베르게네프의 적이 될 수 없으리라 여겼다.

하긴 이사카 베르게네프가 직접 모습을 드러냈다면 이미 총은 못 쓰게 되었으리라. 그가 농화의 술법을 부려서 총을 못 쓰게 만든다는 것은 이미 볼코프 레보스키의 부하들에게 다 알려진 사실이었다.

"무슨 용무지?"

"나는 당신들의 쿠데타를 지지하는 쪽이라서. 이런 데서 병력을 잃게 해줄 수 없지. 한세건은 내가 상대하겠다."

이사카는 당당하게 말했다. 파블로스크로서는 기가 막히고 코가 막혀서 뇌 호흡을 해야 겨우 숨통이 트일 지경이었다.

"웃기지 마. 네놈이 무슨……."

"그렇게 생각하나? 나는 예지력이 있는데 내가 하는 말을 허투로 듣겠다, 이건가? 곤란한걸. 신뢰받지 못하는 점쟁이가 된 기분이야. 복채도 요구하지 않았는데."

이사카는 자신의 능력을 뻔뻔스럽게 떠벌렸다. 하지만 이것 역시 볼코프 레보스키에 의해서 확인된 바다. 파블로스크는 눈살을 찌푸렸다.

"대체 왜지?"

"쿠데타 자체에는 절대적으로 찬성이거든."

"뭐?"

이놈이 갑자기 미치기라도 했나? 파블로스크는 어처구니가 없어서 그를 노려보았다. 이사카는 그 눈빛을 보며 고개를 끄덕였다.

"솔직히 말해야 믿을 것 같군. 네놈들의 애국심에 찬동하는 게 아니라 쿠데타 자체를 찬동한다고. 세상이 혼란스러워야 우리 같은 괴물들이 치고 올라갈 길이 보일 테니까. 어쨌거나 미하일 파블로스크 대령, 곧 흡혈귀들이 볼코프 레보스키를 직접 공격하기 위해 움직일 테니까 당장 볼코프 레보스키에게 돌아가는 게 좋을 거야."

"……."

"지금 가지 않으면 당신들 측 희생자도 상당할걸. 진마가 무려 다섯이나 모여 있다고. 그중 한 놈은 엉뚱한 마음을 품고 있지만."

이사카는 정확하게 말해주었다.

러시아의 라이칸스로프들은 흡혈귀들을 우습게 보는 경향이 있지만 진마 다섯이 뭉친다면 그건 또 달리 생각해 봐야 할 문제였다. 파블로스크는 손짓으로 부하들을 물렸다. 그리고 기뻐하는 이사카에게 욕을 할 때와 별반 다를 바 없는 억양으로 외쳤다.

"착각하지 마라. 네놈의 말을 믿어서 그러는 게 아니다. 다만 네놈이 나타나기 전에 이미 철수하기로 마음먹었기 때문이다."

"좋은 마음가짐이군."

이사카는 빙글빙글 웃으면서 파블로스크의 부하들이 들어간 숲을 향해 걸어 들어갔다.

8

한세건은 적들이 다들 물러가는 것에 의아해했다. 라이칸스로프들이 썰물 빠지듯 빠지고 있는 것이었다.

설마 이 일대를 폭격이라도 할 건가 하는 생각이 들었지만 곧 고개를 도리도리 저었다. 이 옆은 바로 군부대가 아닌가? 몰상식하게 포로 갔다가 빗나가기라도 하면 돌이킬 수 없는 사고가 일어나리라.

그때였다.

"…쓸데없는 짓을 하는군, 비스트. 굳이 이렇게 섬멸전을 벌일 필요는 없잖아?"

차가운 목소리와 함께 이사카 베르게네프가 직접 그 모습을 드러냈다. 세건은 그 등장이 너무나 어처구니가 없어서 환영이 아닌가 의심했다. 하지만 이사카는 분명히 그의 눈앞에서 실존하고 있었다.

"대체 무슨 생각이지? 네놈이 왜 직접 온 거야?"

"그야 당신과… 실베스테르인가? 그 둘이 쓸데없이 볼코프 레보스키를 죽이려고 드니까 이렇게 납시게 된 거지."

이사카 베르게네프는 그리 대답하고 세건을 바라보았다.

한세건은 진짜 짐승처럼 숨을 몰아쉬면서 그를 노려보고 있었는데 검은 눈 안쪽에서 타오르는 귀화로 눈에서 은은한 빛이 뿜어져 나오고 있었다.

저렇게 되면 본디 빛 때문에 망막에 상이 맺혀도 흐리게 보일 터인데… 세건에게는 별 장애가 없는 듯하다.

"예지력이라고는 해도 그 정도로 상세히 알 수 있는 건가?"

"이 정도야 그냥 단순한 통찰력이지. 당신 생각이라는 게 웃기잖아. 지금도 이 라이칸스로프들을 죽이면 좀 지휘 높은 놈이 나올 거고, 그놈 잡아서 물어보겠다는 게 생각이었잖아? 그런 건 너무 단순해. 고문만 하면 누구라도 다 알고 있는 걸 내뱉을 줄 알았나 보지?"

이사카는 한세건의 마음을 정확하게 꿰뚫었다. 세건으로서는 정신이 번쩍 들지 않을 수 없었다.

한세건도 왜 모르겠는가? 하지만 지금으로선 도대체 어떻게 해야 이곳의 사건을 무사히 종결시킬 수 있는지 모르겠다.

"나라고 몰라서 그러는 게 아니야. 하지만 네놈들이 세상의 표면, 그 위에 올라서서 인간들의 목숨을 좌우하는 게 마음에 들지 않아."

"흡혈귀들은 상관없고? 이제 와서 라이칸스로프들만을 미워한단 말이야? 공평하지 못하군, 그거."

"그 흡혈귀들도 해치운다."

한세건은 그리 말했지만 이사카는 고개를 가로저었다.

"당신에게 대체 무슨 권리가 있어서 그러지? 나는 날 때부터 괴물이었지만 그 이유만으로 당신에게 공격받아야 하나? 아니면 내가 살인자에 악당이라서? 하지만 당신도 악당 아닌가?"

그 순간 한세건이 비스트를 뽑았다.

빠르다!

커다란 비스트를 마치 솜뭉치라도 되는 양 빠르게 뽑아 들어서 볼 것 없이 방아쇠를 당겼다!

하지만 총은 격발되지 않았다.

"소용없어!"

그 순간 이사카가 세건에게 뛰어들었다. 한세건은 그림자로부터 녹티스를 불러들였지만 이사카의 쿠크리가 그 녹티스를 타 넘어 세건의 몸을 썰어갔다.

콰직!

세건은 급한 대로 비스트를 들어서 쿠크리를 막아내며 녹티스를 쥐었다.

이번에는 이사카가 세건의 공격을 피해 뒤로 도약했다. 이사카는 조금 전까지의 쿨한 이미지를 버리고 눈을 가늘게 뜬 채 세건을 능멸했다.

"어이, 비스트. 너는 이미 인간이 아니라고. 인간에 너무 집착하시는데… 구역질 나. 인간도 아닌 게 인간인 척하는 것."

"나도 인간도 아닌 놈에게 그런 소리를 듣는 게 구역질 나는군. 피차일반이다."

세건은 비스트를 꽂아 넣고 녹티스를 양손으로 고쳐 쥐었다. 그러자 이사카는 쿠크리와 시미터를 뽑아서 양손에 들었다.

"내가 너보단 인간적일걸? 넌 몸도 마음도 괴물이지만 나는 마음만은 인간이니까."

"아아, 그러세요?"

세건은 이사카의 말을 듣고 빈정거리며 뛰어들었다. 이사카 역시 그 타이밍을 읽고 세건에게 돌격했다.

콰직!

새로운 녹티스로부터 어둠이 소용돌이 바람처럼 일어나 강맹한 위세로 이사카를 공격한다면 이사카는 두 자루의 검으로 모든 공간을 제압하며 세건에 맞섰다.

'이 자식… 강하군.'

한세건은 어처구니가 없어서 이사카를 바라보았다.

그와 아르곤이 격돌했을 때는 아르곤의 검을 받아낼 때마다 손아귀가 찢어졌었다. 하지만 이사카는 체격도 한세건과 비슷하거나 약간 부족한 정도인데 양손에 검을 하나씩 쥐고 한 팔만으로 세건의 공격을 받아내고 있었다.

"너도 알고 있었을 텐데? 흡혈귀 중에도 '인간을 인간이게 하는 것'을 가진 놈이 있다는걸! 물론 인간 중에도 '괴물을 괴물이게 하는 것'을 가진 놈이 있지."

"그래도 괴물은 괴물이지!"

"그게 마음에 안 든다고. 마치 투표할 때 '이놈이나 저놈이나 다 똑같아!' 하고 놀러 나가는 놈 보는 것 같은 기분이야. 틀에

찍혀 나오는 빵이나 쿠키도 제각각인데 왜 그 다름을 직접 보려고 하지 않는 거지?"

칼을 받아내며 이사카와 세건은 숲을 달렸다.

달도 뜨지 않은 밤의 하늘, 길게 자라나 숲에 그림자를 더하는 침엽수들은 뻣뻣하게 서 있는데 그 사이를 인간이었던 마물과 마물로 태어난 마물이 검을 섞으며 달린다.

불꽃이 튀기고 검과 검이 충돌하는 쇳소리가 청명하게 울려 퍼진다.

"그건 타락으로 가는 타협의 제일보(第一步)다! 이놈저놈 사정 다 헤아려 주면 남는 것은 유약함과 방만함밖에 없어!"

세건은 이를 악물고 이사카를 노려보았다. 긴말을 하며 칼을 휘두르는데도 이사카는 호흡이 흐트러짐도 없이 태연히 그의 검을 받아내었다.

"가련한 놈. 스스로 알고 있는 것도 보려고 하지 않는군. 증오심으로 살지 않으면 자신이 살아가는 것조차 용서하지 못한단 말인가?"

"닥쳐!"

한세건이 녹티스를 수평으로 휘두르자 마침내 이사카가 쓰던 쿠크리와 시미터가 모조리 부러져 나갔다.

다마스커스 강으로 만들어낸 한세건의 녹티스에 비해서 이사카의 검은 평범하기 짝이 없는 강철 검들이었다. 만약 이사카가 들지 않았다면 벌써 예전에 부러져 버렸으리라.

한세건은 이사카가 빈손이 되자 즉시 미련 없이 이사카의 심장을 노리고 녹티스를 찔렀다. 여기서 리림인 이사카를 죽이게 되면 일단 가장 큰 근심 중의 하나는 덜 수 있게 된다!

그러나 이사카는 세건의 칼이 자신의 심장을 향해 밀고 들어오는데도 코웃음 쳤다.

"가련하긴 하지만… 여기까지다!"

이사카는 손가락을 구부려서 한세건을 향해 연달아 튕겼다. 그러자 한세건이 익히 보았던 새하얀 냉기가 주위에 서리를 뿌리며 날아들었다.

'이건?!'

진마 아르곤이 쓰던 냉기의 저주가 아닌가?

한세건은 몸을 뒤로 젖혀서 피했지만 그다음 순간 날아든 것은 보이지 않는 충격파였다.

"크악!"

한세건의 몸이 떠올랐다. 무시무시한 힘이다. 마치 폭탄에라도 맞은 것 같다. 이건 분명히 쇼크웨이브! 진마 헤카테가 즐겨 사용하는 능력이었다!

쿵!

세건의 몸이 지상에 떨어지자 눈보라기 일어났다. 한세건은 그대로 지면을 굴러서 눈사람이 되다시피 했다.

"쿨럭쿨럭!"

입에서 피가 튀어나온다. 전신이 찢어지는 듯한 고통이 몸을 감쌌다.

대체 저놈은 어떻게 된 놈이지?

아르곤의 기술을 쓰지 않나, 자인처럼 텔레포트를 하지 않나, 헤카테에… 쇼크웨이브 다음의 것은 진마 베놈이 쓰던 것이었다.

"내가 괜히 마물들의 왕이 될 몸이라고 불리는 게 아니야, 비스트! 나는 24계통, 모든 능력을 다 다룰 수 있어. 물론 라이칸스로프들의 본능에 각인된 능력도 포함해서."

이사카는 피곤한 표정을 짓고 한세건에게 다가왔다. 릴리쓰는 진짜 터무니없는 것을 자식으로 만든 것이다.

"…하!"

세건은 몸을 일으키려고 했지만 틀렸다. 단 일격이라고 해도 직격을 당한 게 너무 컸다. 냉정하게 대처했어야 하는데 아르곤의 냉기 공격이 날아오는 걸 보고 너무 당황한 게 실책이었다.

"…욕망을 가지고 성취하기 위해 누구라도 짓밟는 게 인간적이라는 건가?"

한세건은 쓰러진 채로 문득 그렇게 물어보았다. 그러자 이사카가 고개를 저었다.

"비스트, 나도 내가 옳다고는 생각지 않아. 하지만 난 이렇게밖에 살 수 없어. 나 자신이 이루고 싶은 걸 이뤄보겠다 이거다."

"그건 나도 마찬가지야."

세건은 피투성이가 된 채로 쓰러져서 조용히… 그렇게 말했다. 이사카에게 말한다기보단 자기 자신에게 말하는 것 같았다. 그걸 본 이사카는 코웃음 쳤다.

"흥, 바보 자식. 네가 진짜 갈망하는 건 과거뿐이잖아. 정말 자신이 이루고 싶은 걸 이루고 싶다면 어쭙잖은 인간성에 기대지 말고 피를 마셔!"

하늘은 다시 어두워지고 구름이 곧 눈을 뿌렸다. 건조한 시베리아에 웬 놈의 눈이 이렇게 많이 오는지. 세건은 쏟아지는 눈을 맞으며 시신처럼 가만히 누워서 하늘을 올려다보았다.

피를 마시라고?

하긴… 세건은 피를 마시게 되면 자신이 흡혈귀가 될까 봐 두려워서 피를 마시지 않았다. 자신의 몸이 일 초라도 더 인간이기를 원하고.

하지만 이미 그의 몸은 인간이라고 할 수 없는 것이다. 그래, 본인도 그건 알고 있다. 그러나 역시 그것만은 할 수 없다.

"그러면 나는 내가 뭘 바라고 있었는지 모르게 될 것 같아서 두려워."

"…아, 정말. 죽어야 정신을 차릴 모양이군. 이 바보가."

이사카는 농담이 아니라 정말 죽여 버릴 셈인지 손을 들었다. 그러자 곧 그의 손으로부터 네 개의 빛이 모여서 나선을 그리며 빙글빙글 돌았다. 하지만 그때였다.

타앙!

갑자기 예리한 총성과 함께 이사카의 손이 산산조각 났다. 깜짝 놀란 이사카가 옆을 돌아보니 수풀 사이에서 한 은발의 신부가 거대한 라이플을 들고 이곳을 바라보고 있었다.

그는 잽싸게 다음 탄을 장전하고 이사카를 향해 총을 쏘았다.

팍!

그러나 그다음의 총탄은 허망하게 방향을 바꾸어 이사카의 옆으로 날아갔다. 총탄이 도중에 휜다? 신부는 놀라서 다시 총을 발사했지만 이번에도 결과는 마찬가지였다.

이사카는 그런 신부를 보고 고개를 설레설레 저었다.

"흥이 깨졌군. 가겠다, 비스트."

"……."

"내 동생을 돌봐줘서 고맙다. 이 말은 해두지."

이사카는 그 말을 남기고 어둠 속으로 사라졌다. 세건은 눈이 쏟아지는 하늘을 올려다보며 입술을 깨물었다. 분하다거나 화난다거나 그런 감정이 들어서 그런 게 아니다. 그저 지금은 입술을 깨물지 않으면 웃어버릴 것 같아서였다.

"하… 하하하하하하!"

눈보라가 몰아치는 밤하늘로 한세건의 웃음소리가 길게 뻗어나갔다.

第25夜

우트나피시팀의 밤

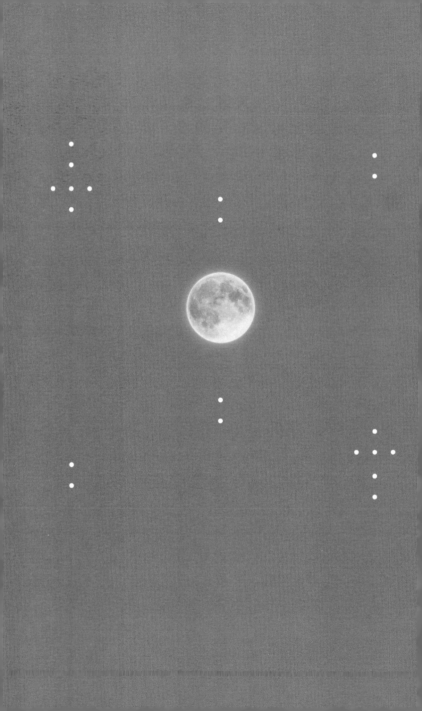

1

회색 건물들이 드리운 그림자 속으로 한 마리 짐승이 걸어 들어왔다. 붉은 안광을 발하는 눈으로 주위를 둘러본 그것은 천천히 주저앉아 숨을 골랐다. 차가운 공기에 짐승의 숨결이 새하얗게 엉겨 붙는다.

콘크리트의 그림자에서는 쇠의 냄새가 났고 짐승의 숨결에서는 피의 냄새가 났다. 강철과 피의 냄새가 밤의 공기를 지배하고 있었다.

"…이사카?"

젊은 여성의 목소리가 어둠 속에서 들려왔다. 그곳에는 한쪽 눈을 머리칼로 가린 아르메니아계 혼혈 소녀가 있었다. 그녀는 짐승을 걱정하며 다가섰다.

"나와 있었어? 일은 어떻게 진행되고 있지?"

"힘을 썼구나?"

그녀는 피 냄새를 알아챘다. 아닌 게 아니라 짐승—청년의 입에서는 피가 흐르고 있었다. 입술을 깨물었을 때 나오는 정도에 불과한 양이었지만 피의 색깔이 유달리 검다.

"아주 약간일 뿐이야. 괜찮아, 다 괜찮아."

청년은 어혈(瘀血)을 닦아내며 그녀를 스쳐 지나갔다.

소녀는 말을 하기 위해 심호흡을 하다가 입을 다물었다. 어차피 그녀가 아무리 충고한들 그는 듣지 않는다. 어떤 마법의 단어도 저 청년의 고집을 꺾을 수는 없다.

대신 그녀는 이전부터 묻고 싶던 것을 질문했다.

"우리가 세상을 할퀴면… 세상은 어찌 될까?"

"피를 흘리겠지."

청년은 마치 바람을 붙잡으려는 듯 손을 들어 허공을 할퀴었다. 그림자보다도 더 검은 어혈이 어둠에서 뿜어져 나오는 듯했다. 진한 피와 쇠의 냄새 때문에 현기증이 날 정도다.

엄습하는 현기증을 느끼며 그녀는 나직이 탄식했다.

은발의 신부는 숲에 쓰러져 있는 짐승에게 다가갔다. 달이 흐릿한 빛을 뿌리자 나무 틈 사이로 빛이 실낱처럼 스며 들어와 어둠을 밝혔다. 쉴 새 없이 어둠 속을 질주하던 짐승이 상처 입은 채로 늪에 잠긴 채 그 빛을 바라보고 있었다.

"그대로 있다가는 얼어 죽는다."

신부의 목소리를 들은 그는 천천히 몸을 일으켜 늪을 빠져나왔다. 진흙이 몸을 늪 밑바닥으로 잡아끌었지만 그는 진흙의 손길을 떨치고 일어났다.

공허하게 빛을 빨아들이던 두 눈동자의 밑바닥에서 푸른 귀화가 일어난다. 그러자 그의 몸을 에워싼 어둠이 들끓는다. 마치 봄날의 아지랑이처럼 주위의 어둠이 일그러지고 원귀와 망령들이 그를 휘감은 채 공포에 아우성쳤다.

"아아아악!"

소름 끼치는 증오와 악의였다. 몸을 구성하고 있는 검은 마법들과 저주들이 그의 악의에 반응해 복종한다.

어떻게 해서든지 인간을 좀먹게 되어 있는 흑마법들이 시전자의 증오와 분노에 굴복해 충실한 종복이 되어 있다. 이것은 마법에 있어서 경이(驚異)라고 할 수 있으리라.

하지만 신부는 무덤덤한 태도로 그 경이를 대했다.

"별일이군. 당했는데 살아남았다니. 아니, 네게 있어서는 별일이 아닌가?"

흡혈귀도 라이칸스로프도 증오로 오염된 이 짐승을 죽여서 먹지는 않으리라. 저주로 오염된 피와 살점은 그들 역시 파멸시킬 테니까.

하지만 먹을 수 없기 때문에 살려둔다는 것은 이치에 닿지 않는 소리다. 괴물들이 그를 살려두는 이유의 대부분은 그가 테트라 아낙스에 대한 와일드카드로 여겨지기 때문이었다.

"갑시다."

증오와 수치로 몸을 떨던 한세건은 늪의 물기와 흙을 털어내고 앞서 달려 나갔다. 어둠 속을 꿰뚫으며 달리는 그의 뒤로 희미한 푸른색 귀화가 따른다. 끝을 모르는 증오로 영혼을 사르는 그에게는 어둠조차 장애물이 되지 않는 듯 어둠 속으로, 더 깊은 어둠 속으로 성큼성큼 뛰어든다.

그 뒷모습을 바라보며 실베스테르는 웃었다.

"대체 무슨 일이 있었지? 세건, 그놈이 무엇으로 너를 능멸했나?"

"나에게 피를 마시라 하더군요."

그의 목소리는 지옥의 마수처럼 낮게 으르렁거렸다. 그 목소리에 담긴 증오의 불꽃은 차가운 푸른빛을 발한다.

이사카 베르게네프! 그의 예지력도, 통찰력도, 한세건이 품고 있는 증오의 깊이를 꿰뚫어 보지는 못한 모양이다.

설령 세상이 멸망하는 한이 있다 한들 한세건은 스스로의 의지로 피를 빨지 않는다.

흡혈귀들과, 괴물들과 조금이라도 멀어질 수 있다면 지옥의 불꽃조차 마다하지 않을 그가 어찌 피를 빨겠는가?

"어디로 갈 건가?"

실베스테르는 간결하게 물어보았다. 쿼바디스… 어디로 가는가? 장소를 묻는 것인가, 아니면 지향하는 바를 묻는 것인가?

"모스크바!"

마물들이 미친 달의 세계를 벗어나 현시로 침공하기 위해 선택한 바로 그곳!

연방 정상회담을 8일 앞두고 볼코프 레보스키 소장에 대한 징계 파직 명령이 내려졌다. 형식상으로는 군 내부 비리에 대한 감사에서 소환에 불응한 볼코프 레보스키에게 징계가 내려진 것이지만 실상은 바로 그가 쿠데타의 핵심 주동자이기 때문이다.

이로써 그는 모든 권력을 잃고 불명예제대를 하게 되었다.

아무리 부정 척결을 위한 감사라고는 하지만 육군 장성을 이렇게 빨리 파격시키는 경우는 전무후무한 일이었다.

그것도 극동 사령부의 중책을 담당하고 있고 하바로브스크 주 방위군 단장을 겸임하고 있는 인민영웅 볼코프 레보스키가 아닌가? 민중들의 지지를 받고 있는 장성을 이리 과격한 방법으로 제거하다니.

그만큼 정부의 의지는 굳건했다. 지금까지 볼코프 레보스키를 자극해 내전으로 번지면 어떻게 하나 하고 노심초사하던 게 거짓말 같다.

CIS 정상회담까지만 어떻게 해서든지 무력화시키려 했던 정부가 이렇게 강경하게 나온 이상 뒷사정을 알고 있는 전문가들은 모두들 전쟁이 일어날 것이라고 여겼다.

영웅을 죽이기 위해서 정부가 공권력을 행사했다. 그를 숭배하는 자들에게 있어서는 너무나 슬픈 일일 것이다.

아니, 어쩌면 기뻐할지도 모른다. 그들의 단순무지한 세계관에서 볼코프 레보스키 정도의 인물을 억압할 것은 바로 그가 충성하는 나라의 권력자들밖에 없었으니까. 이런 작위적인 상황은 그들에게 되레 큰 기쁨이 될지도 모른다.

자, 그래서 국가는 칼을 빼 들었다. 하나 과연… 볼코프 레보스키가 그 칼날에 이슬이 되어 사라질 것인가, 아니면 스스로의 칼을 빼 들고 국가에 대항해 맞서 싸울 것인가?

볼코프 레보스키는 러시아가 자랑하는 영웅, 그 밑의 병사들도 모두 그를 자랑스러워했다.

바꿔 말하면 수하들에 대한 장악력이 뛰어나다는 것이다. 말단 사병들에게조차 사랑받는 카리스마 있는 장군은 쉽게 죽지 않는다. 그의 모자와 견장에서 계급장을 떼어낸다고 해서 그의 지위를 빼앗을 수는 없다.

자고로 나라가 영웅을 죽이기란 쉽지 않은 법이다. 프랑스는 나폴레옹을 죽이려 했지만 나폴레옹은 프랑스를 짓밟고 황제로 즉위했다.

마찬가지로 영웅과 영웅의 매력에 사로잡힌 이들에게 정부의 명령 따위는 유명무실하다. 러시아 극동 사령부는 연방 정부의 지휘가 없어도 독자적으로 작전을 수행할 수 있었다.

만약 볼코프 레보스키가 내전을 불사하고 자신의 부대를 움직인다면 병사들은 모두 그를 따를 것이다.

하나 볼코프 레보스키는 어떤 움직임도 보이지 않고 잠적했다. 물론 파직 후 하루도 채 지나지 않았으니 그것을 잠적이라고 부르지는 못하리라.

하지만 그가 자취를 감추는 것과 동시에 2개 중대에 해당하는 병력도 함께 사라졌다. 볼코프 레보스키를 가장 열렬히 추종하던 2개 중대가 볼코프와 함께 자취를 감춘 것이다.

하지만 누구도 그 사실에 대해서 신경 쓰지 않았다. 이디 아민이 집권하던 우간다도 아니고 군사 강국인 러시아에서 2개 중대로 정권을 탈취한다는 건 잠꼬대에 불과하다.

그들이 만약 인간을 벗어난 괴물이 아니라면…….

"끈질긴 놈들이군."

새하얀 입김을 내뿜으며 쌍안경으로부터 눈을 뗀 백인 남자가 투덜거렸다. 그는 위성과 연결된 보병용 통신 모듈을 통해서 자신이 보고 있는 화상을 사령부로 전송하는 척후병이었다.

OICW 스마트봄 장착 소총과 개인용 데이터 전송 장치를 장착한 그는 흡사 SF 영화 속에 나오는 병사같이 보였다.

이것들은 미군도 아직 실전 배치 계획만 잡아둔 첨단 장비였다. 이런 무장을 하고 돌아다닐 놈들은 미군밖에 없으리라. 아무리 미국이 전 세계에 무기를 팔아넘긴다 해도 중요한 것은 손에 쥐고 내놓지 않으니까.

그러나 위대하신 자본가님들께서는 어떤 것이든 다 손에 쥘 수 있었다. 국가의 기밀도 그것을 만들어내는 세력의 의도하라면 쉽게 빼낼 수 있다. 특히 그것이 타국이 아닌, 밤의 세계로의 유출이라면 그것은 너무나 쉬운 것이다.

흡혈귀들은 인간들의 인지를 초월한 능력을 가지고 있으며 그들의 마력은 인간을 쉽게 조종할 수 있게 해주었으니까. 즉 그는 흡혈귀 병사였다.

밀리터리 소설에나 나올 것 같은 첨단 보병 장비로 무장한 설화 속의 존재라니! 그 아이러니컬함을 만천하에 까발리지 못하는 게 아쉬울 정도였다.

호랑이가 담배 피던 시절 아이들을 달래기 위해, 혹은 그저 호사가들의 잡담으로 만들어졌을 법한 흡혈귀가 첨단 무기로 몸을 도배하고 인간을 쏴 죽인다?

그것은 참으로 유쾌한 아이러니. 흡혈귀 병사 그 자신도 이따금 누군가에게 찬사를 보내고 싶었다. 이 아이러니를 만들어 낸 모든 것이여, 찬사받을지어다!

"로미오, 로미오. 여기는 줄리엣, 비행기가 방금 이륙했다."

수수께끼의 흡혈귀 병사는 청골과 성대를 연결한 실리콘 마이크를 통해서 자신의 상급자와 무선 통화를 했다.

"어떻게 할까? 미스트랄이라도 한 발 멋지게 갈겨볼까?"

정보 수집병은 군용 수송기로 이동하고 있는 짐승들의 병대를 바라보았다. 이미 항공 승인을 받은 수송기를 탈취, 순식간에 공항을 완전 제압하고 이동했다.

공항을 제압하긴 했지만 제공권을 장악한 것은 아니다. 그리고 전투기에 의한 공중전과 함대전에서는 제아무리 뛰어난 라이칸스로프나 흡혈귀라고 하더라도 인간과 다를 게 없다. 만약 저들을 공격하고자 한다면 지금이 가장 좋은 기회다.

짐승들을 하늘에서 박살 낼 수 있는 것이다.

하지만 지휘부에서는 그럴 생각이 없는 듯했다.

—수고했다. 즉시 본대 귀환하도록! 그곳은 매우 위험하니까.

그 말이 끝나기가 무섭게 무선을 통해 비명 소리가 들려왔다. 부착형 마이크를 통해서 뼈가 부러지고 살점이 뜯겨져 나가는 추악한 소리가 들려왔다.

—이런!

—무슨 일이야? 으아악!

지휘부의 경고도 헛되이 척후병들이 순식간에 살해당했다. 흡혈귀들로서는 받아들일 수 없는 일이었다.

전 세계 분쟁 지역 어디에서도 흡혈귀 병사들은 무적을 자랑했다. 팍스 아메리카의 정신으로 무장한 냉전 시대 삼류 전쟁 영화에서나 나올 법한 전과를 자랑하며 인간들을 도륙해 왔던 그들이다. 그런데 그런 그들이 되레 도륙당하다니?

"위험하다! 라이칸스로프들이 왔다!"

병사는 즉시 몸을 감싸고 있는 방탄복을 손톱으로 찢어버리고 날카로운 이를 드러낸 뒤 소총을 권총이라도 되는 양 한 손으로 잡고 숲을 향해 유탄을 발사했다.

무언가를 발견했다기보다는 그저 육감이 이끄는 대로 반사적으로 발사한 것이었다.

스스슥!

숲 속을 달려오던 그림자들이 좌우로 흩어져 유탄의 폭발과 파편을 피했다. 움직이는 속도가 악몽처럼 빠르다.

"컹컹!"

군견들이 먼저 양옆에서 덤벼들었다. 시야의 사각에서 두 마리가 동시에 뛰어드는데 그 속도가 인지를 초월했다. 정상적인

개가 아니라 뭔가 사악한 수작을 부려 만든 것들임에 분명하다.

정보병은 즉시 몸을 뒤로 날려 개들의 공격을 피했다. 거무튀튀한 셰퍼드들이 공중에서 스쳐 지나갔다. 만약 정보병이 뒤로 몸을 날리지 않았다면 저 로켓탄 같은 군견들의 도약에 걸렸으리라.

"개자식들!"

정보병은 소총을 군견들에게 겨누고 방아쇠를 당겼다. 총탄이 튀어 나가며 개들을 덮쳤다. 그러나 그때 그의 시야가 갑자기 먹빛으로 물들었다. 개들을 이끌고 온 라이칸스로프가 무언가 수작을 부렸다.

흡혈귀가 된 이래 어둠을 알지 못했던 그의 시야에 어둠이 돌아왔다.

놀란 정보병이 허우적거리는 순간 양옆에서 다시 군견들이 뛰어들었다.

우드드득!

목뼈가 뒤틀리는 소리와 함께 두 마리의 군견과 한 남자가 엇갈렸다. 정보병의 목이 잘려 나가고 몸통은 큼지막한 은제 대검이 꽂힌 채로 허공을 빙글 돌다가 고깃덩이처럼 눈 쌓인 수풀 위로 떨어졌다.

화려한 공중 곡예로 흡혈귀 병사를 해치운 라이칸스로프는 지상에 착지하기가 무섭게 시체로 달려갔다. 그리고 흡혈귀 병사가 몸에 부착하고 있던 데이터 송신 장비들을 발로 짓밟아 파괴했다.

"테트라 아낙스의 병사인가. 장비는 화려한데… 어차피 버린 말이군."

라이칸스로프 병사는 쓰러진 흡혈귀의 시체를 발로 짓밟아 사망을 확인한 뒤 군견들에게 차버렸다.

굶주린 군견들은 즉시 악귀처럼 달려들어 시체를 뜯어 먹었다. 라이칸스로프의 피가 흡혈귀에게 독인 것처럼 흡혈귀의 혈육 역시 라이칸스로프에게 독으로 작용한다.

하지만 라이칸스로프에 오염되어서 끝없는 허기를 달랠 수 없게 된 군견들은 독으로 작용하든 말든 아랑곳하지 않고 흡혈귀를 물어뜯었다.

파랗게 얼어붙은 눈 위로 시뻘건 피가 튀었다.

서린은 꿈을 꾸고 있었다.

한국에서 출발하기 전, 기약 없이 긴 시간을 외국에서 보내야 하는 세건을 위해서 김성희는 그에게 세건의 몸을 조정하는 법을 가르쳐 주었다.

그리고 비술에 대한 것도⋯ 아직 잘 이해하지는 못하지만 그 비술이야말로 이 꿈의 핵심이리라.

서린은 신음하며 꿈속으로 빠져들었다. 김성희는 서린을 바라보며 무언가 이야기하고 있었지만 웅웅거리는 울림으로밖에 들리지 않는다.

마치 봄날의 나른한 오후, 학교 수업을 들으면서 잠들지 않기 위해 억지를 쓰는 듯한 기분이다. 그러나 잠시 후, 정신이 갑자기 맑아지며 김성희의 목소리가 또렷하게 귓전에 들어왔다.

"그러니까 이 안에 있는 약물이 천천히 빠져나오면서 세건의 흡혈인자와 반응해 변이를 억제하는 거란다."

김성희는 작은 은색의 구슬들을 꺼내어 서린에게 건네주었다. 검지 손톱만 한 크기의 타원형 구슬들이 은색으로 반짝였다. 마치 은단 덩어리를 크게 굳혀 놓은 것 같았다.

이런 게 세건의 몸 안에 박혀 있다니. 서린은 문득 생각나서 중얼거렸다.

"이게 소위 말하는 구슬 삽입 시술이군요."

"무슨 뜻에서 하는 말이니?"

김성희가 매우 불쾌한 표정으로 서린을 바라보았다. 서린은 볼을 긁적거리며 다시금 설명했다.

"구슬을 삽입하는 수술이니까 구슬 삽입 시술……."

김성희는 인정사정없이 서린을 쥐어박았다. 꽤 아프긴 했지만 서린은 본인 스스로도 맞을 짓이었다고 생각했기 때문에 항변하지 않았다.

김성희는 잠시 헛기침을 한 뒤 다시 이야기로 돌아갔다.

"그러니까 이것들이 그 아이를 흡혈귀가 되지 않게 해주는 거야. 하지만… 너무나도 불안정하지."

"하긴 세건 형이 많이 불안정해 보이기는 하죠. 그렇지만 세건 형이 쓰러진다거나 그런 건 상상하기 힘든데요?"

한세건은 서린에게 있어서 그야말로 끝을 알 수 없는 괴물이었다. 진마 아르곤과 격전을 벌여서 욕조에 물 받아두고 팅팅 불 때까지 들어가 있던 모습도 못 본 것은 아니다.

그러나 그렇다 하더라도 서린으로서는 한세건이 죽는다거나 파괴된다는 것을 상상할 수가 없었다.

"실은 지금도 조금씩 흡혈귀에 가까워지고 있어. 언젠가 그 균형이 완벽히 무너질 거란다."

김성희는 솔직하게 고백했다.

흡혈귀화를 막는 비술이라고는 하지만 아직까지 한세건을 제외한 누구도 성공한 적이 없었다. 자연적으로 흡혈인자가 부족해서, 혹은 부모 되는 흡혈귀의 등급이 낮아서 흡혈인자 자체가 얼마 되지 않기 때문에 '경계를 걷는 자'가 되는 이들도 있었다.

그러나 한세건은 달랐다.

한세건을 흡혈귀화하는 데 모체가 되었던 사혁은 백만이 넘어가는 VT의 소유자였다. 게다가 본의 아니게 영향을 받은 메시아 역시 50만에 준하는 엄청난 VT의 소유자였다.

한세건의 몸은 튀는 피만으로도 어지간한 흡혈귀 수백 명은 만들어낼 만큼 강력한 흡혈인자를 가진 진마들의 피를 마시고 불순물이 섞인 사이키델릭 문을 과용하게 되면서 이미 변이를 일으킨 상태였다.

가만히 있어도 자체적으로 몸의 골수에서 흡혈인자를 생성하게 되고, 그것은 그가 죽기 전까지 멈추지 않는다.

"……."

서린은 입을 다물었다. 한세건에게 절대적인 경외감을 가진 그이지만 김성희가 말한 대로라면 세건이 파괴될 것은 불을 보듯 뻔하다.

한세건이 흡혈귀에게 품는 증오는 증오라기보다는 추구할 수 있는 절대적인 진리에 가까웠다. 흡혈귀라면 선악을 불구하고 제거한다. 선한 흡혈귀가 적이라면 스스로 악이 되어서라도 흡혈귀를 죽인다.

한세건의 성격, 아니, 가치관을 볼 때 그런 일이 일어난다면 어떻게 될까? 스스로가 바로 그 흡혈귀가 된다면? 어떤 흡혈귀든 사정 불문, 완전히 파멸시켜 왔던 그다. 그 잣대가 과연 자신에게는 빗겨 나갈 것인가?

"세건 형은 자신을 죽여 버리겠군요."

절망의 종착점으로서의 자살이 아닌 스스로의 증오에 의한 살해. 그것을 과연 자살이라고 불러야 할 것인가? 그것은 자살이라기보다는 어디까지나 증오에 의한 살해다.

그저 살인의 주체와 대상이 우연히 일치했을 뿐, 그 점을 제외하면 한세건이 지금까지 죽여온 흡혈귀들과 다를 것은 아무것도 없다.

팔은 안으로 굽게 마련, 시쳇말로 자기가 하면 로맨스 남이 하면 불륜이라는 말도 있지만 한세건에게는 그런 말이 통용되지 않으리라.

"그래. 그라면 분명히 그렇게 하겠지. 지금까지 한 번도 본 적이 없는 타입이지만… 그가 그렇게 할 거라는 것을 알아. 그래서 당혹스러워."

김성희는 말꼬리를 흐렸다.

아마 그 생소함이 바로 그녀가 한세건에게 보이는 극진한 호의의 원인이리라. 자신이 이해할 수 없는 순수한 증오의 불꽃, 그 불꽃이 손상되는 것을 보고 싶지 않다.

아니, 사실은 보고 싶은 걸까? 스스로 흡혈귀가 되었을 때 한세건이 보일 수 있는 증오를 보고 싶지 않다고 말할 수 있을까?

아마도 그녀는 그것을 보고 싶을 것이다. 서린은 문득 그렇게 느꼈다. 김성희는 한세건에 대한 애정과 한세건이 지닌 증오에 대한 애정 사이에서 갈등하고 있었다.

한세건이 스스로를 태워 발하는 불꽃, 그것이 절정에 달하는 순간을 어찌 보고 싶지 않겠는가?

하지만 그가 발하는 불꽃을 사랑하고 그를 사랑하기 때문에 또한 보고 싶지 않기도 하다. 좀 더 오래 살고 행복해져서 그가 발하는 소름 끼치도록 아름다운 증오의 불꽃이 사라진다 하더라도 좋으리.

'대체 내가 왜 그걸 이해한다는 거지? 마치 나도 그런 것 같잖아?'

서린은 눈살을 찌푸렸다. 그는 올바른 인간으로 교육받고 자라나서, 김성희나 한세건처럼 망가져 버린 인간들의 감성에는 동조할 수가 없었다.

"복잡한 심정이야."

김성희는 솔직하게 중얼거렸다. 그녀가 갈등하고 있는 것을 본 서린은 깜짝 놀랐다. 어찌 되었거나 지금 한세건을 구할 가능성이 있다면 그것은 김성희뿐이다.

"무슨 일이 있어도, 세건 형이 흡혈귀가 되어서는 안 된다고 생각해요."

서린은 단호한 태도로 말했다. 그 목소리에 어찌나 힘이 실려 있던지 그 자체가 마법이 아닐까 싶을 정도였다. 흔들리던 김성희는 그런 서린을 바라보며 미소를 지었다.

"왜 그렇게 생각하지?"

김성희는 서린이 확언하는 이유를 물어보았다. 그러자 서린은 김성희를 똑바로 쳐다보며 결연히 말했다.

"저렇게까지 열심인데 그게 더럽혀져선 안 된다고 생각해요."

"그 열심인 부분이 실상은 증오심이고, 선과 악을 가리지 않는 무도한 살의라 하더라도?"

김성희는 서린을 시험하듯 질문을 던졌다. 그러자 서린은 고개를 가로저었다. 김성희가 뭐라고 말을 한다 해도 그의 마음은 변함이 없었다.

"단순히 그런 것만은 아니라고 생각해요. 세건 형이 스스로를 변호하지 않는 것은 자신을 용서하지 못하기 때문이니까 제가 세건 형을 변호하는 역할을 맡도록 하죠."

그 말을 듣고 싶었는지도 모른다. 김성희는 안도의 한숨을 내쉬었다. 역시 지금은 서린에게 맡길 수밖에 없다.

"그렇게까지 말하면, 좋아. 잘 가르쳐 줄 테니까, 구슬 삽입 시술에 실패하는 일이 없도록. 그리고 만약을 대비한 비술도……. 그것만 하면 서린이 너는 세건이 걱정은 하지 않아도 돼. 나머지는 다 이 '그랑 메이가스' 김성희에게 맡겨두라고."

만약을 대비한 비술? 그것은 또 뭐란 말인가? 아니, 만약의 사태라는 건 뭐지? 그리고 왜 김성희는 서린의 머리를 쥐어박은 주제에 스스로 '구슬 삽입 시술'이란 말을 한단 말인가?

2

"아!"

서린은 퍼뜩 정신을 차리고 일어났다. 그런 그의 앞에는 라토 바가 무표정한 자세로 서 있었다. 어둠 속에서도 은은하게 빛나 는 눈동자는 그녀가 인간 외의 존재라는 것을 증명하고 있었다.

"깨어나셨습니까?"

"으응."

서린은 갑자기 몰려오는 추위에 오들오들 몸을 떨었다. 그러 자 라토바는 모포를 건네주었다. 잘 때도 추위에 떨었을 텐데 그때는 안 주다가 이제 주는 걸 보니 좀 원망스러웠지만 지금은 모포 가지고 서운해할 때가 아니었다.

서린은 모포를 받아 들고 주위를 둘러보았다. 차가운 공기가 감돌고 있지만 분명히 제대로 된 침대 위였다. 혹시나 해서 손 목이나 몸 여기저기를 살펴봤지만 묶인 흔적이 없었다.

한 번 탈출까지 했던 놈을 다시 잡았는데 이렇게 대접하나?

서린은 의아해하며 라토바를 바라보았다. 그러고 보면 이전 에도 서린에게는 대접이 융성했던 반면 한세건은 창고에 메줏 덩이 걸듯 걸려 있었다. 아마도 릴리쓰의 자식이라고 나름대로 귀빈 대우를 해주는 모양이었다. 그렇지만 묶어두지도 않다니.

서린은 어처구니가 없어서 라토바를 노려보았다.

자의적으로 탈출한 것은 아니지만 표적이 되어서 공격을 받았고 그 와중에 라이칸스로프도 많이 살해당했는데 묶어두지도 않는 것은 너무했다. 도망쳐도 다시 잡을 자신이 있다는 것일까? 아니면 다른 꿍꿍이가 있는 것일까?

"잠시 피를 살짝 뽑았었습니다."

라토바는 서린에게 말하며 뒤의 바구니에 담겨 있던 식사를 건네주었다. 피를 뽑았다고는 하지만 서린 자신은 전혀 느낄 수가 없었다.

"먹을 기분이 아니……."

하지만 음식을 눈앞에 두니 그 말이 나오지 않았다. 밥 먹을 때는 확실히 지나 있었다. 배가 안 고플 리 없다. 그렇다고는 하지만 여기서 덥석덥석 먹는 모습을 보이게 되면 라토바가 그를 얼마나 우습게 생각할 것인가?

서린은 잠시 고민에 빠졌지만 이윽고 바구니 안에 든 샌드위치를 꺼냈다. 무슨 피크닉 가는 것처럼 흑빵과 베이컨으로 만든 샌드위치가 눈에 들어왔다.

"끄응."

서린은 민망함을 감추기 위해 우걱우걱 잽싸게 먹어치운 뒤에서 태연함을 가장하며 고개를 들었다. 라토바는 처음 인상 그대로, 무표정한 태도로 서린을 바라보고 있었다.

그러고 보니 그녀는 대체 언제부터 여기에 있었을까? 설마 서린이 자는 모습을 다 지켜본 것일까?

그렇게 생각하니 좀 부끄러워진다. 자신의 모습을 무방비로 남에게 보이다니.

게다가 라토바의 시선은 너무나 올곧고 무심해서 뚫어질 것 같았다. 늘 쓰는 말로 뚫어지게 쳐다본다는 말이 있었는데 이것이 바로 뚫어지게 쳐다본다는 것이구나, 하고 새삼 실감했다.

"아, 고마워요. 그런데 내가 무슨 이상한 이야기 하지 않았어요?"

"없었습니다."

"그렇다면 다행이고. 정말 없었나요?"

"그게……."

라토바는 잠시 골똘히 기억을 더듬었다.

불안이 밀려온다. 과연 그녀는 무슨 이야기를 하려고 저렇게 기억의 창고를 뒤지고 있단 말인가?

"대체 뭔데요?"

"그 'Goo—sl—sapeep—Si—sle'이란 뭡니까?"

"……."

아마도 구슬 삽입 시술이라고 중얼중얼 잠꼬대를 한 모양이었다. 세상에 다 큰 소년, 아니, 청년이 잠꼬대로 구슬 삽입 시술이라고 중얼거렸다니!

서린은 얼굴이 시뻘게지는 걸 막을 수가 없었다. 이래서야 마치 기능장애(그러니까 무슨 기능을 말하는 건데?)를 겪고 있는 갱년기 중년 남자라든가, 교도소에 수감된 범죄자 같지 않은가?!

활력(!)의 상징이어야 할 파릇파릇한 나이의 젊은이가 구슬 삽입 시술 같은 걸 꿈꾸는 모습을 보이다니, 이것은 인류 번영에 대한 위협이라 할 만하다!

"아하하핫! 아무것도 아니에요!"

서린은 황급하게 변명을 했다. 자기 입으로 구슬 삽입 시술이니 뭐니 지껄이긴 했지만 정작 아는 건 아무것도 없고 여자에게 그런 걸 설명하는 취미도 없거니와 서린이 알고 있는 어휘는 지극히 한정되어 있으므로 말할 게 없었다.

서린이 아무것도 아니라 하니 라토바는 의아한 표정을 잠시 지었지만 딱히 캐묻지는 않았다.

"이쪽은 어떻게 되고 있지요? 앞으로의 계획이나 그런 걸 좀 들어보고 싶군요."

서린은 냅킨으로 손과 입을 닦은 뒤 자리에서 일어났다. 그러자 라토바는 침착하게 말했다.

"현재 위원회에서 배임과 횡령 혐의로 레보스키 소장님을 소환했습니다만 그에 불응하겠다는 회신을 보냈습니다. 얼마 지나지 않으면 참모 본부 정보국에서 감사원들이 밀어닥칠 겁니다."

"네?"

서린은 깜짝 놀라서 라토바를 바라보았다. 볼코프 레보스키가 갑자기 배임과 횡령 혐의를 받다니?

군인하면 동서고금을 막론하고 죄다 부패했을 것 같다는 선입견이 있기는 하지만 볼코프 레보스키가 푼돈 때문에 자신의 양심을 팔아넘길 놈으로는 보이지 않았다.

이미 권력도 가지고 있고, 부도 연명할 만큼은 누릴 테고, 인민영웅이란 명예까지 거머쥐고 있는 인물이 푼돈 몇 푼 때문에 추태를 부릴 리 없다.

무엇보다 쿠데타에 성공하면 다 자기 거나 다름없는데 쿠데타 같은 큰일을 준비하는 놈이 그런 사소한 비리에 연루될 리가 없지 않은가?

아마도 이 감사는 그를 견제하기 위해 국가가 내민 카드이리라.

'하지만 그걸 노골적으로 거부했단 말야?'

서린은 깜짝 놀라서 라토바를 바라보았다. 그녀는 서린에게 AKS—74 소총을 건네주었다.

세상 어느 천지에… 포로로 잡은 놈에게 무기를 들려준단 말인가? 서린은 이 비상식적인 처사에 놀랐다. 혹시나 해서 탄창을 살펴보니 황동색 총탄이 수줍게 고개를 내밀고 있었다.

"…어째서죠?"

서린은 라토바의 앞에서 탄창을 끼고 소총을 장전했다. 만약 여기서 서린이 다른 마음을 먹는다면 라토바를 공격하고 도망칠 수도 있다. 그런 걸 상정하지 않았을 리가 없다.

"당신의 몸은 스스로 지키세요. 지금 본대는 대부분이 빠져나간 상황입니다."

"그러니까 나를 왜 내버려 두냐고요!"

"험하게 다루기를 원하세요?"

라토바가 빤히 반문했다. 험하게 다루기를 원하냐니? 서린이 사춘기 소년이란 걸 논외로 치더라도 충분히 야하게 들릴 법한 말이다. 하지만 지금은 그런 망상을 할 때가 아니다.

서린은 고개를 가로저었다.

"그런 건 아니지만 무슨 꿍꿍이인지 도저히 모르겠단 말이에
요. 뭘 믿고 그러는 거죠? 제가 만약 도망이라도 친다면 그때는
어쩌려고요?"

"저로서는 아는 게 없습니다."

건조한 어조로 그녀는 대답했다. 주어진 명령만을 묵묵히 수
행하는 군인으로서 그녀의 말에 한 줌 거짓은 없으리라. 그렇다
면 볼코프에게 직접 물어볼 수밖에 없다.

두두두두두!

그때 창문이 흔들리기 시작했다. 어중간한 가건물들 사이로
세워둔 전선이 흔들림에 응해 덜컹거리면서 천장에 매달린 백
열전구가 깜빡거렸다.

깜짝 놀란 서린이 창밖을 바라보니 어둠이 짙게 깔린 연병장
한가운데로 헬기 한 대가 내려서고 있었다. 헬기 로터가 바람을
어찌나 불어대던지 연병장의 자갈들이 바람에 날릴 정도였다.

사단 본부의 연병장 한편에 마련된 헬기 착륙장에 카모프 헬
기 한 대가 내려섰다.

불도 밝히지 않은 어둠 속에서도 카모프 헬기는 새색시가 시
어머니 앞에 밥상 들고 앉듯이 다소곳하게 내려앉았다.

정작 헬기는 다소곳하게 앉았는데 그 안에 타고 있던 이들은
불난 집에서 뛰쳐나오는 피난민처럼 후다닥 뛰어내렸다. 소총

으로 무장한 1개 분대에 달하는 특수전 요원들과 참모 본부 정보국, 즉 GRU의 대령 한 명이 뛰어내린 것이다.

소환에 불응한 볼코프 레보스키를 잡으러 왔다고 하기에는 터무니없이 부족한 병력이다. 볼코프 레보스키는 하바로브스크 주의 주 방위 병력과 극동 사령부의 보병 사단을 지휘하고 있다. 그런 거물이 소환에 불응한 이상 본격적인 군사적 충돌도 각오해야 한다. 그런데 1개 분대를 투입하다니? 몰살이라도 당하라는 건가?

하지만 그렇게 버린 돌 삼아 바둑판 위에 던져진 이들이라고 하기에는 이상했다. GRU의 대령 한 명이 끼어 있는 게 아닌가?

러시아연방군 참모 본부 정보국, 통칭 GRU는 한국으로 말하자면 기무부대쯤 된다. 문제는 이들이 군사 강국 러시아의 일원이고 KGB가 FSB로 부활해 강대해지기 전에는 대외 업무도 담당하면서 무서운 기세로 자라난 정보 조직이라는 것이다.

그곳의 대령이라면 나는 새도 떨어뜨리는 힘을 지니고 있다. 그런 놈이 뭐하러 사지로 직접 뛰어온단 말인가?

그들은 수상쩍은 사단 본부의 공기에 아랑곳하지 않고 회백색의 밋밋한 벙커로 걸어 들어왔다.

산허리를 깎아서 지면 속으로 파고들게 만들어진 이 벙커는 벙커 버스터 같은 특수한 병기가 아닌 한 어떤 포격하에서도 작전 기능을 수행할 수 있게 되어 있었다.

이 벙커는 완벽한 화생방 방어 시설과 자체 발전 시설, 산 곳곳으로 빠져 있는 통신 장비를 통해서 사단 전체에 명령을 하달

하는 작전 중추다.

　당연히 경비는 삼엄하고 안에서 근무하는 이들의 계급도 높다. 그러나 지금, 그 계급 높은 간부들이 막 훈련소 들어간 신병처럼 화급히 달려 나왔다. 연락을 받지 못한 건지, 아니면 모른 척하는 것인지 다들 당황한 기색이 역력했다.

　참모부 감찰관 시벨 대령은 그들을 무시하고 호위병들과 함께 벙커를 향해 걸어 들어갔다.

　"볼코프 레보스키 소장은 벙커에 계신가?"

　"아, 예. 하지만⋯⋯."

　대령은 예리한 눈으로 영관급 장교들을 노려보았다. 당황스러워하는 그들의 모습을 보니 아직 이들은 벌어지고 있는 일에 어찌 반응해야 할지 모르고 있는 듯했다.

　볼코프 레보스키가 쿠데타 준비에 열을 올리고 있다는 첩보는 들었는데 정작 그 밑의 지휘관들은 일에 대해서 아는 게 없어 보였다. 볼코프는 그의 수족이나 다름없이 움직이는 특무대를 편성해 두었다더니 그 특무대만 쿠데타에 쓰려는 모양이었다.

　아무것도 모르는 인간들이라면⋯ 고작해야 2개 중대에 해당하는 특무대로 쿠데타를 일으키려고 하는 볼코프 레보스키의 무모함에 경악할 것이다.

　"사단 경비 중대 병력은?"

　감찰관은 날카로운 눈초리로 영관들에게 물어보았다. 일단 명색은 사단 본부를 경비하기 위한 경비 중대라 하지만 그것이 바로 볼코프 레보스키가 키워온 특무대였다.

"통합 방위 훈련에 참가하기 위해서 현재 작전 중입니다만."

"그런가?"

드드드득!

감찰관이 손을 드는 것과 동시에 그와 함께 움직이던 특수부대원들이 소총을 쏘았다. 마치 소총이라기보다 살균용 분무기를 쓰는 듯한 무미건조한 움직임이었다. 하지만 총구에서 뿜어져 나오는 불꽃은 진짜였다.

영문도 모르고 멀뚱히 서 있던 영관들이 피투성이가 되어 쓰러졌다.

"아, 아니?"

벙커 입구를 막고 있던 병사들이 미처 반응하기도 전에 수류탄이 복도 안으로 던져졌다. 감찰관을 호위하던 특수부대원들이 주저 없이 수류탄을 던진 것이었다.

폭발과 폭풍, 파편들이 사람을 고깃덩이로 만들어 버렸다.

"놈은 여기에 있다! 반드시 잡아라!"

감찰관은 목을 죄고 있는 타이를 느슨하게 하며 뚜벅뚜벅 앞으로 걸어갔다.

그제야 벙커를 지키고 있던 경비병들이 응전을 하려 했지만 그보다 감찰관과 특수부대가 더 빨랐다.

콰직!

그림자가 움직이나 싶더니만 사람의 머리가 무슨 장난감 인형이라도 되는 양 쉽게 부러졌다. 감찰관은 경비병의 머리를 잡고 휘둘러서 벽에 처박아 머리를 터뜨린 뒤 부서진 목의 단면에 입을 대고 피를 빨았다.

"이놈들은 인간이군."

감찰관은 인간의 피를 배부르게 빨아들이고 시체를 집어 던졌다. 콘크리트 벽에 들이박은 인간의 육신이 으깨지며 벙커를 밝히고 있는 텅스텐 등이 깜빡였다.

감찰관 시벨은 그 인간의 시체를 짓밟고 트림을 하며 앞으로 걸어 나갔다.

군인으로서는 대령, 극동 사령부 참모부 감찰관의 자리에 오르기까지 나이를 먹을 대로 먹은 몸이다. 직접 뛰쳐나와 총질하고 싸우기에는 늙어버린 그의 몸에 믿을 수 없는 활력이 넘쳐흐른다.

영문도 모르고 흡혈귀들에게 피를 교환당해 흡혈귀가 된 그였지만 지금 이 순간은 돌아온 젊음의 힘에 취해서 발걸음도 경쾌했다.

그러나 곧 그 발걸음은 굳어버렸다.

벙커를 지키고 있는 병사들이 있을 법도 한데 입구에 있던 병사 몇을 죽이고 나니 안에는 저항 세력이 없었다. 볼코프 레보스키가 이끌고 있는 사단 본부의 벙커가 이렇게 텅텅 비어 있다니?

이 정도로 텅텅 비어 있으면 함정일 수밖에 없다. 그러나 지금 그를 지배하고 있는 이들은 그의 목숨을 전혀 아끼지 않았다. 함정이라는 의심이 든다 하더라도 그는 앞으로 나갈 수밖에 없다.

어둠의 세계에 숨는다는 것은 그래서 매력적이고, 추악한 것이다. 안전한 곳에서 아무것도 모르는 인간들을 습격해 저주받은 암흑의 피를 섞어주기만 하면 그들은 흡혈귀가 된다. 마도의 길을 걸은 이들은 그 자신의 피를 연계로 손쉽게 인간들을 조종할 수 있고 그들의 손에 의해서 역사에마저 간섭할 수 있게 된다.

그들 자신의 정체는 드러내지 않은 채 어둠 속에 숨어서 정당한 이들의 역사를 강탈하는 밤의 마귀들……. 하지만 지금 상황은 그들을 비난만 할 수 없는 상황이었다.

그들과 마찬가지로 어둠의 마물인 볼코프 레보스키가 무력으로 전쟁을 일으키려고 하고 있는 이 마당에 수단을 가리는 것은 지독한 탐미다.

"이 정도라면 볼코프 레보스키도 없는 건가?"

함정이라면 폭탄이나 그런 것일까? 감찰관은 혀를 깨물어 피를 내어 마시며 주위를 둘러보았다. 어디나 텅텅 비어 있다. 마치 이 습격을 예상이나 했던 것처럼. 그렇다면 볼코프 레보스키가 자리에 없다고 해도 이상할 것은 없으리라.

그러나 그가 작전 통제실에 들어섰을 때 그는 아무런 호위병도 없이 의자에 앉은 채로 체스판을 마주하고 있는 회색 머리칼의 남자를 발견했다. 그는 체스판에 말들을 놓으면서 눈살을 찌푸렸다.

"꼭 쓸데없이 조국의 병사들을 죽여야 했나? 그들이 무슨 죄가 있다고."

"당신이야말로 조국에 칼날을 돌리는 주제에!"

감찰관은 자신의 목적을 숨길 생각도 없이 권총을 빼 들었다. 그러나 볼코프는 체스의 수 풀이를 위해 말을 세팅할 뿐, 권총에는 눈길조차 주지 않았다.

허식이 없는 담대함인지, 아니면 정말 아무 생각이 없는 건지 모르겠다. 그러나 감찰관, 시벨 대령은 먼저 총을 쓰지 않았다.

잠시 후 소총으로 무장한 흡혈귀 병사들이 함께 통제실에 들어왔다. 영화에서라면 총을 장전하는 소리가 어울릴 타이밍이었지만 그들은 이미 장전된 총을 묵묵히 들어서 그 총구를 볼코프에게 겨누었다.

"무슨 생각으로 이러는지 모르겠지만 죽어라, 레보스키 소장!"

"상급자에 대한 예의가 엉망이군."

볼코프는 자신에게 겨눠진 총구들을 바라보며 경멸의 미소를 지었다. 그다음 순간 총구들이 일제히 불을 뿜었다.

드드드드득!

소리가 빠져나갈 길 없는 벙커 안에 정열적인 총성이 울려 퍼졌다. 탄피들이 매끈한 콘크리트 바닥 위로 일제히 떨어지며 실로폰처럼 맑은 소리를 냈다.

3

"이, 이럴 수가?!"

시벨은 놀라서 뒤로 물러났다. 그뿐만 아니라 모든 병사가 놀라서 물러섰다. 그들을 마주 보고 있는 볼코프 레보스키는 탄창이 다 빌 때까지 총알을 퍼부었음에도 불구하고 멀쩡히 앉아 있었다.

물론 군복은 너덜너덜해지고 몸에서는 피가 흐르고 있었지만 재생력을 감안하면 죄다 경미한 상처일 뿐이었다.

볼코프 레보스키는 솥뚜껑 같은 손을 들어서 뺨에 너덜거리고 있는 살을 잡아 붙였다. 찢어진 살점의 단면이 접촉하자마자 순식간에 재생이 이루어지며 상처가 완전히 아물었다. 흡사 지점토 덩어리들을 뭉쳐서 한 덩이로 만드는 것과 같았다.

"흐음. 오래간만에 느껴보는군, 고통이라는 감각도. 뭐, 졸음을 쫓아내기에는 이 정도가 딱 좋아."

볼코프 레보스키는 집중사격으로 너덜너덜해진 체스 교본을 떨어뜨리고 의자에서 일어났다.

볼코프가 몸을 일으키자 그의 몸에 박히지 못하고 매달려 있던 총탄들이 땡그랑 소리를 내며 바닥에 떨어졌다.

"이, 이런 말도 안 되는!"

레벨 3 이상의 방탄복이 아니라면 소총탄을 막을 수 없다. 그것은 이미 무수한 현대전에서 입증되었다. 그런데 볼코프 레보스키의 몸은 그 소총탄을 막아낸 것이다. 방탄복도 아닌 맨몸으로 총탄을 막아내다니? 아무리 괴물이라 해도 그럴 수는 없다.

"무, 물러서지 마라!"

시벨 자신도 동요하면서 부하들에게 명령했다. 그러나 시벨의 명령보다는 볼코프의 거대한 그림자가 그들을 압도했다. 거구의 볼코프 레보스키가 일어나자 모두들 뒤로 한 걸음씩 물러섰다.

"젠장! 뭣들 하나! 수류탄이라도 던져!"

시벨은 병사들에게 호통을 치며 자신은 뒤로 물러났다. 그다음 순간 볼코프는 선두의 병사에게 뛰어들었다.

팍!

굉음과 함께 시뻘건 무언가가 사방으로 튀었다. 후열에 있던 병사들은 일순 이성이 마비되어서 멍청한 표정을 지었다.

'뭐지? 무슨 일이 일어난 거지?'

그들은 눈앞에서 벌어진 일을 이해하지 못하고 있었다.

"크악!"

이성의 공백을 깬 것은 바로 비명 소리였다. 큼지막한 뼛조각에 가슴을 찔린 병사 한 명이 비명을 지르며 뒤로 물러서다 헬멧으로 후열의 병사를 들이받고 엉덩방아를 찧은 것이다.

"흥!"

볼코프는 코웃음 치며 발을 천천히 거두었다. 그의 발 앞에는 너덜너덜하게 찢긴 군화 두 짝이 덩그러니 놓여 있었다.

어처구니없게도 군화는 분명히 안이 차 있었다. 마치 열차에 치인 사람의 잘린 육신이 그대로 신발을 신고 있는 것처럼……. 바닥에 덩그러니 남아 있는 군화에는 잘린 하지가 들어차서 시뻘건 단면을 여과 없이 드러내고 있었다.

"마, 말도 안 돼!"

무시무시한 위력이다! 발차기 한 번으로 인간을… 아니, 흡혈귀를 폭사시키다니? 그야말로 화포(火砲)와 같은 위력이 아닌가?!

발차기가 저 정도의 위력을 지니고 있다면 그 주먹도 결코 만만치 않은 위력을 가지고 있으리라. 하물며 볼코프 레보스키는 무술의 고수가 아닌가?

피할 곳도 없는 좁은 벙커 안에서 소총탄도 통하지 않는 괴물이 양 주먹과 양발에 화포를 달고 있는 셈이다. 방금 전까지 흡혈귀의 광기에 취해 있던 군인들은 공포를 느끼며 어쩔 줄 몰라 했다. 사냥의 주체였던 그들이 이제 눈앞에 서 있는 괴물의 사냥감이 되어야 했다.

"후우욱!"

볼코프 레보스키는 마치 진공청소기라도 되는 것처럼 주위 공기를 빨아들이며 손을 내리그었다. 수류탄을 미처 까지도 못한 병사 한 명의 머리가 몸속을 파고 들어갔다.

척추가 수십 번 복합 골절을 일으키며 등가죽을 찢고 튀어나왔다. 그저 손바닥으로 머리를 눌렀을 뿐인데 이렇다!

"끄아아악!"

끔찍한 비명이 터져 나왔다. 볼코프는 비명에도 아랑곳하지 않고 앞으로 뛰어들어 병사 한 명의 소매를 잡는 것과 동시에 몸통 안으로 팔뚝을 넣고 병사의 팔과 자신의 팔을 십자로 얽어매면서 수평으로 휘두르듯 던졌다.

볼코프의 손에 잡힌 병사는 그의 허리 높이에서 휘둘러지며 주위 병사들을 머리로 들이받았다. 케블라 헬멧을 쓰고 있는 머리통이 묵직한 해머가 되어서 흡혈귀 병사들을 박살 냈다.

콰드드드득!

굴착기가 벽을 부수는 듯한 소리와 함께 육편이 휘날렸다. 최소한의 중심 이동으로 강대한 힘을 발휘해 병사를 휘두른 것이다. 볼코프는 병사를 해머 삼아 병사들의 무리를 때려 부쉈다.

내장이 천장의 형광등 갓에 걸렸다가 구렁이처럼 스르륵 미끄러져 떨어진다. 볼코프 레보스키는 그 피바다를 유유히 걸어 시벨 대령에게 향했다.

"으윽!"

시벨 대령이 마카로프 권총을 꺼내 볼코프를 향해 쏘아댔지만 총탄은 볼코프의 피부조차 뚫지 못했다. 흡사 튼튼한 침대 매트리스에 공을 던지는 것 같았다.

콰드드득!

볼코프 레보스키는 그가 총을 쏘든 말든 상관도 하지 않고 마지막 남은 병사의 목을 비틀어 코르크 마개를 따듯이 쥐어뜯어 내고는 시벨에게 다가갔다.

"크아악! 이 괴물!"

시벨은 탄창이 비어버린 마카로프의 방아쇠를 계속 당기며 뒤로 물러났다. 볼코프는 씁쓸한 표정을 지으며 그를 마주했다.

"안됐군, 시벨 대령. 자네도 그리 나쁘지 않은 군인이었는데."

볼코프는 그리 말하며 시벨 대령의 발등을 밟았다. 그저 밟았을 뿐인데 무슨 전차의 캐터필러에 깔린 것처럼 발등이 박살 나고 피가 튀었다.

너무나 끔찍한 고통에 시벨 대령의 입이 벌어지자 볼코프 레보스키는 벌어진 턱을 향해 주먹을 올려쳤다. 깨끗한 숏 어퍼에 시벨의 머리통이 폭발하다시피 산산조각 났다.

서린은 방탄복을 챙겨 입고 라토바가 준 소총을 든 채 차량들이 위치한 수송대로 향했다. 라토바는 서린의 뒤를 따르면서 조심스럽게 주위를 둘러보고 있었다.

"조용하군요."

서린은 부대 내에 도통 인기척이 없다는 것을 깨닫고 라토바에게 물어보았다. 그러자 라토바는 나직이 대답해 주었다.

"이미 공격을 예상하고 있었으니까요. 하지만 애석하게도 일반병들이 좀 죽었군요."

쿠데타는 볼코프 레보스키와 직접 연결된 라이칸스로프 특무부대로만 감행할 예정이었기 때문에 일반 병사들에게는 자세한 이야기를 해두지 않았었다.

그러다가 갑자기 흡혈귀 부대의 공격을 받았으니… 천만다행으로 벙커를 비워두어서 그나마 피해가 저 정도로 끝난 것이다.

"그런데 볼코프 레보스키 장군은 괜찮은 거예요?"

서린은 애써 걱정스러운 표정을 지으며 라토바를 돌아보았다. 서린이 볼코프 레보스키의 몸을 걱정해야 할 이유는 없다.

이사카는 서린에게 볼코프 레보스키를 조종해서 전쟁을 막으라고 했지만 애초에 볼코프가 죽어버리면 더 좋다. 서린이 과연 볼코프 같은 무시무시한 괴물을 조종할 수 있을지도 의문이고 볼코프도 볼코프다. 그가 조종당한다고 해서 마냥 충성할 것도 아니지 않는가?

아마 자유를 되찾기 위해 수단을 강구할 테고 서린은 결코 무사히 살아남지 못하리라.

그렇지만 서린은 걱정스러운 표정으로 라토바를 돌아보았다.

그러자 라토바는 의아해하며 서린에게 반문했다.

"왜 걱정하시는 거죠?"

"아니, 그냥, 장군씩이나 되는 사람을 혼자 남겨두고 본대가 먼저 떠난다는 것은 좀 있기 힘든 일이잖아요?"

"볼코프 레보스키 장군님은 본대를 지키기 위해 스스로를 미끼로 던지신 겁니다. 괜찮습니다."

라토바는 태연하게 대답했다.

하지만 그건 서린의 질문에 대한 답이 되지 않는다. 그러니까 미끼라는 건 물고기에게 먹히는 역할이 아닌가? 그걸 왜 장성씩이나 되는 놈이 직접 하는 것인가?

게다가 라토바는 왜 '볼코프가 무사한 건 해가 동쪽에서 뜨는 것만큼이나 당연하다'는 듯한 태도를 보이는가?

수송대의 앞에는 운전병 한 명이 기다리고 있었다. 그는 흐릿한 금발을 가진 보스니아계 혼혈 남성이었는데 겉으로 보기엔 한 20대 초반 정도로밖에 보이지 않았다.

하지만 그의 이마에는 대위 계급장이 빛나고 있었다. 생각해보면 라이칸스로프의 수명도 인간에 비해서 월등히 길기 때문에 그의 모습으로 연령을 판단할 수는 없으리라.

"어이, 라토바. 그 꼬마가 바로 리림인가?"

"말을 조심하세요, 대위님. 그가 들고 있는 총엔 실탄이 있습니다."

라토바는 쓸데없는 언동으로 서린을 자극하지 말라는 뜻에서 그리 말했다. 하지만 그는 피식 웃으면서 서린에게 다가와 손을 내밀어 악수를 청했다.

"물론 그래야지. 안녕, 리림. 초면이군. 나는 레온 시마노프라고 하지."

"서린이라고 합니다."

서린은 총에서 손을 떼고 그와 악수를 나누었다. 그는 신이 나서 군용 차량들 틈새에 끼어 있는 어색한 벤츠 세단의 문을 열었다.

"자자, 타라고."

"설마 차를 타고 가는 겁니까? 모스크바까지 거리가 얼마인데."

"항공관제가 시작되면 그냥 격추될걸? 공중전이 되면 아무리 우리가 라이칸스로프라고 해도 어쩔 수 없이 당할 거야. 이 차는 지붕도 있으니까 괜찮아."

그가 말하고 있는데 아니나 다를까 뒷좌석에는 상당한 양의 이글라 미사일이 쌓여 있었다. 서린이 한세건의 집에 살아서 무기 등에 많이 익숙해졌다고는 하나 대공미사일을 무슨 시트 쿠션처럼 늘어놓은 살벌함에는 질리지 않을 수 없었다.

"상당히 많은 인원의 라이칸스로프 부대가 있는 걸로 아는데 고작 차 한 대로 간단 말이에요? 호위병이라든가 뭐⋯⋯."

서린은 의심스럽다는 듯 라토바와 레온을 번갈아 바라보았다. 그러자 레온은 히죽 웃으면서 손가락을 휘휘 저었다.

"뭘 모르는군. 장군님은 사상 최강의 라이칸스로프라고. 흡혈귀든 라이칸스로프든 장군님 상대로는 열이든 백이든 무인지경이야."

"쓸데없는 말씀을 하시는군요."

"딱히 비밀도 아니잖아? 장군님의 능력은 알고 있다고 해서 어떻게 대처할 수도 없고."

레온은 별거 아니라는 듯 태연스럽게 말했다. 라토바가 눈살을 찌푸리고 있긴 하지만 레온은 푸르스름한 눈동자에 장난기를 띠며 히죽 웃었다. 서린은 왠지 물어보지 않으면 안 될 것 같아서 레온에게 물어보았다.

"뭐죠? 뭔데 대항 수단이 없다고?"

"장군님의 각인 능력은 간단해. 그냥 몸이 하염없이 단단해지는 거야."

"예?"

서린은 예상보다 너무나 허망한 소리에 기겁했다. 그냥 몸이 단단해지는 것만으로 뭐가 된단 말인가? 그리고 이 많은 라이칸스로프를 지배하고 있는 자의 능력이 고작 그 정도라니?

이사카 베르게네프가 마도의 극의에 닿아 있는 것에 비하면 너무나 초라해서 어처구니가 없다.

"그게 그렇게 대단한 능력이에요? 저도 특정 부위는 아침이 되면 단단해지곤 하는데."

"오우, 그건 나도 그렇지."

레온은 서린의 말을 받으며 히죽 웃었다. 그러나 라토바는 이들이 무엇(?)에 대해서 이야기하는지 모르는지 멍한 눈으로 그들을 바라보고 있을 뿐이었다. 아무래도 그쪽으로는 좀 둔한 것 같다.

레온은 그게 좀 분한지 헛기침을 하고 다시 뭔가 말하려 했다. 하나 그때 그의 눈에 수송대를 향해 깔린 보도블록을 밟으며 걸어오는 한 남자가 보였다.

바로 방금 전까지 입방아에 올랐던 볼코프 레보스키 장군이 멀쩡한 모습으로 걸어오고 있는 것이었다.

"차는 준비되었나?"

볼코프 레보스키는 라토바와 레온에게 물어보았다. 그러자 레온은 즉시 차의 문을 열고 안에 들어가 시동을 걸었다.

"이야기는 가면서 하지, 리림. 가지!"

그들은 소총을 손에 들고 있는 서린을 마치 이미 자신들의 편이라도 된 것처럼 속 편하게 대했다.

서린은 어처구니없어 하면서도 그들의 뜻에 따라 차 안에 들어섰다.

4

러시아는 이미 보리스 옐친 대통령 시절에 한 번 쿠데타를 경험했다. 강경한 군부가 거대한 러시아를 원해 쿠데타를 일으켰을 때 옐친 대통령은 국민들 앞에 나가 민주주의와 자유를 호소하며 쿠데타를 저지했었다.

그때 당시의 쿠데타가 치밀한 계획에 의해서 이루어졌는가 하면 그건 절대 아니다. 왕조 등에서 벌어지는 역모라면 치밀한 계획하에 오래전부터 물밑 작업이 필요하겠지만 현대사회에서 쿠데타는 좀 더 즉흥적이고 순식간에 일어난다.

그것은 현대의 정보력이 너무나 발달해서 아무리 치밀한 계획이라 해도 대규모의 움직임을 필요로 하는 작전이라면 들통이 나지 않을 수 없기 때문이었다.

결국 군사와 정보 조직에 대한 정부의 입김이 약하면 약할수록 쿠데타는 손쉽게 일어나는 법이다.

그렇다면 지금 현 대통령, 보리야 푸도브킨은 군부와 정보부에 대한 장악력이 떨어지는가? 물론 블라디미르 푸틴 대통령에 비하면 턱없이 부족하다고 할 수 있었다. 그러나 그렇다고는 해도 쿠데타를 허용할 정도는 아니다.

국가 보안국과 참모부 정보국, 이 두 정보 조직은 정부에 충실했고 신군부로 채운 서부 전선 사령부와 수도 방위군 역시 그러했다. 중앙아시아와 극동 사령부는 현 정권에 대해서 반감을 가지고 있기는 하지만 수도에서 멀리 떨어져 있는 부대는 쿠데타의 주력이 될 수 없다.

즉 러시아에서 지금 일어나는 쿠데타는 미친 짓이나 다를 바가 없다. 모스크바에서 멀리 떨어진 극동 사령부의 볼코프 레보스키가 쿠데타를 주도하겠다는 것 자체가 광언(狂言)이었다.

그러나 그렇다고 해서 쿠데타에 대해서 미온적인 태도를 보일 수는 없었다.

우라지밀 미하일로프는 개인 사택의 주차장에 자신의 승용차를 세우고 문을 열고 밖으로 나왔다. 불혹의 나이를 지났으니

슬슬 지방이 끼어도 연륜이라 칭할 때도 되었건만 오랜 요원 생활로 단련된 그의 몸에는 군살 하나 찾아볼 수가 없었다.

그는 넥타이를 한번 고쳐 매고 머리를 빗으로 빗은 뒤 우레탄 처리된 주차장 바닥을 구둣발로 짓밟았다.

그는 날카로운 눈초리로 주차장 주위를 둘러본 뒤 승용차의 문을 닫았다. 언제나 단정한 그이지만 지금은 계속되는 철야로 인해서 옷매무새가 약간 흐트러져 있었다.

최근 계속되는 쿠데타 위협 때문에 이틀간 밤샘을 하고 사흘째에 풀려난 탓이었다.

물론 연방 보안국 FSB의 내사 실장인 그의 위치를 생각해 보면 삼 일 밤샘한 것은 아무것도 아니리라. 만약 극동 사령부 참모부에서 볼코프 레보스키 건에 대해서 직접 나서지 않았다면 아직도 업무에 잡혀 있어야 했으리라.

하지만 그의 표정에는 고된 업무에서 해방되었다는 해방감은 보이지 않았다. 그저 자신이 속한 FSB의 권한이 점차 약해지는 것에 대한 불만뿐이었다.

아닌 게 아니라 전신인 KGB 시절에는 나는 새조차 떨어뜨릴 수 있었다. 그게 잠시 불안정해지다가 블라디미르 푸틴 대통령 시절에는 다시 예전의 명성을 회복하는가 했다.

하나 물러 터진 현 대통령 보리야 푸도브킨 때에 와서는 일거리가 점차로 줄었다. 보리야 푸도브킨은 새가슴이라 GRU를 키워주면서 FSB를 견제하고 있기 때문이었다.

"음?"

우라지밀 미하일로프는 문득 묘한 느낌을 받고 멈춰 섰다. 빌딩 지하 주차장들에 비하면 그리 넓지 않은 개인 주차장에서 묘한 노린내가 풍겨온다. 가스가 새기라도 하는 걸까? 그러나 그 생각은 곧 머릿속에서 지워졌다.

그의 사택은 2년 전에 지어진 신축 건물로 보안 업체에 의해서 매일 갖가지 안전 점검을 받고 있었다.

그리고 지금 그의 코를 찌르는 이 냄새는 절대로 가스 냄새가 아니었다.

"누가 있나?"

우라지밀은 직접 소리를 내어 상대를 불러보았다. 만약 상대가 적대적인 자라면 그의 행동은 좀 무모한 짓이긴 하다. 하지만 지금도 현관 밖에는 무장 경비병들이 질서 정연하게 늘어서 있고, 여기서 만약 무슨 일이 생긴다면 인근 경찰들이 3분 내로 달려오게 되어 있었다.

하지만 과연 밖에 서 있는 경비원들이 평상시의 그들인가? 그걸 생각하니 갑자기 더럭 겁이 났다.

그러나 우라지밀은 곧 자신의 미숙함을 스스로 탓했다. 어처구니없는 공포심이다. 피해망상이다. 대체 어떤 놈이 FSB의 간부인 그를 해할 수 있단 말인가? 그가 남들을 암살하는 경우는 많이 있었지만 그 역은 적어도 이 모스크바에서는 도저히 있을 수 없다.

크르르르르르!

그러나 그것은 분명히 거기에 있었다. 도시 한복판에 있다는 게 믿어지지 않는 검은색의 흉견이 차고의 그늘에서 뛰쳐나왔다. 은색의 도요다 렉서스를 박차고 뛰쳐나온 흉견은 몸길이만 해도 2미터에 달하는 황소만 한 괴물이었다.

'이렇게 큰 게 대체 어떻게 차 틈에 숨어 있었단 말인가?!'

미하일로프는 속으로 비명을 질렀다. 그가 알던 상식에서는 도저히 있을 수 없는 일이 눈앞에서 벌어지고 있었다. 그냥 벌어지고만 있으면 그러려니 하겠는데 아예 목숨까지 위협해 온다.

"크아앙!"

새하얀 이빨을 드러내며 흉견이 덤벼들었다. 우라지밀 미하일로프도 커맨드 삼보로 단련된 몸이지만 이 원초적인 야수를 상대할 힘은 없었다. 그는 깜짝 놀라며 반사적으로 물러나다가 다리가 걸려서 넘어졌다. 무술 고수인 그가 다리가 꼬여 넘어지다니 꼴사나운 일이지만 그게 바로 그의 목숨을 살렸다.

콰직!

차고의 벽면에 세워둔 정비 물품 보관함이 찌그러졌다. 차고 벽쯤은 너무 비좁다는 듯 풀쩍 뛰어든 흉견이 쇠로 만든 보관함을 우그러뜨렸다. 사람도 몸으로 들이받으면 찌그러지는 게 캐비닛이긴 하지만 우그러지는 정도가 다르다. 만약 사람이 저 돌격을 받았으면 그대로 뼈가 으스러졌으리라.

"우라질!"

우라지밀은 욕지거리를 내뱉으며 차 밑으로 몸을 굴려 넣었다. 전직 요원다운 잽싼 반응이었다. 우레탄 도장이 된 주차장 밑바닥을 서핑하듯 미끄러져 들어간 우라지밀은 즉시 품에 끼고 있던 권총을 빼 들었다.

"크아앙!"

맹수의 포효에 차가 들썩거린다. 황소만 한 덩치를 가진 흉견의 주둥이가 차 옆으로 쑤욱 들어와 우라지밀을 물려 했다. 하지만 너무나 커다란 주둥이가 차와 바닥에 부딪히며 차를 흔들 뿐 더 이상 들어오지 못했다.

우라지밀은 가능한 한 벽에 가깝게 붙어서 흉견의 이빨을 피하는 한편 총을 몇 발 갈겼다. 흉견의 주둥이에 총탄이 박히며 피가 튀었다.

그러나 그것은 흉견을 더더욱 흉포하게 할 뿐, 타격을 제대로 주지 못하는 것 같았다.

"크르르르!"

그때 흉견의 목이 기묘한 소리를 내며 뒤틀리더니 가느다란 형태로 변화되었다. 마치 공기로 부풀려진 고무 튜브처럼 자유롭게 몸을 변형시킨 흉견은 가늘고 길어진 주둥이를 차체 밑으로 집어넣었다.

"맙소사!"

우라지밀은 눈앞에서 벌어진 괴현상에 저도 모르게 비명을 질렀다. 교외 고급 주택가에서 갑자기 이만한 맹수가 나타난 것도 충분히 비현실적인데 거기에 더해서 몸이 변형되다니?

우라지밀은 자신이 악몽을 꾸고 있는 게 아닐까 의심했다. 그러나 그때 흉견의 이빨이 우라지밀 미하일로프의 팔을 물어뜯었다.

우드드득!

무시무시한 소리와 함께 팔뚝의 뼈가 수수깡처럼 쉽게 부러져 버렸다. 그 순간 극심한 고통과 공포가 밀려 올라왔다.

"크아아악!"

뼈가 으스러지는 듯한 고통에 우라지밀은 비명을 질렀다. 그리고 다음 순간, 바람을 가르는 소리와 함께 파육음이 터져 나왔다. 동맥이 끊어졌는지 시뻘건 선혈이 기세 좋게 뿜어져 나와 자동차 밑을 완전히 적셨다.

"아아아아아악!"

우라지밀은 비명을 지르며 팔을 감싸 쥐었다. 그는 피가 얼굴에 튀는 순간 자신이 죽었다고 생각했다. 그렇게 생각하지 않을 수 없었다! 그러나 그다음 순간 그의 귓가에 장난기 섞인 목소리가 들려왔다.

"KGB도 비명 소리는 귀여운데?"

장난기 섞인 청년의 목소리가 약간 어색한 발음으로 중얼거리며 다가왔다. 그는 방금 전까지 우라지밀을 공격하던 흉견의 머리를 갈라 버린 장도를 바닥에서 뽑았다.

콘크리트 위에 우레탄으로 포장한 바닥을 마치 버터처럼 갈라 버린 칼이 바닥에서 빠져나오며 은은한 검명음(劍鳴音)을 내었다.

그는 묵직해 보이는 장도를 뒤집어 어깨에 걸쳤다. 새하얀 머리칼을 길게 길러서 뒤로 묶어 올린 채 야구 모자를 눌러쓴 그 모습은 보는 것만으로도 활기가 넘쳐흐르는 듯했다.

아닌 게 아니라 그는 철부지 소년처럼 콧잔등에 밴드를 붙이고 있었고 지금도 질겅질겅 풍선껌을 씹고 있었다. 아무리 보아도 FSB 실장의 집에 무장을 하고 뛰어든 놈답지 않았다.

우라지밀은 자동차 밑에서 꿈틀거리며 부러진 팔을 끌어안고 몸을 돌렸다. 그의 팔을 부러뜨린 흉견은 방금 전 장도의 일격으로 목이 날아가 죽었고, 시체에서는 아직도 심장의 박동에 따라 피가 울컥울컥 쏟아져 나오고 있었다.

"그나저나 원래부터 일선에서 뛰던 나야 그렇다 치고 팬텀도 직접 나서는 거야? 이런 일에 둘이나 나설 필요는 없을 텐데?"

백색 머리칼을 가진 청년이 풍선껌을 불며 검을 빼 들고 뒤따라오는 양복의 남자를 돌아보며 히죽 웃었다.

백색의 롱코트에 백색 슈트, 도저히 일반적으로는 소화가 되지 않을 것 같은 화사한 복장을 한 남자가 금색의 머리칼을 쓸어 올리며 안으로 들어왔다.

어찌나 정성껏 다린 옷인지 어깨와 허리, 다리까지 일직선으로 예리하게 선 옷 선이 깃털이라도 자를 수 있을 만큼 날카로워 보인다.

긴 코트 자락이 바람에 휘날리며 마치 날개처럼 그를 덮었다. 팔이 들어가 있지 않은 코트의 소매가 마치 등 뒤에서 끌어안는 사람의 팔처럼 그의 얼굴을 가리다 매듭이 절로 풀어지듯 풀리며 빠져나갔다.

"라이칸스로프들이 대낮에 움직이면 일광에 약한 우리로서는 어쩔 수 없지. 부끄럽지만 진마가 직접 나서야 해. 그리고 방심은 금물이야."

팬텀이라고 불린 그는 손을 덮고 있는 장갑을 입으로 물어서 벗겨 내었다. 그의 말을 증명이라도 하듯 갑자기 총성이 울려 퍼졌다. 차고 위의 환풍구에 숨어 있던 적이 다짜고짜 총을 갈겨댄 것이었다. 피하고 말고 할 새도 없이 흉탄이 백의의 남자를 덮쳤다.

그러나 그 순간 백의의 남자의 몸 일부가 새빨간 안개로 변해서 총탄을 흘려보냈다. 마치 영화의 특수 효과 같은 장면이었다. 안개는 다시금 육체로 변했다. 소총탄을 퍼부었는데도 긁힌 상처 하나 없었다.

"처음부터 화려한 환영이군. 하지만 하다못해 은 탄환이라도 썼어야지?"

팬텀은 쓴웃음을 지었다. 어둠의 세계를 지배하는 흡혈귀들의 영주, 뱀파이어 로드인 그가 직접 나선 것은 라이칸스로프들이 대낮에 움직일 수 있기 때문이었다.

태양광 아래에서는 불타 버리는 흡혈귀들과 달리 라이칸스로프는 딱히 일광에 의한 제약을 받지 않는다. 흡혈귀들을 견제하는 라이칸스로프들이 일을 벌인다면 아마도 태양이 뜨는 낮 중에 벌이리라. 그 예상대로 라이칸스로프들은 바로 오늘 움직이기 시작했다.

이들을 요격하기 위해서는 흡혈귀들 역시 대낮에 움직일 수 있는 자들을 써야 했다. 대개 사악한 흡혈귀들은 인간의 피를 빨고 그들의 몸 안에 피를 주입한 뒤 염을 걸어서 조종하는데 팬텀은 그러한 술법을 거부했다.

우선 그의 미학에도 어울리지 않는 데다가 그렇게 조종하는 인간들로 라이칸스로프를 막을 수 있을 리 만무했기 때문이었다.

그렇다면 남는 것은 VT가 10만이 넘는, 고속 재생과 일광 저항력을 가진 고급 흡혈귀들뿐이다. 즉 진마 자신들과 그들의 에스콰이어급 정도가 전부였다.

그러다 보니 이전부터 앙숙이라고 할 수 있던 아르곤과 팬텀이 팀을 이루고 동시에 움직이게 된 것이었다.

"진마 팬텀?!"

환기구 위에서 놀라워하는 남자의 목소리가 들려왔다. 볼코프 레보스키의 수하들도 이미 흡혈귀들에 대한 정보는 입수한 모양이다.

"오는군."

진마 아르곤은 풍선껌을 불면서 팬텀의 등 뒤에 자신의 등을 대고 섰다. 차고 입구로부터 사람들이 달려오는 발소리가 들려오고 있었다.

우라지밀 미하일로프의 사택을 경비하던 경비원들이면 좋겠지만 라이칸스로프 암살자들이 철두철미한 성격이라면 그렇게 이야기가 좋은 방향으로 풀릴 것 같지 않다.

"같이 등을 맞대고 싸우게 되다니. 상상도 못 했었는데."

아르곤은 혀를 낼름 내밀고 불평하듯 중얼거렸다. 팬텀은 왼손을 높이 들어서 환풍구를 향해 손가락을 겨눴다.

"아르곤의 상상력이 부족한 탓이지, 왜 상황을 탓해?"

팬텀의 손이 붉은 안개와 빛으로 변해 환풍구를 향해 날아들었다.

"핫!"

환풍구에 숨어 있던 라이칸스로프는 즉시 함석으로 만들어진 바닥을 찢고 차고로 뛰어내렸다.

그리고 그것과 동시에 무장한 경비원들이 차고 안으로 뛰어들었다. 그들은 분명히 우라지밀 미하일로프의 사택 경비원이었지만 눈빛이 기괴한 게 이미 정신을 빼앗긴 듯했다.

아나나 다를까, 목에 기생체가 달라붙어 있는 게 눈에 들어왔다.

아마도 라이칸스로프가 그들을 죽여 버리고 기생체를 박아서 운동중추를 장악해 좀비처럼 부리고 있으리라.

철컥!

경비원들은 팬텀과 아르곤을 향해 총구를 겨누었다. 그러나 아르곤과 팬텀은 전혀 긴장하지 않은 듯 서로를 돌아보고 씨익 웃었다.

"Ready?"

"Rock it!"

팬텀의 질문에 아르곤이 대답했다. 그와 동시에 요란한 바람 소리와 함께 팬텀의 롱코트가 위로 휘날렸다. 롱코트 아래 감춰져 있던 권총이 모습을 드러냈다.

"빌려 가지!"

아르곤은 뒤를 돌아보지도 않고 손을 뻗어 팬텀의 겨드랑이에 붙어 있던 거대한 권총을 뽑았다. 팬텀은 대신 손을 뻗어서 아르곤의 장도를 받아 들었다.

둘이 서로의 무기를 바꿔 들고 동시에 움직였다.

롱코트 자락과 백색의 머리칼이 원을 그리며 돌아갔다. 마치 리허설이라도 몇 번 한 듯한 멋진 움직임이었다. 팬텀과 아르곤이 서로의 동선을 방해하지 않으면서 동시에 움직여 자리를 바꾼 것이다.

"아니?!"

환풍용 함석 통로를 찢고 지상에 내려선 라이칸스로프가 미처 반응하기도 전에 백의의 흡혈귀가 순식간에 그를 지나쳤다.

아르곤 역시 팬텀에게서 받은 비스트 더블에 입을 맞추고 라이칸스로프에게 조종당하는 경비병들에게 갈겼다. 백색의 안개를 흩뿌리며 날아간 비스트의 총탄이 공중에서 파열되어 뱀처럼 흩어지며 경비병들을 덮쳤다.

총성은 한 번, 총탄도 한 발뿐이었지만 두 명의 경비원이 동시에 쓰러졌다.

휘리리릭!

팬텀은 장도를 손으로 빙글빙글 돌리며 반대쪽 손으론 롱코트 자락을 잡고 끌어당겼다. 마치 마술사가 관객의 눈을 가리기 위해 덮은 손수건처럼 라이칸스로프를 덮고 있던 코트 자락이 빠져나오니 깨끗하게 혈선이 그어진 라이칸스로프가 쓰러져 있었다.

물론 라이칸스로프는 재생력이 있으니 그 정도로는 죽지 않는다. 그러나 팬텀은 아르곤의 장도를 잡고 그 칼등을 손으로 훑었다.

"잘 자라고, 디어."

희롱하는 듯한 말과 함께 장도 표면으로 룬 문자가 떠올랐다. 그 순간 라이칸스로프의 상처가 격렬한 기세로 벌어지며 피를 뿜어냈다.

"아, 아니?!"

재생력보다 더 강력한 무형의 힘이 강제로 상처를 휘저어 벌리고 있었다. 라이칸스로프가 놀라서 상처를 막으려 했지만 이미 늦었다. 쏟아지는 물을 손으로 막으려 하는 것과 마찬가지였다.

"이… 이럴 수가?!"

피투성이가 된 라이칸스로프는 아직도 믿지 못하겠다는 듯 황망한 눈을 하고 조끼에 매단 수류탄에 손을 대었다. 그러나 수류탄의 안전핀을 뽑기도 전에 그의 팔이 잘려 나갔다.

"역시 마음에 안 드는 무기야."

팬텀은 아르곤의 장도를 손아귀에서 빙글빙글 돌려 피를 주위에 뿌렸다. 차고에 늘어서 있는 차량들 위로 라이칸스로프의 혼탁한 피가 뿌려졌다.

"우웃, 그, 그렇게 나왔겠다? 나도 이거 마음에 안 들어."

아르곤은 불만스러운 듯 풍선껌을 불면서 팬텀에게 비스트 더블을 던졌다. 팬텀 역시 아르곤의 장도를 던져 주고 비스트 더블을 받았다.

"하지만 더 마음에 안 드는 건 테트라 아낙스지. 대체 무슨 생각이지? 이제 와서 정보를 넘겨주다니. 게다가 팬텀, 너는 무슨 생각으로 그걸 받아들인 거야?"

사실 그들이 요인 암살을 막을 수 있었던 것은 테트라 아낙스가 정보를 알려주었기 때문이었다.

아무리 돈이 많다고 해도 수집할 수 없는 정보는 있다. 시각을 다투는 그런 정보를 구할 수 있는 것은 예지력을 갖춘 테트라 아낙스뿐이다.

문제는 그동안 테트라 아낙스가 사태를 좌시하고 있었다는 것이다. 월야의 세계에서 질서 유지자의 역할을 자처하던 테트라 아낙스가 쿠데타를 좌시한다는 것은 참으로 있기 힘든 일이다. 그것도 신기할 판에 왜 이제 와서 크게 선심이라도 쓰는 것처럼 요인 암살 계획에 대한 정보를 알려주는가?

"글쎄, 녀석들의 생각을 내가 알 리가 있나."

"정말 생각 없이 사는군. 빌헬름이 고생하겠어."

"그러니까 왜 다들 그런 소리를 하냐고? 내가 클랜 로드고 빌이 에스콰이어. 이건 만고불변의 진리라고."

팬텀은 그리 불평하다가 입을 다물었다. 그도 테트라 아낙스가 엉뚱한 생각을 하고 그들에게 정보를 흘려주었다는 것은 알고 있다.

하지만 지금으로서는 안다 하더라도 수를 읽을 수가 없었다. 한순간의 실수가 크나큰 사고로 이어지는 이때는, 그저 발등의 불을 끄고 손등의 불을 끄면서 앞으로 뛰어나갈 수밖에 없다.

테트라 아낙스가 처음에는 정보를 제공하지 않다가 이제야 선심 쓰듯 알려준 것은 팬텀의 여유를 빼앗기 위해서였으리라. 하지만 이래서야 마치 테트라 아낙스의 수족이라도 된 것 같지 않은가?

'정말… 그놈들은 그 이유만으로 이런 짓을 한 건가?'

팬텀은 테트라 아낙스의 속내를 생각하며 혀를 찼다. 물론 아닐 것이다. 복안이 있겠지. 그렇지만 지금 당장은 쿠데타를 막는 데 전념할 수밖에 없다.

"비스트가 어떻게 움직일지 모르겠군."

아르곤도 팬텀의 복잡한 심정을 읽었는지 차 밑에서 혼절한 우라지밀 미하일로프를 끌어내며 중얼거렸다.

팬텀이나 아르곤이나 흡혈귀라는 숙명에 묶여 테트라 아낙스의 손아귀에서 놀아날 운명이라지만 증오의 마수, 한세건은 테트라 아낙스의 손길을 벗어난 자유로운 존재다. 팬텀 역시 그의 움직임에는 내심 기대하고 있었다.

"우선 우리부터 움직이지. 가자, 아르곤. 오늘 하루는 매우 바쁠 거야."

팬텀은 어깨 위에 걸친 롱코트를 펄럭이며 몸을 돌렸다.

"너 그거 일부러 그러는 거지?"

"아냐. 그냥 바람이……."

5

서린과 헤어지고 라이칸스로프에게 잡혀 있다가 탈출한 한세건은 실베스테르와 함께 모스크바로 돌아왔다. 민간용 수송기를 통해서 이동한 그들은 모스크바 강변을 따라 위치한 교외 농장의 창고를 빌려서 거점으로 삼았다.

무슨 체육관이나 강당의 지붕 같은 둥근 폼을 땅에 박아서 순식간에 세워 버린 건물이지만 안은 제법 사람이 살 만하게 꾸며져 있었다. 옛날 영화에나 나올 것 같은 낡은 냉장고와 레코드판을 돌리게 되어 있는 골동품 주크박스…….

세건은 농장 안에 설치된 컴퓨터를 열어보고 인터넷이 되는 걸 확인했다.

일단 볼코프 레보스키의 추적에서 도망치긴 했지만 이후에는 어떻게 해야 할지 모르겠다. 행동을 결정하기 위한 정보가 너무 부족한 것이다.

세건과 실베스테르는 샤워를 끝마치는 즉시 컴퓨터와 전화 등에 매달려서 정보를 수집했다.

하지만 정보 수집 작업은 초반부터 벽에 부딪히고 말았다. 실베스테르는 러시아 마피아를 통해서 정보를 수집하려고 했지만 러시아 마피아들도 만족스러운 정보를 얻지 못하고 있었다.

흡혈귀와 라이칸스로프에 대해서 아무것도 모르는 그들이다 보니 볼코프 레보스키가 쿠데타를 일으키려고 움직이고 있다는 것은 알아도 그다음의 상황을 상상하거나 예측할 수가 없었다.

컴퓨터로 헌터의 네트워크나 뉴스 검색을 시도한 세건 역시 벽에 부딪혔다.

한국이라는 나라는 좁은 지역 안에 많은 인구가 모여 움직인다. 정부, 정치가의 비밀스러운 회동조차 공간적 제약 때문에 비밀성을 훼손당한다. 그러나 러시아는 다르다. 광활한 땅이 있고, 그동안 사람의 눈을 가리고 입과 귀를 막아온 시스템이 건재하다.

이런 나라에서 러시아어도 할 줄 모르는 한세건이 얻을 수 있는 정보라는 것은 지극히 한정되어 있었다. 실베스테르 신부는 그나마 러시아어를 할 수 있는 모양이지만 그에게는 정보 수집에 대한 열성적인 모습이 보이지 않았다.

한때 한세건이 아무것도 모르던 풋내기였던 시절에는 그의 모습이 무엇이든 가능한 무적의 마인으로 보였다.

그러나 지금의 그는 잃어버린 혼을 찾아 방황하는 마인일 뿐, 결코 전지전능하지 못했다. 아니, 정보 수집의 요령이나 살아가는 요령 등에 있어서는 보통 사람 이하였다.

그나마 지금까지 재산을 불리고 활동할 수 있는 것은 그의 주위에 유능한 사람이 붙어 있기 때문이리라.

"어떻게 할 거죠?"

한세건은 실베스테르를 돌아보았다. 낡은 농장 건물에 기대서 눈을 감고 있는 이 은발 마인은 우중충한 동토의 가을에 녹아들어 가는 게 아닐까 싶은 새카만 흑의로 전신을 감싼 채 조용히 서 있었다.

긴 은발은 아직 물기가 덜 말라서 살짝 젖어 있었다. 하늘이 우중충해서 농장 건물의 안에는 빛이 별로 없었지만 그럼에도 불구하고 마치 스스로 빛을 발하기라도 하는 것처럼 투명한 은빛을 발하고 있었다.

혹시 저대로 죽어버리는 게 아닐까 싶은 정적 속에서 실베스테르는 천천히 떠올랐다.

"컴퓨터는?"

세건은 고개를 가로저었다. 혹시 쓸 만한 정보가 있을까 싶어서 헌터즈 넷이나 뉴스를 살펴보았지만 러시아의 언론은 민영화가 되어 있음에도 불구하고 믿을 수가 없었다.

하긴 신문 기자도 암살당하는 나라다. 하물며 상대는 쿠데타를 계획한 대범한 놈들이니 일반적 정보망을 통해서 사건을 알게 되는 것은 이미 일이 벌어지고 난 뒤이리라.

"사실 나로서도 뾰족한 수단이 없군. 마피아들도 모른다면 더 이상 정보망도 뭣도 아무것도 없어."

실베스테르는 솔직하게 고백했다. 그나마 러시아 혁명과 세계대전 때 많은 흡혈귀가 전쟁의 피를 마시기 위해 몰려들긴 했지만 그 후 냉전이 시작되면서 다들 러시아에서 발길을 돌렸다.

흡혈귀들이 발길을 돌리면 흡혈귀 사냥꾼 역시 발길을 돌릴 수밖에 없다. 그 결과 러시아에는 어둠의 세계 정보망이 미흡했다.

"그렇다면 대체 어떻게 해야?"

한세건은 그리 말하고 실베스테르를 노려보았다. 그때 실베스테르가 핸드폰을 들었다. 핸드폰은 실베스테르의 손아귀에서 벗어나고 싶은 건지 미친 듯 요동치고 있었다.

"올 게 왔군."

"뭡니까?"

실베스테르는 아무 말 없이 전화기를 들었다. 전화기 저편에는 앳된 소년이 까다로운 목소리를 내고 있었다. 전화 한 통화로 실베스테르를 이 동토로 불러낸 장본인, 진마 팬텀이 자신의 후계자로 선택한 판타즈마고리아의 에스콰이어, 빌헬름 마이어의 목소리였다.

―메일 주소를 알려주면 자료를 전송해 주죠. 보나 마나 정보가 없어서 손가락 쪽쪽 빨고 있을 테니. 내 말 맞죠?

"인간을 뜯어먹는 갈보들 주제에 나를 능멸할 셈인가? 쓸데없는 능멸은 필요 없고 정보나 뱉어내 봐."

―그러니까 메일 주소나 부르라니까요. 나도 당신이랑 긴말하기 싫어요. 왜 한 번 말하면 못 알아들어요? 언어중추라도 손상되었어요? 아니면 정신장애? 약물중독?

빌헬름은 신랄한 태도로 속사포처럼 말을 쏟아냈다. 실베스테르는 격분해서 뭐라고 말하려 했지만 피로감을 느끼고 포기했다. 이런 꼬마 흡혈귀랑 쏴 죽일 수도 없는 전화로 싸워봐야 무슨 득이 있겠는가?

"내 메일 주소는……."

실베스테르는 자신의 메일 주소를 부르다가 한세건이 부담스러운 눈초리로 자신을 바라보는 걸 보고 움찔했다.

"뭔가 할 말이라도 있는 건가?"

"실베스테르, 지금 흡혈귀랑 통화하는 겁니까?"

"어쩔 수 없지. 정보는 중요하니까. 불평불만이 있다면 나중에 해. 그때는 다 들어주도록 하지."

"들어준다고 해도, 나 참."

한세건은 태연히 빌헬름에게 자신의 메일 주소를 알려주는 실베스테르를 보며 복잡한 표정을 지어 보였다. 하지만 그는 뭐라고 말하는 대신 농장 건물 구석에 놓인 컴퓨터 책상 앞에 몸을 던져 털썩 주저앉았다.

실베스테르는 곧 전화를 끊고 한세건이 앉아 있는 컴퓨터로 다가와 자신의 메일함을 열어보았다. 무수한 스팸 메일의 제일 위쪽에 빌헬름이 보낸 것이 분명한 신규 메일이 있었다.

메일의 첨부 파일로는 테트라 아낙스가 흡혈귀들에게 알려준 라이칸스로프의 쿠데타 계획이 고스란히 들어 있었다.

한세건은 그 파일을 보면서 놀라지 않을 수 없었다.

그냥 쿠데타 계획이 적혀 있다면 모르겠는데 각 사항에는 그 다음에 무슨 일이 일어나면 이렇게 바뀔 것이다 하는 구체적인 내용까지 들어가 있었다.

예를 들어서 국방장관 암살 시도의 경우, 만약 흡혈귀들이 개입해 암살 시도를 저지하고 그게 적들에게 입수된다면 적들은 지금의 계획을 수정해 대부분 철수하고 그것의 재집결은 어디 어디가 될 것이다, 이렇게 쓰여 있는 것이었다.

"이게 테트라 아낙스의 진정한 예지력인가?"

각 상황에 대한 대응, 그것을 한 수 앞서 읽는 능력, 그 모든 것이 놀랍기만 하다. 마치 미래라는 게 정해져 있어서 시간이 흐르면 자동으로 그렇게 움직이도록 프로그램 되지 않았나 의심하고 싶어졌다.

"별걸 가지고 놀라는군. 이 정도가 아니면 미친 달의 세계에 군림하고 있을 리 없지. 그나저나 나에게 할 말 없나? 흡혈귀와 거래를 하니 실망했다든가, 뭐 그런 거?"

"기대를 했어야 실망을 하지요."

한세건은 별거 아니라는 듯 어깨를 으쓱해 보였다. 실베스테르로서는 좀 의외였는지 보기 좋은 은색의 눈썹을 치켜 올렸다.

"직설적이군. 좋아, 네가 나에게 아무것도 기대하지 않는다는 건 매우 바람직한 일이지. 그나저나 이 정보 자체는 별 쓸모없는 내용뿐이군. 쿠데타를 막고 싶기는 하지만 흡혈귀들이 어디까지 움직였는지 알지 못한다면 소용이 없어. 게다가 이미 오늘 발현된 일이구만. 이 빌어먹을 꼬마 흡혈귀, 성질은 박박 긁었으면서 주는 자료는 부실하기 이를 데 없잖아."

그는 팬텀의 에스콰이어 빌헬름을 욕하며 탁상을 내려쳤다. 빌헬름의 도발에 발끈해서 러시아까지 움직인 실베스테르지만 빌헬름이 주는 정보는 쓸모가 없다. 화가 날 만도 하다.

하지만 사정을 모르는 세건은 자세한 사정을 물어보지도 않았다. 정말 흡혈귀와 실베스테르가 무슨 거래를 하든 신경 쓰지 않겠다는 걸까?

의자에 앉아 있던 세건이 등받이에 몸을 기댄 채 고개를 들어 실베스테르를 올려다보았다.

"테트라 아낙스가 부하 흡혈귀들에게 이렇게 자세한 정보를 건네주는 것은 흔한 일인가요?"

"아닐걸. 테트라 아낙스는 교만하기 때문에 이런 일은 드물지."

"교만하다? 무슨 의미에서 하는 말이죠?"

"그러니까 그놈들은 자신들이 아닌 다른 흡혈귀들은 오래 살지 못할 거라고 생각하고 있어. 스스로 정신을 붕괴시키면서 죽어버릴 거라고 여기고 있지."

실베스테르는 경멸을 숨기지 않고 이야기했다. 즉 장수하는 흡혈귀들은 그냥 놔둘 경우 필연적으로 정신 질환에 시달리게 된다는 것이다.

삶의 목적이 얼마 남지 않으면서 무한한 권태를 만나게 되고 그 권태로 인한 정신병으로 흡혈귀들이 미칠 것이라는 게 테트라 아낙스의 우려였다.

물론 실제로 그렇게 미치는 자들이 나오고 테트라 아낙스와 다른 클랜들은 그런 미치광이를 처치하여 어둠의 세계의 질서를 유지하고 있었다.

"하아? 그래서 일부러 멍청한 폭군을 연기한다 그겁니까? 흡혈귀들에게 적당한 스트레스를 줘서 권태를 빼앗기 위해?"

한세건으로서도 대충 느끼고 있던 일이지만 실제로 듣고 나니 역시 놀랍고 어처구니없는 일이었다. 테트라 아낙스가 흡혈귀들을 적절히 억압하는 게 그런 이유에서라니?

"흡혈귀 개체 수가 적던 옛날에는 그저 제어자 역할에 만족했던 것 같지만, 이제는 아예 작정하고 폭군 흉내를 내는 데 열중하는 것 같더군. 한세건, 수많은 흡혈귀가 너에게 테트라 아낙스를 타도하자고 접근하지 않았나?"

그러고 보면 수많은 흡혈귀가 한세건을 테트라 아낙스의 통치에서 벗어난 와일드카드로 여겼다. 틀린 말은 아니다. 항상 감시의 눈길을 받고 있는 흡혈귀들과 달리 흡혈귀 사냥꾼인 한세건은 테트라 아낙스에게서 비교적 자유로운 편이었으니까.

"그랬죠."

"그게 바로 테트라 아낙스가 어리석은 통치에 집착하는 단 하나의 이유지."

"그러니까 테트라 아낙스는 스스로 어리석은 통치자가 되어서 흡혈귀들에게 살아갈 이유 중 하나를 부여해 준다, 그겁니까?"

"실제로 흡혈귀들이 행동에 옮기는 일은 드물지만, 다들 테트라 아낙스의 타도를 꿈꾸고 있지 않은가?"

말은 그렇게 하면서도 실제로 테트라 아낙스 타도를 시도한 흡혈귀는 없다. 팬텀이나 아르곤 같은 강력한 진마들조차 테트라 아낙스의 존재가 필요하다는 것은 어느 정도 인정하고 있을 정도니 다른 흡혈귀들이 감히 테트라 아낙스에게 손을 댈 수 있을 리가 없다.

"불쾌하기 짝이 없군요. 결국 그놈들의 자위행위인가. 테트라 아낙스에 대항한다는 것은 자신들을 속이기 위한 거짓말이라니. 솔직히 조금쯤은 이 녀석들도 생각이 있구나 하고 기대했었는데."

한세건은 한숨을 내쉬며 컴퓨터 책상 앞에서 일어났다. 불쾌하기 짝이 없었다. 테트라 아낙스에 대한 흡혈귀들의 반감조차 테트라 아낙스가 의도해서 만들어진 것이라니. 그만큼 테트라 아낙스의 존재가 거대하단 말인가?

"…기쁘군요. 테트라 아낙스만 물리쳐도 흡혈귀들의 조직 대부분이 붕괴할 거라니."

한세건의 눈이 기쁨으로 불타올랐다. 증오의 푸른 불꽃이 깊이를 모를 검은 눈동자의 밑바닥으로부터 타올라 주위의 어둠을 집어삼켰다.

그때 하늘로부터 빗방울이 쏟아졌다.

쏴아아아.

우중충한 농장이 삽시간에 어두워졌다. 한세건은 창문으로 고개를 돌려 비가 쏟아지는 농장을 바라보았다. 실베스테르도 조용히 창문을 바라보았다.

"안녕하십니까?"

갑자기 한세건의 시야가 어두워지고 대신 눈을 안대로 가린 백의의 흡혈귀 한 명이 홀로 어둠 속에서 선명하게 떠올랐다. 한세건은 대화에 응하는 대신 다짜고짜 무기를 빼 들었지만 그 흡혈귀는 날카로운 송곳니를 드러내며 웃었다.

"진정하세요. 지금의 저는 환영입니다."

"굉장한 환영이군. 내 시야를 다 빼앗을 수 있다니. 빌어먹을 흡혈귀, 아주 뛰어난 능력인데?"

이런 환영을 강제로 보여줄 수 있다면 남의 시야와 감각을 조작해 엿 먹이는 건 일도 아니리라.

보통 사람이 이런 일을 당한다면 거기에 생각이 미치고 불안에 떨어야겠지만 한세건은 노골적으로 적개심을 드러내며 외쳤다. 그러자 맹인 흡혈귀 브리아레오스는 어깨를 으쓱하며 자신의 비술에 대한 파훼책까지 일러주었다.

"기습적이었으니까 그런 겁니다, 비스트. 당신의 항마력이면 막을 수 있어요. 아, 그렇다고 지금 정신을 집중해서 내 술수를 떨치진 말아주세요. 이쪽도 어렵사리 말을 걸고 있는 거니까."

"뭐?"

"잡설은 집어치우고 본론으로 들어가서 테트라 아낙스의 진짜 목적에 대해서 알려 드리겠습니다."

브리아레오스는 솔깃할 만한 이야기를 꺼내었다. 하긴 이 녀석은 한때 테트라 아낙스의 몸이 되기로 예정되었던 놈이다. 테트라 아낙스에게 반감을 갖는 것도 당연하다.

하지만 그러한 반감도 테트라 아낙스가 만들어낸 게 아닐까? 그렇게 생각하니 거부감이 든다.

문제는 한세건이 찬밥 더운밥 가릴 처지가 못 된다는 것이다. 솎아낼 만큼 정보가 많이 들어와야 솎아내지, 이렇게 정보가 없는 마당에서는 지푸라기라도 잡을 수밖에 없다. 그 정보를 믿고 믿지 않고의 문제가 아니라 그 정보밖에 들어온 게 없기 때문에 움직일 수밖에 없다.

"진짜 목적?"

"테트라 아낙스는 릴리쓰의 심장을 원해요."

"심장?"

"이사카 베르게네프가 봉인해서 숨겨둔 릴리쓰의 심장. 그것을 손에 넣고 싶어 한다는 것입니다. 쓸모가 많으니까요."

이사카 베르게네프가 릴리쓰를 살해하고 그 심장을 적출해 봉인했다는 이야기일 것이다. 하지만 그런 물건을 찾고 싶어 했다면 벌써 찾았어야 하지 않겠는가? 전지전능한 게 아닐까 싶은 테트라 아낙스가 고작 심장 하나를 못 찾다니?

"아직까지 못 찾았단 말인가?"

"이사카 베르게네프가 그걸 직접 지키고 있었으니까요. 하지만 이사카 베르게네프는 볼코프 레보스키가 벌이는 쿠데타를 테트라 아낙스가 초기 진압하지 않는다는 걸 조건으로 게임을 걸어왔지요."

"······."

한세건은 어이가 없어서 입을 다물었다. 한세건이 남에게 나이를 운운할 만큼 오래 산 것은 아니지만 이사카 베르게네프는 서린과 같은 나이다.

그런 놈이 제 어미를 죽이고 그 심장을 적출해 봉인한 것도 대단하지만 그걸 빌미로 테트라 아낙스와 거래를 하다니?

게다가 그때부터 그 녀석도 이미 볼코프 레보스키의 쿠데타를 알아채고 있었단 말인가?

"심장은 현재 레닌의 묘에 보관되어 있습니다."

"레, 레닌? 블라디미르 일리치 레닌?"

세건은 어처구니가 없어서 눈을 크게 떴다.

블라디미르 일리치 레닌, 공산주의 혁명을 일궈낸 혁명가로 소비에트연방의 기반을 이룬 영웅이다. 그의 뒤를 이은 권력자 스탈린은 레닌의 시신을 영구 방부 처리하고 그를 불멸의 존재로 만들고자 했다.

1924년에 죽은 인물을 1세기 동안 방부 처리를 하다니. 그 작업은 정말 이루 말할 수 없는 고난이었으리라. 실제로 2주에 한 번씩은 꼬박꼬박 방부 처리를 계속하고 있다고 하니 레닌의 묘는 그만큼 관리가 철저하다.

무엇보다도 그 레닌의 묘가 있는 곳이 바로 크렘린 궁 앞마당이다. 무장하고 찾아갔다가는 깔려 있는 군경들과 드잡이 한번

거나하게 치러야 하리라.

그런데 그런 곳에 릴리쓰의 심장을 봉인해 두고 있었다니?

"이사카가 테트라 아낙스와 예지의 힘을 겨루며 테트라 아낙스의 힘을 방해해서 실제로 위치를 알게 된 것은 얼마 되지 않았습니다. 곧 테트라 아낙스의 실행부대가 직접 그 심장을 찾기 위해 갈 겁니다. 당신은 그것을 빼앗아주었으면 합니다."

브리아레오스는 마치 부하들을 다루듯 한세건에게 명령조로 말했다. 하지만 한세건으로서는 선택의 여지가 없다.

"아, 그래? 그거 고맙군. 근데 이렇게 말하는 거 테트라 아낙스에게 들키는 거 아닌가? 네 녀석도 입장이라는 게 있을 텐데?"

"뭘요. 대신 저도 테트라 아낙스의 실행부대에 연락해서 당신들이 숨어 있는 농장을 공격하도록 했습니다. 비가 오고 나서 움직이기로 했으니까 아직 조금은 여유가 있을 겁니다. 그럼."

브리아레오스의 말이 끝나는 것과 동시에 시계가 회복되었다. '이 흡혈귀 녀석! 역시 찔렀구나!' 자신이 의심받지 않도록 찔렀다고 하지만 사실 저 녀석도 될 대로 되라는 경향이 강해 보였다.

흡혈귀들은 긴 수명 탓인지 수동적인 태도를 취하는 경우가 많다. 목적이야 뚜렷이 가지고 있지만 그 목적을 달성하기 위해 모든 일을 치밀하게 준비한다기보다는 일이 흘러가는 대로 내버려 두다가 갑자기 흥이 나면 일을 저지른달까?

테트라 아낙스를 배반하겠답시고 한세건에게 정보를 넘긴 브리아레오스도 그런 경향이 보였다. 테트라 아낙스의 의심을 덜어 보겠다고 한세건과 실베스테르의 위치를 알아서 공격하다니, 만약 공격했다가 한세건과 실베스테르가 덜컥 죽어버리기라도 하면 어쩌겠다는 것인가? 죽지 않더라도 행여 그 습격 때문에 정작 중요한 목적을 달성하지 못한다면?

그래놓고 자신은 테트라 아낙스를 타도하기 위해 최선을 다하고 있다고 자위라도 하겠다는 건가?

"이 개자식!"

실베스테르는 분기탱천해서 깨어난 세건을 놀란 눈으로 바라보다가 세건이 정신을 차리자 안도의 한숨을 내쉬었다.

"무슨 일이냐? 갑자기 넋이 나가서 좀 놀랐다. 이러다가 갑자기 발광하거나 뒈지는 줄 알고."

실베스테르가 저렇게 말할 정도면 정말 놀란 모양이었다. 그렇지 않아도 망령에 사로잡혀 있는 한세건이니 언제 발광해도 이상하지 않으리라.

"후후훗, 걱정했습니까? 진짜 걱정해야 할 일은 따로 있어요. 흡혈귀들이 옵니다."

한세건은 그리 말하고 벽에 세워두었던 클레이모어를 등에 차고 탄약들도 꺼내 탄창을 채웠다. 실베스테르도 한세건의 움직임을 보고 탄약들을 꺼내며 물어보았다.

"역시 뭔가 접촉이 있었던 것 같군. 누구지?"

"석세서 브리아레오스, 자신의 주장에 의하면 예지력을 가진 놈이라던데요? 테트라 아낙스의 몸을 대신하기 위해 만들어졌다던가?"

한세건이 흡혈귀의 왕 테트라 아낙스가 그 노쇠한 몸을 버리고 새로이 젊음을 얻고자 한다는 이야기를 들은 것은 러시아에 와서였다. 그러나 실베스테르에게는 그 정도 이야기는 그리 새로운 일이 아닌 듯했다.

"브리아레오스라. 그놈이 주는 정보들을 믿을 수 있나?"

"적어도 하나는 믿을 수 있죠. 테트라 아낙스의 군대가 여기를 공격할 겁니다. 그렇다고는 해도 비가 오기 전에는 해가 나 있었으니까 진마라도 앞세우지 않는 이상 바로 공격할 수 있을 리는……."

그러나 한세건의 말이 끝나기도 전에 농장 건물 밖에서 폭음이 들려왔다.

"전언 철회!"

한세건과 실베스테르는 본능적으로 창문틀을 향해 몸을 날렸다. 그리고 그 순간 그들이 있던 농장 건물 위로 박격포탄이 떨어졌다.

콰앙!

초탄이 정확하게 농장 건물을 습격해 안을 갈가리 찢어버렸다. 철근 콘크리트로 만든 건물이 아닌 조립식 건물이라 그런지 박격포탄 단 한 발에 건물이 통째로 박살 나버렸다. 합성수지와 압축 종이 등으로 만들어진 폼이 일거에 우르르 무너졌다.

"…인간들이군."

실베스테르는 곡사 병기를 단숨에 맞히는 적들을 보며 혀를 찼다. 권총이나 소총이라면 모를까, 군용 무기를 다루는 데 익숙한 걸로 보아 군사 경험이 있는 자들일 테고, 대낮에도 움직이는 걸 보면 인간 군인이라고밖에는 생각할 수가 없다. 돈으로 고용한 테트라 아낙스의 사설 군대가 공격을 시작한 것이다.

쿠르르르!

탁 트인 농장의 입구로 장갑차 두 대가 달려오는 게 보였다. 그리고 장갑차의 상공에는 건십 한 대가 떠 있고 건십의 양옆에는 중기관총 사수가 모습을 드러내고 있었다.

장갑차에도 포탑이 달려 있어서 육상과 공중으로부터 십자포화를 퍼부었다.

두두두두두!

중기관총의 총탄이 바람을 가르며 지나갔다. 사격도 꽤 정확하다. 만약 보통 인간들이라면 그대로 벌집이 되었으리라. 그러나 세건과 실베스테르는 잽싸게 지면을 박차고 이동해 박격포의 포격을 받아 한 번 무너진 건물의 잔해 속으로 숨었다.

쏴아아아!

빗줄기가 거세게 쏟아졌다. 농장을 에워싼 숲이 빗방울을 흩으면서 물안개를 자욱하게 피워 올렸다.

토탄층으로 형성된 땅에 빗물이 스며들면서 증발, 안개가 한 치 앞을 못 알아볼 정도로 깊게 피어올랐다. 농장은 탁 트여 있어서 그 안개 속에 떠 있는 섬과 같았는데 엄폐물이라고는 농장의 잔해가 전부였다.

그나마 압출 성형으로 만든 내열재로 지은 가건물이라 잔해들로 중기관총의 총탄을 막을 수 있을 리 없다.

"죽일 수밖에 없군!"

엄폐물 자체가 오래 못 버틴다는 것을 예측한 한세건은 비스트를 꺼내고 관통용 물리력 탄을 장전했다. 질량을 위한 텅스텐 탄심과 관통을 위한 세라믹스 헤드를 조합한 이 물리력 탄은 비스트 전용으로 만들어진 것으로 장갑차조차 뚫을 위력을 가지고 있었다.

"쓰벌."

한세건은 욕지거리를 내뱉으며 총구를 장갑차에 겨누었다. 아무리 비스트의 물리력 탄이라 해도 장갑차 전면부의 장갑을 뚫을 수 있을지는 의문이다. 지금까지 장갑차를 상대해 본 적이 없었으니까.

"재수 없는 테스트군!"

한세건은 손이 떨리는 것을 보고 이를 악물었다.

아아, 지금까지 저질러 온 악행으로 지옥의 7부 9장을 다 메워도 남을 텐데 어째서 손이 떨리는가? 인간을 죽이는 게 두려운가? 그 죄악이 두려운가? 하지만 한세건은 입술을 깨물었다.

흡혈귀들에게 가족을 잃게 된 이후로 그는 그 자신을 용서할 수가 없었다. 가족을 지키지 못한 무력함이 싫었고, 또 가족을 잃었을 때 슬픔조차 느끼지 않았던 무정함이 싫었다.

선량한 흡혈귀든 악한 흡혈귀든 간에 모두 몰살하는 자신의 손이 피로 물드는 게 싫었고, 그렇게 손을 피로 물들이는 죄악을 두려워하는 자신 또한 증오스러웠다. 죄악을 저지른 주제에 아직도 그 양심이 남아 있단 말인가?

증오, 증오, 증오……. 무시무시한 증오가 속에서 끓어오른다. 흡혈귀에 대한, 그리고 자신에 대한 증오 때문에 미칠 지경이다.

'죄인이여, 죄의 나락으로 떨어져라!'

속죄를 갈망하는 것조차 허락되지 못할 죄인에게 있어서 오직 한 가지 허용된 길이 있다면 그것은 오로지 죄의 길뿐이다.

죄를 짓고, 짓고, 짓고, 짓고 또 지으며 그 죄의 무게에 스스로를 짓눌러 죽여라. 스스로를 황폐하게 만들고 상처 입히며 구원조차 갈망하지 말지어다.

'오오, 신이여. 저는 제 자신을 용서하지 못하나이다. 그러니 제게 구원을 약속하지 마시고 그저 바라는 이들에게 주소서.'

비스트의 떨림이 멈추는 것과 동시에 총구의 끝에서 폭염이 튀어나왔다.

파악!

장갑차 전면부 장갑판에서 불꽃이 튀었다. 갑자기 달려오던 장갑차가 균형을 잃고 흔들거리더니 길옆의 채소밭으로 뛰어들었다. 비스트의 총탄이 장갑차의 전면부를 꿰뚫고 안으로 들어가 사상자를 냈음에 틀림없다.

세건은 즉시 총구를 돌려서 옆의 장갑차에도 발사했다. 이번에도 전면부 장갑이 허무하게 뚫리면서 멈춰 섰다. 산화 세라믹스 팁과 텅스텐 탄심을 조합한 물리력 탄은 장갑차조차 꿰뚫는다는 게 증명된 것이다.

그리 기분 좋은 테스트는 아니었지만 그렇다고 또 기분이 더럽지도 않다. 어차피 살인 좀 했다고 충격을 받기에는 너무나 더럽혀진 몸이다.

"후후후."

세건은 실소하며 총열을 꺾었다.

철컥!

총열을 꺾자 가스압을 못 이기고 탄피가 스스로 튀어나왔다. 세건은 그 탄피를 집어 던지고 새로운 탄을 갈아 넣었다. 다음 목표는 건십이다. 카모프 헬기가 머리 위를 날며 중기관총을 연사하는 게 눈에 거슬렸다.

"세건!"

그때 실베스테르는 세건의 이름을 부르며 앞으로 뛰쳐나갔다. 세건도 그 움직임의 뜻을 알고 엄폐물로부터 도망치듯 앞으로 달려 나갔다.

콰앙!

박격포탄이 다시 한 번 떨어졌다. 세건과 실베스테르는 몸을 앞으로 날리면서 누가 뭐랄 것도 없이 공중에서 빙글 돌며 지면에 착지했다. 실베스테르도 비스트를 꺼내어 건십을 겨누었다. 폭음과 함께 건십의 조종석 부분이 거의 날아가 버렸다. 조종사를 잃은 건십이 균형을 잃고 숲으로 떨어져 버렸다.

"흡혈귀들의 종복… 이라기보다 그냥 돈에 고용된 자들 같군."

실베스테르는 무미건조한 어조로 성호를 그으며 중얼거렸다. 그때 실베스테르의 팔이 총탄에 맞아 부러졌다. 아라미드 섬유로 만든 신부복이 가볍게 찢어지고 실베스테르의 팔을 부쉈을 뿐 아니라 이마에도 상처가 난 걸로 봐서 강력한 라이플 탄인 것 같았다.

"저격수로군."

실베스테르는 부러진 팔을 들어서 얼굴을 가린 채 농장의 창고 쪽으로 피했다. 한세건도 즉시 양팔로 머리를 감싼 채 옆으로 뛰어서 창고 쪽으로 피했다. 그러나 뒤쪽도 무사하지는 않았다. 장갑차에 타고 있던 보병들이 보디 벙커와 소총으로 무장하고 뛰어내렸다.

"안으로 들어가자!"

"그렇지만 박격포가!"

창고는 블록을 쌓고 그 위에 함석 슬레이트와 철조로 지붕을 얹은 건물이다. 조금 전 농장 건물보다는 조금 낮지만 역시 박격포에 맞으면 순식간에 박살 나리라. 그러나 실베스테르는 부러진 팔을 부여잡고 차고 안으로 뛰쳐 들어갔다.

"어서 따라와!"

한세건도 어쩔 수 없이 안으로 뛰어들었다. 창고 옆의 난 작은 문을 통해 안으로 들어가니 안에는 실베스테르의 차 코베트 쿠페가 있었다.

"탈출한다, 얼른 타!"

실베스테르는 은사를 풀어서 부러진 팔에 쑤셔 넣고 팔을 꿰매어 이어버렸다. 손가락을 움직여서 몸이 제대로 움직이나 확인하는데 피 한 방울 흐르지 않는다. 그는 그렇게 자신의 팔을 임시 처치하고 운전석에 앉았다.

한세건은 즉시 차에 뛰어든 뒤 차 지붕을 열고 그 위로 일어섰다. 그와 동시에 실베스테르는 다짜고짜 액셀을 밟았다. 무시무시한 타이어 마찰음과 함께 차가 로켓처럼 튀어 나갔다.

"문 열어라!"

"그럼 사양 않고!"

한세건이 왼팔을 휘두르자 팔뚝에 감겨 있던 도폭선이 풀려 나가 창고의 문에 마치 접착제라도 바른 것처럼 찰싹 달라붙었다.

그가 팔을 당기자 도폭선을 물고 있던 플러그가 도폭선과 분리되면서 전기불꽃이 튀어 도폭선을 발화시켰다. 이전 테트라아낙스 한국 지부를 침공했을 때는 그냥 전기 플러그에 도폭선을 물려두었기 때문에 스위치를 직접 눌러줘야 했을 뿐 아니라 적이 당길 경우 도폭선 자체가 못 쓰게 되었었다.

그러나 그 후 개량에 개량을 거듭한 게 이거다. 한세건은 손을 가볍게 돌려서 도폭선 유폭용 플러그를 회수했다.

퍼엉!

폭발음과 함께 차고 문이 뒤로 쓰러지고 새카만 스포츠카가 창고 안에서 튀쳐나왔다.

"쏴라!"

비스트에 의해 주저앉은 장갑차의 포탑이 다시금 불을 뿜었다. 그사이에 사상자를 치우고 새로운 포수가 포탑을 차지한 것이었다. 장갑차의 운전사도 죽어서 장갑차는 그 자리에 멈춰 서 있지만 그것만으로도 훌륭한 기관총 진지 역할을 했다.

그리고 장갑차의 뒤로 내려선 병사들도 일제히 소총을 겨누고 방아쇠를 당겼다.

"흐으으읍!"

한세건은 그 총알 비 속에서 허리를 꼿꼿하게 세우고 심호흡을
했다. 산소가 폐부를 가득 채우면서 심장이 쿵쾅쿵쾅 폭주기관차
처럼 맥동했다. 심장으로부터 핏줄기가 울컥 치솟아 올라 경동맥
을 따라 뇌에 이르자 눈앞이 일순 흐려지며 주위가 느려졌다.

세계의 시간이 한세건을 제외하고 천천히 흐르기 시작했다.

철컥!

한세건은 비스트를 포탑을 향해 겨누는 한편 한 손으로 실베
스테르의 홀스터에서 비스트를 빼 들었다. 유다에게서 빼앗은
뒤 개조되지 않은 실베스테르의 총과 성자의 뼈를 직출해 새롭
게 만들어진 한세건의 비스트가 동시에 불을 뿜었다.

장갑차의 포탑을 보호하고 있던 장갑판이 일거에 날아가고
그 포탑에서 총알을 퍼붓던 이들이 즉사했다.

한세건은 즉시 양손을 바꿔 쥐며 다시 방아쇠를 당겼다. 장갑
차의 모퉁이에서 숨은 채로 총을 쏘아대던 병사가 그 일격으로
즉사했다. 몸의 절반이 날아간 참혹한 몰골로 나가떨어지는 그
의 피를 빗물이 침범한다.

'피에 물을 타는 건가?'

어두침침한 농담이 떠올라서 세건은 쓴웃음을 쥐었다. 그를
사로잡은 채 놓아주지 않는 망령들이 세건의 마음속 소리에 반
응해 폭소를 터뜨렸다.

철컥!

한세건은 비스트를 좌석으로 치우고 대신 겨드랑이의 홀스터

에서 글록 18 두 자루를 꺼내었다.

실베스테르의 코베트 쿠페는 우렁찬 엔진음을 내며 잽싸게 농장을 빠져나갔다. 한세건의 무시무시한 화력 시위에 장갑차도 이미 주저앉은 터라 길은 뻥 뚫려 있었다. 코베트가 달려 나가자 장갑차를 엄폐물 삼아 숨어 있던 병사들이 일어나 뒤에서 총을 갈기려 했다.

그러나 그때 한세건이 등 뒤로 글록 18을 연사해 그들을 저지했다. 야생마처럼 질주하는 스포츠카 위에서 쏘았다고 하기에는 너무나도 정확한 사격이었다.

"젠장!"

병사들은 자신들을 스치고 지나가는 스포츠카에 총도 들이대지 못하고 보디 벙커 뒤에 숨어서 몸을 사려야 했다.

그사이 스포츠카는 비스트의 공격에 의해서 멈춰 버린 장갑차를 스쳐 지나가 그들에게서 떨어져 나갔다.

6

빗줄기가 쏟아지고 있는 모스크바 강을 따라 새카만 스포츠카 한 대가 무서운 기세로 질주했다. 2000년형 시보레 코베트 쿠페는 거센 빗속을 꿰뚫으며 포효하고 있었다.

기름값을 아끼지 않는 화끈한 주행을 벌이고 있는 이는 어울리지 않게도 은발의 가톨릭 신부였다. 가톨릭 신부가 프로레슬

링을 한다는 미담(?)이 있기는 하지만 스포츠카를 모는 가톨릭 신부라는 것은 어찌 생각해도 상식과는 거리가 먼 모습이다.

게다가 그의 옆에는 녹색으로 머리를 물들인 동양인 청년이 앉아서 빈 탄창에 총탄을 집어넣고 있었다. 은발의 신부도 왠지 신부라기엔 위험해 보이고 녹색 머리칼의 청년은 반항적인 눈빛을 가지고 있으니 지금 당장에라도 은행을 털러 가도 어색하지 않은 이들이었다.

그들은 폭우로 인해서 정체가 시작된 차도를 무시하고 인도까지 마구 침범하며 달려 붉은 광장으로 향했다.

모스크바 경찰과 크렘린 궁 경비병들이 깜짝 놀라서 그들을 제지하려 했지만 차를 모는 이는 인도의 턱에 바퀴를 걸치나 싶더니 차를 옆으로 세워서 스턴트하듯 좁은 길 틈을 달려 빠져나갔다.

"바, 발포하겠다!"

경비원들은 총을 들고 차량을 겨누었지만 쉽사리 발포를 할 수가 없었다. 그렇지 않아도 쿠데타 건 때문에 민감해져 있는 모스크바 시내에서 쉽사리 총을 쓸 수 있을 리가 없다.

"미친 거 아니에요, 실베스테르? 뒷감당을 어찌하려고?"

녹색 머리칼의 동양인 청년은 무전기를 빼 들고 고래고래 소리를 지르는 경찰들을 백미러로 바라보며 혀를 찼다.

"너한테 그런 소리를 듣게 될 줄은 몰랐군."

실베스테르라 불린 은발의 신부는 바퀴 두 개만을 땅에 닿게 한 채로 차들 사이를 빠져나가 도로 한복판에 내려섰다. 폭우 속에서 우비를 입은 채로 경찰과 군인들이 뛰어오는 게 눈에 들어왔다. 다들 총을 손에 쥐고 있는 걸 보니 여차하면 갈기겠다는 의사가 분명했다.

"가기 전부터 이 난리라니."

녹색으로 머리를 물들인 청년은 한숨을 내쉬고 탄창들을 벨트에 끼워 넣었다. 그와 거의 동시에 차가 급발진하며 청년의 몸을 시트에 처박아 버렸다. 안전벨트를 매고 있지만 몸이 흔들리는 건 어쩔 수 없었다.

검은 스포츠카는 그대로 붉은 광장을 가로질러 크렘린 벽에 붙어 있는 레닌의 묘소로 향했다. 비가 오는 와중에도 레닌의 묘 앞에는 헌화객들이 우산을 쓰고 줄을 서고 있었다.

금요일에는 묘소가 일반에게 개방되지 않아서 사실상 안에 들어갈 수 없음에도 불구하고 광장에는 이따금 헌화객이 오곤 했었다.

쏟아지는 빗줄기 속에서 우의와 우산으로 비를 막는 군중들이 헌화를 하는 것은 매우 엄숙하고 숙연한 모습이었지만 그들은 스포츠카를 몰면서 그 엄숙함으로 뛰어들었다.

초상집에 뛰어 들어간 광대가 된 기분이랄까? 차를 몰고 있는 신부나 그 옆에 앉아 있던 청년이나 표정이 참 거북해 보였다.

"와아아악!"

"미친놈들이다!"

헌화객들은 자동차가 달려드는 것을 보고 다들 깜짝 놀라서 도망치기 시작했다. 녹색 머리칼의 동양인 청년은 그것을 보고 눈살을 찌푸렸다. 러시아어를 모르는 그이지만 이 경우 욕밖에

할 말이 없다는 것쯤은 알고 있었다.

그때 그의 귀에서 묘한 쇳소리가 들렸다.

"로켓?!"

워낙에 많이 들어본 소리라서 청년은 금세 소리의 정체를 알 수 있었다. RPG—7 인마 살상용 로켓의 신관 장착음이었다. 다른 소리가 잔뜩 섞여 있었는데 그 모든 잡음 속에서도 그 소리 하나만은 선명하게 들려왔다.

"한세건!"

은발의 신부도 그 소리를 들었는지 운전대를 놓고 몸을 일으켜 차의 지붕을 열었다. 한세건이라 불린 녹색 머리칼의 청년이 즉시 운전대를 대신 잡아 차를 몰았다.

쏴아아아아아!

차 안으로 거센 빗줄기가 쏟아져 내렸다. 신부는 차의 지붕을 열고 몸을 내밀어 빗속으로 모습을 드러냈다. 공원 옆에 있던 병사 한 명이 넋이 나간 표정으로 RPG—7 로켓을 장전하고 차를 향해 겨누고 있는 게 보였다.

테트라 아낙스의 예지 능력은 비단 예지 능력에 머물러 있지 않다. 예지를 가능케 하는 힘은 뛰어난 통찰력과 무서울 정도로 발달한 영지의 힘이다. 그 막강한 힘과 사악한 마법의 힘을 다루는 테트라 아낙스는 손 하나 까딱하지 않고서도 심약한 일반인 정도는 얼마든지 조종할 수 있었다.

실베스테르는 은색의 세이버와 너무나 가느다란 은사(銀絲) 한 줌을 꺼내어 칼끝에 은사를 걸고 가로등을 향해 휘둘렀다.

은사가 폭발하듯 뻗어 나가며 가로등을 휘감으니 가로등을 중심으로 원형의 불꽃이 튀며 가로등이 쓰러졌다.

시보레 코베트가 아슬아슬하게 쓰러지는 가로등을 지나 앞으로 달리는 순간 로켓이 가로등에 맞아 폭발하며 요란한 소음을 냈다. 파편이 뒤로부터 튀어서 뒤 유리창을 찢어버렸다.

"와아아악!"

레닌의 헌화객들이 다시금 비명을 질렀다.

한세건은 식은땀을 흘리며 핸들을 꺾고 핸드 브레이크를 올렸다.

끼이이이익!

스포츠카가 물보라를 일으키며 스핀하더니 마치 거짓말처럼 깔끔하게 멈춰 섰다.

"…제법 하는군."

실베스테르는 한세건이 차도 몰 줄 안다는 사실에 놀라워하며 차 밖으로 내려섰다. 헌화객들은 계속해서 도망치고 있는데 그들 사이로 노란색 우비를 입은 한 남자가 백합 한 송이를 손에 쥐고 가만히 서 있는 게 눈에 들어왔다.

다들 갑작스런 총격전과 포격전, 질주하는 차에 질려서 도망치고 있는데 그는 너무 태연하다.

"네놈들은!"

레닌의 묘를 지키고 있던 경비원이 총을 빼 들었지만 그보다 한세건의 손이 더 빨랐다.

철컥!

한세건은 경비원의 팔을 비틀고 그의 손에 들려 있던 권총의 슬라이드를 당겨 분리해 버렸다. 팔을 비틀어 꺾는 것과 권총을 분해하는 게 워낙 순식간에 일어난 일이라 경비원은 비명만 지를 뿐이었다.

한 조를 이루고 있던 다른 경비원들이 총을 빼 들었지만 한세건은 자신이 잡고 있는 경비원을 방패막이로 세우는 한편 그의 허리띠를 풀어서 막대기처럼 집어 던졌다.

휘리릭!

빗물과 공기를 가르며 날아간 가죽 허리띠가 총을 들고 있던 경비원의 손을 후려쳤다. 피부가 찢어지고 선혈이 튀며 그의 손에서 총이 떨어져 나갔다.

"으아악!"

"불쌍한 경비원을 괜히 괴롭히는군."

노란 우비의 남자가 백합을 던지고 그들에게 걸어왔다.

"뭐라고 지껄이는 거야?"

한세건은 경비원의 숨골을 손가락으로 눌러 기절시켜 버린 뒤 발로 밀어차고는 그를 돌아보았다. 러시아어로 말을 해서 뭐라고 하는지는 알아들을 수 없었지만 신기하게도 무슨 의도로 말을 하는지는 알 수 있었다.

"나는 이사카의 명령을 받고 릴리쓰의 심장을 지키고 있었지. 내가 아니면 흡혈귀들이 냉큼 가져갔을 거 아닌가? 애초에 여기에 심장을 숨긴 것도 나지만."

"요컨대 이사카의 라이칸스로프라, 이 말인 것 같군."

사이에 끼어 있는 실베스테르도 잠시 방심할 정도로, 둘의 말은 착착 아귀가 맞아떨어졌다. 한쪽은 한국어로, 다른 한쪽은 러시아어로 말하고 있는데도 말이 통하는 게 신기하다.

세건이 아무리 러시아어를 모른다 해도 이사카라든가 릴리쓰라고 하는 고유명사는 알아들을 수 있기 때문에 대화의 내용을 유추할 수 있었다.

"그래서 심장은?"

"레닌의 묘 안에 있어. 당신들이 가져가. 흡혈귀들이 갖는 것보다는 당신들이 갖는 게 낫겠지."

라이칸스로프가 그리 말하자마자 한세건이 비스트의 손잡이에 손을 가져갔다. 그는 등허리에 매어둔 비스트를 뽑지도 않고 홀스터를 기울여 총구를 그에게 향하게 한 뒤 방아쇠를 당겨 버렸다.

콰아앙!

분명한 선제공격이었지만 라이칸스로프는 벌써 멀찌감치 떨어져 있었다. 마치 이 공격을 예측하고 있었던 듯했다.

"비스트, 비스트……. 역시 그 성질머리는 어디 안 가는군. 네놈이 그렇게 나올 줄은 어젯밤부터 예상하고 있었다고."

"글쎄, 그런 성질이라면 나도 좀 있는데."

"헛?!"

노란 우비를 든 라이칸스로프의 등 뒤에는 어느 틈에 은발의 신부가 서 있었다. 쏟아지는 빗줄기로 흠뻑 젖어 있던 그는 라이칸스로프의 등 뒤에서 은색의 검을 꺼냈다. 낭창낭창 흔들리는 백은의 세이버가 빗물을 가르며 뻗어 나갔다.

쉬이이익!

제트기가 이륙하는 듯한 무시무시한 파공음과 함께 물보라가 튀었다. 라이칸스로프가 입고 있던 노란 우비가 칼날에 의해 찢어지며 선혈이 튀었다.

그러나 라이칸스로프는 죽지 않고 살아서 실베스테르에게서 굴러 도망쳤다. 그는 빗물이 고인 보도블록 위를 데굴데굴 구르다가 손과 발, 사지로 지면 위에 멈춰 서더니 짐승처럼 으르렁거렸다.

"아니, 이것들이 굳이 애써서 테트라 아낙스의 손에서 보물을 지켜주고 넘겨주기까지 하겠다는데 이러네?! 뻔뻔하기는!"

"지랄한다."

실베스테르는 기가 차서 라이칸스로프의 생색을 일축했다.

얼음장처럼 차가운 비가 내리고 있었다. 칙칙한 회색 하늘에서 쏟아지는 빗물은 왜 눈이나 진눈깨비가 되지 않았는지 의심스러울 정도로 차가웠다.

그 빗물 아래에 녹색의 머리칼을 가진 레이싱 슈트의 청년과 은발 흑의의 신부가 노란 우비를 쓴 남자를 포위한 채 천천히 다가왔다. 그들의 입에서부터 새하얀 입김이 뿜어져 나왔다.

믿어지지 않는 일이지만 이사카 베르게네프에게는 세계를 경영하고 있는 테트라 아낙스에 맞먹는 힘이 있다. 그래서 그는 테트라 아낙스의 눈에서 릴리쓰의 심장을 지키면서 릴리쓰의 심장을 담보로 테트라 아낙스를 위험한 도박으로 끌어내었음에 틀림없다.

그리고 그 담보물이던 릴리쓰의 심장은 테트라 아낙스의 적대 세력에게 넘기고 싶어 했을 것이고, 한세건과 실베스테르는 그 심장을 인계하기에 더없이 좋은 조건이었으리라.

이 일에 대해서는 손쓸 수 없을 만큼 부족한 정보를 가지고 있지만 지금 알려져 있는 바로는 그렇게 생각할 수밖에 없었다.

이사카 베르게네프는 릴리쓰가 테트라 아낙스를 찌르기 위해 만들어낸 검이라는 점과 테트라 아낙스가 릴리쓰의 심장을 갈망하면서도 아직 입수하지 못했다는 점이 이 추리를 증명해 주고 있었다.

"쳇!"

우비의 라이칸스로프 청년은 이 추위에도 아랑곳하지 않고 반바지를 입고 있었다. 실베스테르의 공격에 의해 어깨를 베였지만 상처는 순식간에 아물었다. 실베스테르는 거기에 그치지 않고 은사를 잡아당겨 실 끝이 그를 덮치게 했다.

그러나 이 라이칸스로프 청년은 양손만 수화시켜서 털투성이의 새카만 손으로 바꾼 뒤 공중제비를 넘으며 양팔을 사방으로 크게 휘둘렀다. 우비의 긴 소매가 그의 손을 덮어서 자세히는 보이지 않았지만 아마도 원숭이류의 손인 것 같았다.

파파팟!

실베스테르의 조작을 받던 은사들이 제어를 벗어나 사방으로 맥없이 뿌려졌다. 한세건이 비스트를 다시 그에게 겨누었지만 그 순간 라이칸스로프가 세건을 향해 암기를 발사했다.

칭!

세건은 비스트를 휘둘러 날아드는 암기를 쳐냈다. 가느다란 검은 털 한 가닥이 철사처럼 꼿꼿하게 서서 세건의 목을 노리고 날아들었다가 비스트의 두꺼운 총열에 맞고 튕겨 나갔다.

"그럼 내 임무는 다한 것 같군. 아무리 우리가 마음에 안 든다 하더라도 심장은 꼭 가져가! 알겠어?!"

우비의 라이칸스로프는 신신당부하고 지면에 웅크리나 싶더니 무서운 기세로 도약했다. 꽤 높은 크렘린 궁의 담을 단숨에 뛰어오른 그는 담벼락을 박차고 고속으로 달렸다. 마치 평지를 달리는 듯한 자연스러운 동작에 어마어마한 속도가 붙었다.

"음?"

비스트를 겨누고 있던 한세건은 깜짝 놀라서 눈으로 그를 좇았다. 라이칸스로프는 벽을 타고 달리다가 옆의 가로등으로 뛴 뒤 그 가로등을 박차고 점프, 몇몇 가로등 위를 타다닥 연속적으로 밟으며 나는 듯 달리다가 순식간에 붉은 광장을 벗어났다.

멋들어진 가로등이 그 점프를 이기지 못하고 끼이익 하는 소리와 함께 휘었지만 탄성을 받고 도약한 라이칸스로프는 마치 포탄처럼 쏘아져 나가 길 건너편으로 넘어가 건물들 사이로 사라졌다.

그 속도가 어찌나 빠른지 흡사 날개를 달고 비행이라도 하는 것 같았다. 볼코프 레보스키도 한세건 앞에 처음 모습을 드러냈을 때에는 하늘을 날다시피 했었지만 이것은 그 이상이다.

"무협 영화 같네?"

한세건도 어처구니가 없어서 그놈을 노려보다가 비스트를 거두었다. 이사카 베르게네프가 대체 무슨 속셈으로 이러는 것인지 모르겠지만 릴리쓰의 심장은 일단 손에 넣지 않을 수 없다. 그것을 손에 넣지 않으면 다시금 흡혈귀들이 정보를 던져 주길 바라며 끌려다녀야 하기 때문에…….

한세건과 실베스테르는 쓴웃음을 교환하고는 묘소 안으로 걸어 들어갔다.

바실리 대성당의 지붕 위에서는 판초 우의와 챙 넓은 해병 모자를 눌러쓴 청년이 붉은 광장을 내려다보고 있었다. 그의 옆에는 방금 전 한세건과 실베스테르를 피해 도망친 노란 우비의 라이칸스로프가 부복해 있었다.

"시키는 대로 하기는 했어, 이사카. 그렇지만 저들이 과연 릴리쓰의 심장을 테트라 아낙스에게서 빼앗을 수 있을까?"

"글쎄. 일단 서로 힘이라도 좀 뺀다면 다행이지."

이사카 베르게네프, 릴리쓰가 테트라 아낙스를 물리치기 위해 만든 파멸을 위한 병기인 그는 무표정하게 팔짱을 끼고 붉은 광장을 바라보고 있었다.

대성당의 첨탑에서 광장을 내려다보고 있자니 흡혈귀들의 부대가 슬슬 모여드는 게 보였다. 허공으로부터 현기증 날 정도로 강함 힘이 느껴지는 걸로 보아 테트라 아낙스의 눈이 이곳을 향하고 있음을 알 수 있었다. 아마 인간들은 배제하고 흡혈귀들의 부대를 투입해 사태를 진압하려 하는 모양이었다.

"만약 릴리쓰의 심장이 테트라 아낙스의 손에 들어간다면… 어떻게 되지?"

우비를 벗어 던진 라이칸스로프는 머리칼을 쓸어 올렸다. 반수화가 풀리면서 다시 인간의 모습으로 돌아온 그는 새카만 머리칼을 가진, 아직 소년티를 벗지 못한 청년이었다.

그는 걱정스러운 표정으로 어깨에 손을 얹었다. 실베스테르의 검에 다친 상처는 벌써 아물어 있었지만 마법의 검이라 그런지 상처에서는 아직도 격통이 느껴졌다.

"그놈들이 심장을 얻게 되면 롯시니를 릴리쓰의 심장과 접촉시켜서 개화시킨 뒤 몸을 옮겨 버리겠지. 뱀은 우르의 왕 길가메시로부터 불사와 젊음을 빼앗은 이후부터 부활과 재생의 상징이었으니까. 젊음과 불멸을 탐하는 그 추악함은 그들의 본성일 테지."

"그러면 큰일이잖아?"

"그래. 하지만 우리가 여기까지 오는 데는 테트라 아낙스의 지원 아닌 지원 없이는 힘들었어."

이사카는 쓴웃음을 지었다. 그는 무수한 뱀파이어 오라클과 함께 세계를 영지로서 경영하는 테트라 아낙스에 홀몸으로 대항하면서 도박을 했다. 롯시니의 육체가 완전히 성장해 젊음을 구가할 때, 그들에게 릴리쓰의 심장을 되찾을 기회를 주겠노라고.

점차로 늙어가는 R. 고든은 젊음을 탐해 그의 제안에 응했다.

그래서 이사카는 테트라 아낙스의 방해를 받지 않고 일단 무사히 힘을 키울 수 있었다. 부하들을 늘리고 훈련시키는 한편 정보를 모으고 예지력을 갈고닦아 볼코프 레보스키의 쿠데타를 찬탈하기 위한 계획까지 세워두었다.

하지만 테트라 아낙스가 이 승부에 응한 것은 그가 보는 미래에서는 결코 이사카 베르게네프가 승리할 수 없기 때문이리라. 즉 이사카의 패배는 이미 결정된 것이나 다름없다. 실제로 이사카의 예지력을 총동원해 보아도 절망적인 미래밖에는 보이지 않았다.

예지력을 가진 그에게 있어서 이것은 얼마나 절망적인 상황이었는지……. 하지만 한 가지 희망이 있다면…….

"즐거운… 승부가 될 것 같군."

이사카는 쓴웃음을 지으며 자신의 왼쪽 가슴을 움켜쥐었다.

7

레닌의 묘소는 관광객이나 헌화객들에게 공개되기 위하여 입구와 출구가 다르게 구성되어 있었다. 일반 공개가 되는 날에는 유리관 한가운데 레닌의 시신이 누워 있고, 관광객들은 입구를 통해 줄서서 들어와 레닌의 얼굴을 잠깐 보고 출구로 줄지어 빠져나가게 되어 있었다.

공산혁명의 아버지라고 하는 그의 묘역답게 묘소 안은 엄숙한 공기가 감돌고 있었다. 조명도 제한되어 있고 관리자들도 엄중히 붙어 있었다.

그러나 지금은 대량의 시체가 널려 있다. 묘를 관리하는 직원으로 보이는 인간들은 무시무시한 힘에 의해 찢겨져 있었고, 안에는 유리관 안에 보관된 레닌의 시신과 그 유리관 위에 놓인 돌로 만들어진 정육각형의 상자가 있었다.

"저건가?"

실베스테르는 허리까지 닿는 긴 은발에서 빗물을 짜내고 어깨 뒤로 넘기며 안으로 걸어 들어왔다. 그가 발걸음을 내디딜 때마다 물로 발자국이 남았다. 피가 흥건하게 고여 있는 바닥 위에 물로 된 발자국이 찍혔다.

"…쓸데없는 살상이군. 나도 백색인 것은 아니지만… 세건?"

실베스테르는 세건이 입구에 서서 멍청히 서 있는 걸 보고 눈살을 찌푸렸다. 한세건은 넋을 놓았다가는 언제 흡혈귀가 되거나 미쳐 버릴지 모르는 불안한 상태였다. 그런 그가 넋을 놓다니.

아니나 다를까, 망령들이 즉시 그의 몸 안으로 들어가려고 머리를 드밀었다. 김성희가 미리 마법적 조치를 취해두지 않았다면 신들려서 무당이 되어도 이상하지 않았으리라.

"으윽……."

한세건은 이마를 짓누르고 상자를 노려보았다. 상자 안에 봉인된 그 무엇인가로부터 끔찍한 느낌이 느껴지고 있었다.

물론 봉인 처치는 실로 완벽했다. 테트라 아낙스를 해치우기 위해 릴리쓰에 의해 만들어진 마물, 이사카. 그놈은 제 어미를 죽여 봉인하면서 자신의 마법적 영감을 충분히 발휘해 두었다. 하지만 그럼에도 불구하고 저 안쪽에 있는 것은…….

순간 세건의 눈앞에 그가 보지 못한 세계의 모습이 나타났다.

그것은 사람의 손길이 아직 닿지 않은 원시림, 그의 앞에 나선 자들은 중세의 기사였다.

찌는 듯한 무더위가 엄습해도 그들은 무장을 벗지 않고 헐떡이며 숲을 지나갔다. 그리고 곧 그들은 정글의 한가운데서 커다란 낡은 피라미드를 발견했다.

남미식의 정방형 피라미드 위에 놓여 있는 십자가가 새겨진 거대한 석관, 그 석관으로부터는 지금 한세건이 마주친 상자와 비슷한, 아니, 똑같은 사악한 힘이 흘러나오고 있었다.

이것은 환각인가, 아니면 플래시백인가? 플래시백이라면 누구의 기억이지?

물론 물어볼 것도 없이 그것은 진마 유다의 기억이었다. 예루살렘 수복을 위해 모여든 십자군은 막대한 약탈품으로 부를 축적하게 되고, 그 부를 빼앗고자 하는 세력의 음해에 걸려 악마 숭배자로 몰리게 되었다.

몇몇 이는 그에 반발해 진짜로 마법서를 찾아 마법을 쓰게 되었고 순박한 신앙을 가진 다른 이들은 세계 각지로 도주했다. 그들 중에는 프레스터 존 왕국을 찾아 그 성물을 가져와 교황의 환심을 사고자 하는 어리석은 이들도 있었다.

자신들에게 씌워진 누명이 그리하면 풀리리라 믿은 그들은 그 후로도 대를 이어가며 세계를 누비고 다니다 결국 신의 손길이 닿지 않은 땅에서 십자가가 새겨진 석관을 발견했다. 그때의 기쁨이라는 것은 이루 말할 수가 없었다. 그들의 구원이 여기에 있다고 여긴 성당 기사들은 일제히 환호성을 내질렀다.

'그래서 기뻤나?'

한세건의 눈으로 보아도 그것은 이상했다. 에스닉한 피라미

드의 위에 놓여 있는 그 석관은 누가 보아도 그저 평범한 기독
세계 양식의 석관이었다. 그저 봉인을 위해 석공에게 돈을 주고
만들었을 법한 평범한 서방식 석관. 그것이 이 세계에 있다는
것 자체가 의심스러웠다.

쉬이이익!

방부 처리된 레닌의 유리관 위에 놓인 상자로부터 음험한 독
기가 뿜어져 나왔다. 마물을 잉태하는 사악한 힘. 인류가 존재
하는 한 인류의 무지와 공포를 형상화하는 검은 영지의 주인이
저 상자 안에 갇혀 있다.

그러고 보니 저런 걸 열 살도 채 안 된 어린 녀석이 만들어냈
다니… 기가 막힐 노릇이다.

"정신 차렸나?"

그때 실베스테르가 한세건의 앞에 서서 물어보았다.

"아? 예?"

세건이 뺨을 만져 보니 열기가 느껴지고 있었다. 아마도 잠깐
넋이 나간 사이에 실베스테르가 따귀라도 쳐올린 모양이었다.
물론 따귀를 맞았다고 정신을 차린 건 아니다. 왠지 항의라도
하고 싶어졌지만 지금은 그런 것에 신경 쓸 겨를이 없었다.

"일단 회수하지요. 봉인 자체는 굉장히 단단하군요."

"새어 나오는 기세는 장난이 아니지만, 확실히 그렇군. 나도
마법에는 좀 자신이 있는 편인데 이건 나 정도는 명함도 못 내
밀 실력이야. 이게 이사카 베르게네프의 실력이란 말인가?"

실베스테르는 석함을 손에 들었다. 그러나 이대로 일이 잘 풀

릴 리가 없었다.

레닌의 묘소 안으로 깡통 같은 게 내던져지더니 푸쉬식 하고 자극성 연기를 피워 올렸다.

"…수류탄이 아닌 게 다행이군. 그나마 교양이 있는 놈들이야."

실베스테르는 은사를 뿌려서 최루탄을 감아 챈 뒤 밖으로 그대로 집어 던졌다. 한세건은 최루탄을 보고 즉시 호흡을 정지했지만 일단 노출된 점막으로 최루성 연기가 닿자마자 기침을 하지 않을 수 없었다. 그러나 실베스테르는 전혀 영향을 받지 않고 태연히 서 있었다.

"콜록콜록, 레, 레닌의 시체를 훼손… 쿨럭. 그건… 쿠푸왕의 피라미드를 폭파시키는 것과 비슷하니까요. 아, 젠장."

"피라미드에 비하다니. 반기독적인 시체 관람쇼에 대한 지나친 찬사인걸."

"피라미드도 충분히 반기독적인데요. 아, 그런데 실베스테르, 정말 기독교를 믿어요?"

세건은 이전부터 묻고 싶은 것을 물어보았다. 실베스테르야 신분상 신부이고 신부복을 입고 있기는 하지만 과연 이 사람이 정말 신부인 걸까 하는 의문이 들었다. 그는 성직자가 되기에는 너무 많은 세상의 어둠을 보았고 신에게 의존하는 것 같아 보이지 않았다.

실베스테르는 복잡 미묘한 표정을 지어 보였다. 언제나 조각상 같아서 그리 표정이 풍부하지 못한 실베스테르이지만… 약간의 불쾌한 감정과 회한, 그런 미묘한 것들이 눈빛에 스쳐 지나가는 것을 알 수 있었다.

"내 방식대로지만. 이거 참 성직자답지 못한 대답이군. 이런 건 나중에 여유 있을 때 이야기하도록 하지. 지금은 노코멘트라고 해두자."

세건은 양손에 글록 18을 들고 좌우로 휘두르면서 익숙하게 슬라이드를 후퇴, 전진시켜 장전했다. 실베스테르도 데저트 이글과 아르젠트 하르페시언을 들고 세건의 뒤에 섰다.

둘은 서로의 등을 맞대고서 입구와 출구 쪽을 노려보았다. 실베스테르가 말한 대로 지금은 느긋하게 이야기할 때가 아니다. 방금 전만 해도 최루탄이 던져지지 않았던가?

"레닌의 시체를 손상시키고 싶지 않다. 나오지그래?"

밖에서 기다리고 있던 흡혈귀들이 확성기로 말을 걸어왔다. 역시 안에서 총격전이 벌어지게 되면 레닌의 시체가 상하게 된다.

테트라 아낙스 직속의 흡혈귀들은 흡혈귀들 사이에서도 귀족이라는 인식이 있어서 인류의 문화유산이나 예술품 등을 지극히 사랑하고 있었다.

레닌의 시체가 문화유산씩이나 될까 의심스럽지만 어쨌거나 러시아의 국보 아닌 국보라고 할 수 있었다.

러시아 정교회에서는 레닌의 시체를 전시하지 말고 땅에 매장해야 한다고 주장하고 공산당이 레닌을 신격화하고 있다고 맹렬히 비난했지만 그런 그들로서도 레닌의 시체가 총탄에 맞아서 전시하지 못할 물건이 되는 것을 갈망하지는 않으리라.

"갈보 녀석들의 말에 따르는 건 별로 마음에 들지 않지만, 이 경우는 어쩔 수 없군."

"계속 이러고 있을 수도 없고요."

세건과 실베스테르는 레닌의 묘에서의 농성을 포기하고 출구를 향해 걸어 나갔다. 붉은 광장에는 벌써 장갑차에 기관총 진지까지 설치되어 있었고 곳곳의 건물 위에는 저격수가 배치되었다.

이런 상황에서 살아남는다면 그야말로 기적이리라. 아무리 한세건과 실베스테르가 무장을 잘했다 하더라도 이런 놈들을 상대로 살아남을 수는 없다.

모퉁이에서 칼날을 내밀고 검신에 비치는 모습으로 밖을 확인한 실베스테르는 혀를 찼다.

"벙커 버스터를 날리지 않는 게 용하군."

"레닌의 시신이 있으니까요."

세건도 그리 말했지만 이 상황은 확실히 난감했다. 정보가 없다고는 해도 적진 한가운데 이렇게 무식하게 뛰어들다니……. 테트라 아낙스의 본사 건물에 뛰어들었을 때보다 더 절망적인 상황이라고 할 수 있었다.

그때는 적을 기습하다시피 공격해서 병력이 분산되어 있었지만 이곳은 광장에 위치한 곳이다. 조금만 나가도 바로 탁 트인 공간에… 적들은 엄폐물을 잔뜩 쌓아두고 막강한 화력으로 공격할 준비가 되어 있었다. 아마 총알로 저인망을 만들 수도 있으리라.

"쳇, 나갈 수도 없는 상황이군."

준비된 화망을 보니 과연 엄두가 안 난다. 한세건은 비스트를 붙잡고 눈살을 찌푸렸다.

그러나 그때였다.

갑자기 광장 맞은편의 건물 옥상에서부터 한 사람이 떨어지는 게 보였다. 저격수가 손에 들고 있던 라이플을 놓치고 밑으로 추락한 것이다.

"아니?"

총성은 들리지 않는데 사람들이 죽는다. 빌딩 위에 자리를 잡고 있던 저격수들이 다른 저격수의 공격을 받아 죽어나갔다.

철컥!

이사카는 저격총의 카트리지를 갈고 연사하듯 방아쇠를 당겼다. 조준을 하는지 안 하는지 그냥 총구를 수평으로 이동시키면서 방아쇠를 마구 당기고 있는데도 한 방에 정확히 한 놈씩 쓰러져 즉사했다. 애써서 각 포인트에 배치시킨 저격수들이 허망하게 죽어나갔다.

"맙소사!"

흡혈귀들은 예상 밖의 위치에서 날아오는 총탄에 기겁했다. 이미 붉은 광장 주위는 다 조사해 두고 저격수를 배치했었다. 그런데 왜 조사가 끝난 장소에서 적의 저격수가 총알을 퍼붓는단 말인가?

"어리석기는. 이사카는 테트라 아낙스보다 더 뛰어나단 말야. 고작해야 졸개에 불과한 것들로서는… 이사카가 코앞에 있더라도 발견할 수 없지!"

이사카의 부하, 뷔르제예프도 저격총을 들고 크렘린 벽 위에서 저격을 시작했다. 이사카의 가호를 받아서 사람들의 눈에 들키지 않게 된 그는 대담하게도 크렘린 궁에 올라가 거기서부터 저격을 하는 것이다. 이 공격도 예상 밖의 방향에서 날아오는 것이라 흡혈귀들은 당황했다.

"좋아, 저격수는 전부 제거했군."

약 1개 소대분의 저격수들을 제거하는 데 30초도 걸리지 않았다. 흡혈귀들은 즉시 총을 들고 응사하려 했지만 그들은 여전히 뷔르제예프와 이사카를 발견하지 못했다.

"이건! 인식 장애술이다! 모두 정신을 집중해!"

흡혈귀들의 리더가 상황을 파악하고 부하들에게 명령하자 흡혈귀들이 집단적으로 인식 장애술에 저항했다. 그러자 술법에 부하가 걸린다. 무의식중에 흘려 지나가는 이를 속여 넘기는 것과 주의 깊게 바라보는 자를 속여 넘기는 것은 당연히 큰 차이가 있게 마련이다.

"…하아."

이사카는 몸에 부하가 걸리자 한숨을 내쉬었다. 그의 인식 장애술은 전 인류에게도 통용될 만큼 강력한 것이지만 테트라 아낙스와 영지를 다투고 있는 지금에서는 저 정도 집중력만 되어도 견디기 힘들었다.

"슬슬 저놈들에게 맡기고 물러나죠? 이 이상 해줄 의리가 없습니다."

뷔르제예프는 흡혈귀 사냥꾼들에게 맡기고 물러날 것을 종용했다. 릴리쓰의 심장을 테트라 아낙스에게 넘겨주고 싶지 않은 건 그도 마찬가지지만 도저히 좋아할 수 없는 사냥꾼 놈들을 위해서 이사카가 몸을 축내는 것도 마음에 들지 않았다.

"별거 아니야. 이 정도야 아무것도 아니지."

"그렇긴 하지만… 녀석들에게도 세상 엄한 걸 알려줘야 하지 않겠습니까?"

"놈들도 모를 리 없지. 흡혈귀 사냥꾼인걸."

이사카는 그리 말하며 탄창을 새로 갈았다.

"저기다!"

그와 거의 동시에 흡혈귀들이 인식 장애술을 깨고 그를 발견했다. 하지만 이사카는 피식 미소를 지었다. 일부러 인식 장애술을 풀었을 뿐, 그들이 술법을 깬 것은 아니다.

"바이바이!"

그는 기관총 사수들에게 총탄을 퍼부었다. 레닌 묘소 앞에 설치된 기관총 진지의 사수들의 관자놀이에 총알구멍이 생겼다.

흡혈귀들은 재생력이 있기 때문에 설사 머리를 총에 맞았다고 해서 쉽게 죽지는 않는다. 은 탄환이 구리 탄환보다 더 잘 먹히기는 하지만 그렇다고 절대적인 위력을 발휘하는 것도 아니다.

뇌에 은 탄환이 들어왔다고 해도 VT가 높은 흡혈귀들은 쉽게 재생한다. 특히 속도가 빨라서 상처가 깔끔한 라이플의 경우는 어지간한 급소를 당한다 하더라도 더더욱 빨리 재생할 수 있다.

그러나 이사카가 쏘는 총탄은 달랐다. 강력한 염이 걸려 있는 이 총탄은 일단 중추신경인 척추나 뇌에 적중하면 즉시 염으로 상대를 오염시켜 재생을 방해한다. 총탄에 맞는 것만으로 염에 오염되어 정신이 붕괴할 수도 있다.

"아, 아니!"

그리고 그다음 순간 이사카는 그들 사이에 내려섰다. 흡혈귀들이 모두 깜짝 놀라서 그를 돌아보는 순간 그의 허리춤에 찬 검이 뽑혀 나왔다.

크칵!

시미터와 쿠크리가 동시에 뽑혀 나오며 불꽃과 냉기를 토해냈다. 이사카의 칼집에서 튀어 나간 검은 부메랑처럼 허공을 날며 흡혈귀들을 베어버렸는데 로켓이라도 발사한 것처럼 후폭풍을 남겼다.

쉬이이이익!

"아아……."

이사카가 서 있던 바실리 대성당을 멍청히 바라보던 흡혈귀들은 그제야 자신들이 당했다는 걸 깨달았다. 하지만 이미 그들의 몸이 베인 뒤였다.

푸스슥!

흡혈귀들의 몸이 짚단 베기 시범이라도 보이는 것처럼 잘려서 엇갈려 쓰러졌다. 그리고 놀랍게도 장갑차의 모퉁이도 칼날에 베어 떨어졌다.

"이, 이… 괴물!"

흡혈귀들은 그들 사이에 나타난 이사카를 보고 기겁했다. 테트라 아낙스가 부하들에게 이미 일러두긴 했지만 직접 본 리림의 흉포한 힘은 상상을 초월했다.

그렇지만 흡혈귀들이 남을 괴물이라 부르다니?

이사카는 쓴웃음을 지으며 손을 뻗었다. 허공을 날아가던 시미터와 쿠크리가 다시 그의 손으로 되돌아왔다. 이사카가 칼날을 되받는 것에 정신이 팔린 흡혈귀들 앞에서 그는 다시 텔레포트를 했다.

"앗?!"

흡혈귀들 입장에서는 갑자기 이사카의 모습이 사라진 걸로밖에 보이지 않으리라. 하긴 설사 정신을 팔지 않고 있었다 해도 마찬가지다. 텔레포트를 애초에 '사라졌다' 이외에 뭐라고 표현하겠는가?

"정말 서비스 정신이 투철하시군요."

뷔르제예프는 자신의 옆에 나타난 이사카를 바라보며 한숨을 내쉬었다. 그러나 이사카는 그를 무시했다.

"그럼 이제 당신들 차례야, 비스트. 이 정도까지 해줬으니 알아서 처리해."

이사카는 총을 거두고 뒤로 물러나 광장에서 볼 수 없는 사각으로 피했다. 비스트와 실베스테르, 이 두 사냥꾼은 결코 그의 친구가 될 수 없는 적이지만… 지금은 그들의 손에 릴리쓰의 심장이 들어가게 해야 한다.

결코 그것을 테트라 아낙스에게 넘겨줄 수는 없다.

"페어플레이라는 말을 모르는군."

이사카가 현장으로부터 등을 돌리고 빠져나갈 때, 그의 앞에 휠체어에 앉은 노신사와 그 노신사의 휠체어를 밀고 있는 젊은 청년이 나타났다. 빗방울이 그들을 꿰뚫는 걸로 보아 물론 그것들은 환영이었다.

아무리 그들이 어둠의 왕으로 군림하고 있다 하더라도 이사카의 손이 닿는 거리에 본체를 드러낼 용기 따위는 없으리라.

"이러지 말자는 약속이 있었나?"

이사카는 자신에게 환영으로 말을 걸어오는 테트라 아낙스를 무시했다. 어차피 그가 제안한 것은 게임이었다. 테트라 아낙스에게 위치를 알려주겠다는 말, 그것뿐이었다.

"그래서 택한 게 비스트인가. 한국에서 한 번 당한 걸 그냥 내버려 두었더니 다들 저 친구에게 크나큰 기대라도 걸게 된 모양이로군. 역시 벌레가 물었을 때는 바로바로 잡아야지. 그러지 않으면 이곳저곳에서 기어오른다니까."

테트라 아낙스는 오만한 태도를 보였다. 그러나 그때 레닌의 묘소에서부터 무엇인가가 튀쳐나왔다.

"벌레? 저 녀석들을 변호해 줄 생각은 없지만… 벌레에게 그런 식으로 계속 물리다간 몸뚱이가 남아나지 않을걸."

이사카는 테트라 아낙스를 비웃었다. 벌레라? 인간이나 라이칸스로프나 다른 흡혈귀나 테트라 아낙스가 보기엔 죄다 벌레로 보일지 모르지만 그런 그놈 자신도 젊음을 탐하며 추태를 부리고 있지 않은가?

늙고 추한 이 요물이 남들을 경멸할 권리가 있는 것일까?

"물론 그는 매우 재미있는 소재지. 그의 존재가… 흡혈귀들에게 나에 대한 절망을 버리게 해줘서… 다시금 흡혈귀들을 살게 해주었어. 그건 고마워하고 있지. 그러나 릴리쓰의 심장을 두고 우리와 경쟁을 한다면 제거할 수밖에."

테트라 아낙스는 그 말을 남기고 사라졌다. 이사카는 불쾌함을 곱씹으며 그들이 사라진 공간을 노려보았다.

쏴아아아아.

비가 거칠게 쏟아지고 있었다. 아마도 이것이 모스크바의 마지막 가을비가 되리라.

그리고…….

"후후후, 하하하하하하."

이사카는 얼굴을 양손으로 가린 채 웃어댔다. 갑자기 몸이 덜덜덜 떨렸다. 그는 저 흡혈귀보다 육체적으로는 훨씬 더 강력한 존재였다. 만약 테트라 아낙스의 4인이 그의 앞에 실물로 나타난다면 눈 깜빡할 사이에 찢어 죽일 자신이 있었다.

그러나 지금 그는 저 흡혈귀가 두려워서 떨고 있었다.

"아아하하하핫!"

第26夜

Flashback

1

한세건은 양손을 뻗어 흡혈귀의 머리채를 잡는 것과 동시에 왼손으로 짧은 훅을 날렸다. 그것만으로도 상대방의 목이 뒤틀려 부러졌다.

그는 이사카 베르게네프에 의해 저격이 시작되는 틈을 타서 뛰어나와 정신을 팔고 있는 흡혈귀를 기습했다. 흡혈귀가 목이 부러진 정도로 죽지는 않겠지만 중추 신경이 끊어진 이상 몸이 제멋대로 움직이지 않으리라.

세건은 흡혈귀의 몸을 끌어안고 뒤를 취한 뒤 그의 손에 들려 있던 소총을 들었다.

두두두두두두!

그는 정신을 팔고 있던 흡혈귀들에게 소총을 퍼부었다. 깜짝 놀란 흡혈귀들이 방어 자세를 취했다. 방탄복을 입고 있는 흡혈귀들이 방어 자세를 취하면 권총탄으로는 타격을 줄 수 없겠지만 그들은 한세건이 입고 있는 방탄복을 염두에 두고 있었는지 소총을 준비해 왔다.

"젠장!"

흡혈귀들도 응사했지만 세건은 흡혈귀를 끌어안은 채 몸을 옆으로 날렸다. 흡혈귀가 입고 있는 방탄복 두 장과 몸통이면 제아무리 소총탄이라 하더라도 완전히 관통하지는 못한다.

그들이 한세건에게 정신이 팔린 사이 레닌의 묘소 안 그림자로부터 검은 총구가 나타나 그들을 겨누었다.

콰앙!

흡혈귀의 머리통이 묵직한 총성과 함께 날아갔다. 깜짝 놀란 흡혈귀들이 광장 앞에 쌓아둔 모래주머니 뒤로 피했지만 두 번째 사격이 그들이 몸을 숨긴 모래주머니를 명중시켰다.

퍼엉!

모래주머니가 터지고 모래가 날리며 정말 '비 오는 날 먼지 나게' 되었다. 모래주머니 뒤에 숨어 있던 흡혈귀들은 피투성이가 되어 바닥에 쓰러졌다.

"으아아아!"

은발의 신부가 새카만 대물 사격용 50구경 라이플을 들고 레닌의 묘, 출구로부터 천천히 걸어 나왔다.

"이 자식!"

흡혈귀 병사가 총을 겨누고 달려들었다. 총구가 불을 뿜었지만 실베스테르의 몸도 유령처럼 빠르게 움직이며 그의 총격을 피했다. 흑색의 신부복이 은발과 대조를 이루며 움직인다. 흡혈 귀와 사냥꾼이 원을 그리며 돌다가 이윽고 만났다.

철컥!

실베스테르는 자신의 목을 노리고 날아드는 흡혈귀의 손톱을 무시하고 비스트로 위에서부터 그의 팔뚝을 찔렀다. 묵직한 총 신으로 내려친 게 아니라 총구를 앞세워서 총열로 팔을 찔러 버 린 것이었다.

우드드득!

총구가 팔뚝을 꿰뚫듯 들어가 버렸다. 뼈가 부러지는 무시무 시한 소리와 함께 비명이 들려왔다.

"크아악!"

흡혈귀는 기겁했다. 흡혈귀 사냥꾼의 속도를 흡혈귀인 그가 따를 수가 없었다.

"네… 네놈은?"

"울어라."

평상시는 대답을 기다리는 편이었지만 이번에는 인정사정없 이 방아쇠를 당겼다.

비스트로부터 불꽃이 튀어 흡혈귀의 팔을 날려 버리고 그의 몸통을 맞혀 버렸다. 하반신이 완전히 날아가 버린 흡혈귀가 내 장을 쏟으며 붉은 광장 위로 쓰러졌다. 시뻘건 피가 쏟아져 나 와 붉은 광장을 이름 그대로 붉게 물들였다.

휘리리릭!

실베스테르가 비스트를 거두는 것과 동시에 그로부터 은색의 실이 춤추듯 뻗어 나갔다. 깜짝 놀란 흡혈귀들이 그를 포위하고 총을 쏘았지만 실베스테르는 시체를 들어 총알의 포위망에 집어 던졌다.

죽어버린 흡혈귀의 육신이 총탄을 맞을 때마다 꼭두각시 인형처럼 기괴하게 경련을 일으켰다. 하지만 우산을 써도 폭우에는 옷이 젖는 법! 고작 흡혈귀 한 놈의 몸으로 이 총알의 비를 막을 수는 없다.

그러나 흡혈귀들은 흑의 은발의 신부가 자취를 감추었다는 사실을 깨달았다. 그들에게 던져진 시신에 정신이 팔린 사이 그는 마술사의 트릭처럼 빠져나간 것이다.

"어엇?"

쉬이이익!

은색의 실이 그들의 발아래로 달려 나가 지면에 거미줄처럼 깔렸다. 깜짝 놀란 흡혈귀들이 고개를 들고 보니 하늘 위에는 실을 밟고 허공에 서 있는 실베스테르가 있었다. 그는 은색의 세이버를 들고 흡혈귀들을 오만하게 내려다보고 있었다.

"더러운 욕망을 원죄로 품고 있는 네놈들에게도 눈물이라는 게 있다면 지금 보이는 게 좋을 거다."

"웃기지 마!"

"나도 웃기는군. 이제는 질릴 때도 되었는데 여전히 미련을 버리지 못하는 것을⋯⋯."

실베스테르는 실 위에서 뛰어내리며 백은의 검을 내리꽂았다. 그러자 지면에 깔려 있던 은색의 실이 일제히 허공으로 그물처럼 솟아오르며 흡혈귀들의 몸을 가르고 지나갔다.

촤아아악!

피가 분수처럼 쏟아져 나와 붉은 광장을 피로 적셨다.

실베스테르는 그들 사이에서 몸을 일으켜 세우고 자신의 몸을 바라보았다. 아무리 민첩하고 빠르다 한들 상대 역시 흡혈귀이다 보니 피해가 없지는 않다. 소총을 미친 듯이 긁어대는 데는 아무리 방탄 소재로 만든 옷이라 해도 남아나질 않는다.

그러나 그의 몸에서는 피 한 방울 흐르지 않는다. 실베스테르는 쓴웃음을 지으며 품 안에 갈무리한 릴리쓰의 심장을 확인했다. 다행히 석관에는 탄이 맞지 않았다. 만약 탄에 맞는다면 그대로 릴리쓰가 다시 풀려날 수도 있다.

실베스테르는 숨을 돌리고 주위를 살펴보았다.

이사카 베르게네프가 저격을 가한 덕분에 흡혈귀들의 진형은 대부분 흐트러져 있었다. 포위망이 흐트러지고 화망이 뭉개진 이상 레닌 묘역을 포위하고 있던 흡혈귀들에게 더는 지형의 이득이 없었다.

진지를 구축하고 화망을 퍼부었다면 실베스테르나 세건도 무력하게 잡혔겠지만 그게 불가능해진 이상 국면은 난전으로 흘렀다.

그 결과 대부분의 흡혈귀는 박살 났다. 실베스테르와 한세건도 타격을 입긴 입었지만 일단 진지를 짜고 기다리고 있던 병력은 다 격파했다.

그러나 그때 붉은 광장을 향해 기관총을 설치한 군용 트럭이 들어오는 게 보였다. 아마도 흡혈귀들이 추가 병력을 파견한 모양이었다.

"이래서는 끝이 없겠군."

실베스테르는 바닥에 떨어진 보디 벙커를 들어서 상태를 확인했다. 각종 특수 섬유로 만들어진 이 총알 막는 방패는 포인트 맨 전용의 레벨 4 대형 벙커였다.

무겁긴 하지만 건물이나 시가전에서 이 방패로 벽을 세우고 거점을 제압하면 탁월한 성능을 발휘한다. 무겁다는 단점도 흡혈귀나 흡혈귀 사냥꾼들에게는 그다지 큰 문제가 아니므로 상관없다.

실베스테르는 확인된 적들을 향해 벙커를 세우고 세건에게 다가갔다.

한세건은 마지막 남은 흡혈귀를 처리하고 있었다. 그는 흡혈귀의 목에 칼날을 대고 당겨서 목에 상처를 내고 피를 냈다. 실베스테르조차 그 모습을 보고 놀라지 않을 수 없었다. 실루엣만으로 보면 흡사 피를 마시기 위해 목을 자르는 것 같아 보였기 때문이었다.

그러나 흡혈 욕망에 시달리고 있을 한세건은 너무나 고집스럽게도 입을 꾹 다물고 있었다. 흡혈귀의 몸으로부터 피가 분수처럼 쏟아지면서 한세건을 적셨다.

쏴아아아아!

우기라도 시작된 것처럼 거칠게 쏟아지는 폭우가 세건을 적섰다. 흡혈귀의 피가 한세건의 몸에 난 총상을 뒤덮자 새살이 돋아나며 탐욕스럽게 그의 피를 빨아들였다. 한세건 본인이 입을 벌려서 피를 마시지는 않았지만 그의 상처가 피를 빨아들이고 있었다.

"괜찮은가?"

실베스테르 자신도 총탄에 의해 너덜너덜해졌으면서 한세건을 걱정했다. 그야 총을 아무리 맞아도 그리 큰 문제가 없지만 한세건은 언제 흡혈귀가 될지 모르는 몸이다. 그런 놈이 아무리 치료용으로 흔하게 쓰는 방법이라지만 흡혈귀의 피를 몸으로 빨아들이겠다는데 놀라지 않을 수 없다.

조금만 실수하면 바로 흡혈귀로 전락해 버릴 한세건이 피를 앞에 두고 이리도 태연하다니……

"이 정도는 괜찮아요. 얼른 빠져나가도록 하지요."

한세건도 실베스테르의 흉내를 내서 지면에 널브러져 있는 보디 벙커를 들었다. 실베스테르와 한세건이 보디 벙커를 들고 서로서로 엄호하자 물샐틈없이 방어 태세를 취할 수 있었다. 그들은 그렇게 서로를 보호하며 레닌의 묘소 앞에 세워둔 실베스테르의 자동차를 향해 달렸다.

두두두두두!

뒤늦게 군용 차량으로 도착한 흡혈귀들이 차에서 뛰어내리며 다짜고짜 소총을 갈겼다. 몇몇 놈은 소총으로는 보디 벙커를 뚫을 수 없다고 생각했는지 소총 대신 로켓포를 날려댔다.

"윽!"

총탄을 막는 데 여념이 없던 세건으로서는 갑자기 날아드는 로켓에 대해 대항할 수가 없었다. 그때 실베스테르가 앞으로 뛰어들며 은사를 뿌렸다.

치이익!

허공에서 금속이 마찰하며 불꽃이 튀었다.

은색의 실이 로켓탄을 가르고 지나가자 로켓탄이 좌우로 갈라지며 불발했다. 공중에서 유폭이라도 되었다면 아무리 보디 벙커를 들고 있다 하더라도 위험했을 텐데 용케도 신관이 분리되면서 불발한 것이다. 그러나 안도의 한숨을 내쉬기도 전에 폭음이 들려왔다.

쿠웅!

보디 벙커가 찢어지고 벙커를 들고 있던 실베스테르의 팔이 끊어져 하늘로 떠올랐다. 흡혈귀들 사이에서 검은색으로 도장한 바렛의 총구가 보였다. 흡혈귀들이라고 바렛 쓰지 말란 법이 없다는 걸 몸소 보여줬을까? 하지만 그럼에도 불구하고 실베스테르는 왠지 억울한 생각이 들었다.

"큭!"

"저놈들이!"

바렛을 쥔 흡혈귀가 트럭에서 뛰어내리며 다시 발포했다. 깜짝 놀란 한세건은 보디 벙커를 마치 투우사가 물레타를 다루듯 몸 옆으로 빼면서 빙글 옆으로 돌았다. 역시 보디 벙커에 바렛이 명중하면서 큰 구멍이 뚫렸다.

"역시… 광장에서는 도저히 안 되겠어요. 차는 어때요?"

"틀렸다."

실베스테르는 착 가라앉은 소리로 대답했다. 레닌의 묘 모퉁이를 돌아보니 입구에 세워두었던 시보레 코베트는 이미 산산조각 나 있었다. 흡혈귀들이 묘소를 포위했을 때 이미 부숴 버린 모양이었다. 세건도 모퉁이를 돌면서 폭삭 가라앉은 검은 코베트를 보았다.

"젠장."

광장의 입구 쪽에는 이미 적들의 증원이 와 있다. 이런 상황에서 차량 없이 어떻게 도망을 친단 말인가? 그러나 그때 그의 눈에 뭔가가 들어왔다.

경찰들이 세워둔 것으로 보이는 경찰용 오토바이가 눈에 띈 것이다.

2

한세건은 즉시 오토바이를 타고 뒤에 실베스테르를 태웠다.

"괜찮겠냐? 네가 쓰던 게 아닌데?"

"지금 찬밥 더운밥 가릴 처지가 아니죠."

세건은 시동을 걸고 옆으로 도망쳤다. 차에서 내린 흡혈귀들이 세건과 실베스테르를 향해 총격을 가했지만 세건은 광장의 왼쪽으로 빠져나가서 흡혈귀들이 내린 차 뒤로 돌아갔다.

자신들이 뛰어내린 트럭 때문에 시야가 가리게 되자 흡혈귀들은 즉시 차 위로 뛰어올라 계속 사격을 가하려 했다. 그러나 그때 그들의 눈앞으로 녹색 막대 하나가 떠올랐다.

삑!

한세건이 어깨 위에 매단 리모컨을 누르자마자 공중에서 폭탄이 폭발하며 흡혈귀들을 집어삼켰다. 미리 스테인리스 바를 감아두어서 파편이 사방으로 요란하게 날렸다.

"붉은 광장에서 폭탄을 터뜨리다니… 참. 이런 날이 올 줄은 몰랐어요."

"나도 그래."

실베스테르도 상상을 초월하는 전개가 되었음을 인정하지 않을 수 없었다. 그는 어깨를 으쓱해 보이고는 다리만으로 뒤에 매달린 채 데저트 이글을 빼 들었다.

오토바이의 진로 앞에 한 남미계 혼혈 남자가 두꺼운 시가를 물고 서 있었다. 폭우 속에서 담배 연기를 길게 내뿜은 그는 금반지를 잔뜩 낀 손을 쥐었다.

"여어! 비스트! 오래간만이군!"

"보기 싫은 면상을 쳐들고 다니는군!"

한세건은 그대로 들이받기 위해 앞으로 달렸다. 그러나 조반니 반테로는 피하는 대신 오토바이를 부숴 버릴 생각인지 꽉 쥔 주먹을 들어 뒤로 당겼다.

모션이 너무 커서 주먹을 치는 걸 알게 하는 펀치를 텔레폰 펀치라고 하는데 저게 바로 그 꼴이었다.

'이 자식이 무슨 생각이지?'

그때 세건의 뒤에서 실베스테르가 총을 갈겼다. 데저트 이글 50 A.E가 불을 뿜었으나 그 순간 조반니가 텔레포트로 사라졌다.

"쳇!"

한세건은 왼쪽 다리를 들어 오토바이의 측면에서 나타나 주먹을 날리는 조반니에게 발길질을 했다. 세건의 발과 조반니의 주먹이 충돌하자 오토바이가 옆으로 붕 치솟았다.

그러나 세건은 핸들을 잡고 공중에서 균형을 유지한 뒤 무사히 지상에 착지했다. 타이어가 물 위에서 미끄러지며 흔들거렸지만 세건은 오른쪽 다리로 지면을 한 번 차고는 잽싸게 선회해 그 자리를 빠져나갔다.

"크악!"

그러나 세건은 비명을 질렀다. 갑자기 극심한 현기증이 몰려오고 조반니의 주먹을 찬 다리가 부어올랐다. 뼈가 부러지기라도 했나? 하지만 이미 여러 번 뼈를 분질러 본 경험에 의하면 그것과는 전혀 다른 통증이다.

"세건?!"

"크윽! 괜찮아요! 갑니다!"

한세건은 지하철 입구를 향해 오토바이를 날렸다. 비에 젖은 오토바이가 계단에서 뛰어 내려가며 불꽃을 토해냈다.

끼이이이익!

세건은 무사히 계단을 뛰어내린 뒤 제자리에서 맥스턴을 하고 다리의 상태를 살펴보았다.

"…중독이군."

실베스테르는 백은의 검을 들어 세건의 다리를 십자로 쨌다. 시퍼렇게 변색된 피가 콸콸 쏟아져 내렸다.

피부에 직접 닿은 것도 아닌데 중독시키다니……. 세건은 기가 막혀서 왼 다리의 신발을 벗어버렸다. 신발에 손을 대는 순간 손가락을 통해서도 독기가 올라왔다.

"젠장……."

피를 흘리니 정신이 몽롱해진다. 그때 지하철 플랫폼으로 향하는 통로에서 거구의 흡혈귀가 새하얀 담배 연기를 뿜으며 걸어 나오는 게 보였다.

"후후후후, 어떠신가? 몸이 좀 안 좋아 보이는데?"

조반니는 아바나 여송연을 질겅질겅 씹으며 실베스테르와 세건에게 윙크를 했다. 선글라스를 쓰고 있어서 잘 보이지는 않지만 윙크라는 건 알았다.

"악연이군그래."

세건도 실베스테르도 부상을 입었다. 여기서 진마에 필적하는 흡혈귀와 싸우는 건 위험하다. 한세건은 오토바이의 연료를 확인하는 한편으로 조반니의 움직임을 예의 주시했다.

"별 씹다 만 껌 같은 게 아는 체를 하는군."

실베스테르는 조반니 반테로를 바라보며 코웃음 쳤다. 아무리 전통 있는 진마사냥꾼 실베스테르라고는 하지만 조반니 반테로를 씹다 만 껌으로 취급할 수는 없다. 물론 조반니 반테로 입장에서 볼 때의 이야기지만……

"…하아. 좋은 말로 할 때 심장을 넘겨주시지. 어차피 네놈들에게는 쓸모없는 물건 아닌가?"

"네놈들에게 쓸모 있다는 것만으로도 충분히 쓸모가 있지."

보통 기습 공격은 한세건의 전매특하나 다름없었다. 오래 살
아온 흡혈귀들은 느긋한 경향이 있어서 적을 앞에 두고도 떠벌
리기 일쑤였기 때문이었다.

그러나 조반니는 먼저 공격을 감행했다.

타앙!

금을 입힌 리볼버가 불을 뿜었다. 그러나 세건은 조반니를 무
시하고 옆으로 달렸다. 지하철은 운행이 중지되었는지 역의 사
람들은 이미 대부분 대피한 뒤라 지하철 도로 안에서 주행하는
데 장애물은 없었다.

부아아아앙!

아무리 흡혈귀라고 해도 오토바이를 바로 쫓아오지는 못한다.
그러나 조반니는 텔레포트를 해서 오토바이의 앞을 가로막았다.

세건은 앞바퀴를 들어서 벽을 장식하고 있는 모자이크화를
짓밟고 오토바이를 날린 뒤 조반니를 덮쳤다. 미리 연습한 것도
아닌데 실베스테르는 그 움직임을 타고 백은의 검을 찔렀다.

"큭!"

조반니는 오토바이를 망가뜨리기 위해 세건의 공격을 받아내
려다가 칼날이 날아드는 걸 보고 깜짝 놀라서 텔레포트로 빠져
나갔다.

만약 일반 흡혈귀라면 아차 하는 순간 오토바이에 깔려 버렸
을 텐데…… . 저놈은 위험하면 텔레포트하는 게 아주 버릇이 되

어 걸리지 않았다.

그사이에 세건은 다시 계단 아래로 오토바이를 날렸다. 한쪽 다리가 불편한 데다가 뒤에 실베스테르란 짐을 달고 있기는 했지만 그건 금세 익숙해졌다.

끼이익!

세건은 앞 브레이크는 잡은 채 뒷 브레이크는 풀고 액셀을 넣은 채로 착지함과 동시에 앞바퀴를 축으로 돌아 플랫폼 아래로 떨어지지 않고 무사히 안착했다.

척척척척…….

군화 소리가 멀리서 들려오고 있었다. 걸음의 속도로 보아하니 인간이 아니다. 조반니 반테로로도 부족해서 또 흡혈귀를 대량으로 투입하는 것 같았다.

"후우! 여기 전철 속도가 얼마나 되죠?"

"몰라. 그런 걸 알 리가."

실베스테르는 퉁명스럽게 대답했다. 그가 모스크바 관광 가이드도 아니고……. 설사 모스크바 관광 가이드라고 하더라도 전철 속도를 외우고 다닐는지는 의심스러웠다.

"지하철로 달리겠습니다."

세건과 실베스테르는 플랫폼 아래로 뛰어내렸다. 철로에는 침목이 놓여 있어서 그리 속도가 나지 않을 것 같았지만 세건은 지면을 발로 한 번 차더니 요령도 좋게 레일 위에 오토바이를 얹었다.

"재주 좋군."

실베스테르는 세건의 뒤에서 빙글 몸을 돌려서 뒤쪽을 바라보았다. 팔은 하나밖에 남지 않았지만 그는 그 팔로 시트를 붙잡고 뒤를 바라보았다.

"하아……."

한세건은 숨을 헐떡이며 레일에서 벗어나지 않는 선에서는 최고에 가까운 속도를 내며 달렸다. 아무래도 다리를 째서 피를 뽑은 정도로는 독이 빠진 것 같지 않았다. 그도 마물에 가까운 몸을 가지고 있으니 죽지야 않겠지만 몸 상태가 계속해서 나빠지고 있었다.

"그놈… 베놈과 자인의 능력을 쓰던데?"

"역시 이 독은 그건가요? 으윽……."

세건은 문득 코밑에서 뭔가 흘러나오는 걸 느끼고 무의식중에 손을 가져가 문질러 보았다. 싸한 피 냄새와 함께 현기증이 더더욱 극심해졌다. 독에 중독되어서 코피가 터진 모양이었다.

"…안 되겠다. 어, 얼른 좀 숨어야."

세건은 자신의 의식이 얼마 더 버티지 못할 것을 염려했다. 마침 그때 플랫폼이 새로 나타났다. 세건은 즉시 오토바이를 선로와 선로 사이의 빈 공간에 던져 두고 플랫폼 위로 뛰어올랐다.

실베스테르도 세건의 뒤를 따라 올라온 뒤 주위를 둘러보았다. 설마 지하철로 도망갈 것은 예상하지 못한 건지, 아니면 병력의 집중이 잘못된 것인지 두 정거장 정도밖에 안 떨어져 있는데도 병력이 배치되어 있지 않았다. 그렇지만 안심할 수는 없었다.

"으윽!"

한세건은 플랫폼 위에 피를 왈칵 토했다. 구강을 통해 역류한 피도 시퍼렇게 변색되어 있었다. 상태를 보아하니 이대로는 도 저히 싸울 수 없을 것 같았다.

"아……."

세건은 자신이 토한 피를 매만지며 어처구니없어 했다. 형광 등 아래에 피를 토해서 이런 색으로 보이는 걸지도 모르지. 피 가 이런 색이라니 어처구니가 없잖아? 직접 물리거나 피부 접촉 이 있었던 것도 아니라 밑창이 두꺼운 신발로 주먹을 받아쳤을 뿐인데?

하지만 몸은 계속 이상을 호소했다. 머리가 어지럽고 눈이 저 절로 감긴다. 전신에서 열이 나면서 근육이 푹푹 쑤신다.

"빌어먹을… 이런 재주가 있으면 진작 쓰지……."

만약 그랬다면 서울에서 이미 조반니 반테로에게 당했으리 라. 그렇지만 왜 이제 와서 이 능력을 선보이는 것일까?

"괜찮은가? 괜찮아 보이지는 않는군."

실베스테르는 한세건의 상태가 심각한 것을 보고 그를 부축 했다. 가뜩이나 추격자도 많은데 한세건이 이 모양이 되어버리 다니……. 정말 자칫하다가는 여기서 수백 년을 살아온 마인의 인생에 종지부를 찍을지도 모르겠다는 생각이 들었다.

눈물을 흘리는 흡혈귀도 찾아내지 못하고 결국 죽는다?

'흠, 뭐 상관없지. 흡혈귀의 눈물은 아니지만… 이 녀석을 죽 게 내버려 둘 수는 없잖아?'

실베스테르는 하나 남은 팔로 한세건을 부축하고 걸어 나갔다.

3

아직 옛 모습이 그대로 남아 있는 구시가지의 낡은 아파트를 향해 두 소년이 걷고 있었다.

양모를 짜서 얼기설기 만든 모자를 쓴 어린 소년과 멀대처럼 키가 크지만 얼굴에는 주근깨를 잔뜩 박은 소년이 쇼핑 카트를 끌고 있었다.

쇼핑 카트에는 영어와 러시아어, 아랍어의 3개 국어로 외부로 끌고 나가지 말라고 쓰여 있었지만 그들은 아랑곳하지 않았다.

"으암, 비가 정말 미친 듯이 오는데."

"카트 녹슬겠다."

소년들은 카트의 상태를 염려했다. 일단 끌어낸 이상 이미 자기 게 된 모양이다. 그들은 카트를 애지중지하며 비탈길을 올라섰다.

교외의 낡은 아파트라고 해도 모스크바가 되면 천문학적인 집값을 자랑한다. 물론 공산주의 사회였던 러시아는 토지 공개념을 도입해서 결코 토지를 팔지는 않는다. 부동산 역시 판다기보다는 국가로부터 매각해 사용 권리를 매매할 뿐이다.

그렇지만 그 가격은 천문학적이다. 각종 천연자원의 보고인 모스크바는 세계에서 가장 빠른 물가 상승 폭을 자랑한다.

물론 그만큼 할인마트나 대형 할인점이 들어서면서 어떻게든 하층민도 살아갈 구멍은 만들어진다.

"과자를 좀 많이 샀는데. 혼나겠다."

소년들은 카트를 끌고 낡은 철망형 엘리베이터 안으로 들어왔다.

그들이 엘리베이터에 올라서자 마침 공용 수도장에서 소녀가 물에 젖은 수건을 짜고 있는 게 보였다.

"유리안? 빼또쥬? 이제 들어온 거니? 우산 쓰고 가랬지?"

"괜찮은데."

"괜찮기는 뭐가 괜찮아? 옷을 빠는 건 나라니까! 빨랫감 늘리지 마!"

"좀 안 빨아도……."

"닥쳐!"

소녀는 한 대 치기라도 할 것처럼 주먹을 쥐고 흔들었지만 때리지는 않았다. 아이들을 때려가면서 키우는 품성이 아니기 때문이다. 그때 소년들은 수건이 피에 젖어 있다는 걸 알게 되었다.

"또 이사카가 피 흘리는 거야?"

"으응."

소녀는 걱정스러운 표정을 지었다. 창밖의 암운보다도 더더욱 어두워진 그녀의 표정에 소년들이 한숨을 내쉬었다.

"아, 걱정되네. 이사카는 무적 아니야?"

"테트라 아낙스 따위보다도 훨씬훨씬 세잖아?"

"그, 그렇게 쉽게 생각하지 마. 여하튼 얼른 안으로 들어와."

그녀는 앞치마에 손을 닦고는 수건을 들고 아파트의 문을 열었다. 문 안에는 이미 많은 라이칸스로프가 모여 있었다. 그들 사이에 회색의 머리칼을 가진 오드아이의 청년이 있었다.

피처럼 붉은 눈과 옅은 청회색의 눈이 소년들을 바라보았다. 그는 머리칼을 쓸어 올리고는 애써 태연한 척했다. 그러나 아무리 그가 릴리쓰로부터 태어난 궁극의 마물이라 해도 혼자의 힘으로는 한계가 있었다.

무수한 흡혈귀의 정신력을 연동하고 예지력을 가진 오라클들을 만들어내어 자신의 단말기처럼 부리는 테트라 아낙스와 영지를 다투는 것은 막대한 소모를 불러일으켰다.

게다가 그는 테트라 아낙스처럼 후위에서 손 놓고 있는 게 아니라 직접 전열에 나서서 싸우지 않았던가?

"이사카, 요사이 왜 이러는 거야? 이전엔 안 그랬잖아?"

유리안은 의아한 표정을 지었다. 이사카가 테트라 아낙스의 인지력으로부터 릴리쓰나 릴리쓰의 성구를 감추기 위해서 영지를 발휘하고 있는 건 어제오늘 일이 아니었다. 그런데 왜 요즘 들어서 이렇게 피를 흘리는 것일까?

"괜찮아. 그냥 요즘은 특히 많이 해서 그럴 뿐이야."

이사카는 쓴웃음을 지으며 일어났다. 그래도 그가 이렇게 어혈을 흘릴 때마다 많은 뱀파이어 오라클이 미쳐 죽어갔다. 그는 여전히 테트라 아낙스보다 강했다.

네 마리의 뱀 전체를 합치면 그가 못 미치지만 하나하나를 놓고 비교한다면 테트라 아낙스 중 가장 강력한 고든조차 이사카의 발밑을 맴도는 정도에 불과했다.

"그래, 사 오란 건 사 왔어?"

"으응. 그런데 정말 용케도 이런 걸 파네."

소년들은 병에 담긴 마유주를 꺼냈다. 터키에서 생산된 그걸 받아 든 이사카는 마개를 따고 시큼한 술을 그대로 마셨다.

"후우… 입가심으로 녹차를… 사 왔니?"

이번에는 녹차 페트병을 꺼내서 그걸 입에 털어 넣었다. 이사카는 그러고 나서 기지개를 켜더니 소파 위로 몸을 날렸다. 그다지 푹신하지 않은 낡은 소파지만 워낙에 몸이 튼튼한 라이칸스로프인지라 그대로 털썩 드러누울 수 있었다.

다른 라이칸스로프들은 묵묵히 이사카를 바라보았다. 말은 하지 않지만 모두들 이사카의 상태를 걱정하는 듯했다.

테트라 아낙스와 정면 승부를 시작하면서부터 이사카는 이따금 어혈을 흘렸다. 물론 지금의 이사카는 팔팔해 보인다. 그 힘의 바닥을 모르는 전율의 마수이며 그들 모두를 라이칸스로프로 만들어준 장본인이 아닌가?

이사카가 패한다는 건 그들로서는 해가 서쪽에서 뜨는 것만큼이나 어처구니없는 일이다. 설사 상대가 테트라 아낙스라 하더라도 그들은 승리하고 테트라 아낙스가 향유하던 모든 것을 빼앗아 누리게 되리라.

"그런데 그 비스트 녀석, 맨날 심심하면 기습 공격이나 해대는데! 이사카가 그렇게까지 해줄 필요가 있어요?"

유리안은 분통이 터지는지 입술을 뾰족 내밀었다. 지금도 보나 마나 비스트와 실베스테르가 테트라 아낙스에게 추격당하는 일이 없게 하기 위해서 손을 썼을 게 분명하다.

그렇지 않아도 그들에게 총질이나 해대는 비스트를 위해서 이사카가 피까지 흘려야 하는 게 마음에 들지 않았다. 아무리 릴리쓰의 성구를 테트라 아낙스의 손에 넘겨주지 않기 위해서라지만 이렇게까지 서비스가 좋아야 할 이유는 없다.

"그렇지만……."

"그만둬. 거기에 대한 항변은 받지 않는다. 아니… 나는 어떤 항변도 인정하지 않아."

이사카는 그리 말하고 눈을 감았다. 테트라 아낙스도 이제는 꽤 급했는지 러시아에서 꽤 많은 인력을 투입해 한세건과 실베스테르를 잡으려 했지만 이사카의 방해로 뜻을 이루지 못했다. 아마 속으로는 자존심이 많이 상했겠지만 그렇다고 이사카에게 직접 손을 쓰지는 않으리라.

테트라 아낙스가 분을 못 참고 이사카에게 직접 손을 쓴다면 그날로 테트라 아낙스는 죽은 목숨이다. 물론 이건 테트라 아낙스도 알고 있는 사실이므로 그런 멍청한 짓을 할 리가 없다.

"너무 걱정하지 마. 너희가 걱정할 만큼 나약한 내가 아니야."

이사카는 그렇게 단언하고 눈을 감았다. 곧 그는 죽은 듯이 잠에 빠져들었다.

장대비가 쏟아지는 시가지 한가운데 위치한 호텔 로비로 비에 흠뻑 젖은 은발의 신부가 한 청년을 부축한 채 들어오고 있었다. 그가 부축한 채로 끌고 오는 청년은 의식을 잃고 있었는데 안색이 파리한 게 한눈에도 상태가 위중해 보였다.

물론 그것은 부축해 오는 신부도 마찬가지였다. 그는 한쪽 팔이 날아갔는데 한 팔만으로 청년을 부축하고 어떻게든 걸어오고 있었다. 보기와는 달리 힘이 굉장히 센 모양이었다.

피투성이의 레이싱 슈트 차림의 청년과 한쪽 팔이 날아간 은발 흑의의 신부라면 호텔 로비에 들어서자마자 경비원들이 불러야 할 텐데 아무도 그들을 인식하지 못했다.

"방 하나. 아무거나 빨리."

신부는 카드와 여권을 호텔 카운터에 던지고 한 손만으로도 능숙하게 만년필을 꺼내 사인할 준비를 했다. 호텔 직원은 뭔가에 홀린 듯 멍청히 그의 여권과 카드를 받았다.

"실베스터 스탤론 씨로군요. 본인이 맞습니까?"

"……."

잠시 정적이 흘렀다. 은발의 신부, 실베스테르도 서둘러 오느라 자신의 여권에 그런 악랄한 이름이 적혀 있을 줄은 몰랐다.

"이런 장난을 치다니, 돌아가서 반쯤 죽여놔야 정신을 차릴 모양인가 보군."

"예?"

"아니… 맞아."

실베스테르는 굴욕을 느끼며 수긍했다. 그러자 직원은 멍청한 표정으로 카드를 들었다. 신용카드가 아니라 은행 계좌와 직접 연결된 직불 카드였다.

"비밀번호를 눌러주십시오."

직원은 실베스터 스탤론이라는 해괴한 이름을 듣고도 의심 없이 비밀번호 입력용 키패드를 가리켰다. 실베스테르는 떨리는 손으로 키패드의 번호를 눌렀다.

"예. 아무 방이라고 해서서 일단 디럭스 룸을 준비했습니다. 괜찮으시겠습니까?"

"물론."

실베스테르는 여권과 카드를 돌려받고 숙박부에 체크인을 했다. 그는 시체처럼 쓰러져 있는 한세건을 끌고 엘리베이터로 향했다.

"후우, 골치 아프군."

실베스테르는 비에 흠뻑 젖은 머리칼을 쓸어 올리고 옆에 끼고 있는 한세건을 살펴보았다. 독에 중독되어 마침내 의식까지 잃어버린 한세건은 추욱 늘어져서 한 팔만으로는 나르기 거북할 정도였다.

"정말 죽어버린 건 아니겠지?"

실베스테르는 혹시나 싶어서 세건의 맥박을 재려 했지만 팔이 하나만 남아서는 그것도 힘들었다. 그러나 정신을 집중하니 세건의 심장 소리가 들리는 것으로 보아 그리 걱정할 문제는 아닌 것 같았다.

문제는 실베스테르가 팔을 잃어버리고 거점도 잃어버렸다는 것이다. 일단 여벌의 부품이 없이는 팔을 수복할 수가 없고 그렇게 되면 계속 한 팔이 없는 채로 움직여야 한다.

"팔을 보내달라고 해도 도착하려면 시간이 걸릴 테니… 동방교회에서 좀 빌려야겠군."

실베스테르는 엘리베이터 밖으로 한세건을 끌고 나와서 룸으로 향했다. 다급한 마음에 카드를 던져 놨더니 직원이 그냥 멋도 모르고 가장 싼 방을 준 모양이었다.

내가 그렇게까지 없어 보이나?

팬텀 그 미친놈처럼 흰 옷을 쫙 빼입고 장갑까지 끼고 다니면 맛은 갔어도 돈이야 있어 보이겠지만 실베스테르 자신도 그렇게까지 없어 보이진 않을 텐데… 하는 생각이 잠깐 들었지만 실베스테르는 고개를 저어서 생각을 날려 버렸다.

그런 식으로 치면 실베스터 스탤론이라는 이름도 난센스다. 아니, 그런 식으로 칠 것도 없이 난센스이긴 하군. 암시에 걸려서 맛이 간 호텔 직원이 실베스테르가 없어 보여서 작은 방을 주었다거나 그러지는 않았으리라. 그렇게 판단할 정신력이 남아 있을 리 없으니까.

물론 아무리 호텔에서 가장 싼 방이라 해도 최소한의 편의 시설은 완벽하게 갖춰져 있었다. 실베스테르는 즉시 욕조로 가서 더운 물을 틀어두고 비에 젖은 옷을 벗어서 세탁용 바구니에 던져 넣었다. 그러고는 한세건의 레이싱 슈트를 벗겼다.

실베스테르는 응급처치를 위해 일단 세건을 욕조에 담가두고 냉장고에서 이온 음료를 꺼냈다. 그때 욕조에서 요란한 물소리가 났다.

"세건, 정신 차렸냐?"

"크윽……."

한세건은 욕조에서 허우적거리다가 겨우 등을 욕조에 기대었다. 독에 너무 중독된 탓에 몸이 움직이지 않아서 욕조에 빠져버린 모양이었다.

"으… 죽을 뻔했네."

세건은 관자놀이를 짓누르다가 문득 자신의 상태를 바라보았다. 눈이 흐려져서 잘 보이지는 않지만 대충 어떻게 되어 있는지는 알 수 있을 것 같았다.

"실베스테르가 벗긴 거예요?"

"일단 이거나 마셔."

실베스테르는 대답 대신 음료수를 건네주었다. 세건은 그걸 받아 들고는 억지로 입에 흘려 넣었다. 처음 흘려 넣을 때는 영 몸이 안 받을 것 같았는데 일단 마시고 나자 갑자기 갈증이 밀려왔다. 피를 많이 흘리고 몸이 상한 탓인지 마셔도 마셔도 부족했다.

"후우우, 졸리군요."

세건은 빈 페트병을 쓰레기통으로 내던지고 욕조에 몸을 기댔다. 몸 안에서 독소가 격렬히 저항해서 열이 오르는데 전신의 근육이 끊어질 것처럼 아팠다.

게다가 독이 스며든 다리 쪽은 모세혈관이 파열되면서 온통 시퍼렇게 피멍이 들었다. 흡사 시반이 생긴 시체처럼 보일 정도다.

그렇지만 일단 한 번 정신이 돌아온 이상 죽지는 않을 것 같다. 인간이라면 볼 것도 없이 관 짜고 초상 치를 준비를 해야겠지만 한세건은 단순한 인간이 아니지 않은가?

"다행이군. 베놈의 독기는 마법적인 거라 혈청이나 해독제도 없기 때문에 걱정했었는데, 그래도 치명상은 아니었던 것 같다. 죽지는 않을 거야."

이미 사멸한 진마 베놈의 특기를 떠올리며 실베스테르는 안도의 한숨을 내쉬었다. 그는 목욕용 가운을 입고 헐렁헐렁한 팔을 매만졌다. 팔이 잘리면서 마법적으로 새겨진 문신 역시 손상당해 희미한 빛을 발하고 있었다.

"그래도 용케 테트라 아낙스의 손에서 달아날 수 있었던 것은 유감스럽게도 오만방자한 라이칸스로프의 간섭 때문인 것 같군."

팔이 날아간 실베스테르와 독에 중독된 한세건. 그 상황에서 계속 흡혈귀 부대가 투입되고 석세서가 집요하게 추격했다면 그들은 그 자리에서 죽을 수밖에 없었다. 한세건은 실제로 지금도 꼼짝 못 하고 있지 않은가?

괴물 따위에게 도움을 받았다는 사실은 지금 생각해도 치가 떨리는 것이지만… 이사카 베르게네프의 도움이 결정적이었다는 것은 부인하지 못할 사실이다. 물론 그렇다고 그놈에게 고맙다는 생각은 눈곱만큼도 들지 않았다.

과연 앞으로 무슨 일이 벌어질 것인가? 그 격동 속에서 과연 무엇을 어찌해야 하는가? 그걸 생각하면 머리가 복잡해서 터질 것 같다. 한 치 앞의 미래를 예측할 수 없는 혼탁한 탁류 속을 헤엄치는 기분이었다.

이사카와 테트라 아낙스, 그리고 팬텀과 볼코프가 노리는 바는 대체 무엇이란 말인가? 실베스테르는 과연 어떻게 해야 마물들의 손에 의해 세계의 운명이 좌우되는 걸 막을 수 있는가?

"……."

한세건은 눈을 감고 다시금 잠에 빠져들었다. 평소 성격을 보면 이사카에게 도움받았다는 것 때문에 노발대발해야 할 텐데 독에 중독되어서 성질낼 기력도 없는 것 같았다.

실베스테르는 가운을 걸친 채 욕조 모서리에 걸터앉아 샤워기를 틀었다.

4

"…후우."

실베스테르는 하나밖에 남지 않은 팔로 세건을 침대에 눕혔다. 물기를 제대로 닦지 않아서 시트가 젖었지만 이 정도는 괜찮으리라.

"이런 짓까지 해야 하나."

실베스테르도 수건으로 자신의 머리칼을 닦아내다 문득 팔의 단면을 바라보았다. 단면부로부터 천천히 재생이 되고 있기는 하지만 라이칸스로프나 흡혈귀의 재생력에 비하면 하품이 나올 정도로 속도가 느렸다.

그래서 실베스테르는 여벌의 사지를 배양해서 보관하고 있는 것이었는데, 가져온 여벌의 사지는 테트라 아낙스의 박격포로 창고가 날아갔을 때 잃어버리고 말았다.

그렇다고는 해도 이전과는 차원이 다른 공격이었다. 아니, 사실 전투라는 건 개개인의 전투력의 차이보다는 어떤 상황에서, 어떻게 임전하느냐에 따라 판국이 크게 갈리게 된다.

그리고 러시아에서는 그 임전 상태가 좋지 못했다. 정보가 부족해서 흐르는 대로 끌려다니다 보니 테트라 아낙스의 함정이나 다를 바 없는 진지 앞에 끌려 나오기까지 했다. 이렇게 되면 아무리 개인의 전투 능력이 출중하더라도 해결될 일이 아니다.

"역시 이제 슬슬 한계에 봉착한 것 같군."

이렇게 된 이상 아무래도 협력자를 구하지 않을 수 없다. 그 동안은 늘 혼자 움직이다시피 했지만 이제는 일이 너무 커져서 도저히 혼자 힘으로는 해결할 수가 없다. 실베스테르는 고개를 들다가 문득 자신이 벽에 세워둔 칼에 눈길이 멈췄다.

실베스테르가 사용하는 아르젠트 하르페시언은 본디 동로마 제국 시절 제작된 마법의 보물 중 하나로 후에 동방교회의 소유물이 되어 콘스탄티노플 대성당 창고에 보관되어 있었다.

그 이름은 백은의 신월도라고 하지만 제작 시기에 비해 너무나 앞서 있는 그 모습은 후대의 세이버와 비슷해 일반적으로 세이버로 분류한다.

로마교황청의 파문 신부인 실베스테르가 동방교회의 보물인 이 검을 쓸 수 있는 것은 그가 정교회의 마물사냥꾼들과 긴밀한 협조 관계를 유지하고 막대한 대가를 지불하였기 때문에 가능한 일이었다.

"슬슬 그놈들이 입국했을 때가 되었군. 아니, 이미 들어와 있나? 잘하면 여분의 팔도 생각보다는 훨씬 빨리 얻을 수 있을 것 같은데."

정교회 역시 이적을 인정하고 있지 않은데 사실 마물사냥꾼의 힘은 신앙보다는 마법에 의지하는 게 더 강했다. 성서로 구분된 책들보다는 성서 외전, 카발리스트들이 선택한 사해문서들이나 각종 이력의 책들에 더 큰 영향을 받고 있었다.

실베스테르만 하더라도 그렇지 않은가? 그렇기 때문에 그들을 '정교회'의 마물사냥꾼이라고 부르는 것은 어폐가 있었다.

하지만 그들이 현재 정교회의 신부라는 신분을 가지고 있는 것도 부인할 수 없는 사실이었다.

실베스테르는 비가 그치길 기다리며 창밖을 바라보았다. 테트라 아낙스가 푼 마물들이 어둠의 도시를 누비며 그들의 눈으로 직접 색적을 시작하고 있었다.

세건은 늪지를 헤매고 있었다. 그는 피투성이의 몸을 이끌고 참을 수 없는 갈증을 느끼며 걸어갔다. 갈망이 해결되리라는 보장도 없지만 그저 한자리에 있는 것을 견디지 못하고 늪을 헤치며 걷고 또 걷는다. 하지만 가도 가도 끝없는 암흑뿐……. 아무것도 만날 수가 없었다.

세건은 갈증과 정체 때문에 초조해졌다. 그렇지만 이 늪은 달리기에 너무나 나쁘다. 그의 발목을 잡아끄는 늪의 점성은 한 걸음 한 걸음을 뗄 때마다 급격하게 체력을 빼앗았다.

세건은 그런 어둠 속에서 목소리를 들었다.

그것은 신처럼 말했다.

"내가 그대를 구원해 주겠노라."

그와 동시에 하늘로부터 빛이 내려왔다. 그리고 그의 앞에 형언할 수 없는 어떠한 존재가 나타났다. 천상의 군세가 최후의 심판을 위해 지상에 도래하듯, 위대한 힘이 느껴지는 어떠한 것이 하늘로부터 내려와 늪을 비추었다.

한세건은 그것을 보며 어처구니없어 했다.

그는 자신이 꿈속을 몽유하고 있다는 것을 잘 알았다. 그래서 그의 꿈속에서 보이는 이미지를 보며 실소할 수밖에 없었다.

'나도 가정교육을 판타지로 받았나. 이따위 이미지가 나오다니⋯⋯.'

그가 그러한 생각을 품고 고개를 가로젓자 방금 전까지 신성함을 위장하던 빛은 즉시 그 본성을 드러냈다.

눈부신 빛이 세상을 뒤덮으며 세건을 덮쳤다.

"아악!"

세건이 빛의 자극에 놀라서 비명을 질렀다. 망막을 태우는 강렬한 빛이 사그라진 뒤에도 한동안 시력이 돌아오지 않을 정도였다. 세건은 눈살을 찌푸리며 주저앉았다.

목이 마르다.

마르다.

타는 듯한 갈증이 느껴진다.

견딜 수 없는 갈증에 눈을 떴을 때 세건은 자신이 이번에는 깨끗한 계곡 한가운데 서 있음을 깨달았다. 스스로도 자신이 몽유하고 있다는 것을 알고 있었지만 그런 인식은 어디론가 날아가 버렸다. 그는 정신없이 손으로 물을 퍼 마셨다.

마셔도 마셔도 갈증이 가시지 않는다. 물이 이렇게나 많은데 갈증을 느낀다니… 기가 막힐 노릇이다. 차라리 사막 한가운데에서 땡볕에 말라 죽는 게 나을 지경이다.

세건은 좌절과 절망을 느끼면서도 물을 퍼 마시는 것을 멈추지 않았다. 아니, 못 했다고 하는 게 더 적당한 표현이리라.

"목이 마른가?"

물가에서 사람의 목소리가 들려왔다. 깜짝 놀란 세건이 물을 퍼 마시는 것을 멈추고 물가를 바라보았다. 양팔이 자연스럽게 올라가 방어 자세를 취하게 된다.

그러나 그가 본 것은 바로 그 자신이었다. 지금의 그보다 더 사악하고, 더 강하고, 더 여유로운 표정을 짓고 있는 그것은 미소를 지어 보였다.

"스스로도 대답을 잘 알고 있겠지? 그 갈증은 물로는 도저히 채워지지 않아."

"…꺼져."

그때 그가 자신의 혀를 내밀더니 손톱으로 혀를 그었다. 새빨간 선혈이 무서운 기세로 뿜어져 나왔다.

"너는 충분히 잘해주었어. 하지만 과연 얼마나 갈까?"

그가 한 걸음 내디뎠다. 세건은 무심결에 뒤로 물러났지만 물러설 곳이 없었다. 분명히 주위는 탁 트여 보이는데 그가 걸어갈 수 있는 곳이 없었다.

"어둠에 입 맞추고 마가 되는 것도 그다지 나쁘지는 않아."

세건의 모습으로 다가오던 그것은 이제 유다의 모습으로 바뀌었다. 하염없이 슬픈 표정을 지은 채 스스로를 검은 사슬에 속박하고 릴리쓰의 저주를 흩뿌리며 다니던 그는 음울한 모습 그대로 다가왔다.

"스스로를 구속해 봐야 기다리는 건 파멸뿐. 마를 멸하기 위해선 자기 자신을 더럽힐 줄도 알아야지."

"그게 아니면 지금 자신의 손이 깨끗해서 차마 그 마지막 선을 돌파할 수 없다고 떼쓰는 건가? 네 자신도 그렇게 생각하지는 않을 텐데? 이미 피로 더럽혀진 손, 구원조차 포기한 네가 왜 파멸을 향한 마지막 문을 열기를 주저하는 거지?"

"스스로를 용서하지 못해서 스스로를 저주한다면 괴물을 사냥하다 그 괴물이 되어버리는 거야말로 너무나 훌륭한 아이러니다. 그걸로 네 자기 파멸을 완성해 봐."

주위에서 점차 수많은 그것이 다가오고 있었다. 저것들이 말하고 있는 것은 이미 수십 번, 수백 번을 자신에게 물어본 질문들이다. 그리고 그 대답 역시 수백 번을 내었다. 절대로 그것만은 할 수 없다고! 그렇지만 왜 이 질문은 계속 그의 마음속을 맴돌고 있는가?

촤르르륵!

그때 선두에서 다가오던 그것이 사슬을 토해냈다. 한세건이 미처 피하기도 전에 사슬이 그를 휘감아 버렸다.

그리고 그다음 순간 세건은 입안에서 퍼지는 비릿한 피 냄새에 놀랐다. 꿈이라고는 믿을 수 없는, 너무나도 선명한 피의 향기가 입안에서 퍼진다.

"뭐?!"

세건은 '그것'이 입을 맞추고 자신의 혀를 가르고 있다는 것을 깨달았다. 하지만 이건 꿈일 것이다. 왜 꿈인데도 이렇게 선명한 피 맛이 느껴지는 거지?

깨어나야 한다!

세건은 무의식중에 그렇게 생각했다. 자신의 몸이 위험한 상태라는 건 스스로 잘 알 수 있었다. 그러나 이번에는 이상하게도 꿈을 떨칠 수가 없었다. 악몽이 그를 붙잡고 놓아주지를 않는다.

마치 개미지옥에 빠진 개미가 된 기분이다. 헤어나기 위해 힘을 쓰면 쓸수록 발밑이 무너져 더더욱 깊은 수렁으로 빠지는 기분이다.

그리고 이 피의 달콤함이란!

세건은 자신에게 입을 맞추고 있는 그것을 노려보았다. 이제 그것은 더 이상 인간의 형상을 취하지도 않았고 그저 하염없는 암흑으로 보였다. 그리고 그 너머에 존재하는 것은 검은 어둠과 저주의 근원, 눈에 보이지 않고 형상도 알 수 없지만 세건은 그것의 개념을 읽을 수 있었다.

"릴리쓰!"

촤르르르륵!

호텔의 벽에 세워둔 녹티스로부터 사슬이 풀려나와 있다가 다시 검으로 돌아갔다. 몰리브덴을 섞은 다마스커스 클레이모어의 검신 안쪽으로 저주의 사슬이 돌아가 갈무리되었다.

그 사슬에 묶여 있던 한세건이 침대를 박차고 뛰어오른 것은 그다음이었다.

"허억… 허억! 크윽!"

세건은 입안을 가득 메운 핏물에 놀라서 즉시 옆의 수건을 잡고 피를 토했다. 토혈이 입안에 고여서 그걸 무의식중에 마신 모양이었다. 자신의 피이긴 하지만 피를 마셔 버리다니! 세건은 치를 떨었다.

"우에엑!"

오래간만에 채월이 눈에 들어온다. 피에 섞인 마약 성분 때문인지, 빈혈 때문인지 사이키델릭 문의 영향이 너무나 강하다. 사물로부터 색이 녹아서 흘러내리고 윤곽이 무너져 간다. 그럼에도 불구하고 뚜렷한 공간 감각 때문에 구역질과 현기증이 난다. 멀미를 하는 기분이었다.

"젠장!"

세건은 침대에서 빠져나오다가 바닥에 떨어졌다. 침대에서는 몰랐는데 하반신이 마비되어 있었다.

"크으윽!"

세건은 일어나기 위해 침대 옆 서랍을 잡았다. 그러자 그 위에 놓인 메모지가 손에 잡혔다. 깜짝 놀란 세건이 보니 거기에는 무성의하게 써 갈긴 메모가 있었다.

"심장 잘 지키고 있어. 팔 구해 오겠다?"

그러고 보니 실베스테르의 팔이 날아갔었지? 세건은 방금 전처럼 생생하게 떠오르는 전투 장면을 더듬어보며 혀를 찼다.

흡혈귀들은 예상외로 강력했다. 그동안 한세건은 다수의 흡혈귀를 유린해 왔지만 그것은 한세건이 항상 전장을 리드하고 있었기 때문이었다. 이번에 흡혈귀들에게 리드당했을 때는⋯ 솔직히 이사카 베르게네프가 도와주지 않았다면 죽었으리라.

그렇지만 실베스테르도 실베스테르다. 왜 여기에 릴리쓰의 심장을 두고 갔단 말인가?

"하아⋯ 응?"

한숨을 내쉬고 다리를 주무르던 세건은 뭔가 심상치 않은 기운을 느끼고 벽을 돌아보았다. 세건의 장비가 벽에 기대어져 있는 곳에는 릴리쓰의 심장이 봉인된 석함이 있었는데 그 석함과 녹티스로부터 불길한 검은 기운이 드라이아이스로 뿌리는 탄산가스처럼 쏟아져 내리고 있었다.

"아주 가지가지 하는군."

세건은 기가 막혀서 몸을 일으켜 세웠다. 다리의 마비는 풀렸지만 아직도 전신에 힘이 들어가지 않았다. 세건은 녹티스의 자루를 향해 손을 뻗었다가 잠시 주저했다.

쥐어도 될까?

그러나 곧 그는 마음을 굳게 먹고 검을 집었다.

촤르르르륵!

녹티스로부터 저주의 사슬이 뿜어져 나와 세건을 휘감았다. 그러나 세건은 당황하지 않고 수평으로 검을 휘둘렀다.

콰르르르륵!

세건의 몸에 감기던 사슬이 풀리며 타일 벽을 강타했다. 돌가루가 튀며 날리는 게 정말 묵직한 느낌이 들었다.

"끄윽……."

세건은 녹티스를 가죽 칼집에 끼워 넣고 바닥에 꽂았다. 칼로부터 시커먼 저주가 슬슬 피어오르는 것이, 검이 살아 있는 생물처럼 주인에게 저항하는 게 느껴졌다.

꿈자리가 사나울 만도 했군. 세건은 식은땀을 흘리며 주위를 둘러보았다. 갑자기 허기와 갈증이 극심하게 밀려왔다.

창문을 통해서 서늘한 새벽의 달빛이 들이치고 있었다. 길게 드리워지는 그림자, 음영에 따라서 녹아내리는 색과 세계, 검은 울부짖으며 저주를 퍼붓고 있고 마녀의 심장은 제 아들의 손에 의해 봉인되어서 음울한 어둠을 뿌려댄다.

중독된 인간, 아니, 흡혈귀인가? 인간과 흡혈귀의 경계, 그 칼날 위를 탄 무당처럼 춤춘다. 피에로처럼, 꼭두각시처럼 춤춘다.

"아아, 아아아아아!"

세건은 절규했다. 구원도 바라지 않는다. 하지만 죄를 망각하는 것 역시 용서할 수가 없다!

흡혈귀가 되고 싶지 않다!

달콤한 피에 취해서 자신을 잊게 된다면 그것은 용서받을 파멸이 아니다.

죄가 부르는 파멸을 원해!

그래, 지옥을 원해! 결코 정죄(淨罪) 없는 무간옥(無間獄)을!

5

테트라 아낙스에게도 이번 일은 굉장히 의외였다. 이사카 베르게네프가 암묵적인 약속을 어기고 직접 비스트와 실베스테르를 구한 것은 물론 그의 눈에서 그들을 감춰주기까지 했다.

게다가 근본적으로는 테트라 아낙스의 예지를 뒤틀어 이러한 미래를 감추기까지 했다.

수천에 달하는 뱀파이어 오라클과 네 마리 뱀의 예지력을 단 하나의 라이칸스로프가 뒤틀어 버린 것이었다. 물론 그런 막대한 힘을 사용한 이상 그쪽도 무사하지는 못할 테지만 긍지 높은 테트라 아낙스로서는 충격받지 않을 수 없었다.

릴리쓰가 만들어낸 최강의 리림, 이사카 베르게네프. 그 녀석은 분명히 위험하다. 하지만 이번 쿠데타가 그의 처음이자 마지막 승부수…… 그것을 막아낼 수만 있다면 걱정할 건 없다.

"그래……. 그럼 릴리쓰의 심장은 어디에 있을까? 그런 건 나중에 생각해도 돼. 우선은 쿠데타를 막는다."

네 마리 뱀 중 하나, R. 베이런은 오라클들과의 정신 접속을 끊었다. 그는 현재 고든의 양자이며 그의 후계자라는 역할을 맡고 있었다. 나중에 세월이 흐르게 되면 고든과 그가 역할을 다시 교대하면서 계속 이 막대한 부를 상속하게 되어 있었다.

지금 그가 맡고 있는 일은 러시아 내에 테트라 아낙스, 아니,

플렉스 메디칼 그룹이 벌이고 있는 사업의 총괄 감리였다. 명색뿐인 직위이긴 하지만 그렇다고 그 직위가 그냥 비워둘 수 있는 것은 아니어서 실제로 많은 격무에 시달리기도 했다.

그러나 지금 그는 그 모든 일을 끝마치고 얼음 상자에 담겨 있는 수혈 팩을 찢어 잔에 피를 따르고 있었다. 얼음 상자에 담겨 있는 게 피가 아니라 위스키였다면 일을 끝내고 여유를 즐기는 보보스족으로 보였으리라.

"비스트는 제 독에 중독되었습니다. 무사할 리가 없어요."

베이런의 맞은편에 앉아 있던 거구의 남미계 혼혈아 남자는 투덜거렸다. 출생부터 완벽하게 관리한 인공적인 흡혈귀, 석세 서임에도 불구하고 그는 남미 원주민과 흑인, 백인의 특성을 골고루 가지고 있었다.

플렉스 메디칼 그룹을 통해서 과학을, 그리고 오랜 세월을 통해 마학을 추구해 과학과 마학 양방에 능통한 테트라 아낙스의 솜씨가 아니고서는 엄두도 낼 수 없는 걸작이었다.

이놈에게는 자신의 텔레포트 능력, 베놈의 중독 능력뿐만이 아니라 세피아와 창운의 능력이 혼재되어 있다.

네 가지 능력을 동시에 사용한다면 그 VT 소모가 엄청나니 본인도 죽고 싶지 않다면 함부로 그 힘을 쓰지 않겠지만……. 더더욱 놀라운 것은 그 능력들을 다 써도 어느 정도 버틸 수 있도록 설계되어 있다는 것이다.

게다가 이놈은 절대로 테트라 아낙스를 배신할 수 없다. 그 능력의 봉인을 열고 닫는 것은 바로 이자를 관리하는 베이런의 역할. 베이런이 원한다면 그는 아무런 능력도 가지지 못한 무력한 흡혈귀가 되고 만다.

그런 이상 마약왕 조반니 반테로는 그의 수족이 될 수밖에 없었다. 생긴 것과 달리 조반니 반테로가 높은 이상과 정신을 가지고 있다는 것은 흡혈귀들 사이에서도 이미 알려진 사실이지만……

역시 아무리 보아도 뉴욕 브롱크스 같은 데서 흔히 보이는 마약상 정도로 보였다.

사실 그는 마약왕이다. 그 자신의 말을 빌자면 고부가가치의 과학 영농을 실천하는 영농업자에 불과하지만 CIA나 FBI라면 그의 생살을 씹어야 분이 풀릴 그런 인물이었다.

이런 놈이 마약을 팔아서 번 돈을 콜롬비아, 파나마 등의 사회 산업에 고스란히 투자해서 주위의 인간들로부터 존경을 받는다는 게 믿어지지 않았다.

"안 죽었어. 예지가 뒤틀리기는 해도 그 정도는 알 수 있다."

베이런은 피처럼 붉은 머리칼을 쓸어 올리고 피가 담긴 와인잔을 흔들어 향을 맡았다. 진한 혈향 속에 청주와 소주를 섞은 듯한 향기가 난다. 피비린내를 줄이기 위해 술을 섞었는데 그건 꽤 현명한 선택이었다.

와인의 경우는 타닌과 요오드, 각종 유기산이 있어서 피에 섞기엔 좋지 않지만 달달한 맛이 나는 청주나 소주는 피와 거부감 없이 잘 섞인다… 라는 식의 요리 평론가 같은 이유에서 섞었다기보다는 그냥 인간들이 생피를 마시는 법을 응용해 봤을 뿐이었다.

"흠, 그런데 대체 어쩔 겁니까?"

조반니 반테로는 껄끄러운 표정을 지어 보였다. 브리아레오스가 독립적인 능력을 가지고 있는 것과 달리 조반니는 가장 나중에 만들어진 석세서로서 베이런에게 종속되다시피 했다. 그런 종속 상태를 기꺼워할 흡혈귀는 세상 어디에도 없다. 하물며 미래를 예지하고 사람 마음을 들여다본다는 괴물 같은 흡혈귀를 상대할 때는 더더욱. 아니, 굳이 흡혈귀가 아니어도 꺼리리라.

"뭘 어쩔 거냐니?"

"이사카 베르게네프가 약속을 어기고 먼저 손을 댔잖습니까? 그냥 넘어갈 테트라 아낙스는 아니라고 생각하는데?"

물론 엄밀히 말하면 테트라 아낙스도 팬텀에게 요인 암살 계획을 누설하였으므로 비긴 셈이다. 그러나 테트라 아낙스가 자기가 뭘 잘못했는지 헤아리며 공평히 적을 대하는 자는 아니지 않는가?

강대한 힘을 가진 자는 절대로 공평무사해서는 안 된다가 테트라 아낙스의 원칙이다. 현명하고 자비로운 자가 선정을 베풀면 세상은 태평성대겠지만 피를 마셔야 사는 마성을 지닌 흡혈귀들에게는 태평성대가 필요 없다.

흡혈귀들에게 필요한 것은 그들의 각성을 불러올 폭군이다.

"우리는 쿠데타만 막으면 돼. 이사카 베르게네프를 막는 건 그게 전부지. 쓸데없이 녀석을 직접 잡겠다고 나서지 마. 안 좋은 꼴을 볼 테니까."

"정말 그렇게 해도 되겠습니까?"

조반니 반테로는 담뱃갑에서 여송연을 꺼내 베이런에게 건네주었다. 그러나 베이런은 고개를 저었다.

"그거면 충분하지. 그나저나 브리아레오스는 무슨 생각이지?"

"알고 계셨습니까?"

조반니 반테로는 별거 아니라는 듯 궐련을 입에 물고 끝을 손톱으로 잘랐다. 끝이 마치 칼로 자른 것처럼 깨끗하게 떨어져 나갔다.

"그렇게 대답하면 안 된다고 하지 않았나? 넘겨짚는 것일 수도 있잖아. 쓸데없는 말을 하면 화를 재촉할 뿐이야."

베이런은 조반니를 노려보았다.

브리아레오스가 테트라 아낙스에 반감을 가지고 묘한 짓을 하고 있다는 사실은 베이런 자신도 잘 알고 있다. 특히 석세서들은 테트라 아낙스에 대한 반감이 극심했다. 그들에 의해서 인공적으로 만들어진 흡혈귀들이다 보니 자신의 운명조차 희롱하는 주인에 대해 절망에 가까운 반감을 갖는 게 당연했다.

그래서 조반니는 리림에게 접근해 그들의 주인인 테트라 아낙스의 비밀을 알아내고자 했다. 리림을 연구함으로써 테트라 아낙스의 약점을 알 수 있지 않을까 하는 막연한 기대 심리 때문이었다.

하지만 과연 테트라 아낙스가 그런 조반니의 마음을 몰랐을까? 어쩌면 그것 역시 테트라 아낙스가 조반니에게 부여한 삶의 목적 중 하나가 아닐까? 테트라 아낙스로부터 자유로워지기 위해 출구를 모색하는 삶?

조반니는 혀를 찼다. 그렇게 생각한다면 그의 삶은 의미가 없다. 살아가는 목적조차 테트라 아낙스가 안배한다면 그 자신의 생각과 사상, 신념조차 테트라 아낙스가 만들어 넣은 게 아니라는 보장이 어디 있단 말인가?

그렇게 생각하면 도저히 살 수가 없기 때문에 조반니는 그 생각을 거부했다. 자신을 믿어야 한다. 자신을 좀 더 많이 믿어야 한다. 자신의 욕망과 신념을 관철해야지만 테트라 아낙스의 피조물에 불과한 그가 가치 있는 존재가 되리라.

"테트라 아낙스를 상대로 그런 게 통하리라고는 생각지 않습니다만."

조반니는 공포와 의심을 억지로 짓누르며 태연함을 연기했다. 예지력을 가진 테트라 아낙스가 무언가를 떠본다면 이미 의심하고 있으리라는 것쯤은 누구나 알고 있는 사실이다. 게다가 베이런이 알고 있다면 고든은 진작 알고 있지 않았을까?

"그렇다고는 해도… 뭐, 말을 말도록 하지. 그래, 고부가가치의 과학 영농은 내버려 두고 와도 되는 건가?"

베이런은 묘한 표정을 지어 보였다.

그리 멀리 생각할 것도 없이 그가 같은 테트라 아낙스의 하나인 고든에게 이 사실을 알리고 싶어 하지 않는다는 것을 알 수 있었다. 이게 연기일 수도 있겠지만 절대자가 왜 부하를 앞에 두고 연기를 한단 말인가? 조반니의 목숨 자체가 이미 그의 손바닥 안에 들어 있거늘.

"밑의 애들이 알아서 잘합니다. 그리고 그런 걸 나에게 묻는 게 웃기지 않습니까, 위대하신 테트라 아낙스 님?"

"위대하신, 은 빼지. 질리니까."

베이런은 조반니 반테로의 절망을 대신한 웃음을 능청맞게 받아넘겼다. 그는 조반니가 잘라둔 여송연에 불을 붙이자 자리에서 일어났다.

"그러면 그렇게 알고 쿠데타를 저지하는 데만 힘을 써, 일단. 브리아레오스는 자기 하고 싶은 대로 하게 내버려 두고."

"괜찮습니까, 그렇게 내버려 둬도?"

조반니 반테로는 의미심장한 미소를 짓고 물어보았다. 브리아레오스가 테트라 아낙스를 엿 먹이기 위해 뭔가 준비하고 있다는 것을 알면서도 베이런은 그를 방치하라고 하는 것인가? 그렇다면 그것은 너무나 다행스러운 일이다.

흡혈귀들에게 있어서 신과 같은 존재인 테트라 아낙스, 그들 사이에도 불화가 있고 틈이 있다면 그들도 완전한 존재는 아니리라.

"늘 '괜찮습니까?' 밖에는 할 말이 없나?"

베이런은 그 말을 남기고 방 밖으로 빠져나갔다. 담배 연기를 맡기 싫어서 그러는 건가? 조반니는 쓴웃음을 지으며 일어났다.

"네 마리 뱀도 한마음은 아니군. 정말 제멋대로인 왕이야."

조반니는 자신을 창조한 흡혈귀들도 신이 아님을 눈치채고 내심 기뻐했다. 이것도 역시 테트라 아낙스가 보이는 허상일지 모르나 지금은 그저 순수하게 기뻤다.

영지(靈知)를 지배하는 흡혈귀의 왕, 신과 같은 그 능력으로 진마조차 창조하는 자들도 신은 아니었다. 그렇다면 조반니 반테로 역시 자신의 자아를 믿을 수 있으리라.

폭우가 쏟아진 다음이라 그런지 공기가 유달리 차가웠다. 그래도 공기가 비로 말끔히 씻어진 덕분에 태양은 밝고 햇살이 있는 부분은 그나마 따뜻했다.

"엇, 젠장."

래트 거닙은 차가운 공기에 닿자 마치 불에 데인 것처럼 깜짝 놀랐다. 트렁크를 들고 그의 뒤를 따라오던 창현 역시 차가운 공기에 숨을 몰아쉬었다.

"허억… 엄청 춥네."

"러시아가 덥지는 않을 거라고 생각했지만 이 정도라니……."

래트는 기겁하며 주위를 두리번거렸다. 공항 로비를 피해 출구 앞에 차를 세워두고 있다는 전갈은 미리 받았다. 그렇지만 워낙에 차가 많아서 쉽게 눈에 들어오지 않았다.

"공항의 분위기가 삼엄하던데? 역시 쿠데타가 일어나려고 그러나?"

창현은 트렁크를 보도블록 위에 내려놓고 래트를 돌아보았다. 그러자 래트는 새하얀 입김을 내뿜으며 손을 비볐다.

"원래 삼엄할지도 모르지. 나는 미국에서 주로 살아서 그런지 몰라도 러시아 하면 아직도 별로 기분이 안 좋아. 공산주의는

싫거든."

래트는 마치 어린애가 별 사탕은 마음에 들고 콩 사탕은 싫다고 하는 것처럼 가볍게 말했다. 창현은 피식 웃으며 주먹을 쥐었다.

"그나저나 누가 마중 나오게 되어 있는 거야? 정말 여기에 와도 괜찮은 걸까?"

"그러니까 쓸데없이 오지 말라고 했잖아. 아르곤도 나 혼자면 충분하다고 했건만. 솔직히 말해, 해외여행이 하고 싶어서 그런 거지? 응, 브라더?"

래트는 시시덕거리며 창현이 내려놓은 트렁크에 몸을 기대고 주위를 둘러보았다. 그러자 창현이 발끈했다.

"아냐. 내가 너인 줄 아냐? 그냥 계속 아르곤에게 신세 지는 것도 그렇고 해서. 이번에는 도움이 필요하다며? 늘 밥이나 축내고… 아니, 피나 축내고 얹혀사는 것도 지긋지긋해."

진마 창운과 적요가 멸망한 뒤 그 피를 계승한 새로운 진마, 창영이 된 김창현은 다른 흡혈귀들의 공격을 피해 아르곤의 보호하에 있었다. 하지만 러시아의 사태가 급박해지자 그는 아르곤에게 은혜를 갚기 위해 러시아로 입국한 것이었다.

흡혈귀들을 도와 쿠데타를 방지함으로써 아르곤에게 은혜를 갚겠다는 건 좋은데… 글쎄, 어떨까?

"별로 안 필요할 것 같은데?"

래트는 솔직한 심정을 말했다. 물론 김창현이 그만큼 쓸모없는 존재인가 하면 그건 절대로 아니다. 국가 대표 상비군에서 탈락한 태권도 선수였다는 점과 대한민국 헌병 경호대에서 군 복무를 마쳤다는 건 민간인 출신의 다른 흡혈귀들보다 훨씬 더 엄청난 훈련을 겪어왔다는 것이다.

하지만 그것과 괴물들 간의 싸움은 별개의 문제다.

"게다가 아르곤은 돈 아끼려고 DHL 박스에 둘둘 말아서 넣 었는데 우리는 비행기로 왔잖아. 돈이 좀 많이 깨져서 아르곤이 화낼 거야."

"그럴까? 하지만 대체 언제 어떻게 도착할지도 모르는데 그 런 종이 상자 안에서 들어가 잘 수 있는 거야? 난 정말 이해를 못 하겠어. 래트는 이해해?"

"Yo, 그걸 이해할 수 있었다면 나도 마누라에게 소박맞지는 않았을 거야!"

"너 결혼도 했었냐?"

창현은 깜짝 놀라서 반문했다. 그러자 래트는 고개를 절레절 레 저었다.

"아니, 그냥 하는 말이지. 왜, 숙어에 가깝다고. 그러니까 야 구 중계를 같이 보는 마누라 같은 것 말야. 그런 마누라가 세상 에 있을 리 없다는 의미에서 자주 인용되는 숙어긴 하지."

"뭔지 어렴풋이 알 것 같기도 하군."

창현이 그렇게 대답했을 때 그들의 앞으로 벤츠SLK 한 대가 미끄러지듯 달려와 멈춰 섰다. 그리고 그 뒷좌석이 열리며 금발 벽안의 독일인 소년이 나왔다.

"끄응."

그는 노골적으로 햇빛을 싫어하는 표정을 드러내었다. 눈이 부셔서 그러나 생각할 수도 있겠지만 역시 그도 흡혈귀였다. 강력한 흡혈귀들은 태양광 아래를 거닐 수도 있었지만… 그렇다고 해서 아예 피해가 없을 수는 없다.

"여어, 날씨가 밝지, 빌헬름?"

래트는 손을 번쩍 들면서 히죽 웃었다. 그러자 빌헬름은 고개를 도리도리 저었다.

"전 햇빛에 영 익숙해지지 않아서. 그나저나 당신의 그 웃기는 상판도 요즘 와서 보니까 좀 정겹군요."

"오, 베이베, 나에게 반해 버렸군그래? 나에게 반하지 마라."

"왜 갑자기 그런 얼간이 바보 같은 소리를 하는 겁니까?"

빌헬름은 그렇게 본의 아니게 한세건까지 엿 먹인 뒤 트렁크를 엄지로 가리켰다. 그러자 래트는 투덜거리며 짐들을 들어서 트렁크에 실었다. 그사이 빌헬름은 창현에게 다가와 손을 내밀었다.

"반갑습니다. 당신이 바로 그 창영인가요? 저는 빌헬름 마이어라고 하고 팬텀 님의 에스콰이어입니다."

"그냥 김창현이라고 불러줘. 닭살 돋다 못해 내가 정신병자가 아닐까 의심스러우니까. 왜 흡혈귀의 신분명이 나 자신의 이름보다 앞서는 거지?"

김창현은 악수를 받아들였다. 그러자 짐을 다 실은 래트가 빈정거렸다.

"손 씻어. 그 녀석 나치에 인종차별주의자야. 틀림없이 손에 화학무기가 칠해져 있을걸."

"손 씻으면 끝나는 화학무기라는 건 금시초문이군."

창현은 투덜거리며 손을 떼었다. 그러자 빌헬름이 차를 가리켰다.

"타세요. 오늘 마중 나가야 할 사람이 또 있어서……."

"누구지?"

"마리아입니다. 아그니는 이미 들어와 있는데… 워낙에 위험한 작자라 그 사람은 그냥 직접 찾아오도록 시켰다더군요."

진마 아그니의 이름을 듣자 창현의 얼굴이 굳었다. 그렇지 않아도 귀에 못이 박히도록 들은 이름이었다. 흡혈귀로서의 충동에 충실한 그 남자는 창현이나 정야처럼 힘에 비해 많은 VT를 가진 존재를 보게 된다면 먹어치우려 덤벼들 거라고 주의, 또 주의를 받았던 것이다.

"그 친구도 왔나?"

래트도 아그니가 왔다는 말에 근심부터 드러내었다. 뭐, 아그니는 왠지 모르게 아르곤에게 살랑거리고 팬텀에게도 살랑거리고 있으니 래트가 본 아그니는 그렇게 위협적인 존재는 아니었다. 하지만 만약 아그니가 뒤탈 없이 흡혈귀들을 먹을 수 있는 상황이 된다면 그때에도 살랑거릴 것인가는 의문이 들었다.

"어쨌거나 빨리 타요. 그쪽은 셰레메티에보 2로 오는 모양이니까 잽싸게 가지 않으면."

"우와, 벤츠. 이런, 역시 나치의 후계자답게 벤츠를 타는군."

"글로벌 제너레이션에서 특정 국가의 생산품에 필요 이상의

의미를 부여하시는군요. 못 배운 사람들을 의식화하는 데는 그런 단체 의식이 중요할지도 모르겠지만 잘 배운 사람에게는 별로 필요 없는 말인데요?"

빌헬름이 그리 말하며 조수석에 타자 래트와 창현은 뒷좌석에 나란히 앉았다.

"나 저 자식 싫어. 잘난 체 너무 한다. 소울 브라더, 저 녀석 혼내주라."

"…농담하냐."

창현은 자신에게 빌헬름을 혼내달라는 래트를 밀쳐 냈다.

"그런데 진마 마리아도 도우러 온 거야? 솔직히 그 귀여운 아가씨는 별 도움이 안 될 텐데. 일단 인간일 때 어른이 아니었던 몸으로는 무리야."

"그렇기야 하지만 본인이 오고 싶다는데 어찌겠어요?"

빌헬름은 왠지 래트가 이죽거리는 것을 보며 눈살을 찌푸렸다. 저놈이 말하는 건 굳이 마리아에만 국한된 게 아니다. 빌헬름 자신도 소년일 때 흡혈귀가 되는 바람에 더 이상 성장을 하지 못하고 있는 처지가 아닌가? 그렇지 않아도 그것 때문에 콤플렉스가 생길 판인데 래트는 그걸 가지고 이죽거리기까지 한다.

"그런데 상황은 어떻지… 요?"

아무래도 창현은 빌헬름을 대하기 껄끄러워했다. 우선 영어를 잘 못 하는 데다가 빌헬름이 생긴 게 너무 어려 보였기 때문이었다. 한국어에는 높임말과 낮춤말이 다양해서 자연스레 사람을 대할 때 나이나 관록을 따지게 된다고 하더니 역시 이자도 천생 한국인이었다.

"그리 좋지는 않아요. 지금 전투에 투입할 수 있는 인원은 죄다 라이칸스로프를 요격하기 위해서 출발한 상황입니다. 각지에서 요인 암살을 시도하고 있어요."

"각지라지만 그래도 모스크바겠지?"

"예, 그렇습니다만?"

"그러면 이미 그 라이칸스로프 군대는 모스크바에 집결해 있겠네?"

창현은 그리 말하고 의아해했다. 라이칸스로프의 부대가 이미 모스크바 근처에 집결해 있다면 사실 그들이 굳이 연방 정상회담을 노릴 이유도 없다. 그냥 당장 모스크바 방위군 사령부를 쓸어버리고 크렘린 궁으로 장갑차와 전차, 전투 헬기를 끌고 돌진해 궁을 점령해 버리면 끝날 일이다.

"그런데 그게 그렇게 쉽지만은 않죠. 당장 크렘린 궁을 장악했다고 해도 러시아 전역을 빼앗을 수 있는 것도 아니고, 라이칸스로프라고 해도 일단 쿠데타를 벌인 뒤에는 그 정권을 지키기 위한 전면전이 되는데 그게 쉽지 않을 겁니다. 그걸 막기 위해서도 연방 정상회담을 노리는 게 중요하죠. 인접국의 주요 인원들을 장악할 수 있으면 협상에서 유리한 고지를 차지할 수 있으니까요."

빌헬름은 냉정하게 사태를 파악했다.

"모스크바는 이미 옐친 정권 시절에 쿠데타를 한 번 겪었지. 그건 나도 알고 있어."

래트는 자신이 스스로 말하고도 대견한지 고개를 끄덕였다. 그때 차가 셰레메티예보 2 공항 앞에 멈춰 섰다.

"자, 다 왔습니다. 내리죠."

빌헬름은 그리 말하고 먼저 보도블록으로 뛰어내렸다.

"정말 겁나게 춥네. 늘 일기예보에서 날씨가 좀 춥다 하면 항상 시베리아 기단이 어쩌고저쩌고 그랬는데 왜 그런지 실감할 수 있겠어."

차에서 내린 창현은 투덜거리며 손을 비볐다. 이 찬 공기는 아까 차에 타기 전에도 경험했었지만 도저히 익숙해지지 않았다. 더구나 중국 화남 지방에 피해 있다가 왔더니 정말 적응이 안 된다. 그러자 그 옆에서 억지로 추위를 참고 있던 빌헬름이 코웃음 쳤다.

"그래도 명색이 진마나 되면 추위에 떠는 모습을 남에게 보이지는 말아야지요."

물론 창현이 진마가 된 것은 그리 오래된 일이 아니다. 적요와 창운이 한국에서 서로 공멸한 이후 창운의 뒤를 이어 흡혈귀가 된 것이 바로 그였다. VT가 높고 그 계통을 잇고 있는 다른 유력한 흡혈귀가 없기 때문에 그가 진마가 되기는 했지만 흡혈귀로서는 아직 솜털이 부스스한 상태였다. 빌헬름이 보기에도 이 남자는 흡혈귀로서 어눌하기 짝이 없었다.

"내가 언제 좋아서 흡혈귀가 된 건가? 왜 진마의 품위 같은 거에 신경 써야 하는 거야?"

"싫으면 말든가요. 한참 비웃어줄 테니까. 한두 세기 정도는 욕먹느라 배부를 것 같은데요?"

빌헬름은 모스크바의 추위보다도 더 서늘한 말투로 말했다. 창현은 기가 질려서 고개를 절레절레 흔들었다. 그들이 내려선 공항 주차장 옆으로 셔틀 버스가 한 대 지나가며 뜨뜻한 매연을 내뿜었다.

"콜록콜록, 젠장. 저 빌어먹을 버스가… 여하튼 그보다 웃긴 건 이거야. 흡혈귀면 보통 추위 같은 건 안 타야 하지 않아?"

창현이 그리 말하자 빌헬름과 래트가 동시에 어처구니없는 표정을 지어 보였다. 설마 그런 소리를 들을 줄은 몰랐다는, 허를 찔린 표정이었다.

"아니요. 그렇게 세상을 거저먹으려고 들지 마세요. 추위라는 건 엄연히 물리적 상태에서 느끼는 반응이에요. 그것이 제거되었다고 해서 냉해 그 자체가 사라지는 것도 아니니까요."

소년, 빌헬름은 그리 말하고 시계를 살펴보았다. 창현이 입국한 세레메티예보 1 공항과 여기, 진마 마리아가 입국할 세레메티에보 2 공항의 비행기 도착 시간은 비슷했다. 아마도 지금쯤 입국 수속이 다 끝나 있으리라.

"얼른 가야겠군요. 투덜거리지 말고 얼른 공항으로 들어가도록 하지요."

"응."

창현과 래트는 빌헬름을 따라 공항 안으로 걸어 들어갔다.

공항 로비는 접객을 위해 많은 사람이 모여서 시장통을 방불케 했다. 호텔이나 여행사, 기업체 등에서 찾아온 사람들은 질서 정연하지만 몇몇 사람은 공항 바닥에 자리를 깔고 주저앉아 있기까지 했다.

하지만 공항 공안 요원들이 눈을 번들거리며 쳐다보고 있기 때문에 대체적으로 질서가 잘 유지되고 있기는 했다. 창현과 빌헬름은 공항에 들어서자마자 그들과 같은 흡혈귀가 있다는 사실을 깨닫게 되었다.

"편하네."

"기척을 숨기지 않고 있으니까요. 그렇지만 참 곤란한 아가씨군요."

빌헬름은 상대가 기척을 숨기지 않고 다니는 것에 대해서 내심 비난했다. 그녀는 그리 강력한 흡혈귀가 아니거늘, 대체 무슨 생각으로 기척을 숨기지 않고 당당히 돌아다니는지 이해할 수가 없었다. 물론 공항부터 습격해 올 누군가가 있다고는 생각지 않지만, 아무리 그래도 그렇지!

"뭐 어때, 마리아는 귀엽잖아."

래트는 무책임한 말을 했다. 그러자 빌헬름이 으르렁거리며 래트를 돌아보았다.

"스스로 그게 지금 이 상황에서 나올 말이라고 생각하고 있는 겁니까?"

"응. 하늘을 우러러 한 점 부끄럼 없지. Yeah!"

그들이 그러고 있을 때 청바지에 베레모를 쓴 금발의 소녀가 그들에게 달려왔다. 소년처럼 차려입기는 했지만 우윳빛의 새하얀 피부와 화사한 금발, 그리고 아침 햇살처럼 환하게 웃는 그 모습은 도저히 흡혈귀라고 여겨지지 않았다.

마치 인형과 같은 귀여운 모습을 하고 있는 그녀의 손에는 한 눈에 보아도 묵직한 커다란 여행 가방이 들려 있었다. 주위 사람들이 치이지 않을까 걱정되는 기세다.

"와아, 래트! 빌헬름? 마중 나와 있었네?"

"혹시 무슨 일이 생길지도 모르고, 위치가 제대로 전달이 되어 있지 않았을까 봐 마중 나왔습니다."

빌헬름은 깍듯이 인사했지만 래트는 싱글벙글 웃으며 그녀를 맞이했다.

"이야, 마리아! 안녕! 잘 지냈냐?"

"아르곤은?"

그녀가 대뜸 래트를 보고 아르곤을 찾자 래트는 삐쳐 버렸다.

"왜 나는 무시하는 거야? 응, 베이베. 이 몸은 역시 흑인이라서 싫은 거지? 인종차별하는 거지? 그런 거지? 위원회에 인종차별로 고소하겠어!"

"…안 무서운데."

그녀의 말 한마디에 래트는 다시 벌러덩 뒤로 넘어가는 제스처를 취했다. 그때 창현이 그녀에게 인사를 했다.

"아… 나는 창현이라고 한다. 반가워."

"흐음. 아, 당신이 그 창운의 후계자로군요? 반가워요. 저는 마리아라고 해요."

"그냥 김창현일 뿐이야."

창현은 고집스럽게 자신을 그리 불렀다.

6

콘크리트 정글 틈으로 일출이 시작되었다. 하늘이 높은 줄 모르고 치솟은 마천루들이 아침의 햇살을 받아 붉게 타오른다. 그러한 건물들의 틈바구니, 화려한 최신식 건물들의 험악한 체격에 둘러싸여서 일조권을 완전히 빼앗긴 낡은 콘크리트 건물이 있었다.

낡은 10층 건물의 외벽에는 여행사니 무역 회사니 하는 요란스런 간판들이 외모를 신경 쓰지 않고 덕지덕지 달라붙어 있었다. 하지만 앞에는 시티 은행 건물, 뒤로는 유니온 스틸의 건물을 마주하고 있어서 큰길에서 완전히 차단된 이상 간판이 과연 무슨 의미가 있는지 의심스러웠다.

그 건물의 로비로 한 남자가 걸어 들어왔다. 긴 은발을 검은 옻칠을 한 나무 비녀로 틀어 올린 그는 검은색의 양복을 입고 백색 바탕 위에 푸른색 스트라이프가 수직으로 내리그어진 넥타이를 하고 있었다. 왼팔이 없다는 것만 빼면 누구나 보고 놀랄 만큼 아름다운 남자였다.

"여긴가?"

무미건조한 목소리로 그는 빌딩의 이름을 확인했다. 이렇게 낡아 보이는 건물이건만 그에게는 이제 막 지어진 건물이나 다를 바가 없었다.

그때 로비를 지키고 있던 늙은 관리인이 그에게 다가왔다.

"실베스테르 신부님이십니까?"

"물론이오. 당신은?"

"잊으셨습니까? 샤토이입니다. 역시 하나도 늙지 않으셨군요. 저는 이렇게 허허… 호호 할배가 다 되었습니다."

늙은 관리인은 반가워하면서 은발의 남자를 맞이했다. 은발의 남자, 실베스테르 신부는 무표정하게 그를 바라보았다.

"샤토이? 아아, 그때의 꼬마인가? 그렇군. 인간이란 금방 늙는 거였지. 여하튼 유스틴이 오지 않았나?"

"와계십니다. 그렇지 않아도 연락을 몇 번이나 드렸는데 닿지 못한 모양이군요."

"아아."

실베스테르는 관리자를 따라서 엘리베이터로 걸어 들어갔다. 관리자는 정해진 순서대로 각층의 버튼을 누르고 닫힘 버튼을 꾹 눌렀다.

그러자 잠시 후 버튼의 불들이 순서대로 꺼지며 엘리베이터가 아래로 내려갔다.

"매번 새로운 방법이군?"

"보안은 철저히 해두는 게 좋으니까요. 그리고 매번이랄 것도 없잖습니까? 그때 이 건물은 없었으니까요."

지하에서 엘리베이터의 문이 열리자 통 마법 문양과 성서로 가득한 복도가 입을 벌렸다. 테트라 아낙스의 눈을 피하기 위해 인간의 영지를 쥐어짜서 만든 마법진이 복도 전체에 펼쳐져 있었다.

"별로 소용은 없어 보이지만 괜찮군. 인테리어가 멋져."

간단한 평가였다. 이 정도의 집념으로 이뤄진 복도를 보고 압도당하지 않는 걸 보니 역시 실베스테르답달까?

복도를 따라 걸어가니 곧 에어컨이 쉴 새 없이 돌아가는 서재가 나타났다. 햇빛을 받지 못하는 지하실에 책을 보관하려 하다 보니 좀약 냄새가 진동했다. 이 에어컨도 습도를 조절하기 위해 틀어놓은 것임에 틀림없었다.

서재에는 둥그런 무테안경을 쓴 이지적인 성직자가 있었다. 남성 사제의 옷을 입고 있지만 잘록한 허리와 봉긋하게 솟아오른 가슴이 여자라는 것을 알려주고 있었다. 그리고 모자를 쓰지 않아서 뒤로 땋은 긴 금발이 고스란히 드러났다.

"유스틴."

"실베스테르? 오래간만이군."

가톨릭의 마물사냥꾼이 실베스테르와 아퀴나스의 검이라면 정교회의 마물사냥꾼은 유스틴 베소츠카야, 통칭 단죄자라 불리는 이였다. 물론 현대사회에서 마법이나 마물 따위를 인정하는 종교 단체는 없으므로 그들은 모두 예전에 파문당한 처지였다.

"아직도 살아서 움직이고 있나?"

"죽어서 움직이지 않고 있는 걸 보면 살아 있는 거겠지. 내 팔 여벌은 가지고 있나?"

"내가 왜 쓰지도 먹지도 못할 네놈의 팔을 가지고 있어야 하지?"

유스틴은 안경을 고쳐 쓰며 신경질적인 표정을 지었다. 그러나 실베스테르는 힐끗 고개를 돌리더니 그의 옆으로 걸어가 서재의 책장을 조사했다. 그는 곧 책장에 고정되어 있는 책을 찾을 수 있었다.

덜컥!

책을 밀자 책장이 위로 들리며 다시 비밀 통로가 나타났다.

"비밀 지하에 비밀 통로라. 이건 그저 마니아의 취미야."

"아니야! 필요가 있어서 한 거지!"

유스틴은 흡사 여행을 가야 하니 새로운 핸드폰을 장만해야 한다고 부모님께 주장하는 어린아이처럼 화를 내었다. 대체 무슨 관계인지는 모르겠지만.

"정말 필요가 있었으면 좋겠군."

실베스테르는 그리 말하고 안으로 걸어 들어갔다. 아니나 다를까, 안에는 실베스테르의 팔과 다리 등이 배양액에 담겨 있었다. 말은 이러니저러니 해도 가져온 모양이었다.

"곰팡이나 안 피었으려나 모르겠군. 이거 안 쓴 지 한 오십 년 되었나?"

"내다 버릴 걸 그랬군."

유스틴은 그것을 보고 눈살을 찌푸렸다. 뭐든지 하나하나 꼼꼼하게 챙기는 성격의 그가 이걸 가져오지 않았을 리 없다. 실베스테르는 그걸 바라보더니 봉인된 유리병을 열고 팔을 꺼냈다.

"흐음, 팔을 잃었군그래?"

"오오, 몰랐어? 엄청나게 새로운 발견이군."

실베스테르는 비아냥거렸다. 이제 와서 새삼스럽게 팔을 잃어버린 것을 알아챈 것은 아닐 텐데 무슨 말을 하려는 것일까?

물론 흡혈귀들에게 그렇게 당했다는 것을 놀라워하고 있는 것이다. 실베스테르는 양복 상의를 벗어 던지고 팔을 집어서 상처에 덧대었다.

"그야 정보도 없이 싸웠으니까. 흡혈귀들이 엄청 몰려와서 이렇게 할 수밖에 없었어. 다른 사냥꾼들은 어떻게 되었지?"

"흡혈귀들의 병력이 대규모로 이동하고 있으니까. 들어오는 이들도 있고, 무서워서 피하는 이들도 있지."

그녀는 경멸을 숨기지 않았다.

흡혈귀 사냥꾼에게 있어서 흡혈귀는 저주해 마지않을 적이다. 그런 적들을 상대하는데 죽음이 두려워 도망치는 자들이 있다니.

그렇다면 왜 흡혈귀를 잡는가? 돈을 벌기 위해? 하지만 돈을 벌기 위해서라면 굳이 목숨을 걸고 위험한 흡혈귀들과 싸워야 할 이유가 없다. 그리고 그것은 적이 아무리 강대하더라도 마찬가지가 아닌? 흡혈귀 사냥꾼이 흡혈귀를 잡는 데에는 다른 이들과는 전혀 다른 목적이 있어야 하지 않겠는가?

"눈물을 흘리는 흡혈귀는 찾았나?"

그녀는 무명지로 안경을 끌어 올리며 실베스테르가 팔을 이어 붙이는 것을 유심히 살펴보았다. 상처가 이어지고 마법의 문신이 스스로 살아 있는 생물체처럼 피부 위를 흘러내려 원래의 모습으로 복귀하는 것은 정말 신비해 보였다. 아무리 보아도 익숙해지지 않는다.

"아니, 과연 지상에 그런 게 존재하는지도 모르겠다."

윤활유로서의 눈물은 지금도 흘리고 있다. 그러나 그것이 과해져서 흘러내린 것은 없었다. 하나 있다면… 한세건이지만 그것은 흡혈귀의 눈물이 아니라 평범한 인간의 눈물이었다.

인간일 때 흘린 마지막 눈물…….

"네 순수를 위하여 눈물을 흘려라… 인가?"

실베스테르는 쓴웃음을 지으며 팔을 움직여 보았다. 잘려졌던 팔이 도로 이어진 것을 확인한 그는 양복을 다시 걸쳤다.

"그렇지만 방탄복도 아닌 걸 걸치고 용케 여기까지 왔군. 흡혈귀들이 뭔가를 찾아서 마구 움직이고 있던데, 들키지 않았어?"

쇳소리가 울려 퍼졌다. 낡은 상자가 삐이익 소리를 내며 열렸다. 그 안에는 날이 시퍼렇게 선 단검들이 두꺼운 삼베에 싸여 있었다.

각자 제각각의 모습을 가진 그 단검들은 오랜 시간을 상자 안에서 잠들어 있었음에도 불구하고 날이 죽지 않았다. 유스틴은 그것들을 꺼내더니 빠르게 숨겼다. 마치 마술사가 카드와 동전 등을 자신의 몸으로 숨기듯 재빠른 동작이었다. 모르는 사람은 어떻게 그것들이 사라지는지 알 수 없을 정도였다.

"네게는 좀 쓸 만한 정보가 있겠지? 이곳은 네 앞마당이잖아?"

"그렇다 해도 테트라 아낙스가 들어온 것에 대해서는 잘 몰라. 어차피 나도 벌써 오래전에 파문당한 처지니까 너무 많은 걸 기대하면 곤란하지. 게다가 러시아에는 흡혈귀가 그리 많지 않았으니까."

나이프, 단검들을 몸에 숨긴 그녀는 몸가짐을 바로 하고 수도자답게 경건한 몸가짐으로 돌아왔다.

본인은 파문당한 처지라고 엄살을 떨고 있지만 그녀가 사용하는 물자 대부분은 바로 교회의 재산이다. 교회는 자신도 모르는 사이에 그저 판공비나 잡비라고 생각되는 부분에서 예산을 빼앗기고, 그것은 고스란히 그녀의 손에 떨어져 집행된다.

공식적으로야 파문당했다지만 이리되면 어떤 성직자보다 더 강한 권한을 쥐고 있는 게 아닌가? 실베스테르는 그래서 그녀에게 집요하게 물어보았다.

"녀석들의 병사들이 태양을 피하는 장소는 있을 텐데?"

"그야 플렉스 메디칼의 병동 건물이지. 하지만 한국에서 당한 전력이 있어서 그리 쉽게 들어갈 수 없어. 아, 그렇지. 비스트라는 놈은 어디 있나?"

그녀의 눈이 호기심으로 빛났다. 인간의 몸으로 테트라 아낙스에게 무모한 도발을 한 장본인, 비스트라면 이미 흡혈귀 사냥꾼들 사이에서는 전설이 되어 있었다.

설령 전통 있는 교단의 마물사냥꾼이라 해도 한세건에게는 경의를 표하지 않을 수 없었다. 그러던 차에 그가 직접 와 있다는 소문을 들었으니 호기심이 동하지 않을 리 없다. 게다가 실베스테르가 그의 스승이라는 것은 이미 다 알려진 사실이 아닌가?

"두고 왔어."

"혼자 두고 와도 되나?"

"빌어먹게도… 리림이 지켜주고 있으니까."

그것은 참으로 굴욕적이지만 인정하지 않을 수 없었다. 이사카 베르게네프가 테트라 아낙스와 영지를 다투며 그 공백에 실베스테르와 한세건을 보호하고 있었다.

"지금 우리는 릴리쓰의 성궤를 가지고 있어."

"릴리쓰의 성궤? 정말 가지고 있는 건가?"

유스틴은 경악했다. 그녀는 입술을 깨물며 안경을 붙잡았다. 릴리쓰가 살해당해 성궤로 봉인되어 있다는 것도 금시초문이려니와 그것을 러시아에 입국한 지 얼마 되지 않는 실베스테르가 가져간 것이 놀라웠다.

그렇지 않아도 다른 흡혈귀 시냥꾼들에 비해시 두각을 드러내는 실베스테르였다. 이 정도 되면 열등감이 고개를 쳐들어도 무리가 아니다.

"내가 잘나서 얻은 게 아니야. 이사카 베르게네프가 주더군."

"그래서 그건 어디?"

"호텔에."

"그런 귀중한 것을 어떻게 거기에 두고 올 수가 있는 거지? 아무리 리림이 도와준다 하더라도, 아니, 당신 정말 실베스테르가 맞기는 해?"

오만방자함으로 마물들을 능멸하던 마물사냥꾼, 실베스테르가 라이칸스로프인 이사카 베르게네프와 모종의 거래를 하는 것은 물론이거니와 그것에게 의존하다니?

"실베스터 스탤론이지."

"뭐?"

"아니, 그냥 아무것도."

실베스테르는 자신의 입을 막았다. 그도 릴리쓰의 자식에게 맡기고 나온 것만은 아니다. 비둘기들에게 염을 불어넣어서 그들을 통해 호텔 주위를 감시시키고 나왔다.

"일단 감시용 새들을 붙이긴 했는데 어찌 될지 모르겠군. 아직은 낮이고 괜찮지 않을까?"

"그런데 그럼 머리의 그건 뭐야? 실베스터 스탤론 씨? 아놀드는 정치가도 해먹는데."

그녀는 이번에는 실베스테르의 머리에 꽂아 넣은 비녀를 가리켰다.

"몰라. 내게 묻지 마."

자기 머리에 꽂혀 있는 걸 왜 자신이 모른다고 한단 말인가? 유스틴은 어처구니없어 했지만 지금은 그런 농담 따먹기를 할 때가 아니다. 릴리쓰의 성궤가 손에 들어와 있다는 게 더 중요했다.

성궤가 그들의 손에 들어와 있다면 그것을 어떻게 활용해야 할 것인가?

"일단 바로 쓸 수는 없으니까 애물단지에 불과한데. 조사를 하기에는… 상황이 좋지 않고, 시간도 없어."

"하지만 테트라 아낙스는 열성적으로 노리던걸? 역시 연구가 끝나 있는 건가?"

테트라 아낙스들이라면 이미 오래전부터 릴리쓰의 성궤를 이용할 방법을 알고 있었으리라. 하지만 그렇다면 또 왜 유다에게 릴리쓰의 성구함이 넘어가게 했을까? 아니, 정확하게는 왜 릴리쓰의 성궤를 인간들에게 넘어가게 하여서 그 결과 유다가 태어나게 하였나?

유스틴은 눈살을 찌푸렸다.

"그래? 뭔가 중요한 용도가 있나 보군."

"그 정도의 추리는 누구나 할 수 있겠군. 쓸모없는데 이렇게 찾을 이유가 없잖아?"

"테트라 아낙스가 그렇게 열심히 찾는 이상 반드시 뭔가 쓸모가 있겠지. 하나 확실한 건 그 심장을 테트라 아낙스가 미친 듯이 원한다는 거지? 게다가 릴리쓰의 염이 봉인되어 있으면 그 염은… 마물을 잉태하기 위해 점차 미쳐서 유다 같은 것도 만들어내고 말아. 아 참!"

유스틴은 생각났다는 듯 손뼉을 치고는 비밀 창고 밖으로 나갔다. 실베스테르는 호기심을 참지 못하고 그녀의 뒤를 따라 나갔다.

그녀는 서재에 설치된 컴퓨터로 다가가더니 간단히 몇 번의 조작으로 모아둔 사진들을 보여주었다. CCTV로 찍은 사진인 것 같은데 장소는 호텔 로비였다. 실베스테르의 눈에도 익숙한 놈들의 모습이 보였다.

"팬텀 일당이 흡혈귀 집단을 조직하고 있다는 거 알아? 테트라 아낙스와 별개로 움직이는 모양이야."

"흐음, 팬텀? 테트라 아낙스와 독단적으로 움직인단 말인가? 녀석답군."

사법사 팬텀, 본래는 사악한 마법사 집단 네크로폴리스의 주요 마법사였다. 그러던 것이 흡혈귀가 되고 시간이 흘러 점차로 성향이 바뀌면서 테트라 아낙스의 방침과 사사건건 대립했다. 그런 놈이라면 저런 짓도 가능하리라. 그런데 자존심 강한 다른 흡혈귀들을 주도하다니?

"그래. 게다가 이걸 봐. 아르곤도 있고, 파군, 앙리 유이도 있고, 아그니와 이건 한국에서의 그 얼간이인가? 공항에서 방금 찍은 사진이니까 곧 도착하겠군."

그녀는 이번에 셰레메티에보 공항의 CCTV로 화면을 돌렸다. 한눈에도 두꺼운 가죽 코트를 걸친 동남아계 남자, 그리고 그가 도착한 지 45분 뒤 중국발 비행기를 타고 들어온 젊은 남자가 보였다.

그는 분명히 김창현이라고 하는 남자였다. 원래는 인간이었지만 이제는 창영이라고 하는 새로운 진마다.

아르곤의 에스콰이어인 거구의 흑인과 함께 들어온 그는 진마의 관록이라곤 눈을 씻고 봐도 찾을 수 없는 어벙한 표정으로 주위를 둘러보고 있었다.

"이놈들도 쿠데타를 막겠다고 하는 건가?"

반테트라 아낙스 파에서 두각을 드러내는 흡혈귀들, 팬텀과 아르곤이 힘을 합쳤다면 그것은 분명히 모든 흡혈귀에게 강력한 영향력을 행사할 것이다.

"굉장한 전력이군. 진마들이 이렇게나 모여들다니, 아주 멋져. 이십일 세기는 역시 멋지단 말야. 라이칸스로프와 흡혈귀들이 이렇게 대규모로 붙는 건 전례가 없는 일이잖아?"

"기쁜가? 나는 저 모기 같은 놈들이 세계를 구하기라도 하겠다는 것 같아서 매우 불쾌한데. 할리우드 영화에서 종종 나오는 것처럼 미국인들이 자신들이 세계를 구하는 이야기를 써대는 걸 보는 듯한 기분이 들거든."

실베스테르는 노골적으로 불쾌한 표정을 지어 보였다. 그렇지만 유스틴에게 찾아온 건 그래도 꽤나 현명한 선택 같았다. 우선 잘린 팔을 복구할 수도 있었고, 이런 정보도 얻을 수 있지 않은가?

"나도 그 점에서는 기쁘지 않아. 그렇지만 저놈들은 세계를 구하겠다는 게 아니라 그저 어디까지나 자신들이 하고 싶은 일을 하는 것뿐이니까. 말하자면 밥그릇 지키기인 셈이지."

유스틴은 계속해서 컴퓨터를 조작했다. 각 관공서, 호텔 등의 CCTV 화면이 컴퓨터 모니터 위로 스쳐 지나갔다. 그녀가 접속한 것은 바로 FSB의 정보망이었다. 이런 단말기는 철저히 보안에 부쳐져야 하겠지만 그녀 자신이 바로 FSB의 요원이며 이 지하는 공식적으로 FSB의 세이프티 하우스 중 하나로 되어 있었다.

실베스테르가 그녀에게 정보를 기대하고 찾아온 것도 바로 그런 이유에서였다.

"어제오늘 중에 라이칸스로프에 의한 요인 암살 시도가 있었어. 그걸 막아낸 게 바로 팬텀과 그 외 각종 흡혈귀야. 이 정도면 매우 칭찬해 줄 만한걸."

그녀는 그리 말하고 파일을 넘겨주었다. 볼코프 레보스키의 휘하에 들어간 걸로 보이는 군인들의 명단이었다.

"군인이 아닌 자들도 포함되어 있으니까 이보다는 좀 더 많겠지만 지금도 상당한 수가 줄어들었어. 그런데 실베스테르, 앞으로 어쩔 셈이지?"

"어쩌냐니? 뻔한 거 아닌가? 모든 괴물을 물리친다."

말이 쉽지, 그게 가능하면 누가 고생을 하겠는가? 하지만 실베스테르는 태연스럽게 그리 말했다. 유스틴은 혀를 내둘렀다. 역시 이 녀석은 변한 게 없다. 그 제자인 비스트가 그야말로 광전사로 소문이 나 있는데, 그건 아마도 이 녀석의 영향이 크리라.

"그런 거야 너무나 당연한 이야기고. 내가 묻고 싶은 건 그 구체적인 방법이야."

실베스테르는 왜 그녀가 그런 걸 묻는지 잠시 생각해 보더니 답했다.

"네게는 입장이 있겠지. 그 입장으로 보면… 그래, 쿠데타를 먼저 막고 흡혈귀들을 잡는다?"

"그렇지. 일단 쿠데타를 막지 않으면 안 돼. 그게 가장 큰 지상 과제니까."

러시아에 뿌리를 두고 있고 기독 정당과 정교회 본부, 그리고 국가로부터 후원까지 받고 있는 그녀로서는 당연한 반응이다. 아니, 굳이 그녀가 아니라 하더라도 일단 현실적인 눈을 가지고 있는 이라면 누구든 그리 생각할 것이다. 러시아 같은 초강대국에서 쿠데타가 일어난다면 세계 전체가 흔들리는 대참사로 이어질 것이다.

"그렇다면 나보고 어쩌란 말이지? 흡혈귀들을 돕기라도 하란 말인가?"

"그럴 필요까지는 없겠지만 적어도 팬텀이나 그 일당을 공격하진 말아달라는 거야. 테트라 아낙스는 공격해도 되겠지."

"흡혈귀들이 그렇게 두 그룹으로 나눠진 이유가 좀 궁금하지 않나?"

실베스테르는 비녀를 만지작거리며 책장에 몸을 기대었다. 은발이 어두운 텅스텐등 밑에서 푸른색으로 물들어갔다. 눈물을 흘리는 흡혈귀를 찾아서 이 미친 달의 세계를 헤매는 타락한 신부. 유스틴은 스스로도 좀 감상적이 되었나 하고 힐끔힐끔 실베스테르를 훔쳐보며 말했다.

"하긴, 쿠데타를 막기 위해서 진마들이 뭉칠 정도인데 왜 그는 가만히 손 놓고 보고 있을까? 테트라 아낙스는 철권의 지배자가 아니던가?"

"아마도 테트라 아낙스는… 릴리쓰의 심장을 반테트라 아낙스파의 흡혈귀들에게 보여주고 싶지 않았나 보지. 그가 릴리쓰의 심장에 혈안이 되어 있다는 사실을 숨기고 싶어 하는 걸 거야. 그래서 자신에게 반대하는 흡혈귀들을 모아서 저렇게 바쁘게 만들어준 게지."

이건 단순한 추측이 아니었다. 테트라 아낙스가 흡혈귀들을 지배하는 방식에는 권력을 추구하는 자의 느낌이 없었다. 마치 따분하지만 어쩔 수 없이, 의무감에 져서 억지로 통치하는 경향이 강했다.

그래서 테트라 아낙스와 흡혈귀들이 두 그룹으로 나뉘어서 러시아에 들어왔을 때는 모두들 테트라 아낙스 특유의 방만함이 이 사건을 좌시하게 했다고 생각했다.

흡혈귀들에게 일거리를 부여해 그들을 오랜 시간의 권태로부터 해방시킨다. 이것이 바로 테트라 아낙스가 품고 있는 통치의 이념이었다.

"그래? 왜지?"

"테트라 아낙스는 릴리쓰의 심장을 이용해서 몸을 옮기려는 모양이야. 정확히 말하면 그중에서도 R. 고든이겠지."

"뭐? 몸을 옮겨? 성궤에 그런 힘도 있었나?"

"정확히 말하자면 테트라 아낙스가 성궤를 필요로 하는 건 자신의 모든 능력을 무사히 후대로 전사시키기 위해서일 거야. 오랜 세월을 살아서 이미 그 영혼의 덩치 자체가 비대해진 테트라 아낙스로서는 그와 같은 존재, 리림 이외에는 영혼을 감당할 만한 육체가 없다. 하지만 지금의 리림은 라이칸스로프가 아닌가? 흡혈귀로 전염되지도 않지."

"그렇군. 사혁 때와 똑같은 방법을 쓰면 라이칸스로프가 흡혈귀가 되는 것도 아무런 문제가 없겠지. 그래서 릴리쓰의 유체를 매개체로 삼는다 그건가? 뭐, 그러면 테트라 아낙스는 더더욱 강력한 몸을 얻을 테고……. 하지만 의외인걸. 테트라 아낙스는 릴리쓰가 태어나는 걸 막기 위해 그녀를 봉인한 게 아니었나? 왜 릴리쓰를 봉인했을 때는 그 방법을 쓰지 않지?"

흡혈귀 사냥꾼들에게 알려져 있는 바로는 테트라 아낙스가 릴리쓰를 증오해서 그녀의 존재를 영구히 소멸시키기 위해 봉인한다고 했다. 하지만 지금 실베스테르는 그 이야기를 전적으로 뒤엎은 것이었다.

"그때는 테트라 아낙스도 젊었잖아? 옛날에는 분명히 테트라 아낙스도 사심 없이 릴리쓰를 저주했겠지만 몸이 썩어가게 되면서 마음이 바뀐 거겠지."

"흠, 그것도 그렇군. 그렇다면 테트라 아낙스가 노리는 건 이사카 베르게네프의 몸인가?"

"아마도."

이번 세대의 릴리쓰는 두 리림을 낳았다. 그들의 이름은 이사카 베르게네프와 롯시니 베르게네프. 롯시니, 즉 서린의 역량은 매우 부족하므로 테트라 아낙스가 그를 노리리라고는 여기지 않는다. 뛰어난 역량을 가진 이사카 베르게네프의 몸이야말로 흡혈귀의 제왕이 선택한 몸이리라.

7

해가 떨어지면서 기온이 급격하게 하강했다. 모스크바 강 유역이라면 강 때문에 기온이 급강하지 않지만 강의 혜택을 받지 못하는 교외의 국도가 되면 이야기는 달라진다. 비열이 낮은 대지는 너무나 급속하게 온기를 잃고 한기를 머금은 어스름이 깔렸다.

그 차가운 대지를 가로지르는 아스팔트의 국도가 있었다. 왕복 2차선에 갓길이 조금 있는 정도인 이 좁은 국도에는 포클레인 한 대가 옆으로 누워서 길을 막고 있었다.

그 앞에는 고급 승용차가 세 대 멈춰 서 있었는데 로켓포와 총격에 의해 다들 너덜너덜해져 있었다. 아마도 포클레인으로 길을 막고 양옆에 매복해 있던 자들이 기습 공격을 감행한 것 같았다.

앞뒤에서 따라붙은 경호원용 차 두 대와 가운데 호위받던 볼보 리무진 한 대, 총 세 대의 차량이 있었는데 그 차에 타고 있던 경호원 대부분이 죽어 나자빠진 상태였다. 하지만 공격한 측도 무사하지는 못했다. 길 양옆에는 공격자들임에 분명한 시신이 즐비했다.

그것은 눈뜨고 보지 못할 참혹한 광경이었다. 하지만 만약 그 참혹함을 견디고 이 장면을 냉정히 볼 수 있는 이가 있다면 한 가지 놀라운 사실을 알게 되리라.

시신 중에는 인간의 것이 아닌 것들도 있었다. 그리고 지금도 그 시신은 늘어나고 있는 중이었다.

"크르륵!"

웨어울프는 쓸모없어진 소총을 집어 던지고 스스로의 흥성을 믿으며 앞으로 뛰어들었다. 그가 바라보고 있는 이는 포클레인의 삽 위에 서서 노란색으로 염색한 머리칼을 흩날리는 선글라스의 남자였다. 이 험악한 분위기 속에서도 전혀 긴장감 없이 털 코트를 여미어 입었을 뿐인 동남아계 남자는 웨어울프를 비웃고 있었다.

"열 내지 말라고. 열 내면 불타니까."

화르르륵!

불꽃의 링이 군복을 걸친 괴물의 목을 태웠다. 늑대의 머리에 사람의 몸을 가진 거대한 괴물의 목이 순식간에 탄화되었다. 산소를 강제로 결합시키면서 태우는 강력한 발화 능력의 힘이었다.

"아가아아악!"

웨어울프는 처참한 비명을 지르며 앞으로 쓰러졌다. 이걸로 인근 괴물은 모조리 죽었다. 습격을 한 쪽은 전멸하고 습격을 당한 쪽은 아그나와 앙리 유이만 살아남았다.

"아아, 이런 정말… 피곤하게 하는군. 오자마자 실무에 투입이라니."

동남아시아계 남자, 아그니는 선글라스를 고쳐 쓰고는 포클레인의 삽에서 뛰어내렸다. 전투에 완전히 특화되어 있는 그의 능력은 이번에도 유감없이 힘을 발휘해 라이칸스로프들을 순식간에 물리칠 수 있었다.

아그니 자신도 그 능력에 대해서는 자부심을 가지고 있을 정도였다. 총화기를 죄다 못쓰게 만들 수 있는 그의 능력은 총격전에 익숙한 적들에게 육박전을 강요했다.

그리고 일단 육박전이 되면 뛰어난 혈인 능력을 가지고 있는 그의 적이 될 수가 없었다.

"좋아, 할당량은 채웠군. 그런데……."

아그니는 미소를 지우고 옆을 힐끗 돌아보았다. 그의 옆에서는 유행이 지나도 한참 지난 남성용 보브 커트를 한 백인 남자가 살찐 현지인 한 명의 멱살을 잡고 있었다.

그의 이름은 앙리 유이, 네크로폴리스에서 팬텀과 함께 흡혈귀가 된 사악한 인간 마법사라고 알려져 있지만 그 정체는 흡혈귀들 사이에서도 의문이었다.

혹자는 그가 이미 네크로폴리스 시절부터 흡혈귀였다고 하기도 한다. 어느 쪽이든 간에 그가 굉장한 힘을 가지고 있다는 건 누구나 인정하는 사실이다.

힘을 늘리고 싶어 하는 아그니는 만만한 상대일 경우 앞뒤를 가리지 않고 먹어치우는 경향이 있다. 그래서 팬텀은 아그니와 함께 움직일 인물로 결코 실력을 내비친 적이 없는 앙리 유이를 선택했다.

만약 아그니 이후 도착한 창영을 붙여주었다면 전투에 익숙하지 못한 창영을 아그니가 습격해 버렸으리라.

그래서인지 아그니는 앙리 유이를 껄끄러워했다. 자신이 그동안 저지른 짓을 보면 이런 반응도 당연하기는 하지만 노골적으로 이렇게 나올 줄은 몰랐다.

게다가 이 앙리 유이는 대체 어떤 수법을 쓰는지 모르겠다. 분명히 어떻게 손을 쓰니까 라이칸스로프들이 죽어 있기는 한데 왜 죽어 있는지는 모르겠다.

"뭔가 할 말이라도 있나?"

선글라스 때문에 눈이 움직이는 걸 못 봤을 텐데도 앙리 유이는 태연하게 물어보았다. 아그니는 끄응 하고 혀를 차다가 고개를 돌렸다.

"이걸로 끝이겠지?"

"우리 임무는 이걸로 끝이군. 다행히 다른 쪽에서도 모두 다 임무에 성공한 모양이야."

앙리 유이는 기억을 지워 버린 인간을 너덜너덜해진 보닛 위로 집어 던졌다.

"진마들이 직접 뛰었으니 당연하지."

아그니는 라이칸스로프의 시체를 뒤져서 담배를 꺼냈다. 적을 죽이고 담배를 빼앗다니. 그 모습을 본 앙리 유이가 질려 버릴 정도였다. 돈이 없는 녀석인가, 담배가 궁한 건가?

"내 걸 피지그래? 나는 안 피지만 그래도 하나쯤은 갖고 다니지."

앙리 유이는 접대용으로 들고 다니는 담배를 꺼냈다. 하지만 아그니는 손을 내저었다.

"필터가 붙어 있는 담배는 러시아가 본산이라지? 한때 필터 담배를 러시아 담배라고 불렀잖아? 그러니까 러시아에서는 러시아 담배를 피워봐야지."

아그니는 입에 문 담배의 끝에 손가락을 대고 빙글 돌렸다. 그것만으로도 담배에 불이 붙었다.

"낄낄낄. 제법 특이하군."

아그니는 시시덕거리면서 담배 연기를 내뿜었다. 도저히 이해할 수 없는 놈이다. 원초적으로 피를 탐하기 때문에 품위가 좀 떨어진다고는 들었는데 어린애 같은 순진함도 보인다.

"후후훗."

앙리 유이는 실소하며 몸을 돌렸다. 순진하다고 해서 마음에 든다거나 그런 건 아니다. 하지만 꽤 쓸 만한 전투력을 가지고 있다는 건 마음에 들었다.

"서둘러. 이걸로 끝난 게 아니야."

"끝난 거 아닌가?"

아그니는 의아해하며 앙리 유이를 바라보았다. 테트라 아낙스가 알려준 정보에 의하면 이제 요인 암살은 더 이상 없을 터였다.

하지만 앙리 유이는 아그니를 벌레 보듯 노려보았다.

"정말 끝났다고 생각하나?"

"아니, 뭐… 하긴 보복하겠군."

볼코프 레보스키가 이런 꼴을 당했는데 가만히 있으리라고는 생각되지 않는다. 그러나 테트라 아낙스는 왠지 모르게 그것은 알려주지 않았다. 아마도 테트라 아낙스는 볼코프와 팬텀이 서로서로 치열하게 맞서 싸우기를 원하는 듯했다.

쿠데타를 막기로 결심한 이상 볼코프와의 싸움은 피할 수 없다. 애초에 그건 각오가 되어 있었다. 그렇지만 모자란 정보의 공백을 통해 양쪽이 다 같이 적절한 피해를 입히면서 교착 상태에 빠져 버리는 것을 원하지는 않는다.

"서둘러 귀환하지!"

앙리 유이가 그 말을 남기고 사라지자 아그니도 황급히 담배를 밟아 끄고 그의 뒤를 따라 달렸다.

볼코프 레보스키는 이미 모스크바에 들어와 있었다.

국도와 고속도로, 열차 등의 검문은 물샐틈없이 삼엄했지만 인간들의 혼백을 압도할 힘이 있는 상위 라이칸스로프들에게는 무의미했다. 검문을 한 이들은 자신이 무엇을 봤는지도 모르고 혼백을 압도당해 그들을 보내주었다.

쿠데타를 일으켜 세계를 전화에 집어 던지려 하는 아무르의 호랑이가 모스크바에 입성했다. 그렇다면 무슨 일이 일어날까? 어딘가에 그럴듯한 비밀 기지가 있어서 그 기지의 테이블에 앉아 간부들을 모아두고 회의라도 할까?

정답은 석양이 깔리는 고리키 공원에 앉아서 정보원을 기다리는 것이었다.

물론 그냥 거리에 나설 수는 없었다. 볼코프 레보스키는 러시아의 인민영웅이었으며 현재는 수배자 신세이다. 그런 그가 맨얼굴을 드러내고 다닌다면 바로 발각이 났으리라.

그래서 지금 볼코프 레보스키는 한세건이 쓰는 것과 똑같은 엑토플라즘 마스크를 뒤집어써서 얼굴을 바꾼 채 고집하던 군복을 벗고 아디다스 로고가 선명한 트레이닝복을 입고 있었다.

그의 옆에는 한눈에도 군인 출신으로 보이는 아름다운 백인 여성이 절도 있는 자세로 벤치에 앉아 있었다. 오후의 한때를 즐기기 위해 산책을 나온 아버지와 딸로 보이기에는 너무나도 부적절한 자세였다. 게다가 이들의 일행은 그 두 명만이 아니었다.

젊은 청년 둘이 음료수와 샌드위치 등을 사 들고 벤치로 돌아오는 게 보였다. 그들 중 한 명은 왠지 어색한 태도로 두리번거리며 주위를 살피고 있었다.

주위에는 여가를 즐기기 위해 모여든 시민이 얼마 남지 않은 따사로운 햇살을 맞으며 놀고 있었다. 보트를 탄 연인들과 거리의 악사 등이 눈에 들어왔다.

한국에서 주로 살던 청년의 눈에는 그런 모습들이 흡사 외화 속의 한 장면처럼 보일 뿐 실감이 가지 않았다. 그 자신도 혼혈아이긴 하지만 역시 동양인이 대부분인 한국에서 갑자기 이런 백인들이 득시글거리는 대도시로 오게 되면 적응이 될 리가 없다.

그때 다른 청년의 목소리가 그의 상념을 깼다.

"아아, 역시 경계는 꽤 삼엄한데요."

"그래."

볼코프는 청년에게서 맥주 캔을 받아 들더니 마개를 따지도 않고 입에 가져가 캔을 물어버렸다. 우드득 소리와 함께 알루미늄 캔이 찢겼다. 하지만 맥주는 한 방울도 흐르지 않았다.

"흠, 흡혈귀들이 우리 선발대들을 미리 다 차단한 모양이군. 역시 흡혈귀들이 가장 큰 적이야."

볼코프는 맥주를 빨아 마시더니 비어버린 캔을 쓰레기통에 던졌다. 꽤 큰 사이즈의 맥주였지만 숨도 한 번 안 쉬고 다 마셔버리는 걸 보면 기가 막힌다.

"걱정인가, 롯시니?"

그는 자신의 앞에서 불안한 표정을 짓고 있는 혼혈아 청년을 바라보며 단도직입적으로 물어보았다.

"제가 왜 당신들에게 협력해야 하지요?"

롯시니라 불린 청년도 즉각 대답했다. '목숨을 위협하고 있으니까'라고 대답할 수도 있었으리라. 그들이 원한다면 서린을 죽이는 것은 일도 아닐 테니 목숨을 협박해 서린을 그들의 뜻대로 움직일 수 있었다.

하지만 이들의 행동을 보면 그런 대답이 나올 수 없었다. 목숨을 위협하지도 않았고, 대하는 데 어떤 사심도 보이지 않는다.

이거 혹시 자신들이 너무나도 올바른 일을 하고 있기 때문에 제정신 박힌 인간이라면 당연히 자신에게 동조할 거라고 믿고 있는 게 아닌가 하는 의심마저 들었다.

그때 레온이 볼코프를 돌아보았다.

"장군님, 아직 말씀 안 하셨군요?"

"뭘 귀찮게 말이나 하지?"

"그래도……."

레온은 힐끔힐끔 서린을 바라보았다. 말하고 싶어서 죽겠는데 볼코프의 허락이 떨어지지 않아서 곤란하다는 투였다. 그러자 서린이 놀라서 물어보았다.

"뭐, 뭔데요? 뭔데 그래요?"

"아니, 베르게네프는, 그러니까… 볼코프 장군님의 부하였는데……."

"거기까지! 잔말이 많다."

"앗."

레온은 깜짝 놀라서 입을 다물었다. 하지만 그 정도만으로도 서린은 가슴이 쿵쾅거리는 것을 느낄 수 있었다. 그에게 있어서 아버지는 어디까지나 생물학적인 아버지, 한국인인 서영수였다. 이름도 모르는 베르게네프란 남자는 그와 상관이 없다.

하지만 왜 그 이름을 들으니 가슴이 뛰는 것일까?

"왜 네가 우리에게 협력해야 하냐고? 왜냐면 우리만이 너의 존재를 온전히 후세에 남기고 싶어 하기 때문이지. 흡혈귀들도 흡혈귀 사냥꾼들도 결국에는 너를 죽이지 않으면 안 되니까. 남는 건 우리뿐 아닌가?"

"당신들의 이념에 동조하지 않는데도요? 그 이념을 위해 무고한 사람들을 죽여가며 피를 보아야 하나요?"

서린이 그렇게 따지고 들었지만 볼코프의 아집은 철옹성이었다.

"이념을 위해서 죽겠다는 건가? 그것참 멋진 이야기로군. 그렇지만 어리석은 소년, 이야기를 잘 들어둬. 우리의 이념이 피를 부른다고 생각하나? 그렇다면 지금 현재 세계를 지배하고 있는 미국의 이념은 어떻지?"

"어떠냐니요?"

"당장 이라크나 각종 분쟁 지역에 미국의 입김이 들어가지 않은 곳이 있는가 이 말이다. 말해봐. 그래서 팍스 아메리카의 외침이 전 세계에 울려 퍼질 때 너는 뭘 했지? 그 외침 아래에서 무고한 사람들이 죽을 때 너는 무얼 했느냐 말이다!"

서린은 볼코프의 그 말에 할 말이 없어졌다. 그가 말한 대로 분쟁 지역에 미국의 입김이 들어가지 않은 곳이 없다. 그러나 여기서 물러설 수는 없다. 미국이 그랬기 때문에 그들도 사람들의 피를 볼 수 있다고 해서는 안 된다.

"피를 흘리면 안 된다, 피를 흘리면 안 된다. 좋은 말이지. 누구나 할 수 있는 말이야. 그러나 지금 이 순간에도 불온한 패자의 힘에 의해서 불필요한 피는 계속 흐르고 있어. 그것을 뒤집기 위해서 피를 보아야 하기 때문에 그런 희생들을 묵인이라도 하자는 건가? 갖은 규칙 위반을 통해 윗자리에 올라선 가진 자가 이제 룰을 중시하며 그 자리를 굳히려고 한다. 그것을 뒤엎는 방법이 오로지 규칙 위반뿐이라는 것을 알고 있기에 보이는 그 여유, 그 오만함을 과연 참을 수 있겠는가?"

볼코프는 라디오 이어폰을 빼고 서린을 노려보았다. 말은 열변인데 그럴수록 목소리는 더더욱 잦아들고 은밀해진다. 위험하다. 이 상태로 가면 위험하다.

서린도 본능적으로 알 수 있었다. 그도 지금 자신이 하고 있는 말이 아무르의 호랑이, 볼코프 레보스키의 신경을 박박 긁고 있다는 것쯤은 알 수 있었다.

이 이상 성질을 긁다가는 위험하다. 하지만 서린은 하고 싶은 말을 당장 내뱉지 않으면 못 사는 성격이다. 그리고 그들 역시 자신들의 입으로 서린을 살려야 하는 입장이라고 말했다. 그러므로 그들은 어떤 일이 있어도 서린을 죽이지 않을 것이다.

그걸 믿고 이렇게 말하는 것은 한심한 일이지만, 서린은 자신의 뜻을 다시 표명했다.

"당신이 그 세계를 지키기 위해 싸우는 것도 아니잖아요?! 세계의 분쟁을 핑계로 그렇게 말하는데 그렇다면 당신이 쿠데타를 일으켜서 세계를 정의롭게 바꾸기라도 하겠다는 거예요? 그런 공상은 초등학생도 하지 않을 겁니다! 왜 솔직하게 권력이 탐난다고 말하지 않는 거예요?!"

서린이 그리 말한 순간이었다. 갑자기 바람이 찢어지는 소리와 함께 무엇인가가 서린의 귀 옆을 스치고 지나갔다. 깜짝 놀란 서린이 고개를 돌려보니 레온이 히죽 웃으며 손을 터는 게 보였다.

이 남자가 그에게 무엇인가 했다. 뭘 했는지는 모르지만, 하여튼 무엇인가 했다는 것만은 확실히 알 수 있었다. 그런데도 불구하고 실실 웃고 있는 것을 보니 갑자기 겁이 더럭 났다.

생각해 보면 볼코프 레보스키가 중용하는 남자다. 계급은 그리 높지 않지만 뛰어난 능력을 가지고 있음에 틀림이 없으리라. 서린은 그가 실실 웃고 있는 모습만으로 방심해서는 안 될 상대라는 걸 뼈저리게 통감했다.

"뭐, 뭐 하는 겁니까?"

"너무 열 내지 말라고, 롯시니. 그리고 해서 될 말이 있고 안 될 말이 있어. 우리도 우리 입으로 우리가 정의의 사도라고 말하진 못하겠는데, 그렇다고 정말 권력욕에 눈이 벌게져서 이러고 있는 것도 아니야. 그것만은 알아주었으면 하는데?"

레온은 싱글벙글 웃는 그 모습 그대로 말했다. 하지만 말투에서는 묘하게 협박의 냄새가 났다. 하긴 방금 전의 그 데몬스트레이션이 있었는데 이제 와서 무슨 말을 해도 협박이 아니라고 할 수는 없으리라.

어찌 되었든 이렇게까지 발끈하는 걸 보니 단순한 권력욕만으로는 움직이지 않는다는 건 확실해 보였다.

사실 볼코프 레보스키가 애국심에 불타오르는 열혈 군인이라는 걸 생각해 보면 설사 쿠데타의 결과 권력을 손에 쥐게 된다 한들 그 동기가 권력욕이 아니었음은 자명하다.

'젠장, 이게 바로 아 다르고 어 다르다는 건가?'

밖에서는 별 차이가 없어 보이지만 본인들에게는 큰 차이가 있고, 그걸 무시했더니 레온 시마노프가 성질을 부린 모양이었다. 서린은 이를 악물었다가 한숨을 내쉬었다.

"좋아요. 그렇다 치면 앞으로는 어쩔 거예요? 제가 협력한다 치고……."

"우선 쿠데타 성공을 위해서 방해되는 흡혈귀들부터 제거해야겠지."

볼코프는 태연자약하게 제거란 말을 입에 올렸다. 한국에서 비교적 평화롭게 자란 서린으로서는 제거라는 단어를 서슴없이 말하는 볼코프에게 기가 질려 버렸다.

그러나 수순으로 보면 그가 옳다. 이미 볼코프 레보스키의 부하들은 흡혈귀들의 공격에 의해 크나큰 피해를 입었다. 그리고 그들의 방해 공작은 앞으로도 계속될 터인즉 미리 손을 써서 제거하지 않으면 안 되리라.

문제는 그 흡혈귀들이 대체 어디에 있는지 도저히 모르겠다는 것이다. 적은 테트라 아낙스에게 정보를 받아서 이쪽이 무슨 일을 꾸미고 있는지 다 알고 있는 판국에 그들은 적의 위치조차 모른다니… 한심하기 그지없는 일이다. 이렇게 일 처리를 해서 대체 어떻게 쿠데타를 성공시킨단 말인가?

"흡혈귀들은 어떻게 찾고 있나요?"

"일단 웨어랫인 동료들이 지하도에서 쥐들을 조작해 찾아보고 있긴 합니다만……."

라토바가 말꼬리를 흐렸다. 쥐를 다루는 웨어랫의 정보 수집력은 상당한 수준이다. 그러나 쥐 새끼들이 어떻게 그 넓은 모스크바를 돌아다니며 정보를 수집할 수 있을까? 그게 좀 의문이었다.

물론 시간을 충분히 들이면 결국 다 알아낼 수 있게 되겠지만 연방 정상회담은 이제 코앞이다. 그렇게 여유 부리고 있을 틈이 없다.

라토바도 그 사실을 알고 있었기에 말꼬리를 흐린 것이다. 그런데 그때 볼코프가 무겁게 닫혀 있던 입을 열었다.

"이리된 이상… 이사카 베르게네프와 연합 전선을 펼친다."

"예에?!"

청천벽력이 이런 경우에 비할까? 모두들 깜짝 놀라서 볼코프를 바라보았다. 다들 농담이겠거니 하고 볼코프의 반응을 살펴보고 있는데 이 조용한 거인은 꿈쩍도 하지 않는다.

서린은 역시 아무르의 호랑이가 아니라 시베리아의 불곰이 어울린다고 생각하며 치를 떨었다.

하필이면 이사카와 연합 전선을 펼치겠다니?

그러나 이사카가 쿠데타를 성사시키려고 한다는 것은 이미 만인이 아는 사실. 쿠데타 주도 세력인 볼코프 레보스키와 이사카 베르게네프가 손을 잡는 것은 기실 별로 놀라운 일도 아니다.

물론 쿠데타를 실행시킨 뒤 권력의 배분이란 면에서는 마찰의 소지가 남아 있기는 하지만 이사카 베르게네프는 이미 뒤에서 손을 써두었다.

'그게 그런 목적이었나?

서린은 이사카가 건네주었던 앰풀을 떠올리며 속으로 치를 떨었다. 볼코프 레보스키를 조종해 전쟁을 무혈로 막아내라고 꼬드긴 건 이사카 그 자신이다.

하지만 이사카는 쿠데타를 찬탈해 자신과 자신을 뒤따르는 이들의 영광을 추구하고 있었고, 그런 그들의 목적에 의하면 서린에게 그런 비약을 줘야 할 이유가 없다.

그러나 이사카와 볼코프 레보스키가 연합 전선을 펼친다면 이야기가 다르다. 볼코프 레보스키가 서린에게 지배당하게 된다면 당연히 연합의 주도권은 이사카 베르게네프가 가지게 되는 것이 아닌가?

서린은 문득 피로 물든 수술대 위에서 산산조각 난 어머니의 모습을 떠올렸다. 어머니의 시신에서 심장을 적출하고 피 묻은 손으로 그것을 봉인하던 이사카의 모습이 머릿속에 떠올랐다.

이사카는 그러한 작업을 하면서 무어라 말하고 있었는데 공포에 질린 서린의 귓가에는 웅웅 하는 울음소리로밖에 들리지 않았다.

서서히 해가 지고 있었다. 건물들 사이로 해가 떨어지면서 천지를 시뻘겋게 물들여 간다. 그 하늘은 영락없이 피를 연상케 했다.

피.

서린이 피에 대해 품고 있는 기억은… 그 어머니인 릴리쓰의 죽음으로부터 시작되었다. 철이 들기는커녕 아직 학교의 문턱을 넘기도 전인 어린 소년, 이사카 베르게네프가 제 어미를 살해한 그 낡은 전원주택의 모습이 떠오른다.

시뻘겋게 물든 마루, 지하실, 살아 있던 인간 형상의 존재를 해체하는 끔찍한 작업, 자신을 낳은 어머니를 살해하는 궁극의 괴물!

이사카 베르게네프가 바로 그다. 그리고 그것은 서린을 노려보고 있었다.

노려보고, 손을 뻗고, 무엇인가 말한다. 하지만 서린은 겁에 질려서 그것을 알아들을 수가 없었다. 그저 집에서 몸을 돌려서 달렸다. 가능한 한 이사카에게서 멀어지기 위해서!

서린은 두통을 느끼며 휘청거렸다. 공원에는 석양이 만발하고 무수한 사람이 삶을 찬양하기 위해 뛰쳐나온 것처럼 즐거운 오후의 마지막을 즐기고 있었다. 서린은 그들 사이에서 과거와 현재를 몽유하고 있었다.

"괜찮습니까?"

라토바는 휘청거리는 서린의 팔을 잡고 그를 부축했다. 서린은 그런 그녀에게 고맙다고 손으로 인사를 하고 자세를 바로 했다.

"아아, 괜찮아요. 그런데 그렇다면 어떻게 손을 잡을 셈이죠?"

서린은 볼코프를 노려보며 물어보았다. 그 순간 서린은 문득 볼코프가 뭐라고 대답할지 알아차렸다.

'녀석이 우리에게 올 거다.'

"녀석이 우리에게 올 거다."

볼코프는 서린이 생각한 것과 똑같이 말했다. 서린은 머리가 깨질 듯한 고통에 비명을 지르며 주저앉았다.

"아아아악!"

비명 소리가 붉게 타오르는 하늘을 향해 뻗어 나갔다.

第27夜

Incarnation

1

실베스테르는 단죄자 유스틴과 함께 호텔로 돌아왔다. 일단 해가 지고 나면 제아무리 호텔이라 한들 위험할 수밖에 없었다.

"그러니까 내 아지트에 오시지. 그쪽은 주술적 방어도 완벽하게 되어 있고, 자체가 벙커화되어서 벙커 버스터를 사용하기 전에는 침입이 불가능하니까. 복도에는 기관총 진지가 설치되어 있고, 만약 흡혈귀들이 쳐들어올 경우 커피를 타 마시며 느긋하게 방아쇠를 누르는 것만으로 수많은 흡혈귀를 죽일 수 있어."

유스틴은 그렇게 자부했고 실베스테르도 그녀의 말이 옳다고 여겼다. 이미 복도 여기저기를 메우고 있는 부적과 주문들이 말해주듯 그녀의 준비성은 조심이나 유비무환, 그런 레벨을 초월해서 정신병의 수준에 도달해 있었다.

그런 곳이라면 릴리쓰의 심장도 무사히 보관할 수 있으리라. 실베스테르는 그리 여기고 한세건을 데려가기 위해 호텔로 돌아왔다.

"그러면 여기서 기다리고 있어. 데리고 나오도록 하지."

실베스테르는 유스틴을 차에 남겨두고 먼저 호텔 로비로 향했다. 그는 로비에서 인사하는 직원들을 본체만체하고 달리듯 걸어가 엘리베이터에 올라탔다.

띵!

경쾌한 소리와 함께 엘리베이터가 목표한 4층에 도착했다. 실베스테르는 즉시 복도로 뛰쳐나와 세건이 묵고 있는 방으로 향했다. 그러나 그때였다.

쉬이이익!

실베스테르의 몸에서 빛이 나나 싶더니 자동적으로 마법 문양들이 힘을 발휘했다. 무엇인가 사악한 것이 실베스테르의 방어 본능을 자극한 것이었다.

"릴리쓰인가?"

실베스테르는 한숨을 내쉬며 양손을 치켜들고 휙 내리그었다. 그러자 그의 손에 긴 은백색의 세이버와 데저트 이글 50 A.E가 나타났다. 옷소매에 숨기고 있었다고 생각하기엔 둘 다 너무나 큰 무기다.

복도 안에는 암흑이 가득 차 있었다. 마치 화재가 발생한 복도에 연기가 들어차는 것처럼, 실베스테르가 잡았던 객실의 틈으로부터 암흑과 원령들이 쏟아져 나왔다.

실베스테르는 무기를 꺼내 들고는 즉시 복도를 달려 세건이 있을 방문을 발로 걷어찼다. 그리고 다짜고짜 총구를 들이밀고 안으로 뛰어들었다.

철컥!

불 꺼진 객실 안에서 튀어나온 총구가 실베스테르의 머리를 겨누었다. 물론 실베스테르 역시 자신에게 총구를 들이댄 녀석의 머리를 총으로 겨누었다.

그렇게 그들은 서로의 머리에 총구를 겨누고 나서야 상대방이 누구인지 알 수 있었다.

"아… 실베스테르군요."

실베스테르는 자신에게 총구를 들이대고 있는 상대를 보고 아연실색했다. 그것은 한세건이었다. 독에 의해 핼쑥한 표정을 짓고 있긴 하지만 분명히 한세건이었다.

다만 왠지 그의 머리칼이 검게 물들어 있었다. 검은 머리라든가 그런 게 아니었다. 녹티스가 내뿜는 칠흑의 오러와 망령들의 영기가 완전히 몸을 뒤덮어 버린 것이었다.

"너… 살아 있는 거냐?"

실베스테르는 총구를 떼지 않고 세건의 머리에 겨눈 채 물어보았다. 물론 세건도 비스트를 실베스테르의 머리에서 떼지 않고 웃었다.

"물론 살아 있지요."

"……"

실베스테르는 방아쇠에 손가락을 걸었다. 한세건이 그의 머리에 겨눈 총을 거두지 않는 것으로 보아 아마도 악령과 저주에 의해서 자신의 정신을 유지할 수 없는 모양이었다. 그렇다면 방아쇠를 당긴다!

그렇게 각오하고 나니 마음이 묘하게 안정된다.

하지만 그때 세건이 웃음을 터뜨렸다. 웃음이라고는 했지만 흐느껴 우는 게 아닐까 싶은 처참한 웃음이었다.

"하하하, 그만두지요."

한세건은 웃으면서 총을 거두었다. 그러자 곧 그의 몸을 휘감고 있던 검은 암흑도 사라지고 방 안을 가득 메우던 사이한 기운도 사라졌다.

어지간해서는 놀라는 일 없는 실베스테르로서도 이 변화에는 놀라지 않을 수 없었다.

"아니?"

객실을 가득 메우던 농밀한 암흑은 어느 틈엔가 사라지고 샤워장 벽이 부서진 객실과 녹색으로 머리를 물들인 한세건이 그 자리에 있었다. 한세건은 비스트를 치우고 빨래가 다 된 자신의 옷을 들어 보였다.

"일단 옷은 다 세탁을 부탁해 뒀고 배가 고파서 룸서비스도 좀 많이 먹었어요. 몸을 회복시키는 데 영양이 많이 필요하기도 하고."

"그러냐?"

실베스테르는 총과 검을 아직 거두지 않고 세건의 머리를 향해 그대로 겨누고 있었다. 한세건은 그걸 보며 쓴웃음을 지었다.

"뭐 하는 겁니까?"

"아니, 네놈을 믿을 수가 없어서."

"믿지 마시죠. 저도 요새는 저 자신을 믿을 수 없으니까."

세건은 쓴웃음을 지으며 릴리쓰의 심장이 담긴 성구함을 주워서 그에게 건네주었다. 실베스테르는 그걸 건네받으며 물어보았다.

"무슨 일이 있었나?"

"릴리쓰가 내 마음을 죽이기 위해 수작을 걸었는지… 그게 아니면 녹티스의 저주인지 모르겠습니다만… 먼 옛날의 기억을 좀 봤습니다. 유다의… 녹티스가 공명을 일으키면서 암흑을 뿜어내던데 그것을 쏘였더니 이 모양이 되었어요."

세건은 그리 말하고 한숨을 내쉬더니 바닥에 주저앉아 침대 옆에 등을 기대었다.

창백하고 핼쑥해진 모습, 그 처연한 몸에 창문을 통해서 달빛이 내려앉았다. 불이 꺼져 있는 객실이지만 달이 너무나 밝아서 눈이 부실 정도다. 세건은 그 달빛을 등진 채 웃고 있었다.

"하하하하하… 하하하."

실베스테르는 허탈하고 허무한 웃음 속에서 그가 스스로 파멸의 때를 직감하고 있음을 알 수 있었다. 조반니 반테로에게 맞은 독은 정말 치명적이었다. 치명상을 입은 세건은 몸을 살리기 위해 재생력을 풀었고, 그것은 그가 거의 흡혈귀 쪽에 치우치도록 했다.

이것은 이미 그냥 인간이 흡혈귀가 되는 것과는 전혀 다른 일이었다. 릴리쓰의 저주, 유다의 암흑 저주의 힘, 그리고 녹티스가 품고 있는 저주와 흡혈귀 사냥꾼의 숙명, 혼팅……. 모든 것을 뒤집어쓴 이가 흡혈귀가 된다면 그때는 그의 인성이 모조리 소멸할 것이다.

헌혈 팩이라는 게 생긴 뒤 흡혈귀들은 인간성을 지킬 수 있게 되었다. 피를 마시다가 실수로 사람을 죽여 버리는 일 없이 그저 필요한 혈액만을 마실 수 있었다.

그래서 흡혈귀들은 피는 피대로 마시면서 자신의 행복을 추구할 수 있었다. 이성을 유지할 수 있는 고위 흡혈귀들은 사람처럼 굴고, 사람들 사이에서 행동하며 그들의 최대 행복을 추구해 나갔다.

그러나 그들에 의해서 인생이 파괴되고, 영혼조차 담보로 내건 한세건은 그들과 같은 흡혈귀가 될 수 없었다. 팬텀이나 아르곤, 다른 진마들처럼 여유로운 흡혈귀가 되는 것이 아니라 피를 빠는 또 하나의 괴물이 될 뿐이다.

실베스테르는 총과 검을 거두고 성구함을 받아 들었다.

"등의 약은?"

실베스테르는 혹시 세건의 흡혈인자를 사이키델릭 문으로 바꾸어주는 치환제가 떨어졌나 싶어서 물어보았다. 그러나 세건은 고개를 절레절레 저었다.

"떨어지지 않았어요. 지금도 채월이 보이는군요. 색이 녹아내리는 이 감각… 이제는 너무나 지긋지긋해서 원래 내가 세상을 어떤 눈으로 보았는지 기억도 나지 않는군요."

"어쩔 셈이냐. 원한다면 지금 여기서 죽여줄 수도 있다."

실베스테르는 한세건을 바라보며 그렇게 물어보았다. 그러나 세건은 고개를 가로저었다.

"조금이라도 더 많은 괴물을 길동무로 하고 싶군요. 그런 건 사양하지요. 죽음의 유혹이 너무 강하기 때문에 자존심 때문에라도 도저히 그 유혹에 응하고 싶지 않아요."

"그래, 그러면 일어나라. 유스틴 베소츠카야의 아지트로 이동하기로 한다."

"괜찮겠습니까? 언제 흡혈귀가… 아니, 그보다 더한 괴물이 될지도 모르는 저와 함께?"

"상관없어. 네가 괴물이 된다면… 그 구차한 삶을 끝내줘야 할 인물은 나밖에 없다."

실베스테르는 그리 말하고 침대에 등을 기댄 채 앉아 있는 세건에게 손을 내밀었다. 호텔의 창문으로는 창백한 달빛이 쏟아지는데 실베스테르는 그 달빛을 똑바로 바라보며 세건에게 손을 내밀었다. 한세건은 그 손을 잡고 일어났다.

"그러면 어디 가볼까요?"

"그래, 가자. 실베스터 스탤론으로 체크인을 했다니 내 평생의 오점이군."

"하하핫. 그런 얼간이 같은 짓을 했습니까?"

세건은 다시 평소의 모습으로 돌아와 있었다. 그는 다가올 파멸을 예감하면서도 웃어넘겼다.

"내가 한 게 아니다."

실베스테르는 무뚝뚝하게 그리 대답하고 엘리베이터의 버튼을 눌렀다.

어제와 오늘, 양일간 각지에서 요인 암살 시도가 있었다는 뉴스가 공중파를 통해서 방송되었다. 모스크바 연합 통신사에 들어온 제보들로 보면 이 상태로는 도저히 CIS연방 정상회담을 속행할 수 없을 정도였다.

GRU는 이 사건의 주범으로 볼코프 레보스키 전 육군 소장을 지목했다. 쿠데타를 계획하던 세력의 핵심인 그는 그의 신병을 구속하려던 GRU와 오몬(OMON)의 병사들을 전부 끔찍한 방법으로 살해하고 정예 병력 2개 중대와 함께 자취를 감추었다.

GRU는 그가 쿠데타를 계획하고는 있었지만 현실적으로 쿠데타를 달성하기는 힘들다고 생각하고 목표를 선회, 보복을 위해 정부 요인들의 암살을 시도하고 있다고 분석했다.

결국 현 대통령인 보리야 푸도브킨이 직접 CIS연방 정상들에게 연락해 일정을 차후로 미루기로 하여 CIS연방 정상회담이 늦춰지게 되었다.

결국 볼코프 레보스키의 쿠데타군은 흡혈귀들에 의해서 심각한 타격을 입었다. 각 요인 암살과 시설 확보를 위해 움직인 병사 대부분이 흡혈귀들에 의해서 사망한 것도 크지만 그보다는 작전에 차질을 빚은 게 너무 컸다. CIS연방 회담이 미뤄짐으로써 쿠데타의 성공 확률이 너무 떨어져 버렸다.

그렇지만 볼코프 레보스키는 아직 강력한 힘을 가지고 있다. 그가 일단 모스크바를 함락시키고 나면 중앙 정보국에 구속된 채 조사받고 있는 강경파 장성들이 풀려나게 되고 군부의 상당수가 그들의 손에 떨어진다. CIS에 속한 각국 정상들을 교섭 카드로 삼지 않는다 하더라도 힘으로 그것을 성취할 수 있다.

다만 그것을 성취하기 위해서는 가장 먼저 흡혈귀란 장애물을 제거해야 하리라.

창현은 갑자기 문을 두들기는 소리에 깜짝 놀라 깨어났다.

"일어나셨습니까?"

복도 밖에서는 점잖은 목소리가 물어보고 있었다. 창현은 깜짝 놀라서 짧은 영어로 대충 대답하고 옷을 갈아입었다.

"으음."

이미 에스프리를 따라나서면서 타향살이에 익숙해진 몸이지만 역시 모든 것이 새롭기만 하다. 특히 이런 호텔에서 잠을 자는 건 처음 있는 일이었다.

"무슨 일이죠?"

"팬텀 님께서 미팅이 있다고 나오시랍니다."

"미팅? 아… 회의."

창현은 깜짝 놀라다가 자신이 뭔가 잘못했음을 알아차리고 혀를 찼다. 대학만 다니다 나왔으니 미팅을 그냥 무슨 소개팅이니 뭐니 하는 남녀 주선 모임 정도로 생각하고 있었던 것이다.

"지금 가지요."

창현은 문을 열고 밖으로 나왔다. 그때 그의 옆방에서 초췌한 모습의 아르곤이 걸어 나왔다. 그는 머리를 묶지도 않고 제멋대로 길게 자란 머리를 늘어뜨린 채 지친 표정을 지어 보이다 창현을 발견했다.

"어라라. 창현, 와 있었네?"

"아르곤?"

"래트만 오라고 했더니만 왜 너까지 온 거야?"

아르곤은 불쾌하다는 듯 그를 쏘아보았다. 원래 에스프리에 명령 체계는 존재하지 않는다고 봐도 좋을 만큼 없지만 그래도 창현을 생각해서 일부러 그런 명령을 내린 건데 무시해 버리다니 기분이 좋을 리가 없다.

창현도 민망해져서 대답할 말을 찾지 못했다. 그러다가 한참 뒤에 창현은 변명을 시작했다.

"아니, 저… 저기, 나는 아르곤에게 도움이 되고 싶어서."

"정아 양은?"

"안 왔지."

"쳇, 어여쁜 아가씨가 오면 힘이 불끈불끈 날 텐데 왜 남자가 내게 도움이 되겠다고 나서는 거야? 하기야 아그니도 그렇지."

아르곤은 한숨을 내쉬며 머리를 잡더니 손가락으로 쓱쓱 쓸어서 빗처럼 빗은 다음 묶어 포니테일로 만들었다. 창백한 백발에 핼쑥해진 얼굴을 보니 정말 힘들었던 모양이다.

"무슨 일 있었어?"

"아, 일사병이야."

흡혈귀가 일사병에 걸린다니. 어처구니없는 소리긴 하지만 아르곤이 왜 이렇게 초췌해졌는지에 대한 대답으로는 충분했다.

아무리 진마가 태양광 아래에서도 걸어 다닐 수 있다지만 그렇다고 해서 피해가 없을 수는 없다. 그러나 볼코프 레보스키의 공격을 막아내기 위해서는 흡혈귀들도 억지로 낮에 움직일 필요가 있었다.

"더 미안하군."

창현은 자신이 아무런 도움도 안 되고 호텔에서 잠만 잤다는 것에 양심의 가책을 느꼈다. 그보다 약 30분 정도 더 일찍 도착한 아그니는 자기 발로 팬텀이 머물고 있는 호텔로 찾아온 뒤 임무를 부여받고 스스로 뛰쳐나가 앙리 유이와 합류해 일을 시작했다고 했다.

그에 비해서 래트와 마리아, 창현은 낮 시간 동안 잠만 자다 이제 겨우 깨어난 것이다.

"으음, 입으로 미안하다고 해봐야 소용없어. 세상은 이거야, 이거!"

아르곤은 손가락을 비벼서 지폐를 세는 흉내를 내며 피식 웃었다. 물론 창현에게 그런 돈 따위 있을 리가 없었다. 애초에 러시아에 입국한 것도 에스프리의 비자금(?)을 유용한 것이었다.

그들은 직원들의 안내에 따라 회의실에 도착했다. 팬텀은 이미 회의실에 앉아서 수혈용 혈액 팩을 비우며 기다리고 있다가 그들이 오자 일어났다. 호텔에 설치된 이 회의실은 프레젠테이션용 프로젝터와 칠판, 스피커가 설치되어 있었다.

"흐음. 아, 이쪽이 바로 김창현 씨지요? 이제는 에스프리의 일원이 된."

"안녕하십니까? 저는… 창현이라고 합니다. 전에는 고마웠습니다."

흡혈귀 간의 자기소개라기보다는 무슨 회사 등에서 신입사원들끼리 서로 인사하는 대면식이 떠오르는 광경이었다.

창현과 정아가 한국에서 도망자 생활을 할 때 그들은 한 번 엇갈린 적이 있었다. 팬텀은 그때 창현에게 도주 중에 필요하면 쓰라고 권총을 주었었는데 창현은 그 일을 고맙게 기억하고 있는 모양이었다.

"권총 한 정 건네준 게 뭐 그리 대단한 일이라고."

팬텀 역시 아르곤과 마찬가지로 초췌한 모습으로도 밝게 웃으며 창현의 악수를 받아주었다.

"뭐야, 이건. 서로 소개하는 분위기야? 미안하지만 난 저 친구 아직 인정 못 하겠어!"

비교적 힘이 많이 남아 있던 아그니는 회의실 문을 열고 들어오더니 대놓고 창현에 대한 적의를 불태웠다. 이전 적요와 창운이 공멸했을 때 그 피를 먹기 위해 입국한 게 바로 아그니였다.

그러나 그걸 빼앗은 것은 바로 창현이었으니… 아그니가 창현 하면 이를 가는 것도 당연했다.

게다가 그의 입장에선 아무리 창현이 진마라 해도 솜털이 부스스한 애송이에 불과했다. 공격해서 이길 자신은 있고, 이길 경우 얻을 수 있는 VT가 막대하니까 아그니가 창현의 피를 탐하는 것도 당연했다.

물론 창현 입장에서는 무엇 하나 당연한 게 없었다. 그는 어처구니없이 자신에게 적의를 불사르는 그를 노려보며 중지를 세워 보였다.

"시끄러. 생긴 건 아르곤보다 더 빈티 나게 생겨 가지고! 말하는 것도 천박하기 이를 데 없군, 얼간이 녀석!"

"뭐가 어째? 이런 엄청난 모욕을 하다니!"

아그니는 아르곤보다 더 빈티 나게 생겼다는 말에 발끈했다. 그러자 그 순간 뒤에서 가만히 듣고 있던 아르곤이 아그니의 어깨에 손을 얹었다.

"잠깐, 그건 그냥 들어 넘길 수 없는 말인데? 엄청난 모욕은 또 뭐야, 엄청난 모욕이?"

분위기가 순식간에 싸늘해졌다. 헤카테는 아르곤을 보며 피식 웃다가 싸늘한 태도로 아그니를 노려보았다.

"아그니, 닥치고 있지그래. 나야말로 널 인정 못 하겠어. 한국에서 내게 덤벼들었던 것을 잊었다고는 못 하겠지? 피에 굶주린 미친개 같으니! 너 같은 놈보다는 훨씬 교육 수준이 양호한 것으로 보이니까 나는 창영을 인정하겠어."

아그니로서는 괜히 나섰다가 본전도 못 찾은 꼴이다. 발끈한 아그니가 다시 뭐라 말하려 했지만 그때 다른 흡혈귀들이 차차 자리에 들어오면서 말다툼이 끝나 버렸다.

"자자, 잡음은 빼고 단도직입적으로 이야기하자."

팬텀은 지친 표정으로 힘겹게 손가락을 움직여 리모컨을 눌렀다. 회의실 벽면에 설치된 스크린이 펼쳐지고 액정 프로젝터로부터 팬 돌아가는 소리가 울려 퍼졌다.

대부분의 흡혈귀는 그 소리를 듣고 다들 잠잠해졌다. 오늘 막 입국한 이들을 제외하고는 다들 만성피로가 쌓여서 회의실 의자에 몸을 기댄 채 추욱 늘어졌다.

프로젝터에서는 정부 요인 암살 사건을 공식 발표하는 뉴스가 흘러나왔다.

정부에서는 이번 요인 암살 사건의 주모자로 볼코프 레보스키 전 육군 소장을 정식으로 지명하고 연방 법원에서는 그에 대한 사형을 언도해 버렸다. 모든 일이 단 하루 만에 벌어졌다.

"맙소사! 역시 정치 구 단이군. 그 영감 정말 잘하는데?"

"그러면 이제 어떻게 되는 거지?"

모두들 놀라서 수군거렸다.

쿠데타를 일으켜서 모스크바를 장악하는 것은 볼코프 레보스키와 그 휘하 라이칸스로프 부대에게 있어서는 어려운 일이 아니다. 그러나 그 후 모스크바를 지키면서 쿠데타를 성공시키기 위해서는 모스크바 주위에 배치된 다른 병력들은 물론 주위 국가들을 제압할 강력한 카드가 필요했다.

그래서 그는 CIS연방 정상들의 신병을 구속하기 위해 연방 정상회담을 기다리지 않았던가?

하지만 그 전에 보리야 푸도브킨 측에서 인사권을 휘둘러 쿠데타 주도 세력을 축출해 낸 결과 볼코프 레보스키가 궁지에 몰렸다. 그 궁지를 탈피하기 위해 요인들을 암살하려 했지만 그것 역시 흡혈귀들의 방해 공작에 의해서 실패로 돌아갔다.

"CIS연방 회담은? 과연 계속할 건가?"

"지금으로서는… 시일을 변경하고자 하는 것 같은데."

그렇게만 되어도 쿠데타의 성공 가능성은 천문학적으로 낮아진다. 그러자 흡혈귀들은 모두들 안도의 한숨을 내쉬었다.

"그러면 이제 볼코프 레보스키는 어떻게 할까요?"

파군은 궁금해하며 팬텀에게 물어보았다. 만약 볼코프 레보스키가 단순한 인간이었다면 이걸로 보리야 푸도브킨의 승리가 결정지어졌을 것이다. 그러나 라이칸스로프인 볼코프 레보스키가 이대로 주저앉을 리 없다.

"남자가 칼을 빼 들었으면 무라도 잘라야 한다니까 아마도 결행하겠지. 가능한 한 빠른 시일 내에 쿠데타가 일어날 거야."

"그리고 그 전에 녀석은 우리를 공격할걸."

아르곤은 팬텀의 말을 받으며 한숨을 내쉬었다. 일단 라이칸스로프 군대가 공격을 감행한다면 인간들은 적이 되지 않는다. 그렇다면 방해물이 될 것은 바로 흡혈귀뿐.

게다가 테트라 아낙스가 뒤에서 손을 놓고 있는 동안 팬텀 등이 볼코프 레보스키를 직접 상대한 덕분에 테트라 아낙스는 뒤로 쏙 빠지고 팬텀 일당과 볼코프 레보스키가 맞붙게 생겼다.

한마디로 말하자면 테트라 아낙스의 농간에 당해 버린 것이다. 그게 불안해졌는지 파군은 다시 물어보았다.

"테트라 아낙스가 이후의 일에 대해서 지침이나 예언을 해준게 있나요?"

"테트라 아낙스가 예고한 요인 암살 시도는 다 막아냈지만 테트라 아낙스는 더 이상 우리에게 정보를 주지 않고 있습니다. 상식적으로 생각해 보았을 때 볼코프 레보스키가 쿠데타를 성공시키기 위해서는 바로 우리를 제압해야 합니다. 그런데 테트라 아낙스가 이에 대한 정보를 주지 않는다는 것은……."

"우리도 라이칸스로프에게 당하라는 건가?"

헤카테는 아랫입술을 깨물고 회의실 탁자 위에 발을 척 올려놓았다. 그러다 다른 모든 흡혈귀가 동감을 표시했다. 테트라 아낙스가 흡혈귀들의 제왕이라고 불리긴 하지만 그 제왕은 절대로 백성들을 돌보지 않았다.

"그렇다면 언제 공격할 것 같아? 라이칸스로프들이 우리를 공격한다면?"

마리아는 아르곤을 바라보며 물어보았다. 역시 전투에 익숙하지 않은 그녀로서는 라이칸스로프들의 공격이 언제 자행될지 걱정되는 모양이었다.

"아마도 해가 뜬 다음이겠지. 진마의 자존심이니 뭐니 다 내버리고 솔직히 말하자면 반드시 사상자가 나올 거야."

진마들은 자존심 빼면 시체라 할 만큼 오만한 족속이다. 오랜 시간을 살며 축적한 지혜와 힘을 가지고 있는 그들이 그 힘에 대해서 자부심을 갖는 것은 너무나도 당연한 일이었고, 그들은 그 자부심을 지킬 만한 능력이 있었다.

그러나 볼코프 레보스키도 결코 만만한 상대는 아니다. 그래서 아르곤은 희생자가 나올 것을 예측했고 그것에는 누구도 이견이 없었다. 실제로 그들은 부하에 불과한 라이칸스로프들을 제거하는 데만도 상당한 피해를 보아야 했다.

"그런데 그놈들이 우리 아지트를 알고 있을까? 녀석들에겐 정보력이 없어. 실행부대인 라이칸스로프 두 개 중대와 볼코프 레보스키 휘하의 일 세대 라이칸스로프들뿐인데 그들에게 어떻게 정보력이 있을까?"

헤카테가 의문을 제기했다.

24계통의 혈인 능력 중 테트라 아낙스의 영지 능력이 다른 모든 능력을 제치고 최고의 자리에 오른 것은 그들의 능력이 정보와 통제에 치우쳐 있기 때문이었다. 실제로 전투력에서는 별게 아닐지 모르지만 일단 총력전으로 치우치게 되면 정보에서 앞서 있는 놈을 누르기란 불가능하다.

그만큼 정보력이라는 건 중요하다. 하지만 볼코프 레보스키는 흡혈귀들의 위치를 확정할 정보가 없고, 그렇다면 그들에게 보복할 방법이 없다. 아무런 준비 없이 쿠데타를 하려고 하지는 않았을 테니 쿠데타를 위한 정보는 많이 있겠지만 도중에 난입한 흡혈귀들의 정보를 어찌 얻을까?

"이후로 테트라 아낙스가 돕지 않더라도 지금은 우리가 더 우위에 있어요. 테트라 아낙스가 그 녀석들의 편을 들지 않는 이상."

파군이 그리 말을 하자 모두들 일단 고개를 끄덕였다.

테트라 아낙스가 볼코프 레보스키를 도울 리는 없고, 만약 그러려고 접촉을 한다 하더라도 볼코프 레보스키가 그들에게 응할 리 없다. 하지만 그래도 볼코프 레보스키가 그들에게 이를 갈고 있다는 것은 염두에 두어야 한다.

"그렇다면 다음부터는 볼코프 레보스키의 정예 부대가 직접

전면에 나서서 우리를 공격할 수 있으니까 각자 조심하는 걸로
해두지. 달리 대처할 방법이 있는 것도 아니고."

팬텀이 그렇게 말했을 때였다.

애애앵!

갑자기 호텔의 불이 꺼지며 비상 소화등이 켜지고 화재 경보
가 울려 퍼졌다. 깜짝 놀란 그들이 자리에서 일어나 주위를 둘
러보았지만 누구도 불을 감지하지 못했다.

"…벌써 시작인가? 무장해야겠군."

"어떻게 알아차린 걸까요?"

창현도 아르곤을 뒤따르며 권총을 꺼냈다. 그는 이미 회의실
에도 권총을 품고 들어온 모양이었다.

대한민국의 남자들은 전부 다 군대를 다녀오고 그 훈련 수준
이 평균적으로는 민병대 수준을 밑돌기 때문에 한국인의 군 경
력은 경력으로 쳐주지 않는다는 게 용병 사회의 상식이지만, 태
권도 국가 대표 상비군 출신의 헌병 경호대원쯤 되면 안 쳐줄
수가 없다.

실제로 아르곤이 창현에게 총을 들려주고 쏘게 했을 때는 매
우 괜찮은 결과를 보였다.

"괜찮겠어? 첫 전투가 될 텐데?"

"상관없지요. 평생 싸우지 않고 살 수 있는 것도 아니고."

아르곤이 걱정해 주자 창현은 담담하게 대답했다.

그는 진마 정야(靜夜), 즉 이정아와 함께 추격해 오는 흡혈귀
와 괴물들을 피해 도망쳐 다녔었다. 하지만 아르곤과 래트 거닙

이 그들을 받아들이게 되면서 더 이상 도망칠 수 없게 되었다.

창현은 이정아를 지키기 위해 스스로 싸우고자 결의한 것이었다. 이 결의가 어찌나 강한지 아르곤은 그를 말릴 수 없었다.

그렇다기보다는 원래 아르곤은 남의 굳은 결의를 되바꿀 만한 힘이 없었다. 자신도 대충대충 마음대로 사는 주제에 남에게 이래라저래라 할 처지가 못 되는 것이다.

"읍!"

그때 선두로 달려가던 창현이 멈춰 섰다. 그와 동시에 호텔 외벽 창문에 붙어 있던 도폭선이 폭발하며 유리창이 일제히 깨졌다. 양면테이프로 가볍게 유리창에 붙여서 도폭선을 고정시킨 뒤 폭파한 것이다.

그리고 유리창이 깨지는 것과 동시에 라이칸스로프들이 안으로 뛰어 들어왔다.

2

볼코프 레보스키는 라토바와 레온, 그리고 서린을 이끌고 모스크바 광장 북쪽을 따라 쭉 올라갔다.

한국이라면 도심에 가장 가까운 건물들이 비싸겠지만 매연과 스모그가 가득한 이 도시에서는 도심보다는 교외의 고급 주택가가 더욱더 비쌌다.

그렇다고 해도 슬럼화는 이루어지지 않았다. 러시아에서 시작한 많은 기업이 정부의 무심한 부동산 정책과 과세 정책 때문에 해외로 빠져나간 탓이 컸다.

또한 경찰의 권한이 막강하고 민간에 대한 통제가 극심한 러시아에서는 슬럼화 현상이 일어나려야 일어날 수가 없다. 그러나 건물 자체로 본다면 이것은 슬럼화되었다고 해도 할 말이 없었다. 토지 매매는 불가능하지, 관계 부처의 행정 작업은 더디지⋯ 새로운 건물을 짓기는 어렵고 세금은 등골이 휘어질 만하다.

그래서 낡아버린 건물들이 즐비한 주택가 사이를 걷자니 흡사 고스트 타운을 걷는 기분이다. 물론 고스트 타운이라고 하기에는 인기척이 너무 많지만.

"어디로 가는 거죠? 정보원을 기다린다면서요?"

서린은 라토바에게 부축을 받으며 볼코프를 뒤따르다가 확인차 물어보았다. 그러자 볼코프는 태연히 대답했다.

"이사카를 찾으러 가는 게 당연하지 않나? 아마도 정보원은 죽었을 거야. 시간에 늦는 정보원을 기다리는 바보는 없지. 그나저나 괜찮나?"

그는 서린이 이사카에 대한 기억 때문에 발작을 일으키며 쓰러졌다는 걸 알면서도 괜찮냐고 물어온다. 이사카를 만나러 가는데 괜찮을 리가 있나? 서린은 그렇게 쏘아주고 싶은 마음이 굴뚝같았지만 쏘아붙이지 않았다.

"알고 있나요? 그가 어디 있는지?"

물론 서린이 궁금해한 것은 정보원이 아니라 이사카 베르게네프 쪽이었다.

"그가 지금 나를 부르고 있어."

볼코프는 불쾌한 표정으로 그렇게 대답했다. 아마도 텔레파시로 볼코프 레보스키와 대화를 하고 있는 모양이었다. 서린은 그 이야기를 들으니 괜히 불쾌해졌다. 텔레파시로 남에게 말을 걸 수 있다는 것이…….

그냥 전보나 전화 같은 느낌이면 봐줄 만하다. 그러나 그것은 마치 상대방이 남의 머릿속에 들어가서 속에서 수군거리는 것 같다. 끊임없이 속에서 속삭이는 악의 유혹처럼 말을 걸어올 이사카를 생각하니 겁이 더럭 났다.

"이사카 베르게네프는 릴리쓰마저 죽인 마물이에요. 그런데 당신들은 그와 거래를 할 건가요?"

"필요하니까."

"뭔가 꿍꿍이가 있을 텐데요."

서린은 그리 말하고 스스로도 좀 어처구니없었다. 이사카가 배치한 그 꿍꿍이가 바로 서린 아닌가? 설사 그게 아니라 하더라도 볼코프 레보스키를 제어하려고 하는 서린 입장에서 이사카를 경계하라는 충고가 나오다니 어불성설이다.

"뒤가 있다고 하더라도 우리에게 선택지는 별로 없어. 그만큼 중요하지, 정보라는 건."

볼코프의 태도는 단호했다. 서린은 그런 볼코프를 보며 혀를 내둘렀다. 그렇게 정보가 중요하니까 테트라 아낙스가 밤의 제왕이 될 수 있는 게 아닌가? 테트라 아낙스와 비슷한 능력을 지닌 이사카와 상식적인 조건으로 협력할 수 있다면 협력하는 게 당연했다.

그들은 낡은 아파트의 앞에 멈추어 섰다.

"여긴가?"

"그런 것 같군. 가지."

볼코프 레보스키는 성큼성큼 로비로 다가와 철망으로 된 엘리베이터를 열었다. 모두 안에 들어가자 엘리베이터가 삐걱거리며 올라갔다.

항상 완전 스테인리스로 뒤덮인 엘리베이터 박스만 보았던 서린으로서는 진짜 영화에나 나올 법한 낡은 엘리베이터가 신기했다.

"우와, 이런 것도 있군요."

"조심해. 떨어진다고, 종종."

레온이 쓸데없는 소리를 했지만 어차피 그게 추락한다고 죽을 일도 없는 라이칸스로프로서는 겁을 먹을 이유가 없었다. 그때 엘리베이터가 정해진 층 앞에 멈춰 섰다.

"함정일 가능성은 생각하지 않나요? 적들이 포위하고 있다든가……."

서린은 여기까지 와서도 그의 발길을 되돌리기 위해 물어보았다. 그러나 볼코프는 고개를 가로저었다.

"열려 있으니 들어와요."

문의 입구에 서자마자 안에서 이사카의 목소리가 들렸다. 올 것을 미리 알고 있었단 말인가?

문고리에 손을 가져가던 레온은 어깨를 으쓱하더니 문을 열었다. 안에는 여러 개의 소파를 둔 거실이 있었고 거기엔 상당한 수의 라이칸스로프가 앉아 있었다.

소파에 기대어 누워 있던 회색 머리칼의 오드아이 청년이 자리에서 일어나 그들을 맞이했다.

"안녕. 오래간만은 아닌 것 같군."

이사카 베르게네프는 태연한 태도로 그들을 맞이했다. 그러자 레온은 으쓱하면서 이사카를 노려보았다.

"당신이 그 소문 자자한 리림인가? 사진으로만 봤지 실물은 처음 보는데 반갑군그래. 우리가 올 것을 미리 예지하고 있었단 말인가? 문에 손도 대기 전에……."

"나는 별로 안 반가운데? 그리고 그건 예지가 아니라… 엘리베이터부터 소리가 들리니까 그런 거지."

이사카는 레온을 싸늘하게 대하고 히죽 웃었다. 레온은 그 말을 듣고 머쓱해져서 머리를 긁적였다.

"뭐야, 설마 예지 능력자라니까 지레짐작한 거야? 단순하군."

그러자 볼코프가 대신 나섰다.

"왜 정보를 제공할 생각이 들었는지 물어봐도 되겠나?"

"그거야 당연히… 당신들이 쿠데타를 성공해 줘야 이쪽도 숨통이 트이니까요. 그것만으로도 충분한 것 아닙니까? 게다가 당신들은 지금 정보를 절실하게 필요로 하고 있을 텐데."

이사카는 그리 말하고 부하 라이칸스로프들에게 비키라고 눈짓했다. 그러자 그들은 모두 자리에서 일어나서 소파를 비우고 소파 몇 개를 움직여 이사카의 맞은편에 자리를 만들었다. 볼코프는 그 소파에 앉은 뒤 등받이에 양팔을 올리고 다리도 떡 벌렸다.

만약 지하철에서 저렇게 앉았으면 바로 교양 없는 인간으로 낙인찍혔을 텐데 라토바와 레온은 군인답게 열중쉬어 자세로 볼코프의 옆에 서 있을 뿐 앉으려고 하지 않았다.

서린은 왠지 분위기에서 소외된 것 같아 열중쉬어를 해야 하나 말아야 하나 눈치를 살피다가 이사카가 눈짓으로 앉으라고 하는 걸 보고 옆의 소파에 앉았다.

볼코프가 힐끗 서린을 돌아보았지만 무슨 말이 필요하랴? 그는 이사카에게 시선을 돌렸다.

"그래, 정보 제공을 해주겠다고 나에게 텔레파시까지 보낸 이유가 단지 그뿐인가?"

"일단 손잡을 상대가 당신들밖에 없어요. 저희도 그런 입장입니다."

이사카는 그리 말하고 더 말할 것도 없다는 듯 어깨를 으쓱해 보였다.

"지금으로서는 제게 악의가 없다는 걸 명확하게 말할 수 있습니다. 지금으로서는……."

이 정도만 말해줘도 충분하다. 설마 촌티 나게 '이후로는 악의가 있단 말인가?' 하고 묻는 건 얼간이나 할 짓이다. 어제의 적이 필요에 의해 오늘의 친구가 된다면 오늘의 친구가 필요에 의해 내일의 적이 되는 것도 당연하다.

"그렇다면 이사카 베르게네프, 흡혈귀들의 위치를 알고 있나?"

"테트라 아낙스는 전면전에 안 올라왔으니… 팬텀과 그의 친구들을 찾고 싶은 건가 보군요? 물론 알고 있습니다만?"

팬텀과 그 동료들을 거론할 때 이사카의 표정은 잠시 경멸과 혐오로 일그러졌다.

"그들의 위치를 알려주게."

"그 전에 조건을 하나 걸지요."

왜 이런 소리가 안 나오나 했기에 이사카가 조건을 내걸자 볼 코프는 되레 안심하는 듯했다. 이렇게 순조롭게 도움을 받을 수 있으리라고는 상상도 못 했기 때문일까?

"뭐지?"

"저희도 협력하겠습니다."

"뭐라고?!"

"당신들, 무슨 생각이야?"

라토바와 레온이 깜짝 놀라서 무심결에 외쳤다. 대체 무슨 조건을 걸까 조마조마 기다리고 있었는데 그런 소리를 들었으니 놀라는 것도 무리는 아니다.

보통 두 세력이 맞부딪치면 적대하는 거나 다름없던 다른 세력들은 쌍수를 들고 환영하게 마련이다. 하지만 이사카는 어부지리를 노리기는커녕 그들과 함께하겠다는 게 아닌가?

서린을 빼앗기 위해 공격했던 놈들이 서린이 볼코프 측에 있는데도 아무런 신경도 쓰지 않는 것도 수상하거니와 이제 와서 간도 쓸개도 다 빼주겠다니 수상하지 않을 수 없다.

"진마 팬텀의 능력, 크림슨 글로우는 당신들만으로는… 당해 낼 수 없다고는 못하겠지만 많은 피해를 봐야 할 겁니다. 그리고 다른 진마들 역시… 일소하기 위해서는 전력이 조금이라도 더 많은 게 좋겠지요? 특히 앙리 유이는 이번에 반드시 죽여 없애야 합니다."

이사카는 그리 말하고 노트를 꺼내더니 연필로 약도를 그렸다.

"현재 그놈들은 하얏트 호텔로 옮겨 간 상황이고, 최상층 플로어를 통째로 전세를 내서 쓰고 있습니다. 공격하는 건 무리가 아니고 내가 함께 가면 기척도 지워줄 수 있습니다."

"예지 능력만 가진 게 아닌가?"

레온이 그렇게 물어보자 이사카는 싱긋 웃었다.

"뭐, 예지 능력에 대해서 잘 모르는 모양인데, 정확히 말하면 이것은 예지(豫知)가 아니라 영지(靈知)에 가깝지. 인간이든 괴물이든 영이 있는 존재들의 영적인 면에 접속해 그 미래를 읽어내고, 마음을 바꾸고, 정신조차 지배할 수 있는 거야. 기척을 지우는 것 역시 그런 의미에서 영지 능력에 해당하지. 테트라 아낙스와 싸울 거라면 잘 알아두도록 해. 그들은 전능하진 않지만 전지에는 하염없이 가깝다는 사실을!"

"자네는 그 흡혈귀들을 다 죽일 셈인가? 왜지?"

"살려두면 좋지 않은 미래가 기다리고 있으니까요."

이사카의 대답은 단순 명료했다. 예지력을 가지고 있는 놈다운 말투랄까?

"그렇다면 좋아. 자네와 협력하도록 하지. 하지만 그 협력이 언제 끝나는가?"

"쿠데타가 성공하고 나면? 그쯤이 적절할 것 같군요."

이사카는 그리 말하고 서린을 바라보았다.

서린은 이사카의 눈빛에 놀라서 움찔했다. 이사카와 서린의 눈은 서로 대칭을 이루고 있었다. 서린이 왼쪽의 눈동자가 붉은 것처럼 이사카는 오른쪽의 눈동자가 붉게 물들어 있었다. 그러나 거울로밖에 자신을 본 적이 없는 서린으로서는 이사카 역시 거울에 비친 자신의 상과 비슷했다.

다만 다른 게 있다면 머리칼의 색과 나머지 눈동자의 색 정도?

하지만 둘은 그 외에는 누가 보아도 형제라고 알 수 있을 만큼 닮아 있었다. 쌍둥이니까 당연하리라.

"뭘 그렇게 겁을 먹지? 누가 잡아먹기라도 하나?"

"…이사카."

"이번 싸움에는 너도 따라와. 그게 또 하나의 조건이야."

이사카는 서린에게 참전을 명했다. 그건 분명히 권유가 아니라 명령이었다. 볼코프는 이제 왜냐고 물어보기도 귀찮은지 그냥 내버려 두었다.

"그렇다면 길게 뺄 것도 없이 지금 당장 하도록 하지. 병력은 어느 정도 불러야 하지?"

"길을 막는 정도만 필요해요. 어차피 진마들 상대로는 정예가 아니고선 의미 없으니까."

이사카는 그리 말하고 소파에서 일어났다. 서린은 그런 이사카를 바라보며 이걸 말해야 하나 말아야 하나 고민에 빠졌다.

이사카를 보면 두렵다. 그리고 그가 서린에게 볼코프를 붙여 제어하려 한다면… 역시 이사카는 서린에 대해서도 뭔가 수를 써

두고 있다는 소리였다. 그게 뭔지 도저히 모르겠다. 모르겠지만 예지력까지 있는 놈이 하는 일이니 결코 허술한 것은 아니리라.

"진마들과 싸우는데 정예가 아니면 필요 없다면, 저 친구는 위험할 텐데?"

볼코프 레보스키는 서린을 직접 거론했다. 서린의 실력이 떨어지니 진마들과 맞붙을 자리에 내보낼 수는 없다는 말이었다. 서린이 만약 자신의 실력에 자부심을 가지는 부류라면 상처받았을지도 모른다. 그러나 볼코프는 태연자약했다. 서린도 상처 따위는 받지 않았다.

"현장에 바로 투입하지는 않고 적당히 근처에 두도록 하지요. 그럼 언제 습격할 겁니까?"

"오늘 당장에라도. 해가 뜨고 나서 습격하는 게 더 낫겠지만……."

"아니, 지금 당장 하지요."

"그래? 상관없지."

흡혈귀들이 낮에 약해진다는 걸 알고 있지만 라이칸스로프도 달의 영향을 받기 때문에 밤에 더욱더 강한 힘을 발휘한다. 볼코프와 이사카는 결국 흡혈귀들을 타도하기 위해 동맹을 결성하고 말았다.

휘이이잉!

깨진 창문을 통해서 무시무시한 강풍이 들이닥쳤다. 상당히 높은 곳이라 그런지 바람 소리가 사람을 찢어 먹을 듯하다.

펑!

유리창이 다시 폭음과 함께 깨지고 라이칸스로프들이 그 창문으로 진입했다. 너무나 빠르고 정확한 진입이다. 게다가 그들은 돌격소총과 방탄복으로 완전무장하고 있었다.

창현과 아르곤의 앞에 나타난 라이칸스로프는 돌격소총을 옆구리에 끼고 지향 사격 자세로 총알 비부터 갈겨댔다.

"쳇!"

아르곤이 즉시 앞으로 뛰쳐나가 얼음으로 보디 벙커를 만들어냈다. 그리고 창현은 그 벙커 뒤에 숨어서 위로 상단차기를 날렸다.

휘이이이익!

무시무시한 기세의 회오리바람이 천장에 충돌한 뒤 휘어져서 라이칸스로프를 덮쳤다. 그러나 라이칸스로프 병사는 뒤로 훌쩍 뛰면서 섬광탄을 던졌다.

"젠장!"

아르곤 역시 용병 생활로 단련되어 있는지라 옆 복도의 문을 열어서 빛과 소리를 막기 위한 방패로 삼고 귀를 막았다.

쾅!

폭음과 섬광이 터져 나오며 눈앞이 흔들렸다. 하지만 아르곤은 이내 감각을 회복하고 앞으로 뛰어들었다.

"이 자식!"

상황이 다급해서일까? 아르곤은 평상시의 여유로운 모습과 달리 거칠게 뛰어들어 훅을 날렸다.

"먹고 자랏!"

깨끗한 훅과 함께 눈보라가 튀었다. 주먹을 그대로 맞은 라이칸스로프의 머리가 산산조각 나고 남은 몸통이 힘없이 주저앉았다. 주먹 한 발로도 저런 위력이라니. 이렇게 되면 라이칸스로프라고 해도 일격에 즉사할 수밖에 없다.

"아르곤?!"

맞은편 복도에서 뛰어나온 래트가 보인다. 워낙에 큰 매머드급 호텔이라 회의실로 향하는 라운지와 펜트하우스를 연결하는 복도의 길이가 상당하다. 래트는 권총과 칼을 허리띠에 묶어서 아르곤에게 던져 주었다.

"좋았어!"

아르곤은 벨트를 발로 차올리고는 장도와 권총을 손에 쥐었다.

"어떻게 하죠?"

"일단 다들 탈출시켜! 여기서 싸울 수는 없……."

그러나 그다음 순간 아르곤도 창현도 적들이 플로어에서 빠져나가는 걸 느꼈다.

"젠장! 어이! 래트!"

"예!"

에스프리 삼인방은 누가 먼저랄 것도 없이 깨진 창문 밖으로 몸을 던졌다.

아르곤은 허공을 발로 박차더니 마치 벽이라도 박찬 것처럼 삼각 도약을 해 호텔 벽면으로 바짝 붙었다.

창현은 애초에 뛰쳐나간 것과 동시에 창틀을 발등으로 건 뒤

스파이더맨 뺨치는 솜씨로 벽에 찰싹 붙었다.

래트는 외장재의 틈과 틈 사이에 손가락을 집어넣고 호텔 외벽에 매달렸다.

그들이 그런 의미 불명의 행동을 취하기가 무섭게 폭발이 일어났다.

쿠우웅!

호텔의 지붕을 통째로 날려 버리는 무시무시한 폭발이었다.

녀석들은 흡혈귀들의 이목을 숨기고 폭탄을 호텔 옥상에 장치한 뒤… 실행부대를 투입해 그들이 자리에 있는지, 다른 직원들은 있는지 확인했음에 틀림없다. 그리고 호텔 직원들이 없다는 걸 확인하고 부담 없이 뚜껑을 폭파시켜 버린 것이다.

다행히 하얏트 호텔 최상층에는 수영장이 없었지만 만약 수영장이 있었다면 호텔에 머물고 있던 이들 전원이 즉사했을지도 모른다.

아니, 그런 일은 없으리라. 러시아를 끔찍하게 사랑하는 볼코프 레보스키가 하는 짓이다. 호텔 안에 있는 무고한 러시아 국민을 그리 쉽게 희생시키진 않으리라. 사실 민간인 피해를 염두에 두지 않았다면 애초에 폭파시켜서 기습으로 그들을 제거하는 게 나았다.

와장창창!

폭발에 의해 호텔의 유리창이 깨지고 파편들이 쏟아져 내렸다. 무너진 파편들이 밑으로 떨어지면서 유리로 덮인 채광창을 후려쳐 깨뜨렸다. 아름다운 외관을 자랑하던 대형 호텔이 순식간에 앙상한 뼈대만 남기게 되었다.

부서진 지붕의 콘크리트 덩어리가 그대로 최상층을 엄습하고, 헬기 포트에 있던 헬기가 미끄러지며 호텔 옥상에서부터 지상으로 추락했다.

콰앙!

너무나도 스케일이 커서 감당이 안 되는 일이었다.

"크윽!"

"이 자식들 본격적이군!"

에스프리 삼인방은 과격한 적들의 공격에 치를 떨었다. 몇몇 흡혈귀는 미처 예상하지 못하고 있었는지 폭발에 휘말려 콘크리트 더미에 깔리거나 튕겨 나가서 호텔 아래로 추락하고 있었다.

"따지고 보면 테트라 아낙스가 당해야 할 일인데! 젠장! 이게 뭐야?!"

마을에 불나면 다 타 죽을 마당에 불 끄는 놈은 착한 놈뿐. 나쁜 놈들이 뒤에서 어차피 착한 놈들이 꺼주겠거니 수수방관하고 있는 사이 착한 놈들 먼저 타 죽는 형국이다. 생각하면 할수록 열불이 나지만 그렇다고 진마로서의 자존심이 있지 한번 탄배를 갈아탈 수도 없다.

아니, 그것보다 지금은 다른 동료들이 걱정이다.

흡혈귀들 간에 서로 싸우기도 하고 한배를 타기도 하면서 수 세기, 경우에 따라서는 천 년도 넘게 봐온 사이다. 다른 놈들이야 쿨하게 정을 끊을 수 있을지 모르지만 아르곤은 그게 싫었다.

차라리 철천지원수가 되어서, 미워져서 자기 손으로 죽였으면 죽였지 이렇게 한뜻으로 움직이던 흡혈귀들이 어처구니없이 살해당하는 건 싫었다.

아르곤은 입술을 깨물고 벽을 박차서 이제는 옥상이 되어버린 최상층 플로어에 내려섰다. 창현과 래트도 비장한 각오를 하고 올라섰다.

"저기다!"

올라와 있던 라이칸스로프들은 아르곤과 창현, 래트를 보자마자 다짜고짜 총을 갈겨댔다.

래트는 즉시 바닥에 떨어진 콘크리트 벽을 발로 차서 방벽을 세우고 뒤로 비스듬히 누워 몸을 그 뒤로 완전히 숨겼다. 하지만 폭발에 의해서 한 번 망가진 콘크리트 방벽이 부서지는 데는 그리 오래 걸리지 않았다.

하지만 콘크리트 벽이 부서져서 총알이 래트의 몸을 갈가리 찢기 전에 붉은 구슬이 허공을 떠돌더니 총을 쏘고 있는 라이칸스로프 병사들을 급습했다.

"앗!"

라이칸스로프 병사들은 몸을 젖혀서 뒤로 피했다. 그리고 그들 중 한 명, 헬멧을 쓰지 않고 있는 돌격 머리의 중년 남자는 날아드는 붉은 구슬을 개머리판으로 쳐버렸다.

빠악!

파군의 북두강옥은 중년 군인의 개머리판을 부숴 버리고 지나갔다. 그러나 남자는 전혀 당황하지 않고 총을 잡은 채 잔해들 사이에 총알을 퍼부어댔다. 아무래도 폭탄에 의해서 기선을 제압당한 터라 싸우기가 쉽지 않다.

그러나 그다음 순간 하늘이 핏빛으로 물들었다.

"시작했군."

아르곤은 래트를 엄호하기 위해 뛰쳐나오며 붉게 물든 하늘에 정신을 팔린 라이칸스로프의 머리통을 데저트 이글로 쏴버렸다. 그리고 박살 난 엄폐물에 몸을 숨기느라 움직이지도 못하게 된 래트를 집어서 짐짝 던지듯 뒤로 휙 던졌다.

래트는 공중제비를 넘어서 멋지게 착지했고, 그사이 창현도 앞으로 뛰어들며 라이칸스로프들에게 권총으로 응사한 뒤 다음 콘크리트 더미로 달려갔다.

"건물이 다 날아가는 바람에 시가전이 아니라 분대 전투가 되었군요. 괜찮을까요?"

창현은 아르곤의 옆에 앉으며 하늘을 올려다보았다. 하늘이 붉게 물들고 핏빛 안개가 뿜어져 나오는 것은 바로 팬텀의 크림슨 글로우가 발동했다는 소리다.

창현도 에스프리에서 흡혈귀들에 대한 이야기를 들어왔기 때문에 크림슨 글로우가 시작되면 팬텀을 막을 수 있는 이는 이 세상에서 그리 많지 않다는 것 정도는 알았다.

그러나 이렇게 집단전에 익숙한 라이칸스로프들을 상대로 과연 얼마나 큰 효과를 볼 수 있을까?

"흐음! 팬텀이니까 알아서 하겠지. 가지!"

아르곤과 창현은 동시에 엄폐물 밖으로 뛰쳐나가며 총을 갈겼다. 영화에서라면 이 경우 주인공이 구르면서 쏘든, 달리면서 쏘든, 자면서 쏘든 간에 맞아주는 게 엑스트라의 일이었지만 이 엑스트라 놈들은 단순한 총알받이 역할을 거부했다.

"쳇!"

라이칸스로프들은 즉시 수화하면서 몸을 낮추어 공격을 피해 버렸다. 몇몇 놈은 총에 맞았지만 그래도 급소를 피해서 중상을 입진 않았다.

"결국 이건가!"

아르곤과 창현은 서로 교차하며 달리다 라이칸스로프들에게 뛰어들었다. 창현은 옆차기로 선두의 병사를 덮치고 아르곤은 장도를 뽑아서 일격에 내리그었다. 창현의 발차기에 맞은 병사는 그대로 옆으로 날아가 호텔 밖으로 밀려 떨어져 버리고, 아르곤의 공격을 막겠다고 소총을 든 놈은 소총과 함께 일도양단당했다.

"차핫!"

아르곤은 일도양단 정도로는 안심이 되지 않는지 수평으로 한 번 더 라이칸스로프를 갈라 버리고 몸을 빙글 돌려서 라이칸스로프의 몸통에 등을 붙인 뒤 그를 방패막이 삼아서 다른 라이칸스로프에게 돌격했다.

일단 아르곤이 라이칸스로프들 사이로 뛰어들자 그들 사이에서 눈보라가 휘몰아쳤다. 아르곤은 눈보라의 소용돌이가 되어서 검을 횡으로 휘둘렀다.

피하기엔 너무나 빠르고 막을 수도 없는 그 공격을 어떻게 흘려보겠다고 소총을 들어 막아내는 라이칸스로프도 있었다. 하지만 그다음은 괴력에 의해 소총과 함께 두 동강 날 뿐이다.

아르곤은 라이칸스로프를 두 동강 내고 그 몸통을 총알의 방벽으로 세운 뒤 반대로 회전, 상대방의 옆을 물며 장도로 그의 옆구리를 찍었다.

콰직!

"끄아아악!"

이렇게 얽히게 되면 총기로는 싸울 수 없다. 그것을 깨달은 라이칸스로프들은 총 대신 단검을 들거나 수화해서 응전하려 했지만 아르곤은 백전 연마의 괴물이었다.

게다가 그들이 아르곤에 정신을 판 사이 래트가 바닥에 떨어진 라이칸스로프의 소총을 들고 그들에게 총알을 퍼부었다.

"Boogie Boogie bababab!"

마치 코믹 북의 의성어 표기를 국어책 읽듯 읽으며 무성의하게 쏘는 총알이었지만 그걸로도 살상력은 충분했다. 아르곤의 돌격에 의해서 대열이 무너진 라이칸스로프들은 더 이상 두려운 존재가 아니다.

그러나 그때 아르곤이 보고 있는 눈앞으로 누군가가 나타났다. 회색 머리칼에 오른쪽 눈이 유달리 붉게 빛나는 청년이 폭발의 잔해들 사이로 텔레포트해 나타난 것이었다.

"아니?!"

텔레포트라니? 그런 능력을 쓴단 말인가? 허를 찔린 아르곤이 방심한 사이 상대방은 낡은 AK 소총을 그에게 겨누었다. 건방지게도 총구가 향하는 방향은 바라보지도 않고 그냥 묵묵히 시선을 달에 향한 채로… 청년은 방아쇠를 당겼다.

3

돌덩어리들이 무너지고 그 밑에서 피투성이가 된 남자가 걸어 나왔다. 그는 콘크리트 덩어리들을 무슨 소품용 스티로폼 바위처럼 가볍게 집어 던지고 옷을 털었다.

새하얀 슈트는 피로 흥건히 젖어 있었지만 잠시 후 마치 필름을 거꾸로 돌린 장면처럼 슈트의 핏방울들이 사라지고 이내 원래의 백색을 유지했다. 피를 구속하는 흡혈귀의 강력한 능력에 의해서⋯ 강제로 피가 상처로 돌아온 것이다.

이 능력이야말로 그가 흡혈귀라는 증거였다.

"화끈하군, 이 녀석들."

그가 던진 바위 밑에 숨어 있던 마리아와 빌헬름이 겨우겨우 빠져나왔다. 그들 역시 부상을 입었지만 자체적으로 상처를 치료하고 주위를 둘러보았다.

모스크바 도심 한복판에 세워진 호텔이 폭탄을 맞아서 뚜껑이 날아가 버리고 유리창의 여과 없는 야경이 그냥 눈으로 들어왔다.

"아, 젠장! 왜 그 꼬마들만 감싸주는 거야?"

충격파와 함께 콘크리트 덩어리들이 폭탄이라도 맞은 것처럼 잘게 부서지고 먼지를 뒤집어쓴 헤카테가 나타났다. 화려한 붉은 머리칼에서 피가 배어 나오고 있는 걸로 보아 그녀도 폭발에 의해 충격을 입긴 한 것 같지만⋯ 그녀 역시 상처를 손쉽게 재생했다.

"가, 감히! 이 금수들이 무슨 짓을 한 거죠?! 이 대가는 톡톡히 치르게 해줘야겠군요!"

파군은 이런 일을 겪어본 적이 없었는지 필요 이상으로 분개하더니 손에서 구슬들을 꺼내 하늘로 내던졌다. 그러자 구슬들은 스스로 생명을 가진 것처럼 날아올라 제멋대로 흩어졌다.

"이런, 이런, 너무 흥분하지 말라고. 그런데 앙리 유이는?"

아그니는 파군을 말리며 자리에서 일어났다. 실내라서 옷을 얇게 입고 있었는데 폭발로 벽이 사라지자 강한 바람이 그대로 불어닥친다. 그게 너무나도 견디기 힘든 추위여서 아그니는 덜덜 떨고 있었다.

그때 아그니의 뒤에서 한 남자가 나타나 가운을 걸쳐 주었다.

"추우면 이거라도 입지그래?"

앙리 유이가 소리 없이 나타난 것이었다. 아그니로서는 기절초풍할 일이었다. 아무런 기척도 없었는데 갑자기 유령처럼 나타나서 뒤를 물다니.

아니, 차라리 유령이었다면 아그니도 알았을 것이다. 그러나 앙리 유이는 갑자기 스스로를 무에서 유로 전환하며 나타난 것이다. 만약 이런 자가 아그니의 목이라도 물었다면 꼼짝 못 하고 당했을 게 아닌가?

게다가 팬텀조차 부상을 입었는데 그는 전혀 부상을 입지 않았다. 생긴 건 진짜 누구 말마따나 라붐 같은 영화에서나 나올 것 같은 패션인데 도저히 밑바닥을 알 수 없는 놈이었다. 팬텀이 옷 좀 갈아입혀 보려 노력했는데 이게 좋다고 다시 고집하는

데 포기할 지경이다.

"그나저나 손님들이 오는군."

앙리 유이는 벽만 남은 황량한 회의실 입구를 바라보았다. 문이 벌컥 열리고 허술하게 남아 있던 파티클 벽이 그 기세에 휘말려 넘어지면서 라이칸스로프들이 뛰어들었다.

"어딜!"

헤카테가 일갈과 함께 손을 휘둘렀다. 긴 쇼크웨이브가 뻗어나가면서 지면에 쌓인 돌덩이들을 분쇄하며 먼지를 일으켰다. 라이칸스로프들이 공격을 피하기 위해 뛰어넘었지만 그 순간 헤카테는 왼손을 권총 모양으로 바꾸어 라이칸스로프에게 겨누었다.

"Calamity janet!"

그 순간 쇼크웨이브를 피하기 위해 공중으로 뛰어오른 라이칸스로프가 핏물을 흘리며 뒤로 추락했다. 물론 그와 함께 뛰어든 다른 라이칸스로프들도 연동되는 충격과 진동에 쓰러졌다.

헤카테는 손가락 끝을 입가에 가져가 진짜 권총이라도 되는 양 휙 불었다.

"못 먹을 피를 가진 것들이 감히 도전하다니! 네놈들 따위는 상대해 봐야 손해라고!"

하지만 그때 그녀의 몸이 갑자기 옆으로 한 걸음 픽 움직이더니 술 취한 사람처럼 휘청거렸다. 방금 전까지 막강한 위력을 발휘하던 그녀가 왜 저러는 것일까? 깜짝 놀란 아그니가 사태를 파악했다.

"저격수다!"

그녀의 관자놀이에 빨간 구멍이 하나 뚫려 있었다. 총탄이 셀룰러로 되어 있는지 상처에서는 피도 제대로 흐르지 않았다.

제아무리 육감이 뛰어난 진마라 하더라도 저격은 그 살기를 느끼기 전에 총알이 먼저 닿는다. 저격 앞에서는 예지력을 가진 부류를 제외하고는 누구나 무력할 수밖에 없었다.

헤카테는 그 총탄으로 기절해서 옆으로 쓰러졌다.

"젠장."

팬텀은 비스트 더블을 꺼내고 총에 주문을 걸었다. 그러나 그 사이에도 저격수의 공격이 계속되었다.

"꺄악!"

마리아는 주변에서 튀는 총탄에 놀라서 비명을 질렀다. 그러자 옆에 같이 있던 빌헬름이 그녀를 한심하다는 듯 흘겨보았다.

"진마가 되어서 뭐 하는 겁니까? 자신의 몸은 자신이 지켜요!"

"으윽!"

마리아는 그 말을 듣자마자 즉시 손목을 긋고 피를 뿌려서 그 피로 괴물을 만들어냈다. 괴물은 몸을 구성하기 위해 주위의 콘크리트나 철근 등의 골재를 몸에 이어 붙이더니 그것들을 뼈로 삼고 자신의 몸을 힘줄 삼아서 덩치를 불렸다.

그렇게 몸을 불려 만들어진 괴물은 마리아의 앞을 막아섰다. 하지만 저격수는 그 한쪽 방향에 있는 게 아니었다.

퍽!

반대쪽의 저격수가 총을 발사했다. 그러나 그때 파군이 마리아를 밀쳤다. 그러다 그녀의 팔이 피투성이가 되었다. 이 저격탄도 셀룰러인지 총을 맞는 순간 피가 굳어서 덩어리진 게 몸 안에 박혀 버린다.

이렇게 되면 제아무리 혈액에 구속력을 행사하는 이들이라 하더라도 재생에 차질을 빚게 된다.

"으윽!"

파군은 옷자락을 펄럭거리며 돌아섰다. 적요와 창운이 한국에서 격돌해 소멸하였을 때 그 사건에 휘말리지 않았던 그녀로서는… 이런 수치와 모욕이 익숙지 않으리라.

"괜찮아요, 파군?"

"아, 괜찮아!"

"헤카테는?"

그때 빌헬름이 총알이 빗발치는 호텔 잔해들 위를 달려가 바닥에 쓰러진 헤카테를 잡고 번쩍 들어서 건물 잔해들 뒤로 숨겼다. 헤카테는 머리에 총탄을 맞고 잠시 정신을 잃었다가 빌헬름이 그녀를 건드리자 깨어났다.

"…젠장! 뇌수가 마르는 기분은 정말 더럽군. 고맙다, 빌. 역시 판타즈마고리아의 클랜 로드답구나."

"그 농담 불쾌하군!"

듣고 있던 팬텀이 방아쇠를 당겼다. 그러자 비스트 더블이 불을 뿜으며 발사되었다. 저격을 하던 저격수가 놀라서 몸을 피했지만 비스트 더블의 총탄은 엄폐물을 부수고 저격수를 찢어발겼다.

"이제 한 놈!"

팬텀은 반대쪽 저격수를 향해 총을 겨누었다. 롱코트가 돛처

럼 바람을 받아 펄럭이는데도 그는 전혀 미동 없이 정확하게 저
격수에게 비스트 더블을 갈겼다.

하지만 두 번째에 장전되어 있던 탄은 근접전용 유체 파열탄
이어서 총탄은 저격수 근처까지 날아가지도 않았다.

"아차!"

세 번째 탄은 뭐였더라? 팬텀이 당황하는 사이에 저격수의
총탄이 먼저 날아들었다. 하지만 그때 투명한 힘의 장막이 총탄
을 옆으로 비껴내 버렸다.

"…장난하냐!"

분노한 헤카테가 팬텀을 지키는 임펄스 실드를 펼친 것이다.
그녀가 사용하는 힘은 물질을 진동시키는 초능력으로 분자 레
벨에서의 진동을 이용해 물을 끓게도 할 수 있고 물질을 분쇄할
수도 있었다.

물론 극미세 조작을 하기 위해서는 그만큼의 집중력이 필요
하지만 그녀 자신의 몸 주위를 임펄스 실드로 두르는 것은 그다
지 어려운 것도 아니었다.

"진마를 너무 얕잡아 봤어, 라이칸스로프들!"

팬텀은 헤카테의 임펄스 실드에 보호받으며 저격수를 향해
비스트 더블을 겨누었다. 저격수가 놀라서 총을 버리고 도망쳤
지만 그 순간 육중한 비스트 더블의 실린더가 회전하며 불꽃과
폭음을 토해냈다.

쉬이이익!

이번 탄은 정확하게 날아가 라이칸스로프를 삼켜 버렸다. 그

는 순식간에 핏물로 화해서 바닥으로 나가떨어졌다.

"세 번째는 장거리탄이었군. 관통력이 너무 높지만 이 정도면 죽었겠지."

팬텀은 그리 중얼거리며 실린더를 열었다. 그러자 가스압에 의해 묵직한 탄피가 스스로 플로어 위에 떨어져 맑은 쇳소리를 냈다. 빌헬름은 자기 몸 보전하느라 정신없는 와중에도 콘크리트 더미에 깔려 있던 가방을 열어 비스트의 탄을 팬텀에게 던져 주었다.

"마스터!"

"응?"

그러나 그때 하나의 작은 그림자가 움직이더니 비스트 더블의 탄을 공중에서 낚아챘다.

"아니?"

아그니는 깜짝 놀라서 자신의 앞에 선 소년을 바라보았다. 머리 위에 니트 모자를 눌러쓴 소년은 시시덕거리며 손에 쥐고 있던 탄을 들어 보였다.

"우와, 이게 권총탄이야, 대포탄이야? 무식하기는."

"어이, 유리안. 먼저 가지 말랬지?"

무너진 돌무더기를 헤치고 드러난 비상계단을 따라 또 다른 라이칸스로프 둘이 올라왔다.

한 놈은 큼지막한 카세트덱을 어깨에 걸친, 멀대같이 큰 키의 소년이고, 또 한 명은 단순 무식해 보이는 비계와 근육덩이의 남자였다.

"쿠우, 이 흡혈귀 놈들! 아직도 살아 있었냐? 볼코프 일당에게 맡기면 역시 이 정도밖에 안 되는군!"

"닥쳐!"

헤카테는 두꺼운 돼지 같은 남자를 보고 혐오감이 치밀어 올라서 다짜고짜 쇼크웨이브부터 날렸다. 그러나 그때 카세트덱을 들고 있던 소년이 손을 털듯이 내밀자 그녀가 날린 쇼크웨이브가 옆으로 비껴 지나가 콘크리트 덩어리를 강타했다.

푸확!

콘크리트 벽이 허물어지며 돌가루가 휘날렸다. 사람이 맞았다면 어떻게 되었을지 단적으로 보여주는 장면이었다. 그러나 소년은 이만큼 강력한 공격을 막아내고서도 태연히 서서 그녀를 바라보았다.

"우와… 나랑 상성이 좀 맞을 것 같은 재주인데?"

헤카테는 자신의 공격을 막아내는 적을 보고 상대가 1세대 라이칸스로프라는 것을 깨달았다.

가장 처음, 릴리쓰로부터 태어나거나 인간으로부터 자연발생한 이 존재들은 뛰어난 재능을 타고나 그 힘으로 라이칸스로프들의 우두머리가 되었다.

흡혈귀들이 자신의 VT를 소모해 혈류에 각인된 마법을 사용하는 게 혈인 능력이라면 라이칸스로프들은 1세대부터 그들의 영지에 마법이 각인되어 있었다.

"정말 웃기는군. 이제 와서 일 세대 라이칸스로프 등장인가?"

대부분의 1세대 라이칸스로프가 사멸한 데다가 볼코프 레보스키의 군대에도 1세대 라이칸스로프는 얼마 없다. 그렇다면 지금 여기에 있는 이들은 아마도 그 리림, 이사카 베르게네프의 부하이리라.

그렇다면 볼코프 레보스키와 이사카 베르게네프가 손을 잡았단 말인가? 아마도 이런 일이 가능해진 것은 흡혈귀들이 볼코프 레보스키의 부하들을 공격해서 그가 자존심을 꺾었기 때문이리라.

테트라 아낙스의 정보를 받아서 볼코프 레보스키의 부하들을 잡아야 했고, 그 결과 볼코프 레보스키는 이사카와 손을 잡고 그들을 공격했다. 이 모든 것이 테트라 아낙스의 농간이 아니고 무엇이겠는가?

"아니, 이……."

아그니는 우선 자신의 발 앞에서 깝죽거리는 니트 모자의 꼬마를 잡기 위해 손을 뻗었다. 그러나 그 소년은 아그니의 손을 잽싸게 빠져나갔다.

"진마들 역시 별거 아니군. 손이 굼뜬데?"

유리안은 아그니의 손을 피하고 히죽 웃었다. 물론 이것은 아그니나 다른 진마들에게 있어서 너무나 불리한 조건이었다.

그들은 폭탄에 의해서 이미 선제공격을 당한 다음인 데다가 상대가 어떻게 나올지 모르고 있었다. 그에 비해 공격 전부터 치밀하게 계획을 세우고 덤벼든 라이칸스로프 쪽이 정신적으로나 환경적으로 유리한 건 당연한 일이다. 게다가 대부분의 흡혈귀가 제대로 된 무기조차 가지고 있지 않다.

하지만 흡혈귀들은 아무리 무기가 없고, 기습을 당했든 간에 자존심만은 지킨다.

인간이라면 그 지루함만으로도 미치고도 남을 세월을 살아오면서… 그들은 자존심이란 이름의 갑옷으로 스스로를 지켜왔다. 그런데 이제 그것을 이 겉보기에도 어려 보이는 라이칸스로프가 농락한 것이었다.

"이 자식이!"

아그니는 즉시 불꽃을 일으켜 유리안의 목을 태워 버리려고 했다. 그러나 유리안의 목에서 세 뼘 정도 떨어진 거리에서 폭발이 일어났다. 아그니의 발화 능력이 빗나가다니? 이것은 상대방의 모종의 능력이 간섭하지 않는 한 있을 수 없는 일이었다.

"차하!"

유리안이란 꼬마는 아그니에게서 물러나며 알루미늄 베어링이 들어간 요요를 꺼냈다. 그러나 그때 그의 뒤에서 제지하는 목소리가 들려왔다.

"어이, 유리안. 쓸데없는 도발 하지 마!"

세 라이칸스로프가 올라왔던 계단에서 또 라이칸스로프들이 올라왔다.

이번에는 다른 소년들과 달리 군복이 너무나도 잘 어울리는 동양계 남자가 제비족 같은 금발의 군인과 함께 걸어 나왔다.

제비족 같은 금발 군인은 러시아 육군 군복을, 동양계 남자는 미 해병대 군복을 입고 있었는데 러시아 군복을 입은 남자는 AKS—74를 들고 있고 동양계 남자는 47을 들고 있는 것으로 보아 러시아 군복의 금발 남자는 볼코프 레보스키의 부하라는 걸 알 수 있었다.

아니, 굳이 장비로 분간할 필요가 없었다. 팬텀은 그를 알고 있었다.

저 제비족 같은 놈은 팬텀의 엉성한 기억에도 확실히 얼굴이 익었다. 2차 세계대전 당시 볼가 강 전투에도 참전했던 1세대 라이칸스로프, 레온 시마노프 소령이 그때와 별반 다를 것 없는 젊은 모습으로 그의 눈앞에 서 있었다.

소령 직급을 가지고 있던 인간이 대위 계급장을 달고 있다니, 아마도 한 번 신분을 바꿔친 것 같았다.

"레온 시마노프, 살아 있었나?"

"여어, 팬텀. 그쪽도 살아 있었다니. 질긴 목숨이군."

레온과 팬텀이 서로를 알아보며 한마디씩 주고받을 때 무너진 건물의 잔해를 헤치며 다른 라이칸스로프들이 흡혈귀들의 뒤를 막아섰다. 전후좌우, 어디에도 도망칠 길은 없었다.

"레온 시마노프? 설마… 벌써 오십 년 전인데 어떻게 아직까지 늙지 않은 거지? 라이칸스로프라면 늙고도 남았을 나이잖아?"

당시에 활동했던 파군도 레온 시마노프를 알아보고 기겁했다.

레온 시마노프, 저 남자는 볼코프 레보스키보다도 나이가 더 많은 인물이었다. 2차 세계대전 때 소령이었으면 군번으로 따져도 볼코프 레보스키보다 신분도 높다.

그런데 그런 놈이 볼코프 레보스키의 군대에서 대위라니? 게다가 그 몸은 왜 늙지 않았는가?

"늙지 않은 건 당신들 흡혈귀가 더 심하지. 왜, 당신들 전매특

허를 내가 쓰니까 특이한가?"

"아니, 불쾌해서 그러지. 너 같은 요물이 볼코프 레보스키에게 정말 충성하고 있나?"

흡혈귀에게 요물이라고 불리면 그리 좋은 기분이 될 것 같지는 않지만 레온은 미소를 잃지 않았다.

"그야 물론이지. 볼코프 레보스키 장군이야말로 훌륭한 자라고. 나는 그에게 감복했다. 진심으로 이러고 있는 거야."

그는 그리 말하고 헤카테와 파군에게 윙크를 하며 인사를 했다.

"당신 정말 군인 맞아? 어차피 흡혈귀들은 여기서 다 죽여야 해! 게다가 저 흡혈귀들, 겉모습으로야 미인으로 보일지 몰라도 속은 수천 년 썩은 마녀들이라고!"

이사카의 부하인 루스킨은 레온이 여자들에게 약한 것을 보고 기가 막혀서 그렇게 말했다. 그러자 모두들 기겁해서 그들을 노려보았다.

아니, 지금 여기 이렇게 모인 진마들을 다 죽이겠다고 공언한단 말인가? 진마들로서는 지금까지 이렇게 큰 모욕을 받아본 적이 없었다.

"이런 제길! 그렇다면 적어도 총은 못 쓰게……!"

아그니는 화약들을 못 쓰게 하기 위해 발화의 능력을 확장시켰다. 그러나 그다음 순간 아그니의 미간 사이에 구멍이 생겼다. 또 한 명의 저격수가 총탄을 날린 것이다.

아그니의 능력은 이미 이사카 베르게네프를 통해서 알려져 있었기 때문에 총기를 들고 있는 모든 라이칸스로프는 그의 움직임을 예의 주시하고 있었다.

게다가 이 총탄을 날린 이는 이사카 베르게네프의 심복 중 한 명인 뷔르제예프다. 살기를 죽이고 저격하는 데 일가견이 있는 라이칸스로프 저격수의 총탄이니 아무리 진마라 하더라도 당할 수밖에 없다.

"갈겨!"

루스킨의 날카로운 목소리와 함께 총성이 울려 퍼졌다.

4

하얏트 호텔 상층부가 통째로 날아가는 대폭발이 일어나자 소방서와 군부대, 그리고 경찰에는 비상이 걸렸다. 하얏트 호텔로 진입하는 도로는 이미 완전히 통제되고 경찰용 헬기가 하늘로 떠올라 호텔 주위를 맴돌았다.

그런 소란 통 중에 한 대의 SUV가 길가에 멈춰 섰다. 도요타제 중고 SUV의 운전석이 열리고 그로부터 흑색 코트를 걸친 젊은 여성이 뛰어내렸다.

"이 이상은 도로가 통제되어서 못 가겠군. 내려!"

여성은 그리 말하고 동료들을 다그쳤다. 그러자 그녀의 뒤를 이어 두 명의 남자가 차에서 내렸다. 한 명은 긴 은발을 늘어뜨린 새하얀 피부의 남자로 선이 또렷한 가톨릭 신부복을 입고 있었다.

그리고 그의 뒤를 따라 내려선 이는 머리를 녹색으로 물들인 동양인 청년이었다. 보통 어지간히 염색을 하는 사람도 녹색으로 물들이는 경우는 별로 없기 때문에 한눈에 들어온다.

그들은 주위의 사람들을 피해 SUV로부터 커다란 가방을 꺼내 짊어진 채 인파를 헤치며 나아갔다.

워낙에 큰 상자들을 지고 다니는 그 모습은 방송국 스태프가 장비를 들고 이동하는 것을 연상케 했다. 그래서인지 사람들이 스스로 길을 비키며 그들의 앞을 터주었다.

"저 헬기들, 방송국의 헬기가 다가오는 걸 막고 있나 보군요."

녹색 머리칼의 청년은 골목으로 들어가면서 하늘을 보더니 그리 말했다.

그가 말한 대로 경비용 헬기가 떠서 매스컴의 헬기나 호기심으로 접근하는 이들을 막고 있었다. 러시아가 원래 폐쇄된 사회여서 통제를 하는 건지, 아니면 테트라 아낙스의 농간이 뒤에 있는지 모르겠다.

하지만 한 가지 분명한 것은 지금 저 위의 상황이 썩 좋지 않다는 것이다.

"이번에는 라이칸스로프만 해치워야 해. 알겠어? 쿠데타를 막는 것이 다른 무엇보다 더 중요하니까."

유스틴은 러시아어로 그리 말하고 인파를 헤치며 나아갔다. 쿠데타를 막아야 하는 그녀로서는 쿠데타 저지 세력인 흡혈귀들을 이렇게 쉽게 잃을 수 없었다.

괴물사냥꾼이 괴물을 골라서 살려야 한다는 아이러니한 상황이 되어버린 것이다. 하지만 그녀의 뒤를 따르는 녹색 머리칼의 청년, 한세건은 러시아어를 모르기 때문에 그녀가 뭐라고 하는지 알아들을 수가 없었다.

"실베스테르, 대체 뭐라는 거예요?"

"흡혈귀들은 적당히 손봐주고 라이칸스로프들의 엉덩이를 차는 데 주력하라는 이야기지."

은발의 가톨릭 신부는 성직자라는 신분에 걸맞지 않은 어휘로 자의적인 해석을 했다. 그러자 한세건이 피식 웃었다.

"쿠데타를 막기 위해서 흡혈귀들은 살리고 라이칸스로프는 죽여라? 말은 좋지만 그렇게 하고 싶지는 않은데요?"

"하고 싶지 않다면 혼자서 해보든가. 짧은 인연이었구나."

신부는 한세건의 성격을 잘 알고 있었는지 말리는 대신 비아냥거렸다. 혼자서 라이칸스로프와 흡혈귀를 전부 적으로 돌리면 살아남을 수 없다는 것을 단적으로 말하는 것이었다. 그러자 세건은 눈살을 찌푸렸다.

그들은 호텔의 로비로 들어간 뒤 짐을 풀었다. 상자 안에 들어 있던 것은 영화의 소품으로나 쓰일 법한 커다란 장검과 스테인리스 스틸로 만들어진 일본도, 그리고 폭약과 탄약, 총기 등이었다.

"실베스테르, 일단 하는 대로 해보겠습니다만, 기회가 닿는다면 전부 몰살시키기라도 하겠습니다."

"마음대로. 하겠다는데 말려야 할 의리도 이유도 없지."

지금 여기서 쿠데타를 막을 주요 전력인 흡혈귀들을 해치게 된다면 결과적으로 쿠데타의 성공률이 올라간다. 일단 쿠데타가 시작되면 이 붉은 제국에 피 비가 내릴 것은 자명한 일! 그렇다면 한 세건은 자신을 더더욱 증오하지 않고서는 견디지 못하리라.

하지만 저 녀석의 삶은 이제 자신을 증오하기 위해서 사는 삶이다. 아이러니컬하게도 세건에게는 더더욱 죄를 지어서 그 증오를 굳건히 하려고 하는 경향이 있다. 자기혐오가 너무 강해서 절대로 자신을 용서할 수 없기 때문에 죄를 짓고, 짓고, 또 지어, 결코 용서할 수 없는 악인으로서 죽고자 하는 그 열망. 흑의의 신부 실베스테르는 그 뿌리 깊은 증오를 보며 실소했다.

"괜찮겠어, 저 녀석?"

유스틴은 바렛을 조립하고 있는 실베스테르에 다가와 물어보았다. 그러자 실베스테르가 어깨를 으쓱해 보였다.

"증오가 녀석을 가호한다."

"뭐?"

유스틴은 뜬금없이 중얼거리는 실베스테르를 돌아보았다. 신이 가호한다는 말은 들어봤지만 증오가 가호한다는 말은 유스틴으로서도 금시초문이다. 이 은발 흑의의 신부는 자신의 긴 머리카락을 훑더니 은색의 검을 꺼냈다. 마술과 같은 눈속임이겠지만, 그 모습은 흡사 머리칼이 검으로 변화한 것 같았다.

"저 녀석은 증오의 화신이다. 때론 관념으로서 존재할 뿐인 감정이, 그 수족을 원할 때가 있지. 그때 저 녀석에게 그 관념이 임하는 거야. 관념은 사람 하나도 죽이지 못하기도 하지만, 때로는 신조차 죽이는 무기지."

"뭔 소린지 이해는 하겠는데 가톨릭 신부의 입에서 나올 이야기는 아니야."

"그러니까 파문당했을지도 모르지."

실베스테르는 조소하며 호텔의 로비의 한편으로 향했다.

한세건이 비상계단으로 올라갔다면 그는 건물의 엘리베이터로 향한다. 가뜩이나 적은 병력을 분산시키면 남는 게 없겠지만 개인적인 능력이 너무나 뛰어난 이들은 집단 활동이 되레 발목을 잡는 경우가 있다.

그리고 호텔이 공격받은 시간을 생각할 때 적들이 호텔을 완전히 장악하고 있다고도 믿기 힘들다.

"아, 어쩌면 바티칸에서 아퀴나스의 검이나 저지먼트가 올지도 모르니까 만나더라도 불쾌해하지 마."

유스틴은 우레탄 밑창을 가지고 있는 신발의 끈을 고쳐 매며 먼저 올라가는 실베스테르에게 그리 말했다.

"갈겨!"

루스킨의 메마른 명령이 끝나는 것과 동시에 총구가 불을 뿜었다. 메마른 명령에 비하면 정열적인 총성이었다. 약 10여 명 정도의 라이칸스로프가 일제히 흡혈귀들을 향해 총알을 퍼부었다.

하지만 이 흡혈귀들도 백전 연마의 뱀파이어 로드들이다. 길게는 수천 년을 살아온 이들이 아무리 기습을 받았다 해도 그리 쉽게 당하지는 않는다.

파군의 몸이 좌우로 움직이나 싶더니 흔들리는 촛불이 만들어내는 그림자처럼 쉭쉭 바람 소리를 내며 총알들 사이를 빠져

나갔다.

헤카테는 진동을 장벽으로 만들어내어 총알들을 분해해 버리고, 팬텀은 그 몸을 안개로 바꾸어 총알들을 피했다. 선공을 당해 의식을 잃은 아그니만이 총알 비에 노출되어 피투성이가 되었지만 그렇게 쓰러진 아그니도 죽지는 않았다.

아무리 셀룰러 탄이라 해도 몇 발의 탄환으로 진마를 완전히 죽이기엔 역부족이다!

"그래! 이 정도로 죽진 말라고, 진마! 그렇게 잘난 척해댄 만큼은 보여줘야지!"

루스킨은 흡혈귀들이 총탄을 피하고 막아내는 것을 보며 되레 기뻐했다. 그들이 알고 있던 세계를 지배하던 부류가 무능한 얼간이들이라면 그들에 의해 지배받고 있던 자신들의 존재마저 한심해지기 때문이었다.

"그래, 그 정도는 되어야지!"

하얏트 호텔의 맞은편, 외무성 옥상에 서 있던 뷔르제예프는 히죽 웃으며 저격용 라이플의 방아쇠를 당겼다. 그 일격에 마리아가 쓰러져 버렸다. 빌헬름과 팬텀, 파군에게 보호받고 있던 그녀가 불의의 저격으로 시체처럼 나동그라졌다.

그녀가 쓰러지자 그녀가 만들어낸 조잡한 조마(造魔)는 정신 제어를 잃어버리고 멍청히 서버렸다.

"아니?!"

놀랄 틈도 없었다. 그사이에 블로초프는 즉시 수화를 개시해 거대한 멧돼지의 머리를 앞세워 파군에게 뛰어들었다. 그리고 루스킨도 양손을 벌리나 싶더니 수도와 관수로 헤카테에게 달려들었다.

"이 녀석이?"

헤카테가 쇼크웨이브를 쓰려 했지만 그녀가 쇼크웨이브를 내보내기 전에 루스킨이 이미 그녀의 품으로 파고들었다. 상상 이상의 빠르기다!

헤카테는 양손을 빙글 돌려서 태극권이라도 하는 것처럼 루스킨의 손칼을 쳐냈지만 그다음 순간 갑자기 그녀의 눈앞이 흔들렸다.

빠각!

사각에서 루스킨의 발차기가 헤카테의 머리를 덮쳤다. 헤카테는 반사적으로 루스킨의 다리에 쇼크웨이브를 풀었다. 우리에 갇혀서 울부짖던 맹수와 같은 힘이 풀려나며 무서운 기세로 단숨에 루스킨의 다리를 잘라 버렸다. 그러나 헤카테의 머리도 깨져서 선혈이 튀었다.

"아니?!"

흡혈귀들이 놀라는 사이 헤카테의 몸이 허리를 축으로 빙글 돌아서 바닥에 나동그라졌다.

콘크리트 파편이 튀어 오르고, 바닥에 떨어져 있던 철근이 그녀의 몸통을 꿰뚫었다. 루스킨의 다리도 너덜너덜해지긴 했지만 그 정도는 재생력으로 순식간에 치료된다. 과연 루스킨이 다리를 거두는 순간 이미 그의 다리는 완전히 재생되어 버렸다.

"크악!"

긍지 높은 진마가 어린 라이칸스로프의 발차기에 맞아 땅을 기게 되었다. 치명상은 아니지만 헤카테는 그 치욕에 치를 떨었다.

"이, 이 자식이!"

헤카테가 지면을 쇼크웨이브로 부수고 플로어 아래로 몸을 날렸다. 깜짝 놀란 라이칸스로프 몇 명이 소총을 들고 그 구멍으로 향했다.

"안 돼!"

루스킨이 말렸지만 소용이 없었다. 그 순간 구멍을 향해 쇼크웨이브가 치솟아 오르며 막 구멍에 소총을 들이민 라이칸스로프를 덮쳤다.

투확!

라이칸스로프 병사의 몸이 공중으로 떠오르며 산산조각 났다. 무시무시한 위력이다. 게다가 아래 플로어로 도망치다니? 루스킨은 목에 붙여둔 마이크를 누르고 밑에 있던 팀에게 명령했다.

"헤카테가 플로어 아래로 도주했다. 반드시 잡도록!"

"이얏호!"

그사이에 유리안은 빌헬름에게 달려들어 그의 멱살을 덥석 잡더니 옆으로 몸을 날렸다. 깜짝 놀란 빌헬름이 손톱을 뽑아서 유리안의 몸통을 찔렀지만 유리안은 그 정도 상처에는 아랑곳하지 않고 다 허물어진 계단의 난간에 빌헬름을 처박았다.

콰직!

쇠로 만든 난간이 휘어지며 빌헬름의 피부가 찢어졌다. 유리안은 빌헬름을 난간에 처박은 뒤 물구나무를 서서 발을 접으며 가뿐히 그의 위에 올라탔다.

"스케이트보드가 되어달라고! 흡혈귀!"

콰드드득!

빌헬름의 위에 올라탄 유리안이 체중을 이동하며 스윽 몸을 흔들자 마치 스케이트보드로 그라인드(Grind)를 하듯 빌헬름의 몸이 난간 위로 미끄러졌다. 피부가 찢어지고 피가 튀었으니, 빌헬름으로서는 전혀 기쁘지 않은 일이었다.

"크아악!"

빌헬름은 자신을 공격한 라이칸스로프에게 속수무책으로 당했다.

자신의 에스콰이어인 빌헬름이 그런 모욕적인 공격을 받는 것에 격분한 팬텀이 앞으로 뛰쳐나왔지만 이번에는 레온 시마노프가 그의 앞을 막아섰다.

"팬텀! 어딜 가려고?"

레온은 스프링처럼 몸을 굽히더니 지면을 박차고 팬텀에게 어퍼컷을 날렸다. 그러나 팬텀은 뒤로 고개를 젖히며 그의 공격을 쉽게 피했다.

"이십 세기 때와 별다를 게 없군, 레온!"

팬텀은 겨드랑이의 홀스터에 꽂아두었던 비스트 더블을 뽑아서 옆으로 휘둘렀다.

이 거대한 총은 설사 총탄이 없다 하더라도 충분히 쓸모 있는 무기다. 메탈 배턴과 비슷한, 아니, 그것을 상회하는 위력을 가진 무기였다. 그러나 레온의 몸이 빙글 돌면서 팬텀이 휘두른 비스트 더블을 흘려보내고 백스핀 너클로 반격해 왔다.

팬텀이 그것을 몸을 숙여서 피한 순간 뒤차기가 날아들었다. 백스핀 너클에서 뒤돌아 차기, 간단한 콤보지만 뛰어난 반사 신경 때문에 물러나서 피하는 대신 간발의 차로 피하는 버릇이 들어 있던 팬텀을 잡는 데는 충분한 공격이었다. 그러나 레온의 발은 허공을 가르고 지나갔다.

팬텀의 몸의 일부가 안개로 변해 레온의 발을 그대로 흘려보낸 것이었다.

"아, 아니?!"

그다음 순간 팬텀은 손가락을 레온의 다리에 꽂아 넣었다. 그리고 지퍼를 내리듯 손가락을 레온의 다리에 댄 채로 스으윽 미끄러뜨렸다. 레온의 피부가 갈라지며 선혈이 튀었고, 그 선혈은 전부 안개화된 팬텀의 몸으로 흘러 들어갔다.

놀란 레온이 다리를 거두고 물러나려 했지만 팬텀은 안개화하여 달려들어 레온의 목을 물어뜯었다. 정확히는 피의 안개 속에서 날카로운 흡혈귀의 이빨이 드러나 레온의 목을 물어뜯었다.

콰직!

단번에 경추가 부러지고 선혈이 튀었다. 그 피가 죄다 피의 안개에 빨려 들어가 안개를 더더욱 붉고 축축한 것으로 바꾸었다.

그동안 보여왔던 신사적인 이미지와는 전혀 다른 무시무시한 힘이다. 브람 스토커의 소설이나 흡혈귀 전설에서 흡혈귀는 안개화하고 늑대로 모습을 바꾸기도 한다는 이야기가 있었지만 실제로 안개화가 가능한 것은 판타즈마고리아의 혈족밖에 없다.

하지만 레온은 목이 부러져도 미소를 잃지 않았다. 라이칸스 로프의 피는 흡혈귀를 상하게 할 뿐, 일절 도움이 되지 않는다. 인간이나 흡혈귀라면 모를까, 라이칸스로프를 크림슨 글로우만 으로 죽일 수는 없다!

"크흑… 아하하하. 아, 아파서 정신이 아득해지는데?"

"아픈 정도로 끝날까?"

팬텀은 레온의 목을 문 채로 지면을 박차고 뛰어올라 완전히 안개화해 라이칸스로프들에게 덤벼들었다.

라이칸스로프들이 총기로 팬텀에게 응사했지만 어떤 것도 안 개화한 팬텀에게는 먹히지 않았다.

"우와! 나 다친다, 다쳐!"

팬텀의 크림슨 글로우에 말려 들어간 레온이 비명을 지르자 루스킨은 아예 수류탄의 안전핀을 뽑았다.

"다치는 정도로 끝나지 말고 아예 뒈져 버려!"

루스킨이 수류탄을 던지자 팬텀의 안개로부터 붉은 섬광이 날아들어 수류탄을 쳐냈다.

콰앙!

허공에서 폭발한 수류탄이 파편을 토했다. 팬텀은 그것으로 그치지 않고 붉은 섬광을 그대로 움직여 루스킨과 뻬또쥬, 블로 초프를 덮쳤다.

"쳇!"

뻬또쥬는 힘의 장벽을 만들어 안개를 막았지만 안개는 그 장 벽을 넘어서서 단숨에 뻬또쥬를 휘감았다. 물론 생각 없는 블로초프는 순식간에 팬텀의 크림슨 글로우에 휩싸여 버렸다.

일단 안개에 휩싸이자 모공의 모세혈관으로부터 피가 빨려 나갔다. 라이칸스로프의 피를 이렇게 많이 빨아들이면 팬텀도 무사하진 못할 텐데 그는 아랑곳하지 않고 라이칸스로프를 계속 공격했다.

루스킨만이 빠른 움직임으로 빠져나가 그 공격을 피했다.

"이사카가 오기 전까지 버텨, 바보들아! 팬텀에 맞서 싸우면 안 돼!"

그렇게 뒤로 물러나던 루스킨의 다리가 콘크리트와 부서진 의자 잔해에 걸려서 뒤로 넘어질 뻔했다. 라이칸스로프가 뭔가에 걸려서 뒤로 넘어진다는 게 웃긴 일이지만 팬텀의 크림슨 글로우에 정신을 집중하고 있는지라 당할 수밖에 없었다. 하지만 그 순간 뒤에서 누군가가 손을 내밀어서 그를 받쳐 세웠다.

"그러니까 함부로 수류탄을 던지면 안 되지."

루스킨은 그 목소리를 듣고 깜짝 놀랐다. 분명히 크림슨 글로우에 말려 들어갔던 레온이 약간 지친 표정으로 그를 받치고 있는 게 아닌가?

"뭐, 뭐야, 당신은? 어떻게 빠져나온 거지?"

"기업 비밀을 여기저기 떠들고 다닐 수는 없지. 어쨌거나 이건 이사카가 처리해 주길 기다려야지, 어쩔 수 없군! 저놈의 크림슨 글로우는 사기야!"

레온 시마노프는 그리 말하고 손을 뻗었다. 그 순간 뭔가 투명한 것이 움직이면서 크림슨 글로우를 떨치고 크림슨 글로우에 휘말렸던 이들을 구출했다. 그리고 그다음에 강렬한 바람이 뒤를 따랐다.

아마도 이 바람이 크림슨 글로우를 밀어낸 장본인 같았다.

"젠장! 뭐… 뭐야, 저건!"

팬텀을 상대할 때는 조심하라는 소리를 귀에 못이 박히도록 들었지만 실제로 당하기 전에는 흡혈귀들을 무시하고 있었다. 하지만 막상 당하고 나니 다들 경악하지 않을 수 없었다. 붉은 안개로 변한 팬텀이 호텔 상공으로 펼쳐지면서 달을 붉게 물들였다.

"…위험해! 유리안!"

팬텀에게 그런 능력이 있다면 그의 에스콰이어인 빌헬름도 저게 가능할 것이다! 그렇게 생각한 빼또쥬가 계단으로 달려가려 했지만 과연 피투성이가 된 유리안이 뛰쳐나왔다. 계단이 있는 통로도 역시 붉은 안개로 가득 차 있었다.

"하아! 젠장! 만만치 않은 스케이트보드네."

"원래 남에게 올라타려면 그만한 피해를 각오해야 하는 법이지."

레온은 뭔가 묘한 방향으로 해석될 수 있는 말을 하며 붉게 물든 달을 올려다보았다.

태양으로부터 몸을 가리기 위해, 혹은 사막에 몸을 숨기기 위해 개발된 군용 외투는 아프가니스탄과 소련 간 내전 때 CIA를 통해 몰래 아프가니스탄에 지원된 물자였다.

냉전 체제였던 1980년대 자유 진영은 아프가니스탄을 침탈

한 소련을 쫓아내기 위해 막대한 물자를 아프간 반군, '무자혜딘'에게 지원해 주었고 그 물자 중 일부가 21세기인 지금에도 남아 있었다.

지금 하얏트 호텔의 옥상 위로 공간 이동과 함께 나타난 이 청년, 이사카 베르게네프는 군용 외투를 덮어쓴 채로 눈을 감고 있었다.

"테트라 아낙스는 이래저래 방해하는군. 이럴 줄 알았지만 위치가 틀렸어."

텔레포트한 위치가 어긋난 것을 느끼고 이사카는 혀를 찼다. 그는 놀란 눈으로 자신을 바라보고 있는 아르곤을 바라보지도 않고 총을 겨누었다.

두두두!

낡은 AK 소총으로부터 불꽃이 튀며 셀룰러 탄이 발사되었다. 아르곤은 잽싸게 몸을 움직여 총탄들을 피했지만 총탄의 방향이 바뀌면서 아르곤을 노렸다.

"큭!"

아르곤은 총탄이 몸에 박히는 순간 탈수가 시작되는 걸 보고 깜짝 놀라서 라이칸스로프의 시체를 앞으로 내세웠지만 통하지 않았다.

놀랍게도 총탄이 공중에서 방향을 바꾸더니 이번에는 옆에서 아르곤을 찔러 버린 것이었다.

"말도 안 돼!"

공중에서 궤도를 바꾸는 총탄이야 마법사들이 흔히 괴물들의 높은 반사 신경을 경계해 쓰는 마법이지만 장애물을 피해 꺾여 들어갈 정도의 마탄술은 듣도 보도 못 했다. 마탄술 그 자체는 아르곤도 어느 정도는 쓸 수 있는 마법이지만 그것도 어느 정도지, 어떻게 앞에 방벽으로 세운 라이칸스로프의 시체를 휘어서 피한단 말인가?

셀룰러 탄의 타격은 아르곤에게도 치명적이었다. 아르곤의 새하얀 머리칼과 선명한 진마의 피가 달빛 아래 푸르게 물들었다. 아르곤이 분노해서 응사했지만 아르곤의 총탄은 이사카의 주위에서 휘어져 버렸다.

"크윽!"

그러나 아르곤은 피의 구속력을 각성시켜 흘린 피를 전부 회수하고 얼음 방벽을 세운 채 물러났다.

철컥!

청년은 빈 탄창을 내던지고 이번엔 검을 빼 들었다. 세이버와 커다란 쿠크리를 든 그는 아직 몸을 회복하지 못한 아르곤을 무시하고 하늘에서 라이칸스로프들을 덮치는 붉은 안개를 노려보았다.

"팬텀은 내가 맡지! 뒤를 부탁해!"

그의 말이 끝나는 것과 동시에 열풍이 그들을 덮쳤다. 두꺼운 콘크리트 파편들이 선풍에 휘말려 날리면서 마치 투석기에서 발사한 것처럼 아르곤과 창현에게 쏘아졌다.

"뭐야!"

창현과 아르곤이 날아드는 콘크리트 파편을 쳐내자 무너진 벽 너머에서 두꺼운 동계용 정복을 입은 장년의 군인과 젊은 여성이 나타났다.

"볼코프 레보스키!"

"오래간만이군, 아르곤."

볼코프 레보스키라 불린 그 남자는 아르곤을 바라보며 피식 웃었다. 창현은 그 이야기를 듣고 깜짝 놀랐다.

"Oh! Dear Boss 등장이신가. 거물인데."

래트도 볼코프를 바라보고 기겁했다. 묵묵히 주먹을 쥐고 이쪽을 바라보고 있는 볼코프 레보스키에게서는 엄청난 박력이 느껴졌다. 딱히 위협한다거나 악의를 내비친다거나 하는 것도 아니건만 무서울 정도였다.

"이전에는 같은 편이었는데 이렇게 안 좋은 방향으로 만나게 되다니."

볼코프 레보스키는 그리 말하고 손가락을 들어 보였다.

"혹시… 투항하거나 할 생각은 없는 거겠지? 자네 같은 자를 해치는 건 그리 좋아하지 않는데."

볼코프는 진정으로 아르곤의 능력을 높이 사서 그를 죽이고 싶지 않다고 말하고 있었다. 흡혈귀들 사이에선 무투파로 이름이 드높은 아르곤의 목숨을 주머니에서 동전 꺼내듯 말하는 게 마음에 들지 않았다. 하지만 그렇다고는 해도 볼코프 레보스키가 위험한 놈이라는 것은 확실했다.

"별이나 달고 병사처럼 직접 뛰는 게 부끄럽지도 않나, 볼코프?"

"노블레스 오블리주가 나의 신조다. 능력이 있어서 일 처리에 나선 게 부끄러운 일은 아니지."

"아니, 그렇게까지 확실히 말하면 멋지긴 한데."

별이나 달고 저런 소리를 하는 사람이 많아진다면 세상도 살만한 곳이 되겠지. 그런 생각까지 들었지만 쿠데타를 저지를 놈이 저런 식으로 말하면 그것도 곤란하다. 적극적이고 진취적인 사람의 살아가는 방식은 그 자체론 훌륭하지만… 방향이 애초에 잘못되었다면 그 적극성이 되레 화가 된다.

"너무 말을 많이 하면 정이 드니까, 적당히 하고 싸우지."

볼코프 레보스키는 그리 말하고 아르곤을 바라보았다. 이미 정이 들지 않았다고는 말할 수 없는 사이지만 그가 구국의 일념을 가지고 있는 한, 쿠데타를 막고자 하는 아르곤과는 싸우지 않을 수 없었다.

"당신이 사리사욕으로 쿠데타를 일으킬 인물이 아니란 것은 알고 있지만 어떤 이상을 품고 있든 간에 지금 이 도시의 야경을 파괴하는 행위는 용서할 수 없어! USA가 헤게모니를 잡고 있든, 외계인이나 테트라 아낙스가 헤게모니를 잡고 있든 간에, 피만 보지 않으면 그 나름의 행복이 있으니까!"

아르곤은 장도를 고쳐 잡고 정신을 집중했다. 그러자 그를 중심으로 백색의 냉기가 뿜어져 나왔다.

"보수주의자였군, 아르곤. 혁명 투사였던 당신에게 그런 소리를 들을 줄은 몰랐다."

"나… 보고 보수주의자라고!"

아르곤이 순간 발끈했다. 에스프리의 당주 아르곤이 보수주의자라니. 흡혈귀들이 들으면 어처구니가 없어서 웃어버릴 것이다.

"나도 공산주의 혁명에 참가했던 걸 모르나?!"

"그거야 알고 있지만 헤게모니를 쥐고 있는 자들을 뒤집는 데 흘리는 피가 두려워서 그들을 그대로 존속시킨다는 게 어찌 보수적이 아니라고 말할 수 있는 거지?"

"그렇다고 아무 때나 혁명을 일으키는 게 진보적인 건가! 말이야 바른 말이지, 당신! 혁명을 일으키려면 진작 일으키지 왜 이제 와서 일으키는 거야!"

아르곤이 볼코프에게 달려들었다. 장도가 허공을 가르며 볼코프를 공격했지만 볼코프는 팔을 내밀어 아르곤의 장도를 칼날도 두려워하지 않고 받아쳤다. 살과 칼날이 부딪쳤는 데도 쇳소리가 나며 칼날이 튀었다.

아르곤은 칼날이 튀어도 당황하지 않았다. 그 역시 볼코프 레보스키의 능력이 어떤 것인지 잘 알고 있었다.

총탄은 적당히 피해를 입으면서 막아낼 경우 전 방향을 다 막을 수 있겠지만 라이칸스로프나 흡혈귀가 도검류를 들고 공격할 경우는 집중한 부위만 막아낼 수 있다는 것쯤은 이미 알고 있었다.

그것은 총탄이 갖는 특성 때문이다. 실질적으로 질량이 얼마 되지 않는 총탄은 아무리 빠르게 쏘아졌다고 해도 전 방향으로 운동에너지를 흡수하면 쉽게 막을 수 있었다. 방탄복이 바로 그런 원리로 만들어진 것이 아니던가?

그렇게 볼코프는 몸으로 총탄을 막아낼 수 있었다.

하지만 방검의 경우는 약간 이야기가 다른데, 그것은 칼날에 의해 베이지 않는 질긴 것으로 피부를 바꾸어서 방어해야 한다. 그렇다고 볼코프에게 총보다 칼이 더 잘 먹힌다는 소리는 아니다. 인간이 휘두르는 검이라면 눈꺼풀만으로도 막아낼 수 있으리라. 칼이 통하리라 기대하는 것은 오로지 그것을 휘두르는 자가 아르곤이기 때문이었다.

"하아!"

아르곤은 왼손을 뻗어 냉기를 쏘아내고 두 발을 스위치 스텝으로 바꾸며 볼코프의 옆으로 빠져나가는 것과 동시에 섬광처럼 베었다.

"여전히 굉장하군."

그러나 볼코프는 발을 들어서 아르곤의 공격을 피했다. 시야의 바깥으로 빠져나가면서 하단을 공격하는 섬광과 같은 공격을 피하다니… 역시 보통 놈이 아니다! 아르곤은 스텝을 다시 바꾸며 볼코프의 뒤로 돌아가 회전 올려치기를 했다. 볼코프가 칼날을 손으로 받아냈지만 그 순간 무시무시한 백색의 냉기가 그를 덮쳤다.

칼날은 막을 수 있어도 냉기는 막을 수 없다. 살까지 에는 냉기가 계속되면 아무리 강건한 신체라 하더라도 생체 활동이 불가능해지리라.

볼코프는 들었던 발을 내디디며 주먹을 내뻗었다. 뇌전과 같은 빠르기로 주먹이 날아들었지만 아르곤은 칼날을 세워서 그의 주먹을 받아냈다.

콰아앙!

제트기가 추락하는 듯한 엄청난 굉음과 함께 아르곤이 뒤로 몇 걸음씩이나 물러났다. 아르곤이 뿌려낸 냉기가 되돌려져 아르곤을 덮쳤다.

압도적인 위력이었다. 어떤 혈인 능력도, 어떤 마법도 이 주먹 일격보다도 더 뛰어나다고 할 수는 없으리라.

"크으윽!"

아르곤은 충격을 최대한 흘리며 빠져나갔지만 비틀거렸다. 2세기 전, 날아오는 대포를 칼날로 받아냈을 때보다도 더한 충격이었다.

"정말… 전차포를 주먹에 달고 다니나 보군."

아르곤의 코에서 선혈이 튀었다. 막았는 데도 펀치를 맞은 것처럼 머리통이 어지럽고 속이 울렁거린다.

그러나 아르곤은 혈액의 구속력을 활용해 즉시 상처를 회복시켰다. 권격은 외상이 크지 않기 때문에 타격이 커도 회복이 빨랐다.

'문제는 이 자식의 힘이다. 래트도 능숙하지만 못 당하겠는 걸. 창현은 소질은 뛰어나지만 경험이 너무 적고!'

아르곤은 볼코프를 노려보며 견제했다. 그러나 그때 래트와 창현이 뛰어들었다.

"이 자식!"

창현은 소용돌이를 불러일으켜서 그를 덮쳤다. 하지만 볼코프는 킥으로 창현이 불러낸 소용돌이를 걷어버렸다.

파학!

발차기인지 폭탄 소리인지 모를 정도의 굉음이 터져 나오며 창현이 보낸 소용돌이가 사라져 버렸다. 사람이 말려 들어가면 숨조차 쉬지 못하고 질식해 죽어버리는 그런 바람을 볼코프는 킥 한 방으로 해치워 버린 것이다.

"아!"

래트가 볼코프에게 달려들려고 했지만 그 순간 그의 옆에 있던 여자 군인이 래트를 막아섰다.

"쓸데없는 짓은 하지 마시지요."

"예, Baby! 이 세상에 쓸데없는 짓은 없다는 이 진취적 기상!"

래트는 몸을 던지며 지면을 손으로 짚더니 전신을 다해 두 발을 동시에 라토바의 얼굴로 던지듯 찼다. 맞기만 한다면 일발 케이오를 노릴 만한, 아니, 머리통이 통째로 박살 나도 이상하지 않을 만한 강력한 공격이었다.

그러나 라토바는 피하는 대신 어깨에 꽂아두고 있던 나이프를 뽑아서 래트의 발목을 그어버렸다. 그렇게 발목을 긋는 것과 동시에 그녀는 몸을 틀어서 래트의 공격을 흘려보냈다. 공격하는 측이 저렇게 엄청난 힘을 쏟아부어서 성의 있게 공격했는데 피하는 쪽은 절제된 동작으로 간단히 반격해 버리니 래트가 불쌍해 보였다.

콰당탕!

래트의 몸이 바닥을 구르며 나가떨어졌다. 라토바는 AN—24 소총을 쓰러진 래트에게 겨누었다. 깜짝 놀란 래트가 핸드스프링으로 일어났지만 라토바의 총구를 피할 수는 없었다.

"쳇!"

창현이 래트를 구하기 위해 라토바에게 뛰어들며 그녀에게 바람을 날려 보냈다. 볼코프야 킥 한 방으로 창현의 공격을 무산시켰지만 그녀는 그렇게 강력한 힘이 있을 것 같지 않아 보였다.

레토바가 옆으로 몸을 움직여 피했지만 창현은 그녀를 따라 움직이면서 미들킥을 날렸다.

철컥!

그녀가 손에 쥐고 있던 나이프가 다시 빛을 발했다. 래트의 발목을 잘랐던 것과 똑같은 방법으로 그녀는 창현의 발목을 쑤시려 했다. 하지만 창현은 미들킥을 거두면서 단숨에 하이킥으로 바꿔 라토바의 머리를 차버렸다. 그것과 동시에 돌풍이 일어나며 라토바를 완전히 가두었다.

"같은 방법은 절대 안 통하지!"

그러나 그다음 순간 아르곤의 몸이 튕겨 나가서 기껏 바람에 가둬 버린 라토바에 충돌했다. 이번에도 볼코프의 공격을 막아낸 아르곤이 공깃돌처럼 튕겨 나가 라토바를 덮친 것이다.

"아, 아르곤! 뭐 하는 겁니까! 여자라고 막 대뜸 덮치고! 저기에 붙잡는데 얼마나 살 떨렸는데?"

창현이 화가 나서 외치자 아르곤은 황당해하며 일어났다. 그도 볼코프의 주먹을 막아내다가 튕겨 나간 거지 라토바를 덮치고 싶어서 그런 게 아니다.

하지만 지금 라토바는 눈살을 살짝 찡그린 채 그를 바라볼 뿐이었다. 얼굴에 약간 주근깨가 있는 이 아가씨는 무표정한 게 상당히 매력적으로 느껴졌다. 화장을 좀 하고 꾸미기만 해줘도 미운 오리 새끼 백조가 되듯 탈피할 가능성이 보였다.

'근데 지금 내가 뭔 생각을 하고 있는 거람?'

볼코프 레보스키의 주먹 때문에 머리가 어지러워서 그런지 엉뚱한 생각이 들었구나. 아르곤은 그렇게 은근슬쩍 책임을 전가하고 고개를 들었다. 볼코프 레보스키는 손목을 뚜둑뚜둑 꺾으면서 천천히, 그러나 위압감으로 숨이 막힐 듯 밀어붙이고 있었다.

"…죄송."

아르곤은 손을 들어서 가볍게 사과하고는 라토바에게서 몸을 떼었다. 그런 그의 앞으로 다시 볼코프가 다가왔다.

"투항하는 게 어떤가? 도망을 치든가?"

"그렇게 할 수는 없지. 그리고 창현! 내가 저 아가씨 덮친 게 마음에 안 드는 모양인데, 그럼 어디 네가 한번 막아봐!"

평상시 하지 않던 소리를 내뱉는 걸 보니 아르곤도 창현이 장난 반으로 투덜거린 것에 대해서 화가 좀 난 모양이었다.

창현 입장에서야 래트를 위기에 빠뜨린 인물을 페인트 한 번으로 잡았는데 그런 상황에서 쉽게 풀리게 한 게 원망스럽지 않을 리 없다. 그러나 이 상황에서 어찌할 것인가?

볼코프 레보스키는 양 주먹을 불끈 쥐고 달려들어서 창현과 아르곤을 향해 주먹을 날렸다. 불필요한 잔주먹이 보이지 않는, 일격에 죽어도 할 말이 없는 맹타가 퍼부어졌다. 창현과 아르곤이 양옆으로 뛰며 피하자 그들의 뒤에 있던 콘크리트 덩어리가 산산조각 나서 나가떨어졌다.

"차!"

아르곤은 볼코프가 주먹을 내는 것에 카운터로 장검을 비스듬히 휘둘러 볼코프의 팔을 가르며 빠져나갔다. 이번에는 볼코프도 당해낼 수 없었는지 옷이 찢어지고 선혈이 튀며 팔의 피부와 근육이 잘려 나갔다.

그리고 창현도 사이드 스텝으로 빠지며 볼코프의 무릎 관절과 겨드랑이 사이에 멋지게 상하 연속 옆차기를 넣었다.

그러나 다음 순간 볼코프가 창현의 발목을 잡았다.

"아니?!"

창현은 볼코프가 자신의 발목을 비틀어 버릴 거라는 것을 깨닫고 즉시 몸을 날려서 회전을 했다. 그러나 볼코프는 발목을 비틀다가 창현의 종아리 부분을 어깨에 대고 밀었다. 창현이 발목을 쥔 손과 종아리, 약 두 뼘 정도 되는 간격을 어깨와 손이 접점이 되어 지렛대처럼 꺾이며 휘둘려졌다.

콰앙!

볼코프는 창현을 휘둘러서 그대로 콘크리트 기둥에 메쳐 버렸다. 철근 골조가 심어진 콘크리트 기둥은 지붕을 통째로 날려 버리는 폭발 속에서도 건재했다. 불규칙적으로 무너져 있는 콘크리트 더미 속에서 유일하게 직선, 직각을 유지하고 있던 기둥으로 창현이 내동댕이쳐졌다.

창현이 거기에 충돌하는 힘이 어찌나 강했는지 그 반동으로 볼코프가 튕겨 나갈 정도였다. 물론 창현도 묵사발 났음은 더 말할 것도 없다.

콰직!

콘크리트 벽이 깨지고 그 안의 철골이 휘어버렸다. 아무리 흡혈귀라 해도 뼈와 살로 이뤄진 몸이니 그 일격에 박살 날 수밖에 없다. 두개골이 깨지며 뇌수가 튀고 목뼈, 등뼈, 갈비뼈 골반 등 전신의 뼈가 순식간에 으스러졌다.

"아!"

틈을 봐서 볼코프에게 킥을 날리려 했던 래트는 묵사발 난 창현을 보고는 무안해진 다리를 거두었다. 잘못 차서 타격을 제대로 주지 못하고 사지를 잡히면 순식간에 떡이 되어버린다.

창현이 그 사실을 몸으로 가르쳐 준 것이었다. 하지만 아르곤의 칼날도 맨손으로 받아낼 만큼 단단한 몸을 가진 상대에게 제대로 타격을 준다는 게 얼마나 어려운 일인가?

가만히 서 있는 놈이면 또 모르지만 볼코프 레보스키가 휘두르는 주먹 하나, 발 하나가 간담을 서늘하게 만들었다. 볼코프 레보스키의 공격을 피하면서 저 강경한 몸을 부수고 제대로 타격을 준다? 차라리 움직이는 전차의 캐터필러에 붙어 있는 껌 딱지를 떼겠다고 손을 내뻗는 게 더 쉬울지도 모르겠다.

"젠장! 당했군. 어이, 괜찮아?"

아르곤이 창현의 안부를 물었지만 한눈에 봐도 괜찮아 보이진 않는다. 창현은 아예 대답도 못 하고 꿈틀거리고 있었다.

"미안하군. 꽤 괜찮은 친구인 것 같은데. 자네랑 그 친구, 살려서 보낼 생각은 없네. 살려두면 쿠데타를 계속 방해할 것 같으니."

볼코프 레보스키는 손을 털면서 아르곤에게 다가왔다. 떡메 치듯 콘크리트 기둥에 메쳐진 창현의 부상은 아무리 흡혈귀라 고 해도 단숨에 회복될 만한 상처가 아니었다.

"결국 내가 막아야 하나?"

아르곤은 그리 투덜거리면서도 다시 검을 머리 위로 치켜들 고 왼손으로 그 칼날을 받쳤다. 아르곤이 쓰는 칼날은 이름 모 를 믹스컬쳐 웨폰이지만 그럼에도 불구하고 상당한 명도인지 오늘 이전까지 수백 년간을 썼어도 날 한번 상하지 않았었다. 그러나 지금… 볼코프와의 접전 몇 번에 칼날이 죄다 이가 나가 버렸다.

"어이, 마스터. 아무래도 일이 좀 엿같이 돌아가는데요. 도망 치는 게 어떨까요?"

래트도 볼코프 레보스키의 무식한 힘에 질려서 그렇게 물어 보았다. 물론 대답은 뻔했다.

"도망칠 거면 혼자 가!"

"아이, 또 그렇게 매정하게. Oh~ I'm hurt~ hurted heart~"

아무리 긴박한 상황이래도 래트 거닙의 까불대는 성격은 어 디로 가지 않는 모양이다.

"누가 매정한 거냐? 아, 농담 아니라 진짜 창현 데리고 퇴각해!"

그 순간 아르곤의 머리칼이 절로 허공으로 떠올랐다. 그와 동 시에 아르곤으로부터 차가운 냉기가 거칠게 쏟아졌다.

5

호텔 안에는 흡혈귀들이 도망칠 것을 대비해 각 플로어에 대인 지뢰를 설치해 두고 라이칸스로프 병사들이 그것을 지키고 있었다. 여기서 단 한 명도 살려 보내지 않겠다는 라이칸스로프의 의지가 느껴졌다.

이런 경우를 대비해 팬텀은 거금을 들여서 외인부대를 사들였지만 이번의 기습으로 인해 외인부대는 전멸하고 호텔 안에는 피와 살점이 진동하고 있었다.

"크르르르!"

게다가 라이칸스로프의 영향을 받아 흉포해진 군견들이 플로어마다 돌면서 생존자들을 찾고 있었다. 볼코프 레보스키는 무의미한 살생을 피하도록 했지만 고위 라이칸스로프가 아닌 일반 라이칸스로프 중에서는 야성이 이성을 좀먹어 버린 이도 많았다.

흉포하기 이를 데 없는 라이칸스로프들이 군대를 이루어 움직이고 있는데 무고한 희생자가 나지 않길 바라는 것도 뻔뻔스럽다.

한세건은 계단의 입구를 지키고 있는 라이칸스로프들을 보고 천천히 도폭선을 빼낸 뒤 염동력을 걸었다.

"컹!"

그때 그보다 먼저 군견이 한세건을 발견했다. 한세건도 주의하면서 움직였지만 역시 체취는 숨길 수 없었나 보다. 라이칸스로프 병사들은 즉시 성대와 청골 옆에 붙여둔 실리콘 무전기를 눌러서 러시아어로 외치며 군견을 풀고 달려들었다.

쉬이익!

한세건은 복도에서 뛰쳐나와 도폭선을 풀어서 내던졌다. 라이칸스로프들은 도폭선을 피하려 했지만 점이 아닌 선으로 끊김 없이 이어지는 도폭선을 완전히 피한다는 것은 불가능했다.

군견과 라이칸스로프 병사들이 도폭선에 감기는 걸 확인한 세건은 희미한 미소를 짓고 도폭선을 물고 있던 플러그를 당겼다. 찰칵 하고 자동으로 전기불꽃이 튀면서 도폭선이 폭발했다.

화악!

도폭선에 휘감겨 있던 병사들과 군견이 순식간에 토막 나버렸다. 어차피 무전으로 상부에 침입자가 있다고 알렸을 테니 이제 와서 총성이나 폭발에 신경 쓸 이유는 없다.

"흐음, 쓸 만하군."

한세건은 비상 통로에 설치된 대인 지뢰를 살펴보고 거기에 꽂혀 있는 무선 신관을 제거한 뒤 자신의 무선 신관을 꽂아 넣었다. 이것으로 여기에 설치된 폭약은 한세건의 제어하에 들어왔다. 만약의 경우 도망쳐야 할 때는 이쪽으로 달려오면서 무선 리모컨을 이용해 이 폭탄을 폭파시켜도 되리라.

세건은 그리 생각하고 계단으로 걸어 올라갔다. 아니나 다를까, 이 계단 위에는 이미 라이칸스로프 병사가 가득했다.

"웬 놈이냐?!"

"비스트다!"

러시아어를 알아들을 수는 없었지만 뭐라고 하는지는 짐작할 수 있었다. 세건은 가장 가까운 곳의 라이칸스로프 병사에게 달려들어 그의 턱을 손으로 잡고 뒤로 돌려 완전히 목을 분질러 버린 뒤 그의 몸을 방벽으로 삼았다.

그러나 그때 라이칸스로프 병사가 난간을 밟고 뛰어올라 계단 통로의 천장을 디디며 달려들었다. 이전 한세건이 한국에서 상대하던 흡혈귀들과는 비할 수 없는 움직임이다. 그러나 한세건 역시 그때의 애송이가 아니었다.

철컥!

한세건은 글록 18을 꺼내서 우선 자신이 잡고 있는 라이칸스로프의 머리통에 대고 두 발 갈기며 앞으로 달렸다. 세건의 뒤를 물기 위해 뛰어들었던 라이칸스로프는 나이프를 뽑고 한세건의 등을 찌르기 위해 달려들었지만 앞으로 달려가던 한세건이 갑자기 몸을 날렸다.

"앗!"

라이칸스로프의 나이프가 허공을 가르는 것과 동시에 한세건의 글록 18이 불을 뿜었다. 총탄이 라이칸스로프의 얼굴을 꿰뚫고 들어가 버렸다. 몸에는 방탄조끼를 입고 있는지 몰라도 얼굴은 무방비 상태였다.

"큭!"

라이칸스로프는 그 정도로는 죽지 않는다. 그러나 그다음 순간 한세건의 몸이 이쪽 라이칸스로프에게 달려들었다.

방금 전까지 방패막이로 들고 있던 라이칸스로프 병사의 몸을 내던지고 새로운 라이칸스로프에게 뛰어들어 그를 잡았다. 그리고 그가 쥐고 있던 나이프를 빼앗아 목을 둥글게 째버리고 머리채를 잡아당겨 휘두르며 상처를 벌어지게 했다.

왈칵!

심장박동에 맞추어 경동맥을 통해 피가 콸콸 쏟아졌다. 한세건은 그렇게 악랄한 공격을 가한 뒤 빈사 상태가 된 라이칸스로프를 방벽으로 삼아 다시 위로 달렸다. 그리고 라이칸스로프의 겨드랑이 밑으로 도폭선을 날렸다.

이런 좁은 통로에서 도폭선을 피한다는 것은 불가능하다. 한세건은 라이칸스로프들의 몸을 방패막이로 내세워서 차근차근 계단을 오르며 도폭선으로 그들을 제압했다.

—으아악! 지, 지원 요청! 비스트가 비상계단으로 올라오고 있다!

—여긴 실베스테르다! 헤카테도 도망치고 있어!

라이칸스로프들의 무선은 완전히 혼란 상태가 되고 있었다. 그 무선을 듣고 있던 이사카는 한숨을 내쉬며 잔해를 발로 걷어찼다. 그는 붉은 안개가 되어 라이칸스로프들을 학살하고 있는 팬텀의 앞으로 걸어 나갔다.

전황은 엉망진창이었다. 팬텀은 동료들을 살리기 위해 자신이 망가질 각오를 하고 라이칸스로프들의 피를 빨았다.

혈액에 대한 구속력을 행사할 수 있는 팬텀이니 죽지야 않겠지만 이 정도 피를 빨아댔으면 VT를 10만쯤은 잃어버렸음에 틀림없다.

그렇지만 팬텀의 열정적인 공격 덕분에 무수한 1세대 라이칸스로프가 힘을 발휘하지 못하고 있었다. 헤카테는 도망쳤고, 파군과 앙리 유이는 레온과 볼코프 레보스키가 붙인 라이칸스로프들을 상대로 싸우고 있었다.

빼또쥬와 유리안, 블로초프는 팬텀에게 이미 꽤 쓴맛을 보았는지 움직임이 둔해져 있고 루스킨이 냉정을 유지한 채 그들 모두를 통제하고 있었다.

그렇긴 하지만 지금 상태라면 흡혈귀들을 죽인다는 건 불가능해 보였다.

"뭐 하고 있나?"

이사카는 정말 궁금하다는 듯이 그렇게 물어보았다.

"아니, 이사카, 그게……."

흡혈귀들과 대치 중이던 루스킨은 수치심으로 얼굴을 붉혔다. 유리안과 빼또쥬, 블로초프도 이미 팬텀에게 당했는지 피투성이가 되어 있었다. 이렇게 접전을 벌이고 있는데 아직까지 진마 중에 사상자가 나오지 않다니……. 이러면 견디기 힘들다.

이사카가 생각하기론 앞으로 퇴각하기까지는 10분 정도가 한계다. 그 시간 안에 이 진마들을 모조리 죽이지 않으면 겁 많은 보리야 푸도브킨은 계엄을 선포하고 모스크바 방위군이 시내로 진입하게 된다. 그리되면 쿠데타도 종친다.

"십 분이면 충분하지."

이사카는 그리 중얼거리고 팬텀에게 손가락을 겨누었다. 달을 붉게 물들이는 거대한 붉은 안개를 향해 무시무시한 냉기가 쏟아져 나갔다.

"아니?!"

강옥과 손톱에 마력을 불어넣던 파군은 그 모습을 보고 질겁했다. 그가 사용한 것은 아르곤이 주로 쓰는 특기였다. 안개화된 팬텀에게 이만큼 위협적인 공격이 없다.

"아니!"

팬텀이 기겁하며 안개의 몸을 펼쳐 그의 공격을 피했지만 이사카는 태연히 냉기를 연달아 쏘았다.

"마스터!"

유리안의 피를 토하고 겨우겨우 정기를 회복한 빌헬름이 계단을 통해 올라와 다짜고짜 이사카에게 권총을 발포했다. 그러나 이사카는 코웃음 치며 그를 노려보았다. 총알이 이사카를 피해서 휘어져 나가고 빌헬름이 들고 있던 38구경 리볼버가 폭발했다.

"캬악!"

빌헬름은 폭발한 총의 파편을 맞고 뒤로 엉거주춤 물러났다. 그다음 순간 이사카는 두꺼운 쿠크리를 그에게 집어 던졌다.

"꺼져라, 꼬마!"

두꺼운 쿠크리가 표창처럼 날아가 빌헬름의 몸을 찍어버렸다. 빌헬름의 작은 몸에 쿠크리가 박혔고, 그는 호텔 아래로 떨어져 버렸다.

"아!"

안개의 모습을 거두고 인간으로 돌아온 팬텀이 분개했지만 그가 움직이기도 전에 그의 앞을 파군이 막아섰다.

"도망쳐요! 당신은 저자의 적이 못 됩니다!"

"파군! 그건 당신도 마찬가⋯⋯."

그러나 말이 끝나기도 전에 이사카의 시미터가 파군의 몸통을 꿰뚫었다. 깜짝 놀란 파군이 강옥을 움직여 이사카를 공격했지만 이사카는 사방에서 쏟아지는 강옥을 마치 미리 알고 있었던 것처럼 사뿐히 피하고 손가락을 튕겼다.

텅!

아르곤이 즐겨 쓰는 동결의 저주가 시미터를 통해서 파군의 몸통 안으로 파고들었다.

"크악!"

파군은 바닥에 떨어진 콘크리트 덩어리들을 손으로 찍으며 뒤로 물러났다. 배 속으로부터 냉기가 침범하니 몸이 제대로 움직이질 않는다. 묶어 올렸던 머리가 풀어지며 검은 공단처럼 흘러내려 시야를 가린다.

말도 안 되는 놈이다. 진마들의 능력을 하나가 아니라 여러 개나 가지고 있다니. 게다가 저 강옥을 피하는 능력은 바로 예지력! 아마도 텔레포트도 쓸 수 있겠지? 솔직히 승산이 없다.

그러나 그녀는 혼신의 힘을 다해서 콘크리트 덩어리들을 움직였다. 그녀의 염이 들어간 콘크리트는 강철보다도 더 단단해지고 살아 있는 생명처럼 움직인다. 부여 마법 술사들이 추구하는 마법의 경지가 애초에 흡혈귀의 혈인 능력으로 부여된 그녀의 특기다!

이사카가 발사한 냉기도, 발화 능력도 그 콘크리트 덩어리를 어떻게 할 수 없었다.

부웅!

콘크리트 덩어리는 마치 사람이 주먹을 휘두르듯 자신의 몸을 휘둘러 이사카를 덮쳤다. 그러나 이사카는 텔레포트로 콘크리트 덩어리를 피했다.

"그렇군! 그렇다면 이건 어떤가?"

이사카는 마치 투수가 언더핸드로 공을 던지는 것처럼 팔을 아래에서 위로 뿌렸다. 그다음 순간 헤카테의 쇼크웨이브가 일어나 콘크리트 덩어리로 만들어진 괴물을 덮쳤다.

콰앙!

콘크리트 덩어리의 30%가 단 일격에 박살 났다. 그걸 본 파군은 질려 버렸다. 그녀가 힘을 부여한 존재는 그리 쉬운 상대가 아니다. 하지만 헤카테의 쇼크웨이브라면 이야기가 다르긴 하다.

"이 괴물 놈이!"

보다 못한 아그니가 바닥에 떨어진 철근을 창처럼 잡고 이사카를 향해 뛰어들었다. 흡혈귀가 누구를 괴물이라고 운운하는 것도 웃기지만 지금 이 상황에서 괴물 이외에 그를 칭할 단어는 없다.

천 년이 넘는 삶을 살아온 흡혈귀들조차 이런 괴물은 본 적이 없다! 테트라 아낙스의 예지력 앞에 굴복하고 그를 영도자로 선택했을 때도 이보다 더 놀라지는 않았다!

아그니는 철근의 창으로 이사카를 찌르면서 발화 능력으로는 루스킨을 노렸다. 부하를 아끼는 놈이라면 이 다중 공격에 혼란스러워하며 허망하게 당하는 경우가 많다. 그것이 아그니의 노림수였지만 이사카는 코웃음 치며 손을 뻗었다.

퍼엉!

루스킨은 미처 피하지 못하고 목을 아그니의 발화 능력에 내주고 말았다. 여기서 한 번 더 공격을 먹이면 제아무리 1세대 라이칸스로프라도 즉사하고 말리라! 그러나 그다음 순간 아그니의 몸에 이사카의 손이 꽂혔다. 아그니의 공격 따위 이미 예지 능력으로 간파하고 있던 이사카가 아그니의 공격에 맞을 리가 없다.

"바… 바보 같은."

아그니의 몸을 찌른 이사카의 손은 단순한 관수가 아니라 아일랜드 아스테이트의 리더, 베놈이 즐겨 쓰던 독의 손길이다. 흡혈귀라 할지라도 이 맹독에 맞게 되면 치명적 타격을 입는다.

쿠웅!

콘크리트 덩어리가 이사카를 덮치고 레온과 대충 손만 맞추면서 수수방관하던 앙리 유이가 이사카의 옆에서부터 바늘을 던졌다. 그러나 이사카는 아그니를 번쩍 들어서 앙리 유이가 던진 바늘을 향해 내던지고 콘크리트 덩어리에는 다시 쇼크웨이브를 날렸다.

"맙소사!"

앙리 유이는 날리던 바늘을 급히 회수하고 독에 중독된 아그니를 받아 들었다. 그 공격이 무산되면서 콘크리트 덩어리도 순식간에 쇼크웨이브에 의해 박살 나버렸다.

"응?"

앙리 유이는 콘크리트 거인이 순식간에 박살 나는 것에 눈을 팔았다가 문득 이사카의 모습이 사라졌다는 걸 깨달았다.

이사카의 능력이 너무나 뛰어나서 마음을 빼앗겨 버린 게 실수였다. 너무 오래 살다 보면 이따금 자신이 살아 있는 생명체라는 것조차 망각해 버리기 때문에 목숨이 경각에 달한 상황에서도 집중하지 못하고 마음을 쉽사리 빼앗기고 만다.

물론 이사카는 그 틈을 놓치지 않았다. 이사카는 머리칼을 뽑아서 송곳처럼 꼿꼿이 세운 뒤 앙리 유이의 등을 찔렀다.

"이, 이건?!"

그다음 순간 앙리 유이의 몸을 파고든 머리칼이 모습을 바꾸었다. 처음에는 가시덩굴의 모습으로, 그다음에는 서로 꼬인 나선의 모습으로… 자유자재로 변이하며 앙리 유이의 몸 안을 누볐다.

"크악!"

앙리 유이는 가슴을 찢는 그것을 꺼내기 위해 상처에 손을 집어넣었다. 하지만 피로 범벅이 되어서 자유자재로 움직이는 머리칼을 끄집어내기란 쉽지 않았다. 이렇게 계속 모습을 바꾸며 상처를 벌리는 머리칼은 진마 적요가 자신의 변형 능력을 이용해 남을 괴롭힐 때 쓰던 술법이었다.

"이런 능력까지 쓸 수 있단 말인가?"

앙리 유이는 경악하며 물러났다.

"젠장, 그렇군."

팬텀은 라이칸스로프들의 피를 토하며 고개를 들었다. 테트라 아낙스 녀석이 팬텀과 그 일당을 묵인한 이유를, 왜 그놈이 팬텀에게 정보를 주어서 이놈들을 공격하게 했는지 알 수 있었다. 애초에 테트라 아낙스는 바로 이놈, 이사카 베르게네프와 싸우고 있었다. 저 녀석을 제외하고는 볼코프 레보스키도, 팬텀도 안중에 없었다.

"당신이 생각하는 대로야, 팬텀. 테트라 아낙스는 당신들의 목숨 따위는 안중에도 없어. 한때는 통치에 이념을 두고 그대들을 상대하고 있는 듯했지만… 이제 고든은 자신의 젊음을 갈망하는 미친 흡혈귀이지. 테트라 아낙스가 당신들을 억압해 당신들은 미치지 않고 살 수 있었던 모양이지만 정작 테트라 아낙스 본인은 자신의 광기에 사로잡힌 거야."

이사카는 팬텀의 생각을 알고 있었는지 그렇게 말하며 소총을 그에게 겨누었다. 안개가 되면 이걸 피할 수 있겠지만 팬텀의 몸은 이미 안개화할 상황이 아니다. 안개가 되었을 때 동결저주를 너무 많이 당해서 몸이 제대로 움직여지지 않는다. 게다가 라이칸스로프들에게서 동료를 구하기 위해 무리하게 라이칸스로프의 피를 빤 게 화근이었다.

"으으윽."

팬텀이 움직이지 못하고 있는 걸 보고 이사카는 천천히 총의 탄창을 갈았다. 그때 앙리 유이가 움직였다. 이사카의 머리칼을 빼낸 그는 팬텀에게 씁쓸한 표정을 지어 보였다.

"음. 팬텀, 미안하지만 나는 여기서 빠지도록 하지. 여기서 개죽음 당할 수는 없어."

"개죽음이 되나 개가 되나 매한가지 아닌가요! 구역질 나는 작자 같으니!"

파군은 이제 와서 도주하겠다는 앙리 유이를 보며 기막혀했다. 그녀 역시 배에 이사카의 검을 꽂은 채로 몸을 움직이지 못하고 있었다. 아르곤의 장기 동결 저주가 그들의 몸을 계속 얼려서 꼼짝 못 하게 한 것이다.

몸에 칼을 꽂은 채로 맞아서 칼 자체가 전도체가 되어버린 파군이나, 안개가 되었을 때 신나게 두들겨 맞은 팬텀이나, 독에 중독되어 버린 아그니 등, 모두 다 앙리 유이를 막을 수 없었다.

"잠깐만요! 지금 그게 무슨 짓이에요! 당신! 긍지 따위 없나 보군요!"

마리아도 기가 막혀서 앙리 유이를 힐난했다. 지금 그들이 직접 눈으로 본 이사카의 힘은 그야말로 막강했다. 그런 그를 상대로 도망쳐 봐야 이번에 숨통을 남길 뿐, 결국에는 잡아먹히고 만다.

테트라 아낙스파의 진마와 흡혈귀들이 아직 많이 남아 있기는 하지만 무투파로 이름 높은 팬텀과 아르곤이 패하는 마당에 도망친다 한들 뾰족한 수가 있을 리 없다.

흡혈귀에게 있어서 가장 좋은 먹이는 흡혈귀다. 그러므로 진마의 긍지를 잃고 한 번 도망치고 나면 그다음은 계속 도망자 신세일 수밖에 없는 것이다! 창운이 그러했고 자신이 또 그러하지 않았던가?

"그리고 나도 네놈을 도망치게 내버려 두지는 않을 거다. 구역질 나는 놈."

이사카 베르게네프도 마리아의 말에 맞장구쳤다. 적이 여기에 맞장구친다는 건 좀 웃긴 일이긴 하지만 라이칸스로프들은 애초에 여기서 한 명도 살려 보내지 않겠다고 공언했었다. 하지만 그 외에도 이사카는 혐오를 숨기지 않았다.

"앙리 유이! 네크로폴리스의 주구렷다? 네놈을 죽여서 끝장을 내도록 하지. 살아서 도망갈 생각 따위 사치다!"

"글쎄, 어떨까? 리림, 지금으로서는 내가 너의 적이 못 되지만… 지금 나도 전력을 다하고 있는 처지는 아니라서 말이야. 이 세상에서 릴리쓰의 자식만이 특출한 존재라는 생각은 좀 참아줬으면 좋겠는데?"

앙리 유이는 코웃음 쳤다. 이사카는 그런 여유를 부리는 앙리 유이를 보고 어처구니가 없어서 이를 갈았다.

"길 가다 발에 차이는 흡혈귀 주제에 뭔 소리를 하고 있는 거냐? 더 이상 쓸데없는 소리는 짜증 나는군. 가라!"

그 순간 이사카의 나이프가 앙리 유이에게 날아들었다. 하지만 다음 순간 앙리 유이의 모습이 사라졌다. 물론 이것 역시 예상한 대로였다. 녀석은 자신의 능력을 사용해서 기척을 감추고 이동한 것이다. 그러니까 그다음 움직임은… 다음은?

그다음 순간 이사카의 눈이 경악으로 흔들렸다.

"뭐?!"

앙리 유이의 기척이 완전히 사라져 버렸다. 게다가 그의 예지조차 구멍이 뚫렸다! 마치 앙리 유이라는 존재 자체가 애초에 없었던 것처럼. 하지만 어떻게 이럴 수가 있을까? 그의 예지가 허를 찔리다니? 테트라 아낙스조차 이렇게 완벽하게 허를 찌르지는 못하리라.

아니, 이건… 예지로 공허를 엿본 것에 대한 대가다! 예지력을 가진 자는 절대로 발을 들여서는 안 될 끔찍한 함정이었다.

"텔레포트를 할 수 있는 이사카의 앞에서 도망치겠다니 어설픈 수작이로군!"

"이사카! 왜 그래요?"

이사카의 부하들은 아직도 상황을 파악하지 못하고 있었다. 이사카는 명청히 굳어서 어떻게든 공허로부터 달아나기 위해 정신을 추슬러야 했다.

하지만 그동안 그를 위해 봉사하던 영지의 힘이 이제는 되레 그를 공허로 끌어당기고 있었다. 그 눈이 남다르고, 그 귀가 남다르고, 그 영감이 남다르기에 그는 이 공허로부터 눈 돌릴 수가 없었다. 그저 막연하게 앙리 유이가 다른 마음을 품고 있다는 것 정도만 예지하고 접근한 이사카로서는 큰 실책이었다.

"아… 앙리 유이는 단순한 흡혈귀가 아니야. 그는……."

냉기로 꼼짝 못 하고 있던 사법사 팬텀이 바닥에 쓰러진 채로 중얼거렸다. 그러자 루스킨이 총구를 그에게 겨누었다.

"누구도 네놈에게 설명 따위 요구하지 않았다, 흡혈귀!"

탕!

총성과 함께 팬텀이 피를 흘리며 쓰러졌다. 루스킨은 그 총구를 이번엔 파군에게 겨누었다. 놀란 마리아가 그 앞을 막아섰지만 빼또쥬가 신이 나서 분대 기관총을 들었다.

"와하하핫! 말랑말랑한 여자애를 쏴보는 게 소원이었어! 아, 젠장. 빈혈 일어나네, 빌어먹을 흡혈귀."

팬텀에게 피를 빨렸던 빼또쥬는 이를 갈며 팬텀을 노려보다가 파군과 마리아에게 총구를 겨누었다.

"변태 새끼, 앞날이 기대되는구나. 하고 싶은 대로 해라."

루스킨은 이번엔 중독되어 있는 아그니의 머리를 총으로 쏴 버렸다. 물론 총 한 발로 진마가 죽지는 않겠지만 그들은 진마들이 죽을 때까지 수십, 아니, 수백 발이라도 퍼부을 준비가 되어 있었다.

앙리 유이가 도망치긴 했지만 이사카가 뒤쫓고자 한다면 못 잡을 리 없다고 다들 믿고 있었기 때문에 그들은 아무런 걱정을 하지 않고 있었다.

6

아르곤은 냉기를 두르며 눈살을 찌푸렸다. 원래 그가 냉기를 두르게 되면 이 냉기의 장벽에 접근해 오는 적의 움직임이 둔해지게 되어 있었다.

인간이든 흡혈귀든 라이칸스로프든 간에 그 움직임이 생체 효소에 의한 화학반응이라면 냉기에 의해서 움직임을 제한당했을 때 필연적으로 느려진다. 그것을 내려치면 손쉽게 목숨을 빼앗을 수 있었다.

하지만 볼코프는 옷을 두껍게 입고 있었다. 저 동복, 저게 마음에 들지 않았다. 아그니의 발화 능력은 상대방이 옷을 어떻게 입고 있든 간에 상관없이 육신과 물체를 태워 버리지만 아르곤의 능력은 상대가 방한복을 챙겨 입으면 그 효과가 바로 떨어져 버리곤 했다.

물론 볼코프의 옷은 지금 너덜너덜한 상태였다. 아르곤의 칼이 몇 번이나 볼코프의 몸통을 가격했기 때문에 옷이 찢어진 것이다. 그러나 그 정도에 냉기를 쏘인다고 해서 과연 저 기초대사량 높은 뜨거운 라이칸스로프가 느려지기나 할까?

'약한 마음을 먹어서는 안 되지! 이사카 베르게네프와 팬텀, 볼코프와 나의 조합은 최악이야! 그 반대가 우리에게 있어서 유리하다!'

다른 특수 능력이 없이 강체와 무력만으로 밀고 들어오는 볼코프라면 안개로 변한 팬텀에게 농락당할 게 틀림없었다. 그렇지만 여기서 볼코프를 무시하고 지나가면 기절한 창현은 확실히 죽는다.

"그럼 마스터!"

래트는 쓰러진 창현을 일으켜 세우려고 다가갔다. 아르곤이 말한 대로 창현을 데리고 도망치려는 모양이었다. 그러나 그때 볼코프가 데려온 젊은 여자 군인이 래트에게 달려들었다.

"그렇게는 안 됩니다!"

"이익!"

래트는 바닥에 놓인 돌덩이나 의자를 들고 라토바에 맞서 싸웠다. 이래저래 곤란한 상황이지만 그 모습을 보자니 웃음이 나온다. 아르곤은 씨익 웃으면서 볼코프에게 뛰어들었다.

"홉!"

볼코프는 묵묵히 주먹을 내밀었다. 무시무시한 기세로 뻗어 나오는 주먹이 소름 끼친다. 하지만 그만한 위력을 내기 위해서 공격은 다분히 직선적이다. 너무나 이상적인 궤도의 주먹, 그렇기 때문에 막대한 위력에도 불구하고 아르곤은 그것을 피할 수 있었다.

'그리고 여기서 두 번째!'

볼코프는 몸을 틀며 안으로 파고 들어온 아르곤에게 훅을 날렸다. 아르곤은 그것에 장도로 카운터를 내면서 주먹을 비껴갔다.

그러나 볼코프는 방금 전에 스트레이트를 날렸던 팔을 가드로 돌리면서 카운터로 날린 아르곤의 장도를 쳐냈다. 냉기를 뿜어내며 공격하고 있는 아르곤을 상대로도 그는 아랑곳하지 않고 정면에서 맞서 싸웠다.

아르곤은 장도를 거두면서 동결의 저주를 근접 거리에서 쏘아내어 볼코프의 몸을 여러 번 강타하고 뒤돌려 차기처럼 몸을 빙글 돌린 뒤 장도로 볼코프의 허리를 후려쳤다. 적에게 등을 보인다는 것은 어리석은 짓으로 보일지 모르지만 정확히는 스핀 스텝으로 상대방의 사각으로 돌면서 치는 것이기 때문에 등을 보이는 것이라고는 할 수 없었다.

이게 등을 보이는 거라면 백스핀 너클도 등을 보이는 거라고 할 수 있겠지. 하지만 백스핀 너클은 실전에서도 너무나 유용하게 쓰이지 않는가?

그러나 문제는 볼코프 레보스키도 아르곤의 다음 공격을 예측하고 있었다는 것이다.

부우우웅!

바람을 가르는 무시무시한 굉음과 함께 아르곤의 장도가 산산조각 났다. 볼코프의 주먹이 기어코 아르곤의 장도를 파괴해 버린 것이다.

그런데 이 주먹이 어찌나 빠르고 강렬한지 칼자루를 쥐고 있던 아르곤은 거의 저항을 느끼지 못하고 칼자루를 여전히 쥐고 있었다. 손아귀가 찢어지고 손가락이 비틀려도 이상하지 않을 텐데도 그 정도에서 끝난 것이었다.

"아!"

다음 순간 볼코프는 무방비가 된 아르곤에게 덤벼들어 목 뒤의 옷깃을 잡았다. 그리고 기둥과도 같은 다리를 아르곤의 사타구니 사이로 쑤욱 찔러 넣었다. 유도에서 거구의 선수가 보다 작은 상대에게 즐겨 쓰는 안다리 후리기였다.

전신에서 냉기를 뿜어내고 있고, 냉기의 저주도 여러 번 맞혔다. 이것에 맞은 한세건이 꼬박 이틀을 온수 속에 몸을 담그고 있어야 할 정도로 강력한 힘이었다. 그런데 볼코프는 아랑곳하지 않고 아르곤을 메쳐 버렸다.

아르곤으로서는 순간 천지가 뒤집혔다고밖에는 생각할 수 없었다.

터엉!

아르곤의 몸이 바닥에 충돌한 뒤 튕겨 올랐다. 폭발에 의해 고층부의 유리창은 대부분 깨져 있었지만 다시금 깨지며 안전유리의 파편들이 아래로 쏟아져 내렸다.

콘크리트로 만들어진 플로어가 마치 텀블링 스탠드처럼 탄력 있게 아르곤을 받아내서 망정이지 아니었다면 플로어 바닥이 꺼지면서 밑으로 하염없이 추락했으리라.

이 메치기 단 한 번에 아르곤의 등뼈가 박살 나고 내장이 진탕됐다. 부러진 갈비뼈가 몸통을 찢고 튀어나왔다. 그나마 낙법을 한다고 하기는 했는데 이 정도였다.

물론 아르곤을 바닥에 메친 볼코프도 그 반동으로 몸이 솟구쳐 올랐다. 이건 던졌다기보다는 바닥을 향해 발사했다고 하는 게 더 어울리리라. 볼코프의 몸이 그렇게 단숨에 치솟아 수 미터 위로 떠올랐다가 내려섰다. 작용 반작용의 법칙을 몸으로 보여주었다고 말하기엔 결과가 너무나 참혹했다. 진마가 단 한 번에 몸의 반 정도가 으깨져 버렸으니까.

"크윽… 카악, 쿨럭쿨럭!"

아르곤은 피를 토하며 바닥에서 꿈틀거렸다. 몸이 움직여지지 않는다. 교본에나 나올 것 같은 깨끗한 메치기에 당하다니. 수치와 회한이 물밀듯 밀려왔다.

흡혈귀들 사이에서는 무투파로 이름 높은 그였지만 결국 볼코프 레보스키라는 호웅을 당해낼 수는 없었다. 게다가 저 강체 능력은 아르곤의 동결 저주조차 막아내는 힘이 있었는지 메쳐지는 순간 아르곤도 전력을 다해 그의 몸을 얼리려 했건만 제대로 되지 않았다.

볼코프는 태연히 피부 위에 엉겨 붙은 서리들을 털어냈다.

"젠장! 졌다! 마음대로 해라!"

"…흐음, 정말 아까운 인재인데. 어쩔 수 없군. 마음대로 하라면 죽일 수밖에 없나. 살려두면 쿠데타의 장해물이 될 테니."

볼코프가 그리 중얼거리며 발을 들었다. 그러자 그동안 라토바와 티격태격하고 있던 래트가 무슨 생각인지 달려와서 볼코프 앞에 섰다. 라토바가 나이프를 들고 그의 등 뒤를 찌르려 했지만 가만히 멈춰 선 래트를 보고 잠시 멈칫했다.

"뭐죠?"

"자, 장군! 볼코프 레보스키 장군! 저희 에스프리는 이 일에서 빠지겠습니다."

"뭐?"

바닥에 쓰러져 있던 아르곤이 쿨럭쿨럭 피를 토하다가 기가 막혀서 래트를 노려보았다. 볼코프도 그런 래트를 보고 어처구니가 없어서 머리를 긁적였다.

"뭐라고?"

"그러니까 저희는 쿠데타가 일어나든 말든 상관 안 하겠다 이겁니다. 아니, 테트라 아낙스에게 농락당해서 이러고 있으니……."

"나 참, 어처구니가 없군. 그런 걸로 그쪽에서 우리 부하들을 마구 죽였던 일들이 다 덮어질 것으로 생각하나?"

볼코프는 기가 막힌다는 건지, 흥미가 동한다는 건지 모를 애매한 태도로 래트를 보다가 힐끗 하늘을 올려다보았다. 붉게 물들었던 달이 다시 원래의 색을 회복한 것으로 보아 이사카도 팬텀을 제압한 모양이었다.

사실 쿠데타를 방해하지 않겠다는 약속을 한다면 볼코프도 아르곤을 죽이고 싶지 않았다. 죽이기엔 아르곤이 너무나 유능한 데다가 한때는 동지이기도 했고, 공산혁명에까지 참가한 아르곤을 이렇게 쉽게 보내고 싶지 않았다.

하지만 그는 군인이다. 그런 감정만으로 아르곤을 살려두기엔 지금까지 흘린 피가 너무 많고, 앞으로 흘려야 할 피도 너무 많았다.

"그런 건 아니지만."

"그만둬! 이 자식! 나를 쪽팔려 죽게 만들 셈이냐? 팬텀이 지금 무슨 꼴을 당하고 있는지 모르는데 나 혼자 살겠다고 이게 무슨 바보 짓이야?!"

아르곤이 래트를 노려보며 분노했다. 그러자 래트가 손발을 휘저으며 사정했다.

"그러니까 하는 말 아닙니까, 아르곤! 저도 폼생폼사예요! 그래서 이러고 있는 거 쪽팔리고 민망해서 죽고 싶을 정도입니다! 그래도 어쩔 수 없잖아요!"

참 웃자니 민망하고 안 웃자니 어처구니없는 상황이 되었다. 볼코프는 한숨을 내쉬고는 아르곤의 머리를 향해 주먹을 겨누었다.

"어쩔 수 없네. 여기서 그대의 목숨을 거두지 않으면 나도 내 동맹에게 들 낯이 없으니……."

라이칸스로프 병사들과는 전혀 다른, 아무리 보아도 민간인 티가 팍팍 나는 혼혈아 청년이 하얏트 호텔 24층 플로어에 주저앉은 채 두근거리는 심장을 억누르고 있었다.

그야말로 한국에서부터 무수한 라이칸스로프와 흡혈귀들이

쟁탈전을 벌여온 리림, 롯시니 베르게네프였다. 한국 이름으로
는 서린. 그리고 그도 한국 이름을 더 좋아했다.

이사카는 서린을 꼭 따라오게 하고 싶어 했지만 그를 중히 여
기는 볼코프는 위험한 진마들과 대면시키고 싶어 하지 않았다.
그래서 그는 무선을 들으며 다른 라이칸스로프들과 함께 사건
이 끝나기를 기다리고 있었다. 그러던 중 헤카테가 도망쳤고,
그녀를 추격하기 위해 라이칸스로프들이 빠져나가면서 그는 혼
자가 되었다.

"정말, 철석같이 믿어주는 건지, 내가 도망쳐 봐야 부처님 손
바닥이란 건지 모르겠네요."

서린은 혼자 중얼거리며 주위를 둘러보았다. 헤카테라는 여자
흡혈귀가 도망치면서 엘리베이터 통로 앞에는 아무도 없었다.
서린은 그 아무도 없는 곳에서 두근거리는 가슴을 부여잡았다.

사실 이사카 베르게네프가 힘을 해방하고 마음껏 흡혈귀를
유린할 때마다 서린의 몸 안에서도 그에 반응한 뭔가가 꿈틀거
리고 있었다. 아마도 이사카는 이것을 위해서 그를 데리고 오라
고 한 것일 수도 있었다.

날개를 붕대로 감아버리니 새가 이후 붕대가 풀어져도 날지
못하게 되는 것처럼, 서린의 능력과 기억은 봉인이 풀린 후에도
완전히 돌아오지는 않았다.

기억의 경우는 어차피 어린 시절의 것이니까 군이 완전히 돌
아올 필요가 없다고 하더라도 능력의 경우는 이상했다.

어쨌거나 이 능력은 서린으로서는 참으로 난감한 것이었다.

능력을 일깨워 강해지면 볼코프 레보스키를 제어할 수 있게 되는 건지 의심스럽고, 그게 된다면 이사카가 그런 서린을 그냥 내버려 둘지 그것도 의심스러웠다. 결국 서린을 이용해서 볼코프 레보스키를 제어하려는 게 이사카의 속셈이 아니었던가?

"아아악! 비스트다!"

그때 계단 쪽에서 비명 소리가 들려왔다. 비스트? 비스트라면 한세건이 아닌가? 물론 이 경우는 정말 괴물 같은 게 나타나서 병사들을 학살하고 있을 수도 있지만 아마도 한세건이 맞겠지?

그리 생각한 서린은 어쩔 줄 몰라 하며 발을 동동 굴렀다.

"큰일이네?"

한세건과 헤어진 뒤로 그는 어떤 것도 자력으로 해내지 못했다. 그저 여기저기 흘러가는 대로 쓸려 다닐 뿐, 아직 볼코프를 제어할 수도 없었다.

아마 이사카가 그를 전장으로 끌고 오려고 한 것은 조금이라도 더 볼코프에게 가까이 보내고 싶었기 때문일 텐데 이래서야 놀고 있었다고밖에는 볼 수 없지 않은가?

"음… 이럴 때가 아니군."

서린은 결심을 하고 일어났다. 이사카의 수작이 마음에 걸리기는 하지만 일단 서린 자신이 뭔가 할 수 있는 여지가 많아진다는 점에서도 이 두근거림을 내버려 둘 수는 없었다. 그리 생각한 서린은 비상계단의 문을 열고 냅다 그 위로 달렸다.

폭발에 의해 통째로 날아간 최상층으로 향하는 계단은 폭발의 충격으로 인해 금이 가 있었다. 서린은 금이 간 그 계단을 훌쩍 뛰어넘어 위로 올라섰다.

두두두두두두!

그 순간 서린이 본 것은 흑발의 여성과 그녀의 옆에 있던 금발의 소녀를 향해 빼또쥬라는 소년 라이칸스로프가 총을 갈겨 대는 모습이었다. 총신 위에 탄창을 꽂는 특이한 분대 기관총을 사람에게 겨누고 마구 갈겨대는 모습은 학살이란 단어를 연상케 했다. 홀로코스트, 제노사이드, 각종 영화나 시사 드라마, 다큐멘터리에서나 나올 법한 개념과 지금 눈앞에서 벌어지는 일이 하나로 연결되었다.

그것은 정말 더럽고 증오스러운 장면이었다. 기계적으로 무엇인가를 살육하는 그 모습에는 증오 이외의 어떤 감흥도 일지 않았다. 하물며 그렇게 총구에 쓰러지는 사람 중에 자신이 아는 얼굴이 있다면 더 말할 것도 없다!

"마리아앗!"

서린은 피투성이가 되어 쓰러지는 금발의 소녀를 발견하고 계단을 뛰어올라 활짝 펼쳐진 밤하늘 아래로 달려 나갔다.

• ☾ • See you next moon •